U0794487

KUWEI
酷威文化
图书 影视

深情可抵岁月长

完结篇

SHENQING KEDI SUIYUE CHANG

春风榴火——著

江苏凤凰文艺出版社
JIANGSU PHOENIX LITERATURE AND ART PUBLISHING

目录

CONTEN

NTS

第一章

摘星星的人

看到短信，陆嫣哭得更厉害了。

她很久没回他，直到沈括的电话打进来，但她挂断了，不过紧接着他又打了过来，陆嫣依旧挂断。此刻的她，根本不知道应该怎样面对他。

第三次，陆嫣看着手机屏幕上跳跃着的他的名字……她知道，如若这次不接，沈括就不会再打过来了。

女孩用手背不住地擦拭着眼角，颤抖的手终于按下了接听键。

她没有说话，甚至屏住了呼吸……

她能听见电话那端传来的医院嘈杂的背景音。

沈括沉默了十多秒，终于开口："嫣嫣，我不介意。"

如果介意，我一开始就不会选择你。

陆嫣情绪彻底崩溃，大口地喘息着，带着战栗的哭腔说："可我介意啊！"

沈父生命垂危，都是他们家的错，沈括还对自己那么好。

陆嫣只感觉心如刀割。

"沈括，对不起，真的对不起……"她胡乱地向他道歉。

"你没有对不起我。"沈括攥紧了拳头，嗓音依旧保持平静，"陆嫣，永远不要再对我说这三个字。"

陆嫣挂断了电话，哭了很久，终于昏昏沉沉地睡了过去。

她直接睡到下午五点。

陆臻破天荒地没有来打扰她，醒来之后，她感觉浑身软绵绵的，踩着拖鞋走出房间门。

陆臻竟然还在看书，如此废寝忘食的模样，真是少见。

连李婶都说："看大少爷这劲头，是要考状元啊！"

陆嫣去洗手间洗了把脸，看着自己红肿的眼睛，真是好丑。

哭过之后，她感觉心里舒服多了，向李婶要了两片黄瓜贴在眼睛上，肚子饿，剩下的半截就让她吃掉了。

重新回到房间，陆嫣闭着眼睛，深深地呼了一口气。

小孩子遇到事情才会哭，在沈括面前，她总是像个长不大的小孩子。

晚上八点，陆臻早早地洗漱，准备上床睡觉，迎接明天的高考。

睡觉前，他叩响了陆嫣的门："一整天没'问候'你了，臭丫头，看我这么辛苦，也不知道给你爸我削个苹果什么的。"

陆嫣闷闷地应了声："哦。"

"开门啊。"

"开门干什么？"

"让我撸下头。"

"我又不是你的狗狗！"

"明天考试了，沾沾运气，你运气一直很好。"

陆嫣赶紧将黄瓜片重新贴回眼睛上，打开了房间门。

"哎哟我的妈，你吓我一跳。"

"敷面膜。"

"行吧。"

陆臻使劲儿薅了薅她头顶的头发，喃喃自语："菩萨保佑，清华北大复旦交大，南无阿弥陀佛……"说了一通之后，他拍了拍陆嫣的后脑勺，"行了，快去睡觉。"

在他转身离开之际，陆嫣忽然拉住了他的衣角。

"干吗？"

陆嫣踟蹰半晌，用喑哑的嗓音说："爸，明天加油。"

"嗯，知道了。"他摸摸她的额头，眼底划过一丝鲜见的温柔，"放心。"

目送陆臻离开，她重新回到房间，背对着门摸出了手机。

手机屏幕显示有三个未接来电，都是来自同一个人——沈括。

时间分别在下午四点、四点十分和四点二十七分。

她睡得太沉了，手机调成了静音，所以没接到。

明天就要高考了，不管她心里多么难过，都不能让沈括有任何挂念。她不能影响他。

陆嫣给沈括回拨了过去。电话响了很久，却没有人接听。

想到下午那三个未接来电，陆嫣心底忽然升起一丝不妙，模模糊糊的，却又说不清是什么，她在房间里转了一圈，决定去看看他。

陆嫣将耳朵附在门边，听见陆臻进了屋。

他一贯入睡很快，陆嫣估摸着他已经睡着，又悄悄溜出家门，骑着自行车一路飞驰，来到市人民医院大门口，甚至都来不及上锁，自行车倒地也来不及扶，陆嫣就一路小跑着冲上了三楼。

她原本以为能在走廊里看到少年的身影，可走廊空无一人。

三楼的特护病房，原本沈父睡的那张床也已经空了。

陆嫣只觉脑子嗡的一声，站在窗户边，睁大了眼睛看着空荡荡的病房，全身的血液冰凉。她像是疯了一般开始寻找沈括的身影。一定是沈叔叔病情好转，对，病好起来肯定就会转出特护病房，一定是这样！

他们一定在普通病房，说不定就在下一间。

“沈括！”陆嫣急切地推开了各间普通病房的门，一张张陌生的面孔诧异地盯着她。

终于，坐班的医生被吸引过来，制止了她的行为：“这里是医院，你小点儿声。”

陆嫣不敢问医生。她只能挨个病房去寻找，希望能够找到，希望在下一间病房就能看到沈括和已经苏醒的沈父。

“你是找今天和你一起的那个男孩吧？”医生追上陆嫣，他对她还有印象。

“特护病房 308 的那位病人今天下午去世了，现在已经送往殡仪馆了。”

陆嫣猛然顿住了脚步。

医生见陆嫣不作声，摇摇头，在医院，这种事情医生见得太多了，虽然同情，但也无可奈何，叹息道：“生死不由人，得了这种磨人的病，他能坚持这么多年，已经是老天格外开恩了。”

不，不是老天格外开恩，是沈括……是沈括舍不得放手，是沈括每天精心的照料和四处求医问药，才留住他爸爸这么多年！

她嗓音战栗，问道：“是什、什么时候？”

“你说死亡时间吗？下午三四点的样子。”

陆嫣靠着墙，跌坐在地上。

下午三四点，他给她打了三个电话，可是她没有接到……陆嫣攥紧了拳头，她只感觉自己仿佛站在悬崖边，任由崖底呼呼的冷风刺着她的骨头，冷意袭骨。

他在最绝望的时候给她打过电话，三个，可她没有接。

她无法想象那时候的沈括是怎样的心情，她不敢想，真的不敢想……

陆嫣走出医院，恍恍惚惚地过了马路，站在殡仪馆门前，长长的阶梯通往那肃穆的漆黑大门。她的脚底像灌了铅，再也抬不起来。她没有勇气进去。

就在这时，一个熟悉的身影走出殡仪馆，是钟恺。他穿着黑色的长袖外套配黑裤子，三两步跳下台阶，似有急事，匆匆地向外走去。

陆嫣赶紧转身要走，不过他已经看见了她。

“哎，小嫣？”他追上来，一把拉住了她，“别走。”

陆嫣都不敢看他，侧着脑袋，沙哑地问：“沈叔叔他……”

“不进去看一眼吗？待会儿就火化了。”

陆嫣猛然抬头，难以置信。

钟恺叹了口气，说道：“沈括的意思，早点儿火化，毕竟他爸也痛苦了这么多年，早点儿让他离开。”

陆嫣的心煎熬着，好几次话到嘴边，都说不出口，她低着头，眼前雾蒙蒙一片。

钟恺看出来她想问什么，说道：“下午他给你打了电话，你没接。”

“我不是故意的……”

“沈叔叔临走前醒了半个小时，可能是回光返照吧，沈括知道留不住了，一直握着他的手，和他讲话……”

直到他说完这话，陆嫣的一口气才吐出来，心如刀绞。

“他很平静，没有哭，但是这种时候，你最好还是进去陪陪他……”

陆嫣不等他说完，仓皇狼狈地跑进了殡仪馆。

走廊里，少年颀长的身影斜倚在墙边。

白炽灯照下来，他的眼眸被笼入深邃的眉廓阴影中，皮肤很白。

陆嫣的呼吸慢了半拍，她犹豫地顿住脚步。她忽然很害怕，不敢过去……

似乎心有所感，少年抬起头，望了她一眼。

他站直了身子迎向她。

“来了。”

他的声音很平静。

“沈叔叔他……在哪里？”

沈括侧过身，让开了门。

陆嫣脚步虚浮地走进了空荡荡的房间，房间温度很低，她不由得打了一个冷战，望见了台上被白布遮掩的冰冷身体……

她慢慢走过去，双手攥住了白布，想要掀开，看沈父最后一眼，但沈括攥住了她的手。

“不要看了，病逝，不安详。”

陆嫣的手滞住，眼睛又酸了。

“沈叔叔。”她轻轻唤了声，然后抽抽气，似乎在平复情绪，“沈叔叔，您放心，以后我照顾沈括。”她用袖子擦了擦眼睛，继续说，“他不是一个人。”

沈括深呼吸，微微抿了抿嘴，没说什么，抓着她走出了阴冷的殡仪馆。

走廊里，有工作人员过来找沈括签字：“现在就火化吗？”

“嗯，现在。”

工作人员拿走了本子，然后和另外几个工作人员一起进屋，将沈父的身体推了出来，朝着火化室走去，嘴里还在为加班的事情抱怨。

“没见这么快就火化的。”

“听说是病死，说不定早就盼着了……”

“现在的人啊。”

陆嫣听到这些，差点儿又要奓毛，沈括拉住了她的袖子，没让她过去。

“这个世界并不善良，”他平静地说，“何必奢求。”

陆嫣诧异地望向他，他眸色很深，仿佛笼罩着一层化不开的浓雾。他平静得有些异常。

“沈括，今天下午我……”

沈括打断了她的话：“陆嫣，人死了就死了，一切都过去了，他也听不到你刚刚说的话，所以就当没有说吧。”

陆嫣的呼吸一窒，她猛然望向他。

幽暗的白灯光下，他脸色苍白，眼底泛着陌生的冷色：“明白我的意思吗？”

“你是想和我……”她始终说不出那锥心刺骨的两个字。

“不算，”沈括面无表情地说，“因为从来没有在一起过。”

“什、什么没有在一起？”

他嘴角扯出一抹淡薄的笑容，用力捏住她的下颌，冷声道：“你还没想明白吗？我只是在利用你报复陆臻，报复你们陆家。”

陆嫣傻了：“你……你在说什么啊？”

“现在他死了，我收手，这是你的幸运，知道吗？”

陆嫣用力挣开了他的手，激动地说：“沈括，你当我傻是不是？我陆嫣就算再笨，也不会蠢到相信你的话。”

她还不至于笨到感受不出一个人对自己是真心还是假意。

沈括立刻摸出手机，按下了一个号码。

“陆臻，我，沈括。”

陆嫣心一紧，不明白他到底想做什么。

他冷笑着，继续说：“你妹妹陆嫣现在在我身边……”

“你大晚上讲什么鬼话！”陆臻被吵醒了，很不爽，“神经病吧。”

“你去她房间看看不就知道了。”

一分钟后，陆臻炸了，电话里，他声音不稳：“她……她不在房间，你对她做了什么？！”

“做了什么？你觉得呢？”

陆嫣忽然夺过他的手机，用力地砸在地上，声嘶力竭地大喊：“你疯了吗？明天要高考！你说这种话……”

陆臻的暴脾气，天知道他听到这些会做出什么反应。

沈括捡起手机，轻轻拍了拍灰，装进了口袋，转身离开：“我原本的计划是等你长大之后，跟你在一起然后再甩了你……不过现在，一切都没意义了。”

陆嫣全身泛冷，如坠冰窟，她想起梁庭曾经的告诫。这个男人是何等深沉、何等擅于伪装，他可是蛰伏十年让陆臻破产的罪魁祸首啊！

他冷漠地说：“滚吧，别再出现在我面前。”

陆嫣心里像是被掏空了，转身跑出了殡仪馆大门。

沈括闭上了眼睛，全身颤抖着，手用力地攥成了拳头。他以为她心碎了，以为她走了，却不承想，女孩又折返了回来。

“我原谅你，沈括。”她说话太急，带出了不稳的哭腔，“今晚我原谅你说的、做的一切。”

沈括猛然睁开眼睛。

“我原谅你对我说过的所有假话，只要其中有一句是真的，我就原谅你。”她带着最后一丝希冀和渴求望向他，泪眼婆娑，“沈括，有吗？”

沈括顿了几秒，冷冷地道：“没有。”

他没有一句真话。

他用粗粝的指腹刮掉了她脸颊的泪痕：“你看到了，这就是我想要的，你的眼泪……”他笑着说，“你比我想象中更喜欢我。”

陆嫣的胸腔里仿佛被灌满了冰冷的空气，伴随着每一次呼吸，五脏六腑都被撕扯得生疼。

全身都疼，好疼。

“沈括。”她不再哭了，嗓音压得极低，“你知道沈叔叔的死不是我的错，也不是陆臻的错，为什么惩罚我……”

沈括的心缓了缓，他轻微松了一口气：“因为我就是这样自私而恶毒的人，应该早就有人提醒过你。”

陆嫣往后退了几步。

他低头看了看时间：“骨灰盒过几天才能取到，明天考试，我现在要回去睡觉了。”

他转身要走，陆嫣忽然攥住他的衣角：“你要是走了，我就不会再原谅你，永远不会！”

沈括没有回头，扯出衣角，转身离开了。

沈括走出殡仪馆，天空飘起了淅淅沥沥的小雨，落在脸上，一片冰凉。

明明七月了，却还觉得好冷。

钟恺蹲在花台边，见他出来，立刻站起身。

“说了？”

“嗯。”

钟恺望向殡仪馆，长长地叹了口气，说道："冷静一下。"

沈括轻微地战栗着。

"其实真的没必要走到这一步。"钟恺望向他，"下午不是还给她打电话来着吗？"

"她没有接。"

"昨晚帮你守了一夜，估计也累着了，你何必因为没有接到电话这种事……"

沈括沉声说："我也没有料到她会看到病历单，更没有想到我爸会走得这样快。我不愿让她一生都有负罪感。"

钟恺讶异地望向沈括。

路灯在他英挺硬朗的脸上投下一层晦暗的光影。

"如果她带着赎罪的心态陪我一生，我宁可让她恨我。"

她没有罪，不必赎罪。

此刻他已然身处地狱，若有罪，一切便皆由他来背负吧。

沈括站起身离开，萧索的背影消失在了湿漉漉的街道尽头。

陆嫣推着自行车回到家，身上的衣裳都湿透了。

陆臻换好了衣服，出门便撞到了浑身冰凉的小丫头。

她皮肤苍白，脸上挂着雨珠，头发也全部湿了，看上去狼狈不堪。

看到陆臻，陆嫣眼睛一红，一头扎进了他的怀中，用力抱住他的腰。

"爸……"

陆臻本来窝着一股子下不去的邪火，但是看着小丫头这个样子，他的心立刻软了下来。

"没事，没事的。"

虽然不知道发生了什么事，但陆臻还是将她揽入怀中，轻轻拍着她的背，笨拙地安抚："老爸在，天塌不了。"

爸爸是什么人？爸爸是可以为你挡风遮雨，为你上刀山下火海，也愿为你去摘星星的那个人。

"我错了。"女孩啜泣着，无助地哭着，"爸，我错了，我该听你的话……我以后都听你的话。"

陆臻看着小丫头这不对劲的样子，脸色越来越沉，眼睛里泛起了血丝："沈括他……对你做了什么？"

"他骗我。"这三个字，陆嫣说得很委屈，"我从来没想过，他会骗我……"

"我去找他。"陆臻说完便要出去，陆嫣立刻拉住了他。

"不要去。"她咬着牙，低声说，"沈叔叔今天去世了，你不要去。"

陆臻的脚步蓦然顿住。

高考如期而至。

放榜日，陆简没有如往常一般去公司，而是焦急地等候在学校的公告栏前。

那个时候没有网络查分，高考分数由学校统一发放，每个学生的分数从前往后，明明白白地打印在纸上，张贴在公告栏前。

从早上六点开始，公告栏前便挤满了焦急的家长。终于，盼星星盼月亮，他们盼来了张贴榜单的老师。

家长们眼睛都亮了，连忙拥了过去，围着老师问成绩。

陆臻和陆嫣俩人没有围上去，他们一站一蹲，待在远处的花园草台上。

陆嫣有些紧张，手心都渗出了汗，陆臻一反常态，表现得相当平静……

自从高考之后，他的性子便沉稳了许多。或许是陆嫣那晚的悲伤无措让他意识到，虽然平日里她总表现得像个大人，其实始终都是他的小姑娘。或许是因为得知了真相，得知了沈家和陆家的恩怨，他意识到若自己无法强大，就没有办法保护身边的人……

陆臻以一种令人难以想象的速度成熟了起来。

老师招呼着拥挤的家长，连声道："别挤别挤，都能看到……

"今年我们学校考得不错，省状元都在我们学校呢！"

同学们闻言，也跟着兴奋起来——

"省状元，我的妈呀，太厉害了吧！"

"是谁啊！"

"还能有谁，用脚指头都能想到啊……不就是那位……"

榜单公告挂出来，沈括的名字被加粗放大，赫然出现在红榜的第一条，那样鲜红刺目……

省状元，除了他没有别人。

同学们低声议论着："他可真行。"

当然，这调子带了点儿讽刺的意味。毕竟前一天才死了父亲，第二天就跟没事人似的去参加高考，居然还能发挥得这么好。

全省第一，省状元。

正常人谁能不受影响。

沈括这冷酷无情的程度简直令人咋舌。

陆嫣环顾四周，没有见到那个少年的身影。

他不来也好。

陆嫣不想见到他，一点儿都不想……无论沈括过去对她是真心还是假意，至少，她是真心地喜欢过他，只要喜欢过，只要在意，见到他，她就没有办法强装镇定。

陆简穿着一身西装，领带系的都是暗红色，求一个好兆头。他和一堆家长、同学拥在一起，拼命地向前排挤去。

好不容易挤到了前排，陆简从最后一张放榜单开始寻找，仔仔细细地数着，从后往前数过去……最后一张榜单没有陆臻的名字，陆简重重地松了一口气。至少……大学应该是考上了。

不过他对他依旧没什么信心，重点大学就算了，他有心里预期，觉得自己的儿子能考个二本其实就不错了。然而当他一张榜单一张榜单地数过来，数到第一张标红的榜单时，他的表情开始发生变化了……

不可能，陆臻不会在这张红榜上吧？要知道，能在这张榜单上的同学，可都是学校里名列前茅的学生啊。

陆嫣眼见陆简居然到红榜上去找人了，兴奋地跳起来，挤进人群里："让让，麻烦让让，哎，谢谢。"

陆嫣挤到了陆简身边，陆简连忙将她护在身前："快找找，找找你哥在哪里！"

陆简的声音都开始抖了，看得出来，他很兴奋，也很惊喜。

陆嫣顺着排名一路数下来，竟然在年级第二十九的位置找到了陆臻！

他考了六百三十二分！

陆嫣心里是很高兴的，不住地冲陆臻挥手，指着红榜的位置对他喊道：

“傻大个，你在这儿！过来看看啊！”

陆臻虽然眼睛一亮，但也没有表现出特别兴奋的样子。他慢慢走过来，望了望自己的分数和名次。

“我答应过你的。”

他站在陆嫣身后，手落到她的肩膀上，揽着她：“答应过你的事，我就会做到。”

他要成为她的骄傲，成为她的倚仗，不再让任何人欺负她……

那几天晚上，陆嫣总是回家很晚，简瑶时常带着她去酒吧演出，让她客串上台，甚至还邀请她加入乐队，一起做音乐。

陆嫣欣然同意。

总而言之，她必须让自己忙起来，必须做点儿事情来分散注意力。

陆嫣没有办法整天待在家里，只要安静下来，一个人独处，她脑海里总会浮现那个男人的影子，挥之不去。

沈括的父亲是因为在陆氏工作才染上那样的病，以沈括睚眦必报的性格，怎么可能真的喜欢她。他一直都在骗她。

只要想到这些，陆嫣就心如刀绞。

那天晚上，陆臻将醉醺醺的女孩从绿藤酒吧拉出来。

她脑子迷迷糊糊的，站得不太稳，靠在墙边，半睡半醒的样子。

这个暑假，原本应该是陆臻最放松、最放飞自我的时候，可是他每天的绝大多数时间居然是在找女儿。

虽然知道有简瑶看着她，但陆臻还是不放心，今天看到小丫头居然还喝酒了，他更是气不打一处来。

“陆嫣平时滴酒不沾。”他回头质问简瑶，“你让她喝酒？”

穿着背心配宽松长裤的简瑶倚在门边，似乎也很无奈：“她偷偷把饮料换成了酒，刚刚还真没看住，抱歉啊。”

“怎么能没看住，我同意让她跟你出来散散心，不是让她来喝酒的！”

“喝点儿酒也没什么大不了。”简瑶毫不在意地耸耸肩，“我当年被喜欢的人伤害后醉了三天呢，醒了马上就把那人给忘了。”

陆臻望向她：“你被人伤害过？”

“谁还没被人伤害过呢。”

“那人是谁？”

简瑶皱眉：“哎，我干吗要告诉你呀？”

“你必须告诉我。”

“你这人……太不讲道理了，要不是看在小嫣的分上，我都不会理你。”

陆臻完全忘了自己是来这儿做什么的，满心想的都是简瑶过去被谁伤害过，谁这么没眼光居然敢甩他未来的老婆！

陆嫣忽然躬身，扶着墙一阵呕吐。

俩人立刻停止吵架，跑过去扶着陆嫣。

陆嫣吐得眼泪鼻涕都流了出来，胃一阵阵地痉挛，狼狈又难看。

陆臻顾不得脏，用衣袖去给她擦脸，心疼地说：“好些没？慢点儿，别呛着了。”

陆嫣缓了好一会儿，这才稍稍舒服一些。

简瑶也很自责，毕竟是她疏忽了才让这小丫头偷喝了酒。

“你快把她带回去吧，真是可怜。”

陆嫣甩开了陆臻的手：“不、不回去，还没玩够呢！”

“还玩？大小姐，你别忘了明天高三年级的补习就开始了，你还想不想考Q大了？”

提到Q大，陆嫣忽然沉默了。

她背对他们站着，路灯下，背影单薄。

当初沈括说他要考Q大，想和她念同一所大学。

为着这句话，陆嫣一直在努力，努力追赶他的脚步。

一起念大学，多么美好的期许，而现在，物是人非，如此荒唐……

简瑶用鞋尖踢了陆臻的小腿一下，低声说：“哪壶不开提哪壶，你是猪吗？”

陆臻自觉失言，连忙走过来，拉住女孩纤细的手腕：“算了，先回家。”

“我不考Q大了。”陆嫣挣开了他的手，嘴里喃喃地道，“不考了。”

简瑶宛若哄小孩一般，耐心地哄着她："不考不考，咱不考那破学校，咱考清华北大，啊，别难受……"

只听"哐"的一声巨响，简瑶被吓了一跳，回头见陆臻抬腿踹翻了路边的垃圾桶。

"你发什么疯！"

陆臻终于忍不了了，指着陆嫣，怒声道："为了他，你看看你现在是个什么样子，这是你自己的人生，和别人有半毛钱关系吗？没有他，你就不活了是吗？陆嫣，这样的你，真的让我很失望。"

陆嫣低着头，脸埋进灯光的阴影中，让人看不清表情。

"失望吗？"她用干哑的嗓子说，"我对自己也很失望，你知道吗？真的很失望。"她无助地抱着身子蹲在路边，喃喃地说，"真的很可笑，明知道他骗我这么久，明知道他讨厌我，讨厌陆家，可我……就是喜欢他……"眼泪吧嗒吧嗒地掉下来，落在地上，顷刻间便浸入灰土中。

她断断续续地说："我这辈子都不会再这样去喜欢谁了，这辈子都不会了。就算他骗我，我也没法恨他，他骗都骗了，为什么不骗久一点儿呢……"

以前，陆嫣看不上那些为了爱情要死要活的女孩，如今落到自己身上，竟也看不开。或许只有"加害"的一方，才能这样轻描淡写地翻篇吧。譬如沈括，他都是省状元了。

陆臻见不得自家姑娘哭，这简直比杀了他还难受。

他蹲下身子，笨拙地用袖子给她擦眼泪，又是抱、又是哄，低声安慰着。

"等以后你长大了，我帮你找，肯定给你找个称心如意的。

"以前你不是还喜欢梁庭吗？要不你回头再考虑考虑他，这次我不反对就是了。

"你要找沈括那种好看的小白脸，那叶迦淇也行啊！"

简瑶望着陆臻哄女孩的模样，眸底浮现一丝波澜。他虽然有点儿笨，脾气也不好，但他是个内心温柔的人。

陆嫣哭累了，终于顺从地爬上了陆臻的背，乖乖地趴在他坚实宽阔的肩头："陆臻，我要回家。"

"嗯，我带你回家。"他稳稳地背起了陆嫣，回头望向简瑶，用命令的口吻说，"你也回家。"

简瑶跟个孩子似的，漫不经心地耸耸肩：“你管好陆嫣就行了，干吗管我？”

“我当然要管你。”你是我未来的老婆，我孩子的妈。

后面半句话，他没敢说出口，上次被打的场景还历历在目。

陆臻伸手，将简瑶敞开的衣领拉链往上拉了拉，将她白皙修长的脖颈遮住。

鬼使神差地，简瑶竟然也任由他这么做了，一种奇异的感觉涌上心头。她感觉，面前的少年与初见时不太一样了。

“以后你不会再被伤害了。”陆臻没头没脑地说了一句。

简瑶没反应过来：“什么？”

“跟了我，你就不会被伤害了。”

她笑了起来，用手包打了他一下：“去死吧你。”

陆臻也笑了起来，因为那双桃花眼，他笑起来格外好看，莫名给人一种春暖花开的感觉。

他能成为三中的校草，说明学校的女孩眼睛是不瞎的……这家伙，是真帅。

趁简瑶没回过神来，陆臻忽然伸手摸了摸她的头顶：“走了，早点儿回家。”

他动作那般自然，让简瑶有些猝不及防。

直到他背着女孩走出老远，她才怔怔地摸了摸自己的头顶，还残留着他掌心的温度。

她重新回到酒吧，一转身却见乔楠倚在门边，眼神复杂地看着她。

简瑶被他看得莫名有些心虚：“收工回家了。”

“这么早？”

“嗯，明天学校有暑期补习。”

乔楠当然不相信简瑶会在意暑期补习这种事，她对学习方面的事情从来不怎么上心。

“是因为他让你早点儿回家吧，你干吗这么听那家伙的话？”

“你好吵！”

“你瞒不了我。”乔楠不依不饶，“陆臻那种阔少，跟咱们从来就不是一路人。”

“别自以为是。”

简瑶指尖点住他的胸膛，止住了他跟上来的步伐，拎着包，潇洒地离开了。

陆臻背着陆嫣回了家，将她交给李婶，让李婶给她收拾了一下，让她先睡下去。

他径自出了门，叫了辆出租车，来到沈括的家门口。

木门上有不少岁月留下的划痕，窗户半开着，屋子里没有亮灯，不知道里面是否有人。

陆臻在门前踱着步子，越想越觉得恼怒，火气蹿上来，他走到门边，抬脚便要踹门。

脚都已经抬到了半空中，还是没有踹下去，他咬咬牙，又收了回来。

他低低地骂了一声。倒不是他怂，只是于心有愧。

当他听说沈括的父亲因为陆氏的水泥厂而患病以后，他便想起了过去许许多多的事情。

他的成长岁月总和那家伙脱不了干系，明面上，好像每次都是陆臻在欺负沈括，但只有陆臻自己心里清楚，是沈括在陷害他。

每当他被老师惩罚或者被同学误会之后，他总能看到沈括对他笑，是那种阴恻恻、令人毛骨悚然的笑。

一开始，他以为沈括是嫉妒他，嫉妒他的家世，甚至嫉妒他的颜值……如今真相大白，他才明白当初他那些幼稚的猜想是何等可笑。是他们陆家，造成了他一生的悲剧。

陆臻紧咬着下唇，忍住火气，转身离开了，然而他刚走到巷口，便见沈括提着白色塑料袋拐进了狭窄的巷子里。

白色塑料袋里装着一沓黄纸钱和两串金纸元宝。

两人骤然见面，心脏都是一突。

沈括面上平静，问道：“有事？”

自家闺女为了这个男人都瘦了一大圈了，他居然还像个没事人似的，陆臻气不打一处来，但不愿再如过往那般冲动了。

他质问道：“你可以怪我爸，也可以怪我，甚至过去你对我所做的一切我都可以不计较，但你欺负陆嫣，算什么意思？”最后几个字，他唇舌间碾出了咬牙切齿的意味。

沈括鼻息间发出一声轻嗤：“如果我真要欺负她，她就不会只是哭哭啼啼这么简单了。”

沈括说完与陆臻擦身而过，重重地撞了撞他的肩膀。

陆臻被这句话刺激到了，他无法想象，沈括这种可怕的家伙，当初计划对陆嫣做什么！

他猛地转身，冲到沈括身后，将他重重扑倒在地。

陆臻攥着他的衣领，手已经捏紧了拳头。他喘息着，愤恨地瞪着沈括：“你还有没有人性！她什么都不懂，你为什么要欺负她！”

沈括手里的白色塑料袋飞了出去，落在地上，黄纸散了出来，被湿漉漉的地面浸湿了。

“打啊。”沈括冷漠地望着他，说道，“像过去无数次一样，打啊。”

一阵风起，几张黄纸四下飘散。

陆臻颓然地放下了手，松开了沈括的衣领。

沈括狼狈地站起身，理了理自己的衣领，捡起了地上的黄纸。

陆臻喘息着，一字一顿地道：“沈括，一命抵一命，我的命你可以随时过来拿。”

沈括冷笑：“你想死，我还不想坐牢。”

陆臻死盯着他，漆黑的眸子宛如化不开的浓墨：“欺负陆嫣，你会后悔……”

“我从不后悔。”

陆臻固执地说：“我会让你后悔。”说完这话，陆臻转身离开。

沈括站在巷口，望向他的背影，站了很久。

这是生平第一次，他感觉到当初送他饮料的那个傻男孩长大了。

人总是要长大的，不为自己，也为了自己所爱之人。

他抬头，看到几只蛾子绕着白炽灯上下飞舞。

这么些年，他对陆臻所做的一切，从来没有让他真正的快乐过。直到那个女孩出现在他的生命中，宛如一束光，照亮了他满目疮痍的荒凉世界。憎恨和复仇不能带来满足，但爱可以。

他不能让她一生都活在无休止的自责中，不能让她带着赎罪的心，去爱他的余生……

他知道，迟早有一日，她会走出阴霾……那时候，才是真正的海阔天空。

沈括闭上了眼睛，任由雨滴轻飘飘地拍在他的脸上。

陆嫣，原谅我此刻的决定……

填报志愿那几日，梁庭和秦皓俩人成天抱着厚厚的志愿填报参考书来陆家，和陆臻商量着填报志愿。

他们三个从幼儿园开始就在一起读书，本来都约好了，也要上同一所大学。

结果没想到陆臻的高考分数居然飙到了六百多分，梁庭聪明，成绩一直不错，比陆臻考得还好，但秦皓就不行了，只考了五百多分，显然是不能和他们一起念大学了。

“沈括报哪所？”陆臻问梁庭。

梁庭专注地用笔勾画着，漫不经心地道：“我哪儿知道？”

“你不是以‘情报人员’自居吗？去，帮我打听打听。”

梁庭皱眉：“你打听他做什么？”

“你管我打听他做什么？”

一天后，梁庭打听来了最新情报：“其实没什么悬念，沈括的目标一直都是Q大的计算机专业，他这个成绩上Q大绰绰有余……”

话音未落，梁庭便看到陆臻在那张空白的志愿表上写下了Q大计算机系的字样，一把攥住他的手：“你干吗？”

“填报志愿啊。”

“你……你报Q大啊！”

他刚说完这话，楼梯口的陆嫣便顿住了脚步，诧异地望向陆臻：“你报Q大？”

“你们别这样看我。”陆臻不自然地说，“他能报，我不能报啊？”

梁庭担忧地说：“人家是省状元，全国大学都任他挑选了，你再看看你的分数，虽然也不错，但比他还是差得有点儿远啊，你要跟他报同一所学校同一个专业……”

“去年Q大的最低分数线也只比我这分数高十分。”陆臻坚定地说，“我有预感，今年会降。”

陆嫣匆匆下楼，抓起陆臻的志愿表看了看，第一志愿，Q大计算机系。

她急切地问陆臻：“你追着他填志愿，想干什么？”

陆臻揉揉鼻子：“没什么。”

见两人这样目不转睛地盯着他，他糊弄不过去，只能说道：“我过不去这坎。”

梁庭不解：“什么坎？”

陆臻揉了揉鼻子，故意不提陆嫣，说道：“被他整了这么多年，我过不去这个坎，我还想和他斗一斗，我就不信，我真的什么都不如他。”

“你有劲没劲！有什么好斗的，遇到他是我们倒霉，这辈子最好躲他远点儿，越远越好！他是骗子，是大坏蛋！”提到沈括，陆嫣的情绪又快绷不住了。

陆臻抿抿嘴，夺过了自己的志愿表，叠好后塞进了书页里。

“我可以输，但我不会躲。”他沉声说，“他能做的事，我也能做，如果他未来会把我搞破产，在这之前，我会先让他破产。”

梁庭嘴角抽了抽。

哥，你还真有自信。

总之，陆臻决定的事情，谁都劝不了，第一志愿是报上去了，第二第三志愿他没管，陆嫣帮他谨而慎之地选择了学校，都是那种填报了就肯定能进的，给他保底。

谁都没有想到的是，今年Q大的分数线居然真的降下来了，比陆臻的分数还低了十多分，而且计算机系本省报的学生不多。所以当他拿到录取通知书的时候，陆简高兴得要飞起来了，恨不得逢人就说，我儿子考上了Q大，对对，就是那个Q大，什么，复旦？不不，比复旦还好。

陆臻这个暑假真的是运气爆棚，本来他高考的分数完全是超常发挥，这就算了，志愿填报不自量力，孤注一掷，原本所有人都以为他的第一志愿会落榜时，竟然被录取了。

遇到沈括，他倒霉了好几年，而全部的运气仿佛都被积攒下来，用在了高考这一件事情上。

他和沈括的总分差了将近八十分，但他们考上了同一所大学，同一个专业。这是当年北城三中轰动一时的“传奇性”事件。

炎炎盛夏，教室里，老式的摇头电扇在屋里“嗡嗡”地运行着……

有几个男孩拎着塑料袋进了教室，将一毛钱一袋的冰袋饮料扔给周围的同学。

高三年级补习班，从暑期八月份开课，持续整整一个月，每天都要上课，没有假期。

陆嫣抱着几本破旧的笔记本走出教室，来到一楼的废纸回收室。

回收室专门回收同学们的草稿本或者不要的旧书。

陆嫣将那几本写着密密麻麻的笔记的本子给了回收室的陈老师：“陈老师，这些都不要了。”

陈老师鬓间花白，鼻梁间戴着老花镜，接过陆嫣递来的笔记本看了看，说道：“哟，这些都是笔记资料啊，你都不要啦？”

陈老师以前本就是学校的老师，退休之后才在废纸回收室工作，所以他看得懂这几本笔记。

这几本笔记条理清晰、详略得当，且字迹也相当漂亮，无论如何都不该被当成废弃物对待。

陆嫣不想再多看它们一眼，转过身说：“都不要了。”

陈老师看了看笔记封面，方体小楷字，遒劲有力——沈括。

“沈括啊！我说这笔记怎么写得这么有条理呢，原来是咱们省状元的笔记。”

陈老师的无心之言莫名又刺了刺她的心，她皱眉说：“您收不收？不收我就扔垃圾桶了。”

陈老师笑着说：“这笔记可是千金难求的独一份，当废纸卖可惜了，这样……我把它放这儿，如果有高三同学需要这份复习笔记，就卖给他，可以吗？”

“随便您怎么处理。”

于是陈老师按照收废纸的价格，给了陆嫣五毛钱。

陆嫣接过钱，不想再多看它们一眼，加快步伐匆匆离开。

这五毛钱，她紧紧地攥在手里，攥了整整一中午，直到她掌心的汗浸湿了这几张纸币。

她以一腔热忱去喜欢他，本以为他是一生难遇的良人，可最终……也不过是换了这五毛钱罢了，多么廉价，多么讽刺。

陆嫣趴在课桌上，侧过脑袋，看着窗外烈日炙烤的香樟林，微风轻扫过树梢，发出沙沙的声音。

她回想起上届高三年级放假的那晚，高三教学楼前，复习资料满天飞，少年拽着她，带她到无人的香樟林。

他把笔记资料一股脑装进了她的书包，全部送给她……

陆嫣其实并不是那种敏感的女孩，尤其是在感情方面，她很迟钝。

因此，沈括在她面前根本不需要演戏，更不需要特别刻意地对她好，她哪里又能察觉他和她在一起是有目的的呢。可他还是对她好，好到了骨子里。

人就算丧失了知觉、味觉，哪怕瘫痪在床不能动弹，也永远不会丧失感知爱的能力。

如果他所做的一切都是假的，陆嫣真的不知道这个世界上还有什么是真的。

陆嫣趴在桌上，抱着头挣扎了几分钟，终于噌地一下站了起来，把身边正在睡午觉的齐玉嬛都给吓了一跳。

“你……干吗呀？”

她话音未落，陆嫣已经匆匆地离开了座位，跑出教室，一口气不停地来到了教学楼一楼的废纸收发室。

“陈老师，我的、我今天上午……”她剧烈喘息着，急切地问，“那几本笔记资料还在您这儿吗？我……我不卖了。”

她将皱巴巴的五毛钱放在桌上：“请您将那几本资料还给我，可以吗？”

陈老师皱着眉头，为难地说：“哎呀，那个笔记……你一走，就有同学把它买走了啊，我都说了，这资料很宝贵，你看看，这可怎么好？”

陆嫣的心蓦然一空。

“卖、卖了。”

“是啊。”

她失魂落魄地走出了废纸回收室，坐在阶梯边，脑袋埋进了膝盖里，心里阵阵酸涩上涌。

她又在犯什么傻。

陆嫣揉了揉眼角，起身准备离开，就在这时，有人拿着笔记本在陆嫣跟前晃了晃。

小丫头眼前一亮，抬起头来，看到简瑶站在阶梯上，笑得狡黠。

“省状元的复习资料啊，就这样让某些人当废纸卖了，啧，真是暴殄天物。”

陆嫣伸手去拿，简瑶往后退了退：“哎，这是我买的，想要啊，拿钱来买。”

“你要多少钱？”陆嫣摸出了装零钱的绣花小袋。

简瑶走过去，用笔记本敲了敲她的脑袋，佯怒道：“跟你开玩笑的，还真信了。”

陆嫣接过了笔记本，紧紧地抱在胸前，解释道：“我不是舍不得，只是觉得有点儿可惜罢了，毕竟……省状元的笔记啊。”

简瑶看出了她的口是心非，也不拆穿，和她并排坐在教学楼的阶梯上，看着楼道天窗边摇晃的树影。

“是啊，能拿到这样一份笔记，别说和他做半年朋友，就算是当牛做马伺候他三年，也不亏啊！”

陆嫣侧头望向简瑶，拧了拧眉毛：“真的假的？”

“你没看里面的内容吗？”简瑶指了指其中一份笔记，随口说道，“他的笔记不多，但全是精华啊！而且这根本不是课堂笔记，而是他课后自己整理的资料。”

陆嫣没听懂里面的区别。

于是简瑶又解释道：“他那么聪明的家伙，哪里需要课后再浪费时间单独做一份笔记？我猜……他可能也是想等成省状元之后，再把这份笔记卖钱吧。”

陆嫣诧异地望了望简瑶，简瑶没看她，阳光正好透过天窗，斜落在她的脸上，照得她卷起的长睫毛晶莹通透。

“是吧，初衷肯定是为了卖钱。”她微笑着说，“他那么坏，那么会骗人，总不能是为某些人写的吧。”

陆嫣攥紧了笔记，没有回答。

“不过既然落到你的手里了，就好好利用起来呗。”简瑶拍了拍她的肩膀，“不要便宜那家伙了，用他的笔记考上Q大，也算你没有平白被骗。”

陆嫣低着头，解开自己的白网鞋鞋带，又重新系上：“不考Q大了。”

简瑶道：“你哥不是说要在Q大等你吗？”

“他可不是在等我。”陆嫣意味深长地望了简瑶一眼。

简瑶捏着她的下颌，将她的脸推开了，站起身，伸了个长长的懒腰，拉长了调子悠悠地说：“我的梦想就是潇潇洒洒仗剑红尘，潜心做我的音乐，才不喜欢让人管着，所以我这辈子都不会谈恋爱结婚的……”

陆嫣：“哦。”

所以你当我是石头缝里蹦出来的？

下午，学校组织了一场优秀毕业生经验交流会，请了这次高三毕业生里名列前茅的几位同学，让他们来给下一届的准高三生传授经验和学习方法。

陆嫣在交流会海报上看到沈括的名字的时候，果断选择了在教室里上自习。

不去，她坚决不去！

好闺蜜齐玉嬛生拉硬拽，硬是将她拽到了交流会大礼堂门口。

“机会难得啊，这种交流会，大家分享的都是干货中的干货，不听实在太可惜了。”

陆嫣抱着树干：“我真的不去，真的，别逼我。”

“别尿啊，你不听他的……也可以听听其他师兄师姐的分享嘛。”

陆嫣被拉进礼堂，远远看见沈括坐在礼堂排头第一位的位置。他穿着干净清爽的白衬衣，衬衣纽扣开到第二颗，露出了修长而脉络分明的颈子。

在礼堂高光灯的照耀下，他的皮肤显得很白，带了一点儿淡淡的光辉。

在场不少女孩在偷摸打量沈括。他的眼神没有聚焦，深咖色的眸子里带着些许冷感。

这个时候，或许是心有所感，他抬头望向了人群中的陆嫣。

陆嫣的呼吸忽然一窒，她转身要溜，齐玉嬛拉住她的衣领：“小姐姐别尿！撑住！”

陆嫣终究还是离开了，她一个人坐在大礼堂前的花台树影下，托着腮帮子，百无聊赖地看着大礼堂。

交流分享会肯定很精彩，时不时会听到同学们热烈的掌声。

陆嫣轻轻地叹了声，转身朝着教学楼走去，路过小花园，一个纸飞机忽然飞到了她的脚边。

陆嫣的脚步微微一滞，她捡起纸飞机。

飞机上画着一个很难看的笑脸。

陆嫣抬头，看到叶迦淇双手揣兜站在石板路的尽头，她眼睛里的光又黯淡了下去。

“是你啊。”

叶迦淇穿着休闲 T 恤，袖子挽到手肘处，露出了结实的小臂。

“不然你以为是谁？”

“没谁。”

陆嫣将纸飞机放在阳光下，阳光透过薄薄的纸张，洒在她漂亮的瞳眸上。

“我记得，他送了你一个纸飞机，让你将来跟他换一架真飞机。”

“他不会兑现承诺了，都是骗我的。”陆嫣将手里的纸飞机飞了出去，纸飞机乘着风，落在了青青的草地上，“只有我这么傻，会相信这种骗人的鬼话。”

她嗓音淡哑，神情宁静而温柔。

叶迦淇跑过去，捡起纸飞机，递到陆嫣的手边：“我不会骗人。”

陆嫣接过纸飞机，不解地望向他。

叶迦淇神情温柔，对她说：“你将来用这个跟我换真飞机，我不骗人。”

陆嫣没听懂他的言外之意，笑了起来：“真的假的？”

他郑重地承诺：“真的，只要你早点儿走出阴霾，一架飞机算什么，我还可以把天上的星星摘下来送给你……”

陆嫣以为他只是拿她的事情开心取乐，笑问道：“你要怎么把星星摘下来送给我呀？”

“等一下。”

叶迦淇转过身，从书包里拿出本子，撕下一张纸，然后撕成整齐的纸条，灵巧的手指快速地叠了一枚小星星。他转身，将小星星递给陆嫣：“好了，星星。”

“原来就是这个呀。”

叶迦淇说：“以后你用它跟我换，换一颗真星。”

陆嫣忽然抬头，她不确定他说的是真星，还是真心，但她感觉气氛有些奇怪。

她岔开了话题，问道：“迦淇哥为什么不去参加交流会呢？”

叶迦淇耸耸肩：“有沈括在，我不必参加，反正每次考试他都压我一头，他智商高，这是常人难及的。”

“不是智商高。”陆嫣低声说，“他是比别人更努力。”

“看来你并不恨他。”

陆嫣垂着眸子：“不恨。”

毕竟，她还有父亲，可沈括却失去了父亲。

她不恨他所有的欺骗和谎言，但不恨，并不代表可以原谅。

“不说这个了。”叶迦淇见陆嫣的情绪低落下来，换了一个话题，问道，“你想考什么大学？”

“没想好。”陆嫣望向叶迦淇，“迦淇哥你会念哪所大学？”

“Q 大。”

她睁大眼睛：“你也去 Q 大？”

“是啊。”

叶迦淇轻松地笑了笑：“陆臻执意让我报 Q 大，和他一起去整人。”

陆嫣嘴角抽了抽。

陆臻这家伙还准备追到大学去搞沈括。

“所以你干吗答应他，报你自己喜欢的学校，别搭理他。”

“我答应是因为……”他望着陆嫣，“他说你也会念 Q 大。”

此言一出，陆嫣手里的星星掉在了地上。

叶迦淇捡起了小星星，放回陆嫣的手里，柔声说：“我在 Q 大等你，一定要来。”他说完，甚至不等陆嫣回应，便转身离开了。

或许，他也没有勇气听陆嫣的回答，才这样匆匆离开的吧。

陆嫣看着草地上的纸飞机，又望了望手里的小星星，感觉有些头疼，真是一波未平，一波又起……

经验分享会结束以后，齐玉嬛回到教室，见陆嫣看着笔记发呆，她趁其不备，抓起了陆嫣的笔记："哇，沈括的笔记啊，我的妈呀！"

"喂，还我！"

陆嫣夺过了笔记本，小心翼翼地装进书包。

"跟揣了宝贝似的。"齐玉嬛坐在陆嫣身边，用手肘戳戳她，"你没有去听分享交流会，太可惜了，师兄师姐们贡献了很多干货。"

"哦。"

"你看我就不像你这么小气，我都写下来了，喏，借你看吧。"

陆嫣随手翻了翻笔记本，上面密密麻麻地记载了各式各样的学习方法和记忆法门，可是看到最后，沈括的分享却只有一句话——"不要熬夜"。

见陆嫣目光停滞，齐玉嬛解释道："对啊，我们的省状元今天全程就这一句，不要熬夜。"

陆嫣合上了本子，轻描淡写地说了声："他自己都做不到……"不要熬夜。

这是陆嫣每天晚上都要叮嘱沈括的话。

同学们陆陆续续进了教室，陆嫣拿着水杯来到走廊尽头的公共水台边，脑子里还想着叶迦淇的事情。

她是搞不懂这些富二代少爷的脑子里到底在想什么，居然因为陆臻瞎说的话，就这么草率地选了大学。

陆臻更是草率，居然是追着沈括去了Q大，要不是这次走运，就他这闭着眼睛瞎报志愿的行为，不落榜才怪。不过仔细想想，自己当富二代那会儿，做事也是随心所欲，率性妄为，凡事只图自己开心，根本不考虑后果，反正不管发生什么糟糕的事情，还有她老爸帮她兜着呢，天塌不下来。

这种心态是什么时候转变的呢？应该是她认识沈括以后。

他认真地做事，沉默地忍耐，努力地生活着……

他改变了陆嫣对待人生的态度，无论她承不承认，此时此刻的陆嫣，是最好的陆嫣。

就在陆嫣思绪纷乱之际，水杯里的水忽然溢了出来，滚烫的水烫到了她的手。

陆嫣惊叫了一声，水杯脱手而出。手背都被滚烫的水烫红了，剧烈的疼痛让陆嫣连着后退了好几步。

就在这时，她纤细的手腕忽然被一双有力的大掌握住了。

男人拉着她，大步流星地走到水台边，打开了水龙头，放出凉水冲着她的手背。

陆嫣诧异地抬头，看到了沈括那张面无表情的脸。

他紧绷着脸，眸子盯着她的手背，眉心微敛。

陆嫣心头一突，屏住了呼吸。

他扭开水龙头，加大了水量冲击着她的手背，淡淡地说道："呼吸，别憋气。"

陆嫣猛地呼出一口气，脸颊一红，莫名来了火气，挣了挣："松手！"

沈括固执地拉着她的手腕，没有松开。

陆嫣连着往后退，死命地挣扎着……沈括忽然将她拉近，却没想到太过用力，两个人的脸险些撞上。

沈括还是攥着她的手腕，两个人面面相觑，呼吸交织。

"乖一点儿。"他嗓音低沉，说完又将她的手放在水龙头下，哗哗的凉水冲击着陆嫣柔嫩的手背。

"不赶快降温，会起水泡。"

陆嫣的眼睛有些红了，好不容易筑起来的坚固心墙在见到他的这一刻轰然坍塌。

过去在脑海里预演了无数遍的再见面时要说的狠话，现在她一句都说不出来了。

陆嫣看着他低垂的咖色眼眸，看着他细密通透的睫毛，看着他温柔的表情，她根本就没有办法对他硬起心肠。

这男人的一举一动，都牵引着她的心。

她语调里莫名带了些哀怨，低声咕哝："你又想骗我吗？"

沈括平静地说："你没什么可让我骗的了。"

"那你管我做什么？"

"你烫伤了。"

"这是我自己的事，与你无关。"

陆嫣的声调冷了，她强迫自己变坚强一些，不要那么没出息。

沈括眼眸微恸，良久，松开了手，说道："行，我不管你了。"

陆嫣感觉到落在手腕处的力度突然消失，心里莫名一空，全身的力量都被抽空了。

她想哭。

她吸吸气，强忍着喉咙里的酸涩，低着头，不让眼泪掉下来，所以……难过的人、放不下的人、没出息的人，从始至终都只有她一个。

沈括要走，陆嫣来到水台边，愤愤地望了他一眼：“沈括，我要和你打个赌。”

沈括回头望了她一眼。

陆嫣咬了咬下唇，将手放到热水管下，另一只手落到开关上。

“我赌你……喜欢过我。”她说完这话，闭上了眼睛，手按下了热水的开关。

沈括没有任何迟疑，趁着热水还没有碰到她肌肤的时候，将她扯了过来。然而他的手臂却因为滚烫的热水流出，擦红了一大片。

他的手紧紧地按着她单薄的肩膀，将她往墙上撞了撞，以一种威压的气势，质问她：“做这些有意思吗？”

陆嫣从来没见过他这般动怒的模样，这男人生气的样子很可怕。

她挣开他的手，踮起脚，与他对视：“你别凶我。”

她眼眸含光，宛若盛满朝阳，她紧紧地抓着沈括的胳膊：“沈括，你要是愿意，我就永远跟着你。”

沈括的心在这一瞬间软得一塌糊涂。

沈括几番抬手想推开她，手又几次落回身侧。

“陆嫣，松开。”他嗓音有些干。

“不！”

“我数到三。”

他总是这样，以前陆嫣跟他使小性儿的时候，他总是要数到三。

“我帮你数。”陆嫣还是不肯松开他，“一、二……”

还没到“三”，沈括忽然靠近了她，用力捏住了她的下颌，将她的脸抬起。

陆嫣猛然睁大了眼睛，看着他无限放大的五官，完全没反应过来发生了什么。

他……他在做什么？！

温热的触感很明显，他用了力，所以她的下颌生疼，整个人都呆滞了。

陆嫣惊慌地推开他，往旁边退了几步，背靠着墙，难以镇定。

她脸颊绯红，连耳垂都挂了红，宛若樱桃般娇艳欲滴。

沈括目光浮现一丝玩味，舔了舔唇角："三……"

过去，他从来没数到过三，因为陆嫣总是很乖很听话，他不忍心对她使坏。

"你、你这是做什么？"陆嫣又气又急，捂住了嘴巴。

"你不就是想要这个？"

"谁想要这个！"

"这么想跟着我，不就是想让我这样对你，不然我们换个地方，再好好'聊'一下？"

陆嫣难以置信地望着他，在他眼中望见了从没见过的轻薄神色，那么陌生。

她呼吸急促，愤怒不已："沈括，你在说什么话？"

"陆嫣，我过去没碰你，不代表不想碰你，碰你也不代表喜欢你。"他一字一顿道，"我是男人，懂吗？"

陆嫣羞红了脸，感觉到一阵前所未有的屈辱涌上心头，捡起地上的保温杯，用力掷向他："我恨你！"

沈括扬手接住了杯子，默然走到水槽边，将杯子洗干净，轻轻放在台上。

"陆嫣，别再自暴自弃了，这很蠢。"

陆嫣愤恨地望着他："永远不会了！我恨你！"

他的眼眸散漫地望了她一眼："恨着吧，明年等你考上Q大，我给你一个复仇的机会。"

自那日被沈括"羞辱"之后，陆嫣倒一改过去颓丧的模样，把全部的心思都放在了学习上。

正如简瑶所说，被伤害算什么，谁这一生还没遇到过人渣。

她是好女孩，她不曾辜负任何人，所以将来会后悔痛苦的那个人，一定不是她。

陆臻时常会去学校接陆嫣放学。毕竟九月就要开学了，他要去南方的Q大念书，能在一起的时间也着实不多了。他是打心眼里舍不得他女儿和女儿她妈。

当然，目前看来，在受荷尔蒙催化的躁动少年心底，后者的分量可能还要更重一点儿。

那天下午，陆臻照例拎着两杯西瓜汁冷饮，斜倚在校门外的香樟树荫下，等着陆嫣和她妈出来。

没等到陆嫣，反而望见了舒梦绯。

陆臻立刻抬眼望天，假装没看见她。

舒梦绯朝陆臻走了过来，丝毫没有觉得尴尬，大大方方地跟他打了招呼："嗨，好久不见，陆臻。"

当然，毕竟是曾经暗恋的女神，陆臻无论如何也做不到像她这样轻松自然。

"有事？"他生硬地问。

"一定要这么冷淡吗？"舒梦绯说，"好歹我们也是校友啊。"

陆臻看着她这轻描淡写的样子，心里多少有些不是滋味，曾经真心对待的女孩，或许从来没有喜欢过他。不适的感觉转瞬即逝，陆臻早已经释怀了，所以也不在意她有没有喜欢过自己。他抬头望向校门口，高三预备补习班的同学们蜂拥而出，估摸着时间，陆嫣应该也快出来了。

他对舒梦绯说："没事的话，我就先走了……"

不等他说完，舒梦绯忽然开口道："陆臻，恭喜你啊。"

"恭喜什么？"陆臻不解。

"考上Q大啊。"舒梦绯神情有些兴奋，"没想到你居然和沈括考上了同一所大学，真行。"

陆臻脸上终于露出了些许自豪的神情。

过去陆臻总被舒梦绯拿来和沈括对比，她觉得沈括哪都好，自己哪都不如沈括，如今他和沈括考上了同一所大学，还是同一个专业——Q大最顶尖的计算机系。他总算可以扬眉吐气了。

“我也没想到。”陆臻挠挠头，有些不好意思，谦虚地说，“运气好。”

陆嫣走出校门，看到简瑶倚在校门口的红墙边，抱着手臂看热闹。

她走到简瑶身后，拍拍简瑶的肩膀：“你看什么呢，这么专心？”

“丫头，来。”简瑶把她拉过来，“看那儿。”

简瑶属于典型的身材高挑的长腿美女，陆嫣跟她站在一起，身高便差了一截，她像揽女儿一样把陆嫣揽到身前：“看。”

陆嫣抬头，顺着简瑶指的方向望过去。

不远处的路口，舒梦绯正在和陆臻聊天，看这样子还相谈甚欢啊！

陆臻脸颊挂着绯红，眼睛里冒着光，嘴角带笑。

一般而言，陆臻出现这种表情，多半是有人夸了他。

陆嫣说了声：“他俩有什么聊的。”

自从拒绝陆臻以后，舒梦绯可是再也没有搭理过他，路上遇见了也完全视而不见。

好在陆臻性子爽朗，大大咧咧，不拘小节，所以也没有和舒梦绯计较。

“真的，陆臻，我以前真的没想到你竟然还是一匹黑马，我们班的女同学最近都在说沈括能成为省状元都不意外，但你能上Q大真是太让人意外了。”

“是吧，我也很意外，可能真是运气好吧。”

“不，陆臻，这不是运气。”舒梦绯笃定地说，“这是实力，是你的努力换来的，我真的很欣赏这样的你。”

陆臻这下子就更不好意思了：“谢谢啊。”

陆嫣听到舒梦绯说这样的话，凭着作为女孩子的第六感，瞬间就看明白了她的心思。

这家伙是看陆臻考上了Q大，又想吃回头草了。

陆臻这傻瓜，还搁那儿傻乐呢，完全没有意识到自己已经被舒梦绯套路了。

果不其然，舒梦绯走近了陆臻，说道：“陆臻，都是我不好，过去的事情就让它过去，好吗？你千万别怪我。”

陆臻当然没把过去的事情放在心上，大方地表示：“我没怪你啊。”

舒梦绯又走近了一步，说道："陆臻……你是原谅我了吗？"

"呃。"陆臻不喜欢这样的距离，本能地往后退了退，"没什么原谅不原谅的，都过去了。"他早就已经放下了，释怀了。

"陆臻，今年我会好好努力的，努力考上Q大！"

陆臻说："Q大是理工类院校，你念文科，不太适合。"

"可是……因为某人在那里啊。"舒梦绯脸红了，低声说，"我想和某人念同一所大学。"

陆臻问："你还喜欢沈括啊？"

"扑哧"，陆嫣差点儿笑喷了，傻子都看得出来舒梦绯说的某人就是陆臻啊！

这个傻子……

舒梦绯脸色变了变，不过立刻道："不，不是沈括……我对沈括只是一时看不清，现在我看清了，他不、不太适合我。"

"你认清就行了。"陆臻好心劝道，"我跟你讲啊，那家伙是个骗子，他把我……""闺女骗得好惨"这句话到了嘴边，他又咽了下去。

舒梦绯不想再和他讨论沈括，见陆臻这般迟钝，终于说道："陆臻，我想跟你说，我想说的是……"她加快了语速，一口气说道，"等我上了大学，我们就在一起好吗？"

陆臻愣住："啊……"

"上次拒绝你，我想了很久，还是有点儿……有点儿后悔的。"

陆嫣担忧地望着陆臻，真怕他一时脑热答应了，毕竟陆臻这种傻大个，对舒梦绯这种楚楚可怜的"小白花"是完全没有任何抵抗力的。

不过好在陆臻也是有脑子的，说道："不好意思啊，我已经有喜欢的人了。"

舒梦绯脸色微变："你已经……"

陆嫣见她露出惊诧的表情，就知道她从来没想过陆臻竟然会喜欢上别人。

陆嫣情不自禁地回头望了简瑶一眼，她抱着手臂，完全是一副看好戏的姿态，嘴角含笑，看着他们。

这样下去怎么行啊？

陆嫣连忙推了简瑶一把。

简瑶受惊："干吗？"

"去把他抢回来！"陆嫣用力将她推了出去。

"抢个鬼啊，喂！"猝不及防，简瑶就这样被陆嫣给推了过去。

陆臻和舒梦绯同时一惊。

简瑶挺不好意思地跟两人挥了挥手："打扰了，打扰了。"

陆臻看到简瑶的时候，脸色微变，下意识地追了上去，拉住了简瑶："你听我解释。"

"喂喂喂！"

简瑶连忙拍开了陆臻拉拉扯扯的手："解释什么，跟我又没关系。"

"不是你想的那样！"

"我什么也没想，你不要说这些让人误会的话！"

她鸡皮疙瘩都冒出来了。

简瑶可不想掺和别人的事，她太知道女孩的嫉妒心有多么强烈了。

陆臻过两天就走了，可舒梦绯还留在这儿，大家低头不见抬头见的……简瑶可不想平白多这么一个阴恻恻的死对头啊。

"放手放手。"她扯开了陆臻的手，低声对他说，"你喜欢就答应人家，不喜欢就果断拒绝，但是不管怎样，别扯上我呀！"

果然，舒梦绯望向简瑶的目光变得怨毒了。她还没忘记上次简瑶把陆嫣带到合唱团，让她没办法上台弹钢琴的事情。现在新仇旧恨加在一起，舒梦绯俨然已经把简瑶当成了自己的头号敌人。

陆臻见简瑶不太想掺和这些事，就松开了她："抱歉。"

简瑶终于得了自由，转身就走。

这时候，舒梦绯忽然说道："陆臻，原来你认识简瑶啊，真巧，她也是我的好朋友。"

简瑶的脚步微微顿了顿。

舒梦绯继续说道："我小时候和她住在同一栋居民楼，比你认识她还久呢。"

简瑶忽然回过头，用凌厉的眼神冷冷地扫了舒梦绯一眼。

舒梦绯露出了得意的笑容，望向她那双漂亮的大长腿。她知道陆臻是个超级腿控，很明显，是简瑶高挑的身材和这一双匀称漂亮的大长腿吸引了他。

简瑶的脸色越来越沉，就连边上看热闹的陆嫣都觉察到了气氛的微妙变化。

“陆臻，不知道你有没有发现，简瑶从来不穿短裤或者裙子，你知道这是为什么吗？”

“你敢说！”简瑶忽然发飙了，“你再多说一个字试试！”

“哎呀，你凶什么啊，这又不是秘密，我们楼的人都知道。”舒梦绯故作无辜地说，“咦？陆臻，这么大的事，你该不会不知道吧！”

陆臻诧异地眨眨眼：“什么啊？”

“她的腿……”

简瑶暴躁地捡起地上的石头，砸在舒梦绯的脚边：“不准说！”

舒梦绯被吓得跳了起来：“你干吗这么粗暴！又不是秘密，大家都知道啊！”

大家都知道，但是陆臻不知道，简瑶从来没有对他说过……

陆嫣望向简瑶的腿，恍然想起来是真的从来没有看简瑶穿过短裤，这么漂亮的一双腿，可她从来不穿短裤。不仅如此，无论春夏，她都是长裤小皮鞋，甚至连凉鞋都没有穿过。

舒梦绯见自己戳到了她心底的痛处，眸子里溢出了痛快之色。

“陆臻，她的腿……”

“闭嘴。”

开口的人是陆臻。

第一次，他看舒梦绯的眼神渐渐变了，带着些许冷意，也带着厌恶。

“你知不知道自己这副样子真的有点儿讨厌？”

陆臻从来没有用这样的眼神看过她，更没有对她说过这样的狠话。他虽然性格急躁了一些，但对待女孩子从来都是谦和有礼貌的，即便是被拒绝的时候，他都没有用这样厌恶的语气和她说过话。

舒梦绯的眼眶顷刻间便红了，但她还不想放弃，说道：“陆臻，她其实……”

“滚！”

陆臻终于发怒了，是真的愤怒，眼神里射出了冷冽的寒光：“我不想看到你。”

那一刹，舒梦绯终于知道，自己现在做的一切都是在自取其辱，陆臻已经彻底不喜欢她了。她愤恨地望了简瑶一眼，红着眼睛，不甘地离开了。

那一瞬间，陆嫣的心都差点儿炸了，觉得自己老爸护妻的模样真是帅爆了！

舒梦绯离开以后，周遭终于安静了下来。

陆臻将手里的西瓜汁递到简瑶的手边，说道："你们晚上还有晚自习是吧？"

"嗯。"

"那行，你和小嫣快去吃饭，别耽搁了。"

他转身要走，简瑶忽然问道："舒梦绯刚刚说的……你不好奇吗？不问我吗？"

陆臻顿住脚步，倏地回头，冲她挑了挑眉毛，爽朗地笑道："好奇啊，你的一切我都好奇，不过……"他微微侧头，说道，"等你想告诉我的时候，自然就会告诉我啊。"

"那我要是一辈子都不告诉你呢？"

"那也没关系，如果我们有一辈子的话……"那也很美好啊。

简瑶低头看着自己的小白鞋，手攥紧了裤子："陆臻，如果有一天你发现我不是你想的那个样子，你会失望的。"她咬紧了唇，"你们都一样。"

就像伤害她的那个人——一个待人接物都相当温柔的男孩子，笑起来的时候，嘴角有甜酒窝，他很温暖，也很关心她……

简瑶永远无法忘记，当她以为找到了一个值得信任的人，战战兢兢地将自己的秘密展现给他的时候，他眼神中浮现的惊惧以及极力掩饰的厌恶。

自那以后，简瑶再也不相信任何人，她把真实的自己层层包裹并藏了起来。

没有男孩会喜欢那样的自己，男孩都喜欢漂亮的女孩，身材姣好，没有缺陷……

"如果我告诉你，你也会讨厌我。"

没有人例外，陆臻也不例外。

她转身要走，陆臻把手揣兜里，漫不经心地说："不试试怎么知道？"

"不用试，我就是知道，你们都一样。"

这时候，她纤细的手腕忽然被一双宽大的手掌用力攥住，她诧异回头，迎上了少年坚定的黑色眸子："我不是别人，我是陆臻。"

简瑶凄然一笑："你是陆臻又怎么样？"

"不管你信不信，陆臻和简瑶，是命定要写进结婚证里的名字。"

简瑶脸上的神情终于微微发生了变化，别说是简瑶，就是陆嫣都被陆臻这句话感动到了。

她爸很会说情话啊！

然而还没等陆嫣为陆臻鼓掌叫好，她爸又补充了一句相当煞风景的话："不只结婚证，还有房产证，还有闺女的独生子女证，还有……"

终于，简瑶嘴角浮现了一丝轻松的笑意："你是不是还想说离婚证也有我们的名字？"

"那不行。"陆臻一口拒绝，"离婚，这辈子都没可能。"

"话别说太快，当心闪着舌头。"

"不怕闪着舌头，我陆臻要么不结婚，结了就是一辈子的事，再说，离婚还得分走一半财产呢！"

陆嫣扶着额头走过来，把简瑶给拽走了："吃晚饭去，别理他。"

这好不容易小姐姐对他有那么点儿心思了，陆嫣真怕这傻子说着说着又给作没了。

晚上，陆臻和梁庭在河边的大排档给马上要开学的秦皓饯行，秦皓被一所警校录取了，所以暑假没有过完，他就要去警校报到。

陆臻和梁庭同时举起酒杯，敬他："秦 sir（先生），进了警校，好好训练，以后抛头颅洒热血，保家卫国！"

"好！"

秦皓也举起了酒杯："那我也祝你们好好努力，将来挣大钱！"

"干！"

邻桌有不少人回头偷偷瞥向他们，都以为他们在做着挣大钱发财的美梦。

是啊，谁能想到几个富二代整天琢磨的都是怎么脱离家庭、靠自己的双手挣到自己人生的第一桶金？主要还是让沈括给刺激的。

成长过程中若是没有这样一个竞争对手时时刻刻鞭策着，兴许他们还真会像有些富二代一样，脑子里成天琢磨的就是去哪儿花天酒地。所以现在陆臻回头看过去，其实也挺唏嘘的，沈括做的一切当然是为了报复他，但从某种程度上来讲，沈括也成全了他。

兄弟三人都喝了点儿酒，相互搀扶着走出大排档，似乎还没有喝尽兴，陆臻说要请他们吃烧烤。

几人来到烧烤摊前。

"吃点儿什么？随便选。"陆臻抬头，便望见了卖烧烤的人居然是钟恺。

钟恺戴着白色的围兜，正忙碌着，生意还不错。

"几位要吃点儿什……么？"

他看见陆臻，脸色一变，放下烤串拔腿就跑，陆臻见他跑，连忙追上去。

梁庭和秦皓也立刻追过来，几个少年在马路上展开了一场猫捉老鼠的"追逐战"。

陆臻速度更快，追上去一把拉住了钟恺的肩膀，差点儿将他掀翻在地。

"你追我干什么？！"

陆臻抓着他的后衣领，气喘吁吁地道："你跑什么？！"

"你追我，我当然要跑啊！"

"明明是你先跑的。"

钟恺拍开了陆臻的手，撑着膝盖喘息了一阵子，把气息喘匀了，说道："你们三个人，我一个人打不赢。"

梁庭追上来，说道："谁要跟你打？"

陆臻本来也没想找钟恺的碴，不过既然遇见了，自然不能轻易放过。

他望望梁庭，梁庭回了他一个眼神。

陆臻心里有了盘算，松开了手，同时手臂揽上了钟恺的肩膀，说道："相逢就是缘，兄弟，咱们去喝一杯。"

"我、我不能喝酒，我、我还要摆摊。"

"没事没事，我让我们皓哥帮你看着摊。"

"不是……我这摊，城管等会儿过来……"

"不怕不怕，有皓哥在，没事。"

秦皓有点儿无语："喂，你们葫芦里卖什么药呢，真让我看摊啊？"

梁庭甩给他一个眼神，示意他留在那儿。

俩男孩将钟恺忽悠进了大排档，三杯酒下肚，钟恺不胜酒力，晕晕乎乎地拍着陆臻的肩膀说："兄弟，其实我们之间呢，没什么深仇大恨，对吧，但沈括也是我兄弟，而且是从小跟我一起长大的兄弟，你和他之间呢……有心结解不开，我们的关系当然也就比较尴尬了。

"还有这位梁庭兄弟，对你我是早有耳闻，知道你是个人才，我们沈哥都说过，这些年要不是你帮陆臻，他早把陆臻玩死了。"

陆臻嘴角抽了抽，梁庭也笑着点头："是，你再喝点儿。"说着他又倒了一杯酒，灌进钟恺的肚子里。

眼见差不多了，陆臻和梁庭对视一眼，陆臻说道："钟恺兄弟，我们家小嫣跟我提过你，说你很照顾她。"

"那肯定，她是个好姑娘……"

钟恺打了个嗝儿，梁庭别开脑袋，挥了挥手，驱逐味道。

陆臻老父亲这会儿已经完全顾不得嫌弃什么了，专心致志地套他的话："这几天，我姑娘很伤心啊，你也知道原因吧？"

钟恺也叹息了一声："这个事情吧，也怪不了沈括。"

陆臻和梁庭一听有戏，陆臻故作漫不经心地又给他倒了一杯酒："我理解，毕竟沈括的父亲……哎，不说这个，喝酒！"

钟恺叹道："你不知道，其实他很心疼小嫣，本来他父亲这事，他是准备瞒着不告诉任何人的，包括你，陆臻。"

陆臻连忙问："怎么说？"

"天意弄人，偏偏让小嫣知道了这件事，沈括这人……我太了解他了，从小要强，性子骄傲，他不愿意小嫣与他在一起，一生都背负着害他失去父亲的罪恶感。"

陆臻和梁庭两个人都目瞪口呆，完全没想到今天误打误撞的套话，还能套出这样的理由。

"要是沈叔叔没有离开，这还罢了，偏偏天意弄人，唉……"

陆臻能理解沈括的想法，他闺女是个重情重义的女孩，若是她把沈父去世的罪责揽到自己身上，便一生都会对沈括心怀愧疚。

陆臻起身，沉着脸走出了大排档。

天空中飘起了小雨，梁庭立刻追了出来："你要做什么？！"

陆臻冲进了雨中，大步流星地朝街道尽头走去："你没看到我们家姑娘这几天都瘦成什么样子了吗？"

别人不心疼，当爹的心疼。

梁庭一把按住了他的肩膀："你想清楚，真的要把这件事告诉陆嫣吗？沈括一番苦心，你真的要让陆嫣这一生背负着这样的自责和愧疚吗？"

陆臻垂于身侧的手蓦然攥紧了。他低着头，死死地咬着自己的嘴唇。不应该是她，这份罪责，本应由他来背负。他的女儿，他这一生最挚爱的宝贝，她应该永远生活在骄阳之下，美好而自由。

梁庭拉住了陆臻，劝道："她是个坚强的女孩，她能够挺过来，风雨之后又是海阔天空。"

"海阔天空……"陆臻轻声念着这四个字，说道，"小嫣说过，我曾经独断专行，断送了她的梦想。"

梁庭看着陆臻，这一刻，他眸子里那深沉的光，让梁庭感到陌生。

他说道："我答应过她，给她自由选择的机会，永远不做那种'我是为你好'的父亲。"

至于陆臻最后到底有没有把事情告诉陆嫣，梁庭不得而知。这父女俩像是约好了似的，守口如瓶，绝口不提此事。

他们不提，梁庭自然也不会多问，他向来是个很有分寸的人。

在九月满城桂花飘香中，梁庭和陆臻一起进入了Q大，成了02级的大一新生。

这一年，他们也迎来了第一届的新生军训。美好而充满激情的大学生活似乎并没有想象中的那样美好。

白天暴晒，被第一次带学生的教官们疯狂"摧残"，晚上穿着人字拖和几个兄弟出去吃夜宵、喝啤酒……一切都归于平静。

沈括和陆臻不再如高中那般针锋相对，上了大学以后，两个男孩都仿佛长大了许多。

是啊，他们都是成年人了，哪能还像小孩子那样，你打我一下，我踹你一脚。

日子也开始变得平淡和无聊起来。

不过梁庭知道，沈括的生活一定不平淡。

优秀的人无论在哪里，都是相当惹眼的。北城省状元的名头，让沈括一入校就变得光彩夺目。

军训的时候，他所在的班级又正好在操场入口的位置，他站在排头，规矩而正挺的迷彩服穿在身上，显出他高挑而笔直的衣架子身材，背影颀长挺拔，五官英俊，简直不要太吸引眼球。

每次女孩们经过他身边，都会情不自禁地理理头发，或者含羞多看他几眼。

他的眼眸藏在迷彩鸭舌帽的阴影之下，他平视前方，全身上下写满了“生人勿近”四个字。

这股子沉默寡言的高冷范儿，反而激起了女孩们的征服欲。

向他告白的女孩络绎不绝，每天解散之后或者晚上集结开大会唱歌的时候，他总能收到女孩的情书……

这就让陆臻很不爽了，所以都不用沈括自己开口拒绝，陆臻就会激动地跑过来，替他挡开桃花。

“走开走开！这家伙是个骗子！是个渣男，不要被他伪善的外表蒙骗了！”

“别看他现在人模狗样的，里面坏透了，金玉其外败絮其中说的就是他！”

“怎么小妹妹你还不相信啊！哎哟，你们没见过个儿高的男人是不是？我认识的帅哥多，想谈恋爱我给你介绍，这男人不行啊，不行不行！隔壁班的叶迦淇怎么样，我兄弟，介绍给你？”

久而久之，女孩们都开始传陆臻和沈括的绯闻了……

有时候梁庭看着陆臻这激动劲儿，也开始怀疑这家伙不是真的讨厌沈括，才坏他好事，而是在帮他闺女护食儿呢。

炎热的午后，陆嫣从高三教学楼走出来，站在香樟树下，手里拿着梁庭从大学寄来的书信。

纸页很薄，放在眼前，透着阳光——

“你爸，真的在帮你摘星星啊！”

她所念念不忘的，陆臻都在竭力为她守住。

陆嫣和梁庭成了笔友，也很神奇了。

这样一位温柔又善解人意的叔叔，倒是成了陆嫣成长过程中的忘年知己。

很多时候，陆嫣不好跟陆臻讲的话，她就会写在给梁庭的信里，尤其是高三时期，他们之间通信频繁。

其实她可以给梁庭发短信，但是短信和书信的感觉完全不一样，书信这样一种古老的形式，能带来一种时间的静谧和庄严感。

她摸着这封从南方辗转北上的信，轻轻嗅了嗅，仿佛能嗅到南方的暖阳、微风和花香……

还有她念念不忘的那个人。

梁庭也很懂小丫头的心思，总会在笔端偶尔带过一两笔沈括的消息，轻描淡写，不着痕迹……似乎不经意，又似有意为之。

“军训他选上了排头的旗手，看着很精神。”

“他很努力，一有时间就泡图书馆。”

“不知道是不是错觉，他好像又长高了，都这把年纪了，怎么还长呢！”

“听说篮球队邀请他加入，陆臻也想加入，被拒绝了。”

……

这些只言片语，绝大部分时候，陆嫣是直接回避或者无视的，但是冬日里，她收到了梁庭寄来的本学期最后一封信，信上说——

“大家聚在操场开晚会，很难得，沈括居然唱了一首歌。”

陆嫣看到这句话的时候，第一次回应了梁庭的好意，她给他打了个电话。

电话里，她先懂事地挨个问候了他寝室里的各位叔叔伯伯一遍，才故作漫不经心地问他：“他还会唱歌吗？唱的什么啊？”

梁庭浅浅一笑，走到阳台边。

阳台外的绿叶被寒风吹得簌簌作响，梁庭打开了手机的免提，说道：“你听。”

“听什么？”

“风吹叶子的声音。”

南方冬日里，绿叶常新，不会干枯飘零。

“听到了，你说沈括唱了一首歌，是……什么啊？”

梁庭吊够了小丫头的胃口，这才缓缓道：“遥远的她，仿佛借风声跟我话。”他轻轻地唱了出来。

陆嫣抱着膝盖坐在飘窗边，看着窗外如鹅毛般飘洒下来的洁白雪花。

“遥远的她，不可以再归家，我在梦里却始终只有她。”

陆嫣捂住了嘴，眼泪顺着指缝流淌着……一直埋藏心底的感情宛如潮涌般倾泻而出。

梁庭很体贴，没有再说话了，他听见了电话那端小丫头紊乱的呼吸。

“晚安。”

“嗯。”

他挂掉了电话，独自站在阳台边，望着窗外朦胧的夜色，深深呼吸，平复着心底酸涩的情绪。

他有一个从未宣之于口的秘密。

他抬头，望向深蓝的夜空……

今晚的月亮，应知他的心事。

2002 年底，一场可怕的肺炎病毒席卷了中国大陆，第一个病例在南方被发现，而后扩展至全国乃至整个东南亚。

那段时间，无论南城北地，都是人心惶惶，每个人出门在外都戴着口罩。

陆简也让阿姨把家里里里外外全部用消毒水进行了一遍彻底的消毒，陆嫣保温杯里的枸杞红枣也都换成了板蓝根。

北城目前已经发现了十二例确诊感染，死了三人，并且这个数量还在不断上升。

很不幸，随着气温下降，陆嫣出现了发烧和咳嗽的症状。

她是去校医院拿药的时候被发现发烧的，当时护士便立刻联系了北城的人民医院。所以陆嫣甚至都还来不及联系陆简，就被惊慌的医生和护士塞进车里带去隔离了。

远在南城学校里的陆臻接到老爸的电话，说陆嫣发烧被隔离了，动用了一切关系，都不让见。

现在陆简也急得宛若热锅上的蚂蚁，就差硬闯隔离大楼了。

他的宝贝闺女被关在那种地方，和一堆疑似病人关在一起，想到这个，他简直要发疯了。

尽管医生一再跟他解释，说不会交叉感染，都是分开隔离的，但陆简还是不放心，后来直接对医生说："你要多少钱，多少钱才能把我女儿放出来！多少钱我都给你！"

医生都快报警了。

这种情况，纵使见惯风云的陆简，都没有办法保持冷静。

倒是孟知宁冷静得多，把陆简从医生办公室揪出来，让他先别白乱阵脚，回去找关系，能找的关系都找了，该花的钱也别含糊，最重要的是现在一定要想办法见陆嫣一面。

陆臻接到电话的时候，整个人都蒙了，放下电话，连行李都来不及收拾，直接跑出学校，准备直接去机场买票，乘最近的航班回家。

不过在学校门口，他被保安拦住了。

"同学，封校了，这几天就留在学校，不要出去了。"

"我有急事！"

"什么事也不行，昨天刚死了两个，就在咱们市医院，暂时封校，这几天我们不让闲杂人等出入校园，理解一下。"

"我家里真的有急事，我必须回去！"

保安没有放他离开："那……实在有急事，去找你们辅导员批假条，拿到假条我们才能放人。"

"真的没时间了！我们辅导员他不会给我批假条的！"

"你这学生还没请假怎么知道不行？"

陆臻见他们真是不打算放他走，软的不行，只能来硬的。他退后两步，猛地一个冲刺，准备翻出铁门。铁门被他弄得哗哗作响，他像树袋熊一样挂在门上。

保安见他要硬闯，连忙拿了警棍跑过来，警告陆臻道："你别乱来啊！特殊时期特殊对待，我们不会客气的。"

"我也是特殊事件必须要回家，晚了就来不及了！"陆臻热血上头，哪里还管他们客气不客气，攀上了铁门。

就在这时，衣领忽然被人攥住，一股巨力将他从铁门上拽了下来。

陆臻重心不稳，差点儿摔倒，回头衣领就被人从正面揪住，整个人被重重地按在了铁门上。

他看到了沈括那张冷冰冰的脸。

沈括似乎预感到不妙，急促地问："是……谁出事了？"

"我闺女……不是，我妹妹，她、她被隔离了。"陆臻急得眼睛通红，"被隔离了！疑似肺炎，现在我们全家都见不到她。"

沈括的手蓦然攥成了拳头。

陆臻还要爬校门，保安甚至都要上警棍了："同学，你要是再做这样的危险动作，我们……真的不客气了！"

沈括顿了一下，抓起陆臻的衣领，沉声说："跟我来。"

他力气很大，陆臻根本无力挣脱，只能任由他拉扯着，来到学校后湖的围墙边。

这里的围墙修得稍矮，约莫两米，红墙因为年久失修也已经脱皮褪色。

沈括蹲在了围墙边，回头对陆臻道："上来。"

"上、上哪儿？"

"踩我肩膀，爬上去。"

陆臻犹豫了一下，想到自家闺女的情况，终于定了定心，踩上了沈括的肩膀。

他很稳，陆臻踩上去以后，他便站起身，直接将陆臻托着爬上了围墙。

陆臻爬上去以后，双腿分开坐在墙上，回头冲他伸出手："上来，我拉你。"

"不用。"沈括站起身，往后退了五六米，然后一个低身俯冲，借着惯力，竟然就这样攀上了墙顶，最后借着手臂的力量，双手一撑，也爬了上来。

陆臻看着他的手臂肌肉，眼神都有些变了。

这男人真行。

两个人翻出学校的围墙后，在街上拦了一辆出租车，直奔南城机场。

机场安检重重，有不少穿防护服的医生在为乘客进行消毒，搞得陆臻更加紧张，大冬天的后背湿了一大片。

他和沈括直接去了机场的售票处，临时买票，价格贵了不少，再加上现在特殊时期航班紧张，价格更是翻倍上涨。

“去北城，下一班晚上十点，九百，或者等明天早上六点那班，便宜些。”

陆臻压根儿不在乎，现在他满心满脑都是陆嫣，毫不犹豫地说：“九百就九百，买买买，快点儿！”

售票员立刻给他开了票，又望了望他身边的沈括：“先生，您也要买一张吗？我给你们安排临座。”

“买一张。”他的嗓音低沉而沙哑，已经把身份证递出来了。

陆臻忽然按住他的身份证，说道：“你没必要回去，回去了也没用，我爸妈现在都见不着人。”

沈括睨了他一眼：“不然你以为我来机场做什么，送你吗？”

“你不是来送我的吗？”

沈括固执地说：“给我开一张。”

“喂，九百一张啊，你疯了是不是，哪来这么多钱？”

“你管我。”他已经摸出了钱包。

陆臻心底还是觉得过意不去，说道：“我先回去看看情况，然后给你打电话，你现在回去也于事无补，现在她被隔离了，谁都见不着人。”

沈括不耐烦地踹了他一脚，把他踢远了些：“滚。”

被踹了一脚的陆臻终于不再阻止他，看着沈括小心翼翼地将机票叠起来装进胸前的口袋中，冷哼了一声，说道：“当初要离开的人是你，现在瞎操心的人也是你……”

沈括站在机场的落地窗边，时而望望窗外斜垂的夕阳，时而看看机场大厅的时钟，满心担忧，没有心思理会他。

陆臻抱着手臂走过来，站在他身边，说了句：“自作自受。”

“我是自作自受。”他嗓音沙哑地回了这一句，便没有其他的话了。

他想到小姑娘疑似患上了那样可怕的病症，被隔离在冷冰冰的医院里，独自面对黑暗与死亡……他的心都要碎了。

第二章

小宝贝

陆臻回到北城的第二天，陆简这边四处奔波终于有了结果，院方同意让家人和患者见一面。不过院方也给出了要求：只让兄长换上隔离服与陆嫣见面，陆简和孟知宁年龄稍大，抵抗力低，就不太适合去隔离大楼了。

出发前，陆臻给沈括发了一条短信："我先过去了，地点在人民医院第四大楼的隔离区。"

沈括："已经到了。"

陆臻坐上车，看到沈括的这条短信，心说你还挺积极！

陆臻上了孟知宁的车，一路上，孟知宁嘴里说个没完，叮嘱陆臻："见到妹妹以后，不要哭哭啼啼搞得跟生离死别似的，增加妹妹的紧张情绪，要鼓励她，知道吗？"

陆臻满心担忧地望着窗外，完全听不进孟知宁的话。

现在北城的大街小巷都在用洒水车进行消毒，药店门口还摆放着免费的板蓝根水箱，街上每个人都戴着口罩，防备地望着周围其他人，搞得气氛紧张兮兮的。

电视里每天都在报道病患死亡的消息，陆臻的一颗心七上八下，紧张极了。

到了人民医院后，陆臻给沈括打了个电话，问道："你在哪里啊？"

"回头。"

陆臻回头，看到对面大楼的花园里，少年站在花台上，面无表情地望着他。他穿着一件灰色羽绒服，拉链敞开着，里面是一件单薄的羊毛衫。修长的脖颈脉络分明，皮肤在冬日的寒风中显得越发苍白。

很少有人能把臃肿的羽绒服穿得这么帅气，有时候，陆臻也不得不承认，沈括是挺帅的，比他还要帅那么一点点。

“你什么时候来的？”

沈括仰着头，远远望着正前方那栋隔离大楼。

“昨天晚上。”

“什么？该不会昨晚下了飞机你就过来，在这里站了一晚上吧？”

沈括没有回答，依旧目不转睛地望着正前方的那栋大楼：“她在几楼？”

“听医生说，好像在七楼，不过你看不到的，隔离室没有窗户。”

沈括知道看不到，但是昨天晚上一下飞机，他便过来了。

即便他看不到，只要能离她更近一些，心总能稍稍安定些。

“进去之后你告诉她……”

“我什么话都不会替你转达。”陆臻一口拒绝了沈括，“当初离开是你的决定，我妹妹难过了很久很久，现在她好不容易走出来，过得很好，很开心，我不会让你再打扰她了。”

沈括的喉结上下滚动着，终于，他还是说道：“告诉她，不要怕，昨天晚上天空有很多星星……”

有很多星星，还有我，我在这里陪着你。

陆臻不等他说完便挂掉了电话，愤愤地望了他一眼。

这么会撩，难怪这么长时间过去，他闺女都还死心塌地、念念不忘。

他可真是个祸害！

陆臻随医生护士去了隔离区的消毒室，换上了包裹严密的防护服，然后进入了层层隔离的病患间。

在病房外面，陆臻终于见到了陆嫣。

陆嫣穿着一件大号的条纹病患服，可怜兮兮地抱着膝盖坐在病床上。她鼻头红红的，眼睛湿漉漉的，看这样子好像刚刚哭过，宛如一头受惊的小兽。

陆臻的五脏六腑都拧到一起了，他激动地冲周围的医生喊道：“不是生病了吗？怎么穿这么少！穿这么少怎么行！”

医生解释道：“有暖气，不会冷。”

陆臻激动地拍着玻璃，冲陆嫣喊道：“闺女，爸爸来了！别怕啊！”

陆嫣看到陆臻，眼底含了光，跳下床，跑到窗前，手摸着玻璃层，喊了声：“你疯了吗？怎么来这种地方！”

“我来看你啊！你别怕，医生说还有几项检查，做完没问题就可以离开了！你千万别怕，没事的。”

“家里都还好吗？”

“爸妈都没事，就是担心你，这几天老妈连公司都没去。”

“听说南城也发现了好几例。”

“是啊，我们都封校了。”

陆嫣犹豫了几秒，终于问道：“那……他还好吗？没生病吧，有没有咳嗽什么的？”

“谁啊？”

陆嫣踟蹰着，手绞动着衣角，终于低声说出他的名字：“沈括。”

“问他做什么？”

“就……随便问问。”

陆臻撇撇嘴，没好气地说：“甭担心他了，就算世界末日来临，那家伙也绝对是最后一个死的那种，精着呢！”

陆嫣听说沈括没事，缓缓松了一口气，又似想起什么，连忙说道：“我住院的事，你不要让他知道。”

“为什么？”

“不为什么。”

陆嫣坐在冷冰冰的小板凳上，抱着细瘦的手臂，情绪有些低落：“不要让他知道。”

陆臻咽了口唾沫，强忍住想告诉她那个家伙就在楼下的冲动，说道：“说不定人家压根儿就不想知道。”

陆嫣的神情更加失落了，她揉了揉眼睛，眼周红了一圈。

“唉，你这……我随口一说，你哭什么啊？”

“没哭。”陆嫣固执地背过身去，吸吸气，“谁哭了，我才不会哭，你说得对，人家可能根本不想知道，可是万一，万一我检查结果出来，真的有什么，你……你帮我跟沈括说，你跟他说……”

“我什么都不会帮你跟他说。”陆臻又是一口拒绝，还没忘骂了一声，“傻子。”

陆嫣终于哭出声来：“你帮我跟他说……”她断断续续地抽泣着，越想越难受，眼泪也越来越多，襟前湿了一片，“说陆嫣不怕死，只怕这一生再也遇不到像他一样的人，只怕再也没有机会……没有机会见他最后一面，没有机会跟他说，说还是忘不掉……”

小姑娘已经泣不成声。

“我不会帮你说这些，要说……你自己说。”

陆臻将手机放到了玻璃窗的对讲机旁边：“电话已经通了，你自己跟他说。”

陆嫣猛然抬头，冲过去堵住对讲机的圆孔：“不！我不和他讲话，快挂掉！啊！挂掉挂掉！”

陆臻耸肩：“已经来不及了。”

电话早就已经通了。

“陆嫣。”

电话里传来沈括略微沙哑的声音，伴随着电流的声音，显得越发低沉。

陆嫣捂住了嘴，傻傻地愣在原地。

两个人已经近乎大半年没有讲过话了，乍听见他的声音，陆嫣有些不知所措。

他的声音有些变了，变得……变得有点儿不像他，不像当初那个清朗的少年。

“陆嫣，我在这里。”他的呼吸很重，说话似乎用了力气，“不要怕，我在这里。”

陆嫣的手触上透明玻璃，抚着窗户对面的手机。

“你……你在哪里？”

“楼下。”他说，“一个光秃秃的小花园，花园里的枝叶都掉光了。”

陆嫣用衣袖擦掉了眼角滚落的泪水，问他：“南方……南方的树叶很茂盛吗？”

“是，南方的冬天，树叶常青，你想看看吗？”

“我能看到吗？”

“等你好起来，我带你去看啊。”

“如果我好不起来，如果……”

沈括打断了女孩的抽泣，说道：“陆嫣，如果你好不起来，那我也不会好。”

陆嫣的呼吸忽然停滞。

"如果你好不起来，沈括这一生都不会再好了。"

她拼命点头，拼命拼命地点头，却再也说不出一句话。

"陆嫣，不要让我从此以后一个人，好吗？"

"好。"她用力擦掉了眼泪，"我不会让你一个人，我会陪你。"我会一生一世陪着你。

终于，医生走过来，催促道："时间差不多了，病人也需要休息了。"

陆臻点点头，挂掉了电话，对陆嫣说道："行了，别哭了。"

"不哭了。"陆嫣用袖子擦了擦脸，挤出一个十分难看的笑容，"他回来了。"

陆臻无可奈何地说："是啊，回来了，怎么可能不回来，一个整天在食堂吃馒头就免费汤的家伙，九百块的机票掏得眼睛都不眨一下。"

陆嫣反应了一下，说了声："傻子。"

"他现在就在楼下，估摸着昨天晚上一下飞机就过来了，在楼下站了一夜。"看着小丫头这心疼的模样，陆臻顿了顿，终于还是住口了。

医生又开始催了，陆臻不舍地趴在隔离的玻璃窗前，对她说道："你不要害怕，爸和妈都在想办法，不会有事的！"

"你……你不要冒险来看我了。"陆嫣急切地说，"我不害怕了，不要担心我，我会配合医生好好检查。"

走出隔离大楼，陆臻朝着花坛望了一眼，沈括还失魂落魄地站在那里，并没有离开。他终究于心不忍，远远地冲他喊了声："喂，你预备在那里站几天啊？"

沈括没有理他，低头点了根烟。

陆臻又喊道："快回去啊，你站那儿也没用，回家去等消息吧。"

沈括捡起一颗碎石子砸向他："吵。"

"你这人，不识好人心！"陆臻连忙闪身躲开。

要不是陆嫣这般在意他，陆臻才懒得管他的死活。

"你吃饭没有啊，我去给你买盒盒饭吧。"

沈括放下烟头，抬头睨了他一眼，缀了青楂的嘴角微微扬了扬："你是在关心我？”

“什么，我关心你？”陆臻激动地反驳，“自作多情！”

沈括淡淡地笑了一下，懒得理他。

陆臻来到食堂，买了一盒盒饭，叮嘱师傅多放点儿肉，要回锅肉。

打包好之后，陆臻走到沈括身边，将盒饭递给他，没好气地说：“你别饿死了，你饿死了，陆嫣问我要人，我上哪儿找去。”

沈括接过了盒饭，平静地说了声：“谢了。”

沈括这般柔和地说话，陆臻还真是有点儿不适应，哼哼唧唧地说：“你别想太多，我、我还是很讨厌你，如果不是看在小嫣的分上，我才懒得搭理你！”

沈括耐心地等他辩解完，顺带把手里的半截烟头递给他：“请你抽。”

一周后，陆嫣的各方面检查指标都已经恢复正常，感冒也康复了，没有患上可怕的肺炎，所以她终于被放回家了。

陆臻和沈括的辅导员对他们的无理由离校下了最后通牒，限他们一天之内必须返回学校，否则就永远不要回来了。

出来之后，陆嫣没有主动联系沈括，沈括当然也没有联系她。

那天的事情，两个人都心照不宣地没有提及，仿佛没有发生过一般。

沈括回校之后就开始了紧张的期末复习，他还要拿奖学金，用奖学金来抵消学费。

而陆嫣也开始了高三的最后冲刺阶段的复习。

两个人都有些近乡情怯的感觉，彼此藏着一颗不敢相见的心。

陆嫣的确是太忙了，现在根本就没有办法分出心思来考虑感情的事情，孟知宁和她说过，聪明的女孩子不会在这种时候马失前蹄。譬如施雅，便不属于聪明的女孩那一类，她有的只是施雪娴教给她的小聪明。

她把全部的心思都花在了她喜欢的人身上，施雪娴打听清楚了吴天翰的家世背景之后，一改过去坚决反对的态度，全力支持女儿跟吴天翰在一起。

吴天翰家境殷实，虽然比不得陆家，但放眼北城，也算得上是有名头的。

虽然施雪娴也听说过吴天翰的人品确实不太好，但是现在还小，长大以后自然要稳重些。

施雪娴开始传授施雅自己的“驭夫经验”，让她无论如何也要把握住机会，以她现在的处境，要是错过了吴天翰，将来再想要找到家境这么好的老公，可就难了。所以施雅成天琢磨的都是怎样梳妆打扮、怎样献媚讨巧，结果就是成绩一落千丈。

施雅的班主任隔三岔五就会给施雪娴打电话，施雪娴一边打麻将，一边敷衍着，最后实在不耐烦了，把班主任骂了一顿，让他不要坏了自家女儿的好前程。

班主任无可奈何地叹了口气，挂断电话之后，回头看到坐在四面漏寒风的教室里奋笔疾书的陆嫣，深感有时候，人的命运不是生来就注定的，当你自怨自艾、怨天尤人的时候，那些更优秀的人，那些你所羡慕嫉妒的人，已经奔到你看不见的地方了。

放寒假的时候，陆嫣收到了一条来自沈括的短信——

“陆嫣，我寒假期间会随老师去美国参加信息技术研讨会，归期未定，一切安好，勿念。”

台灯下，陆嫣反反复复地看着那条短信，读着短信的内容，嘴角扬起一抹笑意。

谁念他了？

寒假期间，陆臻提着大包小包的特产回了家，有给老爸买的烟，给老妈买的化妆品，但是最多的还是给陆嫣买的漂亮裙子和鞋。

那时候南方终究是要比北方更加现代开放得多。

陆臻最近对网络购物方面产生了极浓厚的兴趣，准确来说，是对购物产生了强烈的兴趣。

陆嫣也知道，自家老爸当年做生意，算得上是最早做网络购物的那批人，从倒腾化妆品发家，然后研发网站，做线上运营。

陆嫣支持她老爸的“事业”，当然，仅仅是精神支持而已，坚决不同意老爸在她脸上搞“实验”。

陆臻仔细研究了南方姑娘们的着装以及妆容之后，想好好地拾掇拾掇他老妈孟知宁。

那天中午，他漫不经心地溜达到孟知宁的办公室，孟知宁正仰躺在沙发上睡午觉，高跟鞋一只被踢到桌上，另一只落在沙发下面。

陆臻溜进办公室，将他妈妈的高跟鞋归位以后，偷偷从包里摸出粉扑，趁着孟知宁熟睡的间隙，偷偷在她的脸蛋上抹了两坨高原红。

孟知宁睡觉属于雷打不动的类型，特别沉。

后来，孟知宁就顶着这两坨高原红和油腻腻的香肠嘴去开了董事会，下午还见了一位重要的外国客户。

当孟知宁察觉到客户表情不对劲的时候，她拿起化妆镜一看，顷刻变了脸色。

当天晚上，陆臻差点儿被暴躁的女总裁孟知宁卸了双手、挂电风扇上吊打。

陆臻还没吃够教训，蠢蠢欲动地又想在陆嫣的脸上做实验，陆嫣“啪”的一声关上了房门，将可怜兮兮的男人拒之门外。

“闺女，试试嘛，绝对不会让你失望！

“南方姑娘都这样化妆！

“说是‘港风’，是最流行的妆容。”

“管他什么风，想都别想，我又不是你的试验品！再说，我自己也会化妆！”

“试试嘛，闺女。”

“要试，你找我妈去！我不干！”

陆臻真是一脑门心思都在琢磨他的事业，所以还真找到了简瑶。

他支支吾吾地说明来意，然后拿出各式各样的粉盘放在简瑶面前的时候，简瑶正坐在酒吧外的秋千上擦拭她的吉他，准备待会儿的演出。

“真的假的？陆臻，看不出来你还有这志向啊！”简瑶一边给吉他调弦，一边说道，“给多少女人化过妆了？”

“没，就我妈。”陆臻不好意思地摸摸后脑勺，“连陆嫣都不让我弄。”

“行，那你帮我弄，反正我马上也要上场了。”

给简瑶化妆，陆臻当然十万分的仔细和小心，先上底妆，再画眉毛、眼影以及口红……

他甚至能感觉到简瑶轻柔的呼吸拍在他的脸上，像一阵淡淡的风。

他不太敢用力呼吸，所以一直克制着。

在她脸上倒腾了半个小时，他总算大功告成。

陆臻战战兢兢地将镜子递到简瑶面前，忐忑地望着她："怎、怎么样？"

简瑶盯着镜子里那个完全走样的自己看了半晌，云淡风轻地说了一句："还行。"

"真的？"

"嗯。"

"真的假的？你别骗我，真的还行吗？"

"你烦不烦，要我说多少遍。"

被认可的陆臻眼睛里立刻有了自信的光芒，坐下来开始滔滔不绝地跟简瑶讲他的宏伟计划："现在大部分女孩出门很少化妆，而且最重要的是，她们根本不会化妆，她们觉得只有上舞台才化妆，所以化妆品市场一直不太景气，其实我觉得不应该这样，日常也应该化妆！"

简瑶含笑，耐心地听着他的讲述。

因为有了自己喜欢的事，有了梦想，陆臻整个人好像都在发光，这样的他格外帅气。

男人的吸引力只会体现在三个方面：一是他的容貌气质；二是他品格；三是他的事业。

兼而有之的男人，这个世界上少之又少。

陆臻占全了，至少，在简瑶心目中，他占全了。

"你会成功的。"她鼓励他，"化妆技术蛮不错。"

陆臻用力点头，激动地抓住她的手腕："谢谢你！"

简瑶的心猛地一动，她立刻将手缩了回来，别开脑袋，不自然地说："有话说话，别拉拉扯扯的。"

陆臻不好意思地说："那……我就不打扰你了。"

简瑶继续高冷地调弦，没搭理他，陆臻站起身，犹豫了一下，磨磨蹭蹭地离开了。

二十分钟后，演出开始，简瑶拎着吉他走上了舞台。

台下的观众还有乐队的少年们看见她，差点儿笑喷了："哈哈哈哈，简爷，你是有多想不开，化这种幼儿园小孩的舞台妆。"

“你还点美人痣，搞什么？哈哈哈！”

“我的妈呀，大晚上的干吗想不开出来吓人。”

……

简瑶自然也不甘示弱，反驳道：“你们是看我啊还是听音乐啊，要听音乐就安静地好好听，不听就走，老娘还不伺候呢！”

男孩们的嘲笑声小了些。

简瑶开始唱歌了，悠扬动人的调子里，依稀还能听见人群中有男孩们低声的嬉笑。而台上的女孩似乎毫不在意，她性子本就洒脱，只要自己喜欢的，就不会在意别人的目光。但她不曾想到，陆臻根本没有离开。

他一个人隐身于酒吧角落的阴影处，眼睁睁地看着她顶着他化的妆上了台，听着周围这些家伙的讥笑与嘲讽……

陆臻的手攥成了拳头，因为太过用力，以至于他全身都在微微颤抖。

简瑶不知道，这一刻，她成了他眼底唯一的月光。

从此往后，陆臻为她献上了一生的勇猛与忠诚。

年三十的晚上，陆氏集团举办了一场规格极高的盛宴。

来宾都是北城有头有脸的上层名流，衣香鬓影，觥筹交错。

陆嫣换上了漂亮的晚礼服，安安静静地坐在角落的一架白钢琴前，旁若无人地弹着曲子，消遣时光。

陆嫣很不喜欢参加这样的 party，还不如让她独自宅家里看书呢。所以只要陆简不抓她社交，让她能安安静静地待着，她就很满足了。

叶迦淇端着香槟杯，倚在白色的雕花柱边。

现场名媛淑女无数，叶迦淇似乎同样没有社交的兴趣，全部的目光都落在钢琴前的少女身上。

她穿着一件白色的连衣裙，身段玲珑纤细，窄腰不过 A4 纸的宽度，后背露出漂亮的蝴蝶骨。

灯光下，她的脸蛋上像铺了一层蜜色的粉，神情温柔而娴静。

这两年，她倒是出落得越发窈窕动人了，尤其是那一双桃花眼，被她望一眼，满天繁星都黯然失色。可此刻她还是个小姑娘呢。

有时候，叶迦淇也会想，若是等她真正成熟的那一天，不知又是何等绝色。

陆嫣本来想假装不知道，等了十分钟、二十分钟、半个小时，叶迦淇还没走，就那么直勾勾地看着她，陆嫣受不了了，停下弹钢琴的手，侧着身子和叶迦淇对视。

两人对视了十多秒，叶迦淇终于别开了目光，将手里的香槟一饮而尽，走到她身边。

“看我做什么？”他将高脚杯放在她的白色钢琴上。

“你看我做什么？”陆嫣反问。

“你好看。”

“好看的人多着呢！”

“你是最好看的那个。”

“我不是！”

拜托你看看别的小姐姐吧，别缠着我啦！

陆嫣站起身，朝外面走了两步，打开玻璃门，飕飕的寒风灌入。

叶迦淇连忙追了上去，喊道：“外面冷啊，别出去。”

“好无聊，我要回家了，陆臻呢？陆臻！回家了！”

陆臻穿着西装，正拿着一个小本本，认认真真地记录着在场名媛淑女们的穿着和妆容。

陆简本来是想把他介绍给自己的合作伙伴和公司董事，奈何陆臻总混在姑娘堆里，叫都叫不过来。

他英俊帅气，家世显赫，在这些名媛淑女中显然极受欢迎，对于陆臻的提问，这些名媛也是知无不言、言无不尽。

周围这些叔伯开玩笑说：“小臻真是有魅力啊，这么受女孩的欢迎。”

陆简揉了揉额头，完全不想管他了，回头寻找陆嫣。

陆嫣赶紧撒丫子开溜，她可不想被爷爷逮到，听爷爷们聊商业聊合作是这个世界上最无聊的事情。她匆匆跑出了世纪城饭店。

叶迦淇也赶紧追了出来，拿着车钥匙，对陆嫣喊道：“小嫣，我送你回去。”

陆嫣穿着单薄的晚礼服，出来之后被刀子似的冷风一吹，都快要站不稳了，所以躲在角落里，等叶迦淇将奔驰车开过来。

就在这时，她抬头看见不远处的路灯下，站着一抹熟悉的身影。

男人穿着一件黑色的羊绒大衣，领口敞开着，内里是一件深色的 V 领毛衣，路灯照着他笔直挺拔的身体，拉出了一片斜斜的影子，与夜色相融。他微微低着头，深邃的眉宇下，眸子被埋在阴影中，白皙的肤色在灯光下尤为显眼。

半年未见，沈括越发清冷而稳重，倒是有了几分成熟时期的味道。

陆嫣站在黑色的奔驰车门前，怔怔地望着他。

他的一只手背在身后，藏着什么，但是陆嫣已经看到了被风吹起的礼物盒垂落的丝带。

叶迦淇见她发愣，走出车子，问道：“怎么了？”

“迦淇哥，我今晚不坐你的车了。”她说完，朝着街对面的少年跑过去。

叶迦淇远远地望见了街口的沈括，眸色稍稍变了变，涌起波澜。

沈括看见她单薄的衣裳，皱了皱眉，也顾不得惊喜，将礼物盒往她怀里一塞，然后脱下自己的大衣，套在了女孩的身上。

陆嫣抱着花束和礼盒，任由他用外套将自己裹得严严实实。

衣裳带着他的温度，瞬间温暖了全身。

路灯下，两个人相对无言地站了几分钟，陆嫣率先开口：“你回来了啊？”

“嗯，刚下飞机。”

“外国……好玩吗？”

沈括淡淡地笑了：“没有玩，跟着老师在访学，参加了几场交流会。”

“哦。”陆嫣低头看着怀里包装精致的礼物盒，低声问，“这个，是给谁的呀？”

“给陆臻的。”

陆嫣诧异地抬起头，呆呆地“啊”了一声。

沈括嘴角漫开了笑意，伸手揉了揉她的头顶。

她头上挽着精致的发髻，被他弄得有些散乱，不过这个动作让两个人都仿似回到了过去亲密无间的时光，距离近了很多。

陆嫣的手摩挲着礼盒，她低声问："你给陆臻买了什么呀？"

"笨蛋。"沈括说了声，"拆开看看，喜不喜欢？"

陆嫣心里甜滋滋的，拆开了礼物盒，发现那是一块女式腕表，表带是浅粉色的花瓣状皮革，表盘带着裂痕似的花纹，极有质感。

她惊呼一声："好漂亮。"

沈括将手表取出来，戴在她纤细的左腕上。

"一直没有送过你礼物，这是路过波士顿的一家复古风格的百货店看见的，不值钱，但是我觉得好看。"

"好看！"陆嫣连连点头，珍惜地抚着表盘，"我喜欢这个。"

"喜欢就好。"

"谢谢你。"

"不谢。"

两个人又客气起来，毕竟这是半年来第一次相见，两个人的关系似乎还没有回到以前。

沈括回头望了望灯火通明的世纪城饭店，叶迦淇站在饭店门口，远远地看着他们。

"走走吗？"沈括问她，"我送你回家？"

"好啊。"

沈括转身朝街道走去，陆嫣穿着他厚重的外套，亦步亦趋地跟在他身后。沈括自然地放慢了步伐，让陆嫣能够在自己的身后跟着。

"复习得怎么样了？"

"还好。"

"能考上吗？"

"什么？"

沈括回头望她，眸子里含了些许热切："能考上 Q 大吗？"

陆嫣抿抿嘴，没有回答他，而是说道："沈括，大学生活怎么样？听说你很受欢迎呢，每天都有女孩跟你表白，有觉得不错的吗？"

他淡淡一哂："有啊。"

陆嫣脸色微变，却听他继续说道："但很难遇到比我的陆嫣更好的女孩了。"

她的脚步顿住:“可是你不要她。”她嗓音略沉，眸光里泛着水色，“是你骗她，你让她伤心了好久……”

沈括的心都要被揉碎了，他没有说话，拉着她加快了脚步，来到没有人的巷子口。

陆嫣还没反应过来，沈括已按住她的肩膀急促地呼吸着，湿热的呼吸拍打着她的脸:“每一天，每一个深夜躺在床上，我都在问自己，没有陆嫣的未来，沈括要怎样活……”

她侧过脸望向他:“那你有答案吗？”

“有。”

少年的唇微微泛红，带着湿润的感觉，呼出白雾，迅速消散在冬日的冷风中。

“知道你有可能患病的那一刻，我有了答案。”

“是什么？”

“没法活。”

陆嫣的手用力攥住了他的衣角，拉出了褶皱。

“陆嫣，没有你，我没法活。”

深蓝的夜空里，炸开了一簇簇的烟花。

2003 年到来的那一刻，陆嫣什么都不记得，只记得沈括的那句“没有她，他没法活”。

开学返校的前一天下午，陆臻找到了简瑶。

简瑶刚刚洗过头，还没来得及吹干，湿润的发丝垂在她宛若山峦般漂亮的肩头。

简瑶家在一栋三层的单元楼里，之前有一次夜间演出之后，陆臻送她回过家，所以知道她家在哪儿。

“有事吗？”

简瑶穿着一件单薄贴身的白毛衣，手里还拿着毛巾，正擦拭着湿润的头发。

这个时候的她，脂粉未施，冬日里温柔的暖阳下，白皙的肌肤熠熠生辉，漂亮极了。

陆臻盯着她看了半晌，脸颊不自然地红了，连忙从背包里取出一个粉白色的外戴耳机，递到简瑶手边。

“这个，我给你买的。”

简瑶没有接，说道：“我有耳机啊。”

“我知道你有。”但我还是想送你……

她笑了笑，接过耳机试了试，耳罩很柔软，能将整个耳朵包裹住，而且隔音效果也很好。

她将耳机挂在脖子上，说道：“谢了，陆臻，但以后别给我买东西了，你的钱也是你爸的钱，花老爸的钱给女生买礼物，一点儿也不酷。”

被教育的陆臻连连点头，听话地说：“我后面会自己想办法挣点儿钱。”

沈括够穷了，平时在食堂吃馒头就免费汤，还能省下钱买那么贵的机票，甚至还给陆嫣买手表……

陆臻觉得，自己也能做到。

“你准备报哪所学校？”

简瑶跳上路边的阶梯，漫不经心地说：“我学艺术。”

“哦，那你准备去哪座城市？”

女孩用狭长的丹凤眼睨了睨他：“还没想好呢，你有什么建议吗？”

“我建议你来南方，我们学校对面就是南城传媒大学，艺术类数一数二的，你要不要试试？”

简瑶嘴角抿着淡淡的笑：“到时候看分数吧。”

“肯定没问题。”

两个人又沉默了几秒钟。陆臻的左手背在身后，不断地揪着自己的衣服，紧张地问：“简瑶，我可不可以叫你瑶瑶？”

简瑶望向腼腆的少年，他满脸羞意，根本不敢看她。

“你想怎么叫都可以。”

陆臻感觉心里有什么东西炸开了，噼里啪啦，全身酥麻。

“瑶瑶，那我以后就这样叫你……”

女孩似乎也有些不大好意思，转开目光，不再看他。

两个人沿着狭窄的小巷慢慢地走着，只希望这条路能无限延长，一直延伸到生命的尽头。

“瑶瑶，其实我想说……”

“你别说了。”简瑶笑了起来，“听我的，你别说，要说……以后再说。”

陆臻恍然明白了她的意思，点点头：“那……等瑶瑶高考完，我再说。”

“嗯。”

午后温暖的阳光洒满大地，照得人暖洋洋的。

简瑶眯起眼睛，仰头望向太阳，卷翘的睫毛被阳光照得通透。

“瑶瑶，你看那里。”

趁着简瑶偏头的间隙，陆臻将脸快速地凑到她的脸庞边，简瑶猛然躲开。

陆臻甚至都不敢看她的反应，耳垂和脸同样红得快要爆炸了。

简瑶下意识地伸手，陆臻立刻防备地后退了几步，生怕又挨打。不过简瑶没打他，不过是有点儿好笑又有点儿羞，脸颊也红了。

“这招已经过时啦！”

她这话说得有些嗔怒，但陆臻知道，她没有生气。

“耍流氓啊。”

“没有耍流氓。”陆臻说，“你是我未来的老婆。”

说完这句话，他转身就跑了。

简瑶望着他落荒而逃的背影，嘴角浅浅地抿了起来。

六月，陆嫣考完最后一科，走出了教室。她望向西垂的斜阳，天边被晕染出一大片薄暮的血色。

她经历过两次高考，却是完全不同的心境。

她还记得上次高考结束的那天，她和几个伙伴开着豪车出去兜风，坐在敞篷车里旁若无人地尖叫，高兴得快要飞上天了。

那时候的陆嫣根本不在乎成绩，更不在乎未来，她想做什么都可以，无所谓。因为有陆臻在后面支持她，她根本不需要操心未来的任何事。

那时候，她没有想过有朝一日陆臻会破产。

此时此刻，心境已经截然不同。

回来后，她不再无所顾忌地依靠陆臻，而是和他一起成长，并肩面对未来可能发生的一切。

陆嫣必须让自己更加强大，才能保护自己所爱的人。

在填报志愿的时候，陆嫣毫不犹豫地和简瑶报考了同一所大学——南城传媒大学。

她的选择出乎了所有人的意料，包括叶迦淇、陆臻和梁庭，这三个人满心期盼着陆嫣能报考Q大。在查过分之后，那两个叔叔每天都聚在陆臻家的电脑前，帮陆嫣查找Q大的所有专业。

当他们看到陆嫣收到南城传媒大学的录取通知书时，全都傻眼了。

毫无疑问，叶迦淇和梁庭报考Q大的目的都是一样的，因为当初是陆嫣信誓旦旦地说要念Q大。没想到到头来，陆嫣居然放他们鸽子了。

陆臻还好，主要是叶迦淇和梁庭，两个人心里都挺苦的，表面上还要装作若无其事。

好在南城传媒大学就在Q大对面，两所学校不过一墙之隔，属于拆了墙就能合成一所大学的那种。

陆嫣之所以没有报考Q大，而是选择了传媒大学，是因为Q大属于理工类大学，偏重于电子科技方向，陆嫣对此一窍不通。

孟知宁告诫过她，任何时候都不要因为爱而失去自我。

陆嫣谨记孟知宁这句话，她不能靠死死攥着喜欢的人来挽留他，只有让自己变得更优秀，她才配得上那个一直在努力的少年。所以陆嫣经过深思熟虑之后，选择了南城传媒大学，她想走艺术生这条路，完成以前未完成的心愿。

沈括倒没有特别惊讶。

年三十的夜里，他问陆嫣是否有把握考上Q大，陆嫣犹豫了一下，然后岔开了话题。

那时候，沈括心里就有数了——陆嫣应该不会和他念同一所大学。

对于陆嫣的选择，沈括比所有人都更快地接受了，并且给予支持。

当然，陆嫣报考南城传媒大学，还有一个重要的原因就是简瑶。

当年简瑶的死，长久以来都是陆嫣心里的疙瘩，她甚至都不敢对陆臻提及，在不久的将来，简瑶会发生意外。

陆嫣想守在简瑶的身边，无论如何，一定要找出母亲离世的真相，帮她度过危难。

八月底，陆嫣和简瑶一起南下，来到了心心念念的南城。

南城道路两旁的香樟树遮天蔽日，郁郁葱葱，即便是盛夏里也不觉得炎热。

南城传媒大学与 Q 大两所学校不过一墙之隔，开学的时候就能看出差距了。

Q 大的校门口进进出出的几乎全是戴眼镜的男同学，而传媒大学的校门口那可热闹了，俊男靓女云集，随随便便几个说说笑笑的女孩路过，都是高颜值组合。而且两边的迎新气氛截然不同，Q 大那边的男生安静又内敛，不善言谈，规规矩矩地提着行李进学校。传媒大学这边的迎新则搞得非常热闹，各大社团就在校门口搭台子唱歌跳舞，一派青春无敌的热闹气息，欢呼声此起彼伏。

艺术的张扬和工科的严谨，在两所相邻的学校体现得淋漓尽致。

陆嫣和简瑶两人拎着大包小包的行李，站在传媒大学的校门口，等了不过两分钟，陆臻便从 Q 大校门跑出来，匆匆过了马路，来到女孩跟前。

“久等了，我帮你们提行李，宿舍楼在哪边？”

陆嫣正要开口，陆臻直接提起了简瑶的箱子，对她道：“走吧，瑶瑶，我送你去寝室。”

简瑶回头望了望可怜兮兮的陆嫣：“小嫣怎么办？”

“不用管她，学生会有分配人过来帮忙提行李。”陆臻说完，回头睨了陆嫣一眼，顺势把她手里的遮阳伞给抢了过来，给简瑶撑着，“这大热天，别晒着了。”

简瑶无奈地一笑：“小嫣，那我们先过去了。”

陆嫣深深感觉，自己可能真不是亲生的。

她在原地站了几分钟，立刻便有自告奋勇的学长过来要给陆嫣提箱子。

即便是在帅哥美女云集的传媒大学，陆嫣的容貌也绝对算得上惊艳别人的那种。

陆嫣想着陆臻兴许不会这么快回来，他现在满心满眼只有简瑶，给她送到宿舍，指不定还要扫地拖地整理寝室外加铺床叠被。

“那谢谢你了，我在女三。”

热心帮忙的学长看上去高高瘦瘦的，身材不错，模样也相当英俊，衣品也好。毕竟南城传媒大学号称“半个娱乐圈的摇篮”，随便拎一个路人指不定就是童星背景，绝对不能小觑。

陆嫣的黑色行李箱是最大号的，所以这位高瘦学长单手提箱子，第一次居然没提起来。

毕竟，箱子里装满了孟知宁给她准备的春夏秋冬款换洗衣裳，除此之外，还有各种护肤品。

学长或许是觉得有些丢脸，两只手抓起箱子的提拉杆，这才勉强走了两步。不过也仅仅走了两步，他便放下了箱子，脸颊憋得通红。

“好重，我、我得给你找个推车。”

“哦……”

陆嫣也有些不好意思。

作为一个娇生惯养的精致女孩，她的东西实在是太多了，当初整整收拾了两天，才算把自己要用到的物品收拾好，除了这个大号的行李箱，还有两包物品，陆简给她邮了过来。

就在学长四处找推车的时候，一抹熟悉的身影走了过来。

不等陆嫣反应，沈括提起了陆嫣的行李箱，同时又将地上的几个袋子提起来，顺带还拎走了陆嫣背上的背包。

陆嫣和高个的学长对视一眼，目瞪口呆。

沈括步履轻快，见陆嫣没有跟上来，还回头睨了她一眼：“走啊。”

陆嫣连忙向学长道了谢，然后三两步追上沈括。

“寝室在哪里？”他平静地问。

“女三，我也不太清楚，等下，我去问问。”

陆嫣向身边的同学打听之后，回来说：“朝这条路一直走，走到底就是了。”

沈括“嗯”了一声，提着行李往前走。

陆嫣跟在他身边，时不时偷偷打量他。他穿着一件清爽的白衬衣配黑裤，衬衣衣领开了两颗纽扣，露出了修长漂亮的颈子。

他头发似乎长了些，几缕刘海垂在额间，额间冒了几粒汗珠，脸颊也微微有些潮红。

“累不累啊？”她担忧地问，“包给我吧，我来背。”

沈括呼吸平顺，说道：“这不算什么。”

想到刚刚那走了不到两步就不行的高个学长，陆嫣觉得沈括是在逞能。

“我的箱子真的很重，里面装了很多东西，起码有三十斤。”

沈括敛眸，睨了她一眼：“真不算什么，我扛过比这个更重的。”

见他不像是说谎，陆嫣真心实意地赞了句：“沈叔叔，你真行啊。”

沈括淡淡地笑了笑，男人喜欢听女人说他行，尤其是心爱的女人。

“沈叔叔，你力气这么大，以后我可不能跟你打架。”

“嗯？”

“你会打我吗？”

沈括毫不犹豫地说：“我不打自己的女人。”

“啊？”陆嫣本来只是跟他开玩笑来着，没想到他会这么一本正经地回答。

她忽然红了脸。

他说自己的女人……

她又找到了他话里的漏洞，问道：“那沈叔叔你这话的意思，不是你的女人，就无所谓啦？”

沈括漫不经心地说：“也有前提。”

“什么前提？”

“如果欺负我的女人，这样的家伙无论男女，我都不会客气。”

“哦……”

陆嫣耳根都红了。

以前她怎么没发现这家伙说起情话来也是一套一套的呢。

两人几乎穿越了大半个校园，终于找到女三宿舍楼，沈括放下箱子，稍稍活动了一下手臂。

陆嫣忽然想起一个问题，她将行李箱的拉杆拉出来，对沈括说：“为什么你不直接拉着行李走啊？”

沈括一脸怨念地望向她：“那为什么你不早点儿告诉我？”

“那为什么你不知道这个箱子是可以拉的呢？！”

杠了一句沈括就不接话了，陆嫣这小丫头是越杠越精神的那种，兴许能就他“为什么不知道行李箱是可以拉的”这个问题和他说几个小时。

他伸手揉了揉小丫头的脑袋，作为惩戒，还把背包挂在了她的身上。

陆嫣的宿舍在五楼，沈括扛着箱子一口气没喘地直接上了五楼，迎面走来的不少女孩都忍不住回头打量沈括。

即便是在俊男靓女多不胜数的传媒大学，沈括这样颜值气质的男人，也是很抓眼球的。

宿舍里空荡荡的，室友们似乎还没有来，沈括放下箱子，在宿舍里转了一圈，便去阳台上洗拖把，准备打扫卫生了。

陆嫣有点儿奇怪，她和简瑶分的是同一个宿舍，照理说，简瑶应该比她要先到才对啊。

别是陆臻那傻子在学校里迷路了吧。

陆嫣给简瑶打了个电话，响了两秒，就被挂断了。

哎？

她又给陆臻拨了过去，这次只响了一秒就被挂断了，然后关机。

“这俩人在干吗啊？”

陆嫣越想越觉得不对劲！

沈括已经拿着拖把开始拖地了。

“陆嫣，选个床位，”见她发愣，沈括将手伸到她眼前，挥了挥，“陆嫣……”

陆嫣一把抓住沈括的手，神秘兮兮地对他说：“括括，我觉得陆臻和简瑶干坏事去了。”

沈括愣了愣：“你说什么？”

“我说啊……”她抱着他的手臂，凑近了他的耳朵，“他们可能偷偷去搞事情了。”

“不是，前面那一句。”

“哪一句？”

“你叫我……括括。”

鬼使神差地，沈括耳垂都红了。

“你要不喜欢，我就还叫你名字。”

“不是……”

他很喜欢。

沈括这下子是真的有点儿害羞了。他转过身，继续拖地，说了句：“别想太多。”

“真的真的，他们同时不接电话，你说他们在干吗？”

“我不知道。”

“他们肯定是在……”陆嫣走到他跟前，坏笑了起来，挤眉弄眼地道，“肯定是在那个啊！”

“哪个？”

陆嫣嘴角笑意更甚，踮起脚，小声说：“肯定在‘涂唇膏’啊。”

沈括垂眸，看见女孩近在咫尺的唇，嫣粉色，宛若樱桃般莹润。

“哦。”他扔掉了拖把，按住她的后脑勺，向上一抬，然后用力地吮住了她的唇。

陆嫣猝不及防，便被他堵到了墙边上……

他的吻笨拙而生疏，只靠本能，没有技巧，也很慌张。

两个人都有些面红耳赤，呼吸急促……整整十分钟，沈括才松开她，她往后退了两步，咬了咬唇。

“你……你能不能给人一点儿心理准备，别突然就……”

沈括望着她略微充血的唇，嘴角扬了扬：“你自己说的，涂唇膏。”

“我说陆臻，我没说我们要……要做这个。”小丫头的声音微若蚊蚋，她说不下去了。

沈括走近，陆嫣能明显感觉到他靠近她时的威压，感觉到他身体灼烫的温度。他的手轻轻撩起了她鬓间的一缕发丝，轻柔如纱。

“陆嫣，你看起来还是这么小。”

陆嫣不解地望向他，他的眸子里翻涌着某种难以言明的情绪，很深、很深。

陆嫣无力地反驳：“谁小了。”

沈括的手穿过她的发丝，按住她的后脑勺，徐徐说道：“可能是这样，以前觉得你小，很多事不敢做，一直在等你长大，可你总也长不大。”

陆嫣抬起头，眨巴眨巴眼睛，望着他：“你想做什么？”

问出这句话之后，她就想给自己一巴掌。

蠢！

他的心思不是明摆着的吗？她还问什么问。

沈括凑近了她，用鼻尖轻轻蹭着她的脸颊：“以后告诉你。”

陆嫣看着他打扫卫生的身影，真心觉得，他太会了，沈括对付女人的手段，比他当初向陆臻复仇的手段有过之而无不及。不然自己怎么会对他这般欲罢不能、念念不忘。

她倚在阳台的护栏边，吹着微风，目光随沈括的身影移动，却没有去帮他，让他活动活动，发泄一下体力，省得他把力气全用在她的身上，一门心思地想咬她嘴巴。

沈括擦了擦额间的汗，撑着拖把望向她：“你还真是大小姐。”

陆嫣扬起下颌：“对呀，我爸从来不叫我干这些活儿。”

沈括耸耸肩，也觉得没毛病。

他也不会像很多男人大男子主义地要求女生做这做那，而且他也知道，女孩子手脚慢，陆嫣尤其如此，有跟她磨嘴皮的工夫，自己早都把活儿干完了。

“你爸很疼你。”

“当然。”陆嫣毫不脸红地说，“我是我爸的小宝贝。”

“那我也是你的小宝贝。”

他一本正经地说出这句甜腻腻的情话，把陆嫣给惊住了。

妈呀，这是沈爷能说出来的话吗？沈爷还要当她的小宝贝？

陆嫣反应了好半晌，终于走过去，夺过了他手里的拖把，咕哝道：“我帮你吧。”

沈括浅浅一笑：“为什么？”

陆嫣红着脸说：“你都……是我的小宝贝了，我还好意思袖手旁观吗？”

陆嫣送走了沈括没多久，其他两个女孩子也提着大包小包的行李，先后来到了宿舍。

陆嫣迎上去跟她们打了招呼，彼此相互介绍，礼貌又热络。

和所有刚入学的大一新生一样，两个女孩对大学里的一切都充满了好奇，脸上挂着兴奋的红晕。

那时候的女孩总归是要单纯许多，自我介绍也相当郑重，生怕给新舍友留下不好的印象。

其中一个看上去瘦瘦小小的短发女孩叫徐淼淼，四川人，说话的时候平卷舌不太会区分，说过一遍之后，总是还要纠正一遍，她们毕竟学的是艺术类专业，要求说话字正腔圆。

另一个长发女孩叫陶嘉，是个江苏女孩，留着齐腰的长头发，从小学舞蹈，所以她身材纤瘦高挑，比陆嫣还要瘦一些。

考入艺术系的女孩，身材长相各方面都相当出挑。

本来陆嫣在开学前，还听一些同学说过，艺术系的女孩可能不太好相处。毕竟，每个人在考入这个专业以前，都在自己的专业领域比较出众，尤其是考入南城传媒大学这所号称“半个娱乐圈的摇篮”的艺术类院校的人，肯定都有特长。

就连简瑶在他们圈子里都算是小有名气的唱作型独立歌手，也有几首拿得出手的作品。

但是陆嫣在高中时期并没有特长，虽然她唱歌好听，但没有作品。

她唯一拿得出手的就是文化课的成绩远远超出了这些女孩子，当时的艺术类院校招生分两批，一批自然是艺考，另一批就是高考统考。

陆嫣就属于少有的通过高考统考考进来的学生，她文化课的分数高得令人咋舌。

她本来还担心遇到的室友很厉害，可能会看不起她。不过好在她的两位室友看上去都是很好相处的那类人。当然，不好相处的同学也有。譬如陆嫣在排队打水的时候，就遇到一个插队的女孩子，也不招呼一声，直接走过去挤开正在打水的女孩，把自己的保温瓶放在水龙头下面，害得那个女孩险些被滚烫的开水烫着。

徐淼淼低声对陆嫣解释：“她就是许盼阳。”

陆嫣不解地问：“谁是许盼阳？”

“你不知道许盼阳吗？”徐淼淼惊讶地望向陆嫣，“你没看过她的电视广告？”

陆嫣茫然地摇摇头，这个年代的青年最享受的娱乐就是看电视，可是在陆嫣的时代，年轻人早就已经不看电视了，他们更喜欢拿手机刷微博或者打游戏，所以陆嫣也从来没有看电视的习惯。

徐淼淼见陆嫣是真的不知道许盼阳，于是学着电视广告里面的语调说：“有了小盼盼学习机，从此以后，我爱上了学习！”

陆嫣微微蹙眉，摸了摸手臂：“我鸡皮疙瘩都起来了。”

“她算个小童星吧，就拍了这一条广告，天天在电视上播啊，超洗脑的，现在我看到她……都有种想把她捏死的冲动。”

徐淼淼比了个手势。

陆嫣差点儿笑出来，再看许盼阳，倒是有了点儿印象。陆嫣应该也看过她的脸，只是不记得了而已。可见南城传媒大学的确是个藏龙卧虎的地方。

陆嫣只盼着简瑶能和陆臻快点儿搞完事情回宿舍，只有她妈在，陆嫣才能感觉安心些。

许盼阳接水离开以后，女孩们的八卦话题一转，居然落在了沈括身上。

“刚刚下楼的那个男孩好帅啊！是我们学校的吗？”

“肯定是啊，也只有我们学校才能出这么好的苗子，他是明星吧？我看他好面熟。”

“喂，你们醒醒啊，对面理工大学校门口的访学照片都挂了好几天了，天天看着你们都没认出来吗？”

“哦，对，难怪这么眼熟，原来是隔壁的那位。”

“听说这次出国访学还上了电视，他这样的人，混在一群戴眼镜的理工男中间，真的是鹤立鸡群。”

“所以他这么好的外形条件，干吗去对面的大学啊，来咱们学校，不就把一帮男孩子都给比下去了吗，将来肯定能火！”

“不是谁都喜欢当明星的好吧。”

“他真的好帅啊，不知道有没有女朋友。”

……

徐淼淼推了推陆嫣：“轮到你了，发什么愣？”

“哦！”陆嫣赶紧拧开保温水瓶，对准了水龙头，滚烫的热水流进保温瓶，发出咕噜咕噜的声音。

听着这些女孩议论沈括，陆嫣心里还是很高兴的，她的眼光还是相当不错的，在过去所有人都看不起沈括、不愿接近他的时候，陆嫣是唯一欣赏他的女孩。而现在，她的少年终于初露锋芒。

陆嫣知道，大学之后的沈括，他的天赋和才华、卓越与抱负，才算是真真正正地施展开来，他会一步步走出人生的困顿，变得光芒四射、璀璨耀眼。

陆嫣提着保温瓶回到宿舍，正好遇上陆臻帮简瑶提着行李进来。

她八卦地问道："你们刚刚干吗去了？"

陆臻还没说话，简瑶拉住他，说道："学校太大，迷路了。"

陆嫣一脸疑惑："不是吧，我也是一路问到寝室的，我怎么没迷路啊。"

陆臻咋咋呼呼地说："你这丫头，你还不准人迷路了啊。"

陆嫣防贼一般地看着他们，说道："迷路就迷路吧，你俩的电话同时打不通是怎么回事？"

陆臻和简瑶对视一眼，简瑶耸耸肩，云淡风轻地说："没信号啊。"

"同时没信号？"

"我们在一起，当然是同时没信号。"

陆嫣才不相信他们的话，绝对不信，信他们就有鬼了！他们肯定是"搞事情"去了！

或许是因为心虚，陆臻避开了陆嫣怀疑的目光，转过身去帮简瑶收拾床铺，简瑶也自顾自地打开了箱子，整理自己的衣物。

这时候，陆嫣接到梁庭的电话，说她第一天来学校，过来帮她收拾收拾宿舍，陆嫣正要拒绝，但梁庭都已经过来了，就在女生宿舍楼下，不知道是哪一栋。

无可奈何，陆嫣只能跟他说了地址。

开学期间，因为有不少家长要过来送新生，所以无论男女宿舍，都是对外开放的。

两分钟后，梁庭来到宿舍，没想到正撞上了陆臻。

"哟，你怎么来了？"陆臻走过去，拍了拍好哥们儿的肩膀。

梁庭故作淡定地说："过来帮你巡视巡视，看看小嫣第一天开学，有什么需要帮忙的。"

“我家姑娘我自己能管，你干吗要这么热心啊。”

梁庭依旧淡定：“因为我们是兄弟。”

陆臻没有多想，梁庭松了一口气，用眼神谴责陆嫣，怎么不把陆臻也在的事情告诉他。

陆嫣表示很无辜，她一直把梁庭当长辈一样对待，所以陆臻在与不在，这个无关紧要吧。

没过多久，叶迦淇也打电话过来，问陆嫣在哪栋楼。

陆嫣环视了房间里这一帮人，低声说：“你别来了，我这儿人够多了。”

叶迦淇很坚持：“我已经进学校了，陆简叔叔叮嘱过，让我照顾你，他要问起来，总得跟他交代。”

好吧，他把她爷爷都抬出来了。

于是几分钟后，陆嫣的宿舍里，几个英俊帅气的小伙子，扫地、拖地、抹桌子，他们都快凑齐一桌打麻将的了。

这几个少年都是高门大户里养出来的公子哥，做这些事情本就生疏，不过好在沈括之前已经将房间全部打扫了一遍，所以他们马马虎虎再做一遍，也无妨。

陆臻看着梁庭和叶迦淇这俩小子，总感觉有些不太对劲。

平时有事儿叫他们，他们一个比一个忙。这会儿陆嫣开学，他们倒是一个比一个来得快。

简瑶心思比陆臻细腻得多，当然一眼就看出来叶迦淇和梁庭这俩大小伙儿都对陆嫣有那么点儿心思……毕竟，陆嫣模样生得标致，性格又好，能引得像叶迦淇这样骄傲的男人为她倾心，是她的本事。不过，梁庭居然也……这倒是让简瑶没有想到。

打量梁庭望向陆嫣那深邃的眼神，这心思起了怕不是一天两天了。

只是他藏得很深，也没有叶迦淇这么明显，一切的倾慕和爱意都是融于日常生活中的微小细节，又有和陆臻这层关系，所以隐藏得很好。

陆嫣的性子有点儿像陆臻，粗枝大叶，因此完全没有察觉到梁庭会对她上心，看样子还把他当好朋友呢。

现在正是青春正好的年纪，这样的年纪里，若是没有一两个倾慕者，怕也是寂寞了。

简瑶念及此，倒是很安心。不过她一转念，又觉得自己这心态不对……

她分明是和陆嫣同样的年纪，怎么这个心态那么像一个看着女儿慢慢长大的老母亲啊？

简瑶看看陆臻，又看看与他完全是一个模子里刻出来的小丫头，然后又望望镜子里的自己。

这眼里眉间的相似程度……他们简直是一家三口。

这几个人收拾完宿舍，陆嫣和简瑶送几个男孩出了门。

陆臻顺手揉了揉陆嫣的脑袋，说道："好好照顾你……"最后那个字卡在喉咙里，憋了半天，憋出一句，"姐妹。"

陆嫣神秘兮兮地低头笑了一下："包在我身上。"

其实真要说照顾，这一年来她和简瑶形影不离，绝大部分时候，还是简瑶照顾她更多一些。

正如陆臻所说，简瑶真是个如风一般的女子，然而他却没有看到简瑶极具保护欲的另一面，尤其是和陆嫣这样软糯糯的妹子相处，简瑶的保护欲简直开到最大值了。

陆臻揉了揉陆嫣的脑袋："走了。"

"拜拜。"

梁庭离开的时候，也忍不住伸手在陆臻揉过的位置按了一把："走了。"

"梁庭叔拜拜。"

叶迦淇见状，也想伸手，这一次，陆嫣敏锐地躲了过去："迦淇哥拜拜！"

陆臻可以摸她的头，梁庭也可以，但叶迦淇不可以！

叶迦淇察觉到女孩的区别对待，眼神有点儿受伤。

梁庭带了那么点儿胜利者的意思，瞥了叶迦淇一眼，叶迦淇拉拉衬衣衣领，没有表现出明显的情绪。

陆嫣对梁庭完全没有防备，看他的眼神和看陆臻的眼神是一样的。但是叶迦淇不一样，叶迦淇喜欢陆嫣，她心知肚明，所以对他始终有防备。

有时候叶迦淇也希望自己能洒脱一些，对陆嫣放手，天涯何处无芳草，他何必非要挂在陆嫣这一棵树上呢？可是兜兜转转一整年，身边也不是没有优秀的女孩，以叶迦淇的条件，甚至都不用主动出击，就有女孩向他告白，然而，他终究意难平。

他见过最美好的女孩后，其他的女孩都会黯然失色。

几个男孩离开以后，舍友徐淼淼对陆嫣道：“天呀，这些帅哥都是你家哥哥啊？”

陆嫣耸耸肩：“算是吧。”

严格说来，都是她家叔叔才对。

“哇，你太幸福了吧，他们都是单身吗？能介绍一下吗？”

陆嫣随口道：“可以啊。”

闻言，走廊其他几个女孩也都聚了过来：“真的假的，都单身吗？都是隔壁学校的？”

“都好帅啊他们，没想到理工生里面居然也有这么帅的男孩！”

“那个，那个！我喜欢穿黑 T 恤的那个哥哥，从来没见过男孩子有这么漂亮的眼睛！”

简瑶一听这些丫头居然看上了陆臻，立刻扯过陆嫣的衣领，将她拉回房间，“砰”的一声，重重地关上了门。

陆臻的那双桃花眼，是他桃花缠身的根本原因。但好看是真的好看，宛若古代画里走出来的翩翩佳公子。

陆嫣诧异地望望简瑶，知道她吃醋了，忍不住掩嘴偷笑。

“笑什么？”简瑶被她看得浑身不自在。

“老实交代，你和陆臻刚刚去哪儿了？”

简瑶把陆嫣当闺蜜，所以也没什么好隐瞒的，直言道：“陆臻说带我去一个地方。”

“什么地方？”

简瑶压低声音，附耳对她说道：“学校后山的废弃礼拜堂，那里没人。”

陆嫣睁大了眼睛，兴奋地追问：“然后然后，你们做什么了？”

简瑶知道陆嫣这小丫头，满脑子不健康思想。

简瑶拍拍她的脑门：“你以为我们做什么了？”

陆嫣噘嘴，像只小麻雀一样：“亲亲。”

简瑶被她逗笑了：“亲什么亲！你这丫头……你还是不是女孩子啦！”

“哎呀，简爷你什么时候变成女孩子啦。”陆嫣上下其手地挠她，“快老实交代，陆臻那胆小鬼，他有胆子亲你吗？”

简瑶没有回答，牵起陆嫣的手，举至胸前，嘴角微扬，露出一丝狡黠的笑意。

陆嫣猛地甩开手，瞪大了眼睛，后退两步险些被绊倒。

“我的妈呀……”

她爹妈能不能别一上来就搞这么刺激的场面！

那段时间，陆嫣简直不敢直视简瑶了。

她妈真是个时代女性，要不怎么说不是一家人不进一家门呢！

陆臻从小天不怕地不怕，就怕孟知宁。当然，他虽然怕老妈，但也爱她，爱得不得了，孟知宁要是能给他一个赞许的眼神，他能高兴上天。

简瑶的性子跟孟知宁有点儿像，而且是真正有手腕、够聪明，能把陆臻驯服的那一类时代女性。

其实很多时候，陆嫣感觉自己身上就缺了点儿奶奶和老妈的气魄。

她更像陆臻，单纯、直爽、有点儿犯迷糊，同时还有他的一往情深。

那天下午，沈括给陆嫣发来一条短信，让她下楼。

陆嫣刚走出寝室，便看到走廊里有不少女孩朝楼下探头观望，眉飞色舞地议论着什么，看上去很兴奋。

陆嫣好奇地走到护栏边，循着她们的目光望去，正好看见沈括站在香樟树荫下。

他懒洋洋地倚在香樟树干边，袖子挽起，露出了一节白皙好看的手臂。他扬起下颌，抬头望向陆嫣的楼层，眼睛微微眯起，看见她以后，眸子里含了几分笑意。

“看过来了，看过来了！”

“好帅啊，我的天啊！初恋就是这种感觉。”

“晕厥！”

陆嫣也不得不承认，现在的沈括是真的帅，或许是因为父亲离世之后，他的生活重担一下子卸去，不再如过往那般阴沉。他整个人的光芒开始外显，气质也渐渐变得阳光而明朗。

这种气场是可以感染周围人的，所以潜移默化的，这个沉默内敛的少年总是能在人群中成为被关注的焦点。

沈括望见陆嫣，见她迟迟不下楼，于是摸出手机，拨了她的号码。

陆嫣的手机响起来，全走廊女生的视线同时扫向她。

陆嫣的脸都涨红了，她小心翼翼地接了电话，低声问："在的，打电话干吗呀？"

电话里，他的嗓音伴随电流，极有磁性："还不下来？"

陆嫣压低声音说："你这太突然了，我……妆都没化呢。"

"为什么要化妆？"

陆嫣想扔电话了，这么直接的话，只有陆臻那种智商水平才能问出来的吧！

陆嫣害怕沈括久等，跑回宿舍给自己随便上了点儿淡妆，又换了件浅绿色连衣裙，匆匆下楼。

沈括迎向她，感觉像是一阵夏天的风朝自己扑过来似的，所以本能地朝她张开了手臂。

不过小丫头似乎并不打算扑进他怀里，只在他面前半米的距离停了下来。

她看向他："干吗？"

沈括尴尬地收回手，抠抠脖子："不干吗，你很慢。"

"找我有事吗？"

沈括神情有些不满："为什么要有事才找你？"没事就不能找吗？

陆嫣感觉到沈括有些不高兴了，她就是想逗逗这家伙，省得他总是一副云淡风轻的模样。

沈括并不是一个佛系的人，他心底深埋的爱与恨，比任何人都深挚绵长。只是面具戴了太久，摘下面具之后，便不太会表露真性情。

陆嫣喜欢看他着急上火的模样。

"那走吧。"

陆嫣转身，沿着香樟树街踱着步子，沈括单手插兜，跟在她身后。

看着两个人一前一后离开的身影，女三宿舍楼都闹翻了，女孩们叽叽喳喳地议论起来，看向陆嫣的眼神渐渐变得有些羡慕嫉妒恨。

这丫头来的时候不声不响，举止低调，没人注意到她，直到寝室里来了好几个帅哥，帮她收拾打扫房间，女孩们这才注意到她。

这便罢了，她男朋友居然就是隔壁理工大的校草！所以她到底是走了什么桃花运啊！

走出校门，沈括三两步追上陆嫣，和她并肩走在街上。

陆嫣漫无目的地溜达着，熟悉校园周边的环境，最后居然拐进了Q大的校园。

沈括也默不作声地陪着她，走在校园里。

“需要我给你介绍吗？”沈括见她迟迟不讲话，莫名心里有点儿慌。

“不用介绍啊，我知道。”陆嫣指向湖中央的小亭子，笑着说，“那是闲凉亭，夏天的时候，那里是最凉快的地方，你经常去那里看书。”

沈括的脸色稍稍变了变，不过转念一想，他便知道她在学校里有眼线。

“那里是图书馆，去年冬天，你每天早上都会在图书馆前面的小花园里读英语。”

沈括淡笑：“你还知道什么？”

“我还知道什么……”陆嫣转了个弯，朝食堂走去。

此时正是晚饭时间，食堂有很多学生端着餐盘排队打饭。

陆嫣走到窗口，点了一个白面馒头，沈括立刻摸出饭卡，帮陆嫣付了钱。

陆嫣转身，又去免费汤窗口，盛了一碗绿油油的蔬菜汤。

“我倒要试试，白馒头配汤有多么好吃，让你天天吃、天天吃、天天吃。”

沈括见状，又端着餐盘去打了她喜欢吃的红烧土豆牛肉和鱼香茄子，递到小丫头跟前。

陆嫣嚼着馒头，抬眼望他：“所以不是没钱，你干吗还总是吃馒头？”

沈括盯着她，略微不爽地说：“你暗线还挺多，陆臻还是梁庭？”那人总不能是叶迦淇。

“不告诉你。”陆嫣继续低头嚼馒头，小脸胀鼓鼓的，不知道是不是在生气。

沈括夹了一块牛腩，递到她嘴边：“来，张嘴。”

陆嫣侧过脸，没理他。

身边有几个同学经过，看到平日里高冷寡言的校草沈括居然在喂女孩吃东西!

她们拉拉扯扯低声议论，回头看了他们好几眼。

陆嫣终于还是将他的筷子推开了，有些气恼地说:“不吃。”

“你今天怎么回事？”沈括表情变得严肃了。

“反正，从今天开始，你吃馒头，我也吃馒头。”

沈括以为她又在胡乱闹脾气，觉得很是荒谬:“你搞什么？”

“我搞什么？”陆嫣嚼着淡而无味的白面馒头，眼睛忽然就红了，“我不开心行不行，我看到他寄来的信，信里说每次在食堂看到你，你都吃这个……我看一次……”她看一次，哭一次。

沈括的喉结滚了滚，他默不作声，夹起红烧牛腩，大口吃了进去。

陆嫣抬起湿漉漉的眼眸，望了他一眼，他无声地吃着肉，大块大块的，嚼两下便吞了。

她推了他一下:“慢点儿。”

沈括夹起肉，递到她嘴边，说道:“以后我们一起吃饭，你吃什么，我就吃什么，行吗？”

陆嫣盯着他看了许久，终于乖巧地点了点头。

第三章

非她不可

沈括又去窗口打了一碗白米饭，添了几个小菜，陪着陆嫣一起吃饭。

这顿饭是他这一年来吃得最香的一顿。

有时候，吃饭的意义其实并不在于填饱肚子，家人忙碌一天之后，能坐在一起吃顿饭，闲聊几句，家庭的意义、亲人之间的羁绊便在这顿饭里体现了出来。

沈括对于吃饭是相当看重的，以前父亲还在世的时候，无论多忙，他总会回家陪父亲吃饭。

他抬眼瞥了瞥陆嫣，小丫头拿着勺子正在小口地喝着汤，待她喝完之后，他用纸巾擦了擦她的小嘴。

陆嫣冲他轻轻笑了一下，眸子漆黑含光，皮肤红润，白嫩嫩的耳垂上能看到细微的绒毛，卷翘的眼睫漆黑浓密。

沈括薄唇微扬，眼眸专注地看着她，含着笑意。

“学校的饭菜怎么样？”

“好吃。”

“那多吃点儿。”

他说话的时候，声音带着某种认真的低沉质感，很有磁性，但话语轻飘飘的，宛若冬日里飘落的雪花。

就在这时，一个戴方框眼镜的男生端着餐盘坐到了沈括身边：“沈括，吃饭啊？”

沈括看了他一眼，脸色冷了冷，不咸不淡地应了声：“嗯。”

陆嫣好奇地抬头看了那个男生一眼，他理着平头，面相看上去有点儿显老，年龄应该比他们稍大一些，单眼皮，嘴唇很薄，带着轻微的紫色。

陆嫣看沈括对他的态度，应该不像是朋友。

“沈括，这是你同学？”她小声问。

那男生的目光一落到陆嫣的身上，便像被磁铁吸住了似的，根本抽不回来。

Q 大本来女孩子就少，尤其是像陆嫣这样漂亮有灵气的女孩，放在普通大学里都是凤毛麟角了，更何况是 Q 大。

曹志达立刻对陆嫣伸手，自我介绍道：“你好，我叫曹志达，是计算机系的研究生。”

“哦！你好。”陆嫣正在啃卤味鸡爪，一双小手油腻腻的，所以就没有跟他握手。

沈括淡淡地道：“快点儿吃，吃完我送你回去。”

陆嫣不满地说：“你别催我吃饭啊，我最讨厌别人催我吃饭了，以前陆臻催我，我都要揍他的……”

沈括抿抿嘴，抽纸巾给她擦了油腻腻的小爪子。

曹志达和沈括之间有过节，之前去国外交流考察，导师从几个研究生里挑选学生一起去，他满心以为导师是要带他的，牛皮都吹出去了，可是后来居然榜上无名。这也就算了，当曹志达看到出国考察的名单上竟有沈括的名字时，他心里便不平衡了。

凭什么啊，凭什么这个本科生都可以去，他作为导师的研究生，却没有资格去。

周围几个同学、室友都说，肯定是沈括抢走了属于他的名额，学校多半看沈括是贫困生，没爹又没妈，出于人道主义同情，这才把名额给了他。

后来，愤愤不平的曹志达还去问过导师，导师也明明白白告诉他，让沈括加入是学院的意思，沈括第一学期便拿下了 TXPC 程序设计竞赛的全国一等奖，他有天赋也有潜力，学院给他一个公费出国交流学习的名额，合情合理。

曹志达当然知道 TXPC 程序设计竞赛有多难，算得上是这个专业顶尖的比赛了。

他本科四年，每年都参加，然而一次奖都没有拿到过，甚至到研究生阶段，他都没能获得这个比赛的任何名次。

这个比赛不同于普通编程大赛，说白了这比赛的对象根本就不是普通学生，能在 TXPC 程序设计竞赛获奖的，绝对是这个领域的天才级人物。

去年的 TXPC 程序设计竞赛，沈括作为大一新生，居然能拿到一等奖，简直震惊了全学院的师生。

自那以后，这位从北城考过来的省状元便成了教授们眼中的香饽饽。

沈括这个名字时常被他们挂在嘴边念叨着，什么事都有沈括，什么研究课题都想拉他参与。

曹志达心知肚明，沈括绝对不是因为谁的同情或怜悯才加入交流团的，但是他清楚却也不想承认，因此跟朋友们讨论的时候，也总是把“贫困生”这三个字眼挂在嘴边。

“不就因为家境差吗？”

“老师就喜欢这些穷学生，觉得他们有志气。”

“算了算了，别想了，谁让人家穷呢。”

“这世界真不公平。”

“可不是吗？”

……

沈括不是傻子，当然知道曹志达在背后编派他的那些话，但他并不在乎。

这个世界上，能让他在乎的人和事，不多。因此，他让陆嫣快点儿吃饭，也是不想让她和这个男人有接触。

陆嫣不知道沈括和曹志达的过节，好奇地问道：“学长，你是沈括的直系学长吗？”

“是啊，我们还在同一个课题小组。”

“这样啊，那以后要麻烦你多多关照他啦！”

沈括敲了敲陆嫣的脑袋，提醒道：“食不言，快点儿吃饭。”

陆嫣捂着脑袋，不服气地冲他撇撇嘴。

曹志达打量着陆嫣，她真是太漂亮了，尤其是那双眼睛，笑起来盈盈如水，仿佛会勾人似的。

这么漂亮的女孩，怎么会跟沈括这样的人在一起？

曹志达心里纳闷，他是戴着有色眼镜看待沈括，自然不觉得沈括有什么优秀的，更想不明白，这样的贫困生，学校的女孩子喜欢他什么。

他有意在陆嫣面前让沈括难堪，于是说道：“沈括，上次我们课题小组讨论的创新方案，你的没通过，重新回去想吧。”

沈括心思机敏，知道他选这个时候提此事的用意，所以当下并没有与他争执。

曹志达却并不想轻易地放过他，于是说道：“你提交的那个方案，说什么优化聊天软件的功能，增加聊天背景，对虚拟人物进行外观设计，还搞桌面宠物这些……”他冷笑了一下，“把资源浪费在这些虚无的东西上，完全没有意义，就算是提交到导师那里，导师也不会同意的。”

这话说得就严重了。

他完全否定了沈括的创意，不仅如此，言辞间似乎还带了点儿羞辱的意思。

沈括依旧没有回答他，连反驳都没有。

曹志达说到兴头上，气焰更盛：“沈括，我是觉得你思想有问题，我们作为新时代的青年，尤其是计算机这样的新兴产业的天之骄子，难道不应该时时刻刻为祖国的未来、科技的未来着想吗？但是你看看你在搞什么？！搞这些完全没有意义的花边设计，真是让人失望。”

终于，沈括受不了了，回了一句：“市场所向。”

沈括一旦反驳，曹志达立刻更来劲了，放大了音量说：“迎合市场上那些低俗的口味，这就是你作为天之骄子的时代责任感吗？”

两人的争执引来周围不少同学的侧目。

他们低声议论了起来。

“沈括，我知道你穷，但科技不是你用来挣钱的工具！我们做这行只有一个目的，那就是推动科技进步，推动人类的进步。”

沈括眼角颤了颤，沉声道：“人各有志。”

“哈，大家都听听，这就是我们学校选拔出来的公费交流的学生说出来的话！”

他话音未落，一碗汤水忽然被泼到了他的脸上。

曹志达头发上挂着油腻腻的蔬菜，惊得说不出话来：“你……你……”

陆嫣将空汤碗重重地砸在桌上，气愤地望向他：“都说了人各有志你听不懂啊！你是傻子吗？这么会说，你怎么不搭个台子演讲啊！”

陆嫣的突然发怒让周围的同学再次议论起来。

Q大的女孩子本来就少，而且个顶个的老实，他们还没见过这么泼辣的女孩呢！

沈括望向陆嫣，小丫头气得脸颊通红，瘦弱单薄的身子颤抖不已，情绪很激动。他伸手拉了拉她，让她平静下来。

她真的没必要生气，也没必要辩解。

他从来不会用别人的错误来惩罚自己，毕竟这个世界上，傻子实在是太多了。

曹志达被这么漂亮的小姑娘当众羞辱，也气不过，拍案而起。

沈括立刻将陆嫣拉到身后，也站了起来。

就在这时，陆臻走过来站在他身后，直接将手里的白米饭加几碟小菜，毫不客气地盖在了曹志达的头顶。

曹志达回头看到陆臻，惊得说不出话来。

周围的同学们也纷纷噤声，没搞懂陆臻怎么又跑过来掺和一脚。

曹志达身上这下可热闹了，挂着白花花的米饭，油腻腻的肉，还有青菜，五花八门，狼狈不堪。

他看着陆臻，被气得鼻孔都要冒烟了："你们……你们……"

陆臻将饭碗倒扣在桌上，冷着脸说："拍桌子轻点儿啊，你吓到我妹妹了。"

"你……你简直欺负人！"

"就欺负你怎么了？"陆臻拿出了他实打实富二代的架势，推了曹志达一把，"没看到我妹妹在吃饭啊，你恶心谁啊你，快滚！"

曹志达知道自己惹不起姓陆的这位爷，只能灰溜溜地离开了。

临走前，他不甘地看了沈括一眼，陆臻慢悠悠地说："要看就看清楚了，你面前这位是我妹妹的男朋友，你羞辱他就是羞辱我，知道吧，我见你一次搞你一次！"

曹志达惹不起陆臻，别说他惹不起，学校里恐怕没人惹得起这位大佬。

谁不知道陆氏集团的名头，就算是学校领导，见了陆臻都要好言好语地问候一声。

平日里，也没见陆臻和沈括说过一句话，即便说话，也是发生争执。

没想到陆臻居然这么护着沈括，如果早知道他们关系这么好，他是绝对不会去触沈括的霉头的。

曹志达离开以后，陆嫣也吃不下去了，拉着沈括走出食堂，嘴里咕哝着：“什么人呀，讨厌。”

陆臻卡在陆嫣和沈括中间，很自来熟地搭上了沈括的肩膀：“你怎么会和这样的家伙搞课题小组啊？”

沈括矜持并且嫌弃地将他的手甩开，解释道：“是老师的课题，让我加入一起做。”

“牛啊，这么早就跟导师搞课题，别的本科生可没这待遇。”

陆嫣立刻说：“沈括很厉害的！”

陆臻揉了揉她的脑袋：“他厉不厉害我看不见啊，要你说。”

沈括停下脚步，将陆嫣拉到自己身边，然后推开了陆臻：“你该回去了。”

这个动作让陆臻忽然有种领地被侵犯的感觉，他不爽地睨了沈括一眼，将陆嫣拉回来。

沈括拉住陆嫣的手腕。

陆臻将陆嫣的脖子圈在自己胳膊下面，拼命往回拉，沈括牵着她的手不放。

两个人较上劲了。

“放手！”

“你放手。”

“这是我闺女，你抢人抢得还理直气壮了？”

沈括皱眉：“什么？”

陆嫣一脚用力踩在陆臻的脚上，他吃疼，抱着脚跳了起来：“我去！”

女孩甩给他一个威胁的眼神，让他住嘴。

陆臻讪讪的，终于改口道：“这是我妹妹！我的！”

以前陆嫣或许在沈括面前随口提过陆臻是她老爸的事情，但是沈括以为她是开玩笑，没有放在心上。

自从他们在一起之后，陆嫣再也不对沈括提这件事情了，也让陆臻保密。

全世界都可以知道，但沈括一定要瞒着。

“陆臻，你该回宿舍了。”陆嫣推了推他，“快回去！”

“还早啊，回去很无聊。”陆臻死皮赖脸地跟在两人身后，“不回去。”

陆嫣皱眉说：“你跟着我们做什么啊？”

“当我不存在。”

沈括的确当他不存在，揽着陆嫣朝传媒大学的校门口走去。

陆嫣跟在他身边，时不时回头看看陆臻：“你不去找简瑶玩啊？”

“她今晚有舞蹈课。”

“难怪呢。”

陆臻似乎想到了什么，加快步伐追上来，问他道：“刚刚曹志达说的……你在搞社交软件啊？”

“嗯。”

“就像之前的 OICQ？”

“对。”

陆嫣问：“OICQ 是什么？”

陆臻推开她的脑袋：“大人说话，小孩别插嘴。”

“哦……”

沈括将陆嫣拽回自己身边，漫不经心地说：“其实曹志达说的也没毛病，做社交软件这种娱乐性的软件，看上去的确有点儿不务正业，而且大家都有手机，联系也很方便，用电脑登录社交软件交流，反而更费事。”

“呵，难得，沈括你还有听得进别人意见的时候。”

他话音未落，沈括道：“但是……”

陆臻泄气，就知道有但是……

“但是，社交软件并不是没有存在的必要，现在人与人之间困于真实的隔膜，有时候虚拟世界反而能够使人更轻松。”

“你是说，你的社交软件区别于短信，不是和熟悉的人交流，而是和陌生人交流？”

“嗯。”

陆嫣听得热血沸腾，很想发表自己的意见，很想告诉这两个老男人，未来完全不是他们现在能够想象的，未来的时代属于互联网，而互联网不仅仅局限于使用电脑啊！

未来有 2G、3G、4G 以及即将建成的 5G，在未来，社交软件将是每个中国人日常生活和工作中必不可少的！可是现在的他们，根本无法想象未来互联网的前景。

沈括现在所做的一切，绝对不是徒劳无功。未来二十年，人们的生活会因此改变，会因为沈括而改变！

陆嫣脸都憋红了，但是不能说，她最大的秘密绝对不可以让沈括知道。

陆臻和沈括两人就这个事情，居然一拍即合，聊得还挺投机。

不知不觉，天色渐渐暗了下来。

两人把陆嫣送到了宿舍楼下，陆臻说要请沈括去喝啤酒，把梁庭和叶迦淇也叫出来，哥几个商量商量，怎么一起搞事情。

陆臻就罢了，上学期还差点儿挂科，但是梁庭和叶迦淇不一样，这俩人的脑子可以说相当够用，学的又是一个专业，如果他们能加入，一起做这方面的研究，对于沈括而言，这无疑是如虎添翼。然而沈括却拒绝了陆臻的提议。

“哎？”陆臻都要摸电话了，“为什么啊？”

“没有为什么。”

“刚刚不是聊得很好吗？”

“你该回去了。”沈括说。

陆嫣看出了沈括的心思。

陆臻还想说话，她推了推他，说道：“快回去吧，你再磨蹭，待会儿简瑶下课就回来了，你看你的头发，好油啊！”

“啊，我早上才洗了头，很油吗？”

“很油！”

“那……那我先回去了。”

陆臻匆匆离开之后，陆嫣望向沈括，沈括手揣兜里，站在路灯下。

路灯灯光给他的脸镀上了一层薄光，更衬得他轮廓分明。

他没什么表情，不过陆嫣看得出来，他心里终究还是有疙瘩。

她轻轻叹了一声，然后伸手环住了沈括劲瘦的腰，将脑袋贴在他坚实的胸膛上。

沈括的手落在了她的肩膀上，他稍稍用力按了按。

陆嫣将脸埋进他的衣服里，闷闷地说：“你不用勉强。”

“什么？”

“你不用为了我，勉强和陆臻做朋友，没关系的。”

沈括沉默了很久，没有讲话。

他想起当年初见时，陆臻对他说的话：“从今天起，我们就是兄弟了。”

陆臻说完这句话，他就将饮料倒在了陆臻的头上，然后欺负了这个单纯善良的男孩很多年，可是陆臻究竟做错了什么呢？他没有做错任何事，错的人，应该是沈括。

“陆嫣，我不恨他了。”沈括抬头，满天繁星闪烁着，落在他的眼眸中，“你是我的家人，他也是。”

艺术系一直都是陆嫣梦寐以求的专业。

当年陆嫣就想报考艺术类院校，可是这个梦想在高二的时候就被陆臻残忍地扼杀在了摇篮里。

那时候的陆臻也是固执得可以，放了话说，所有专业都随她挑，但唯独艺术系不可以。

绝对不可以。

陆嫣不是个肯乖乖听话的女孩，所以那时候，陆臻把她妈妈的照片摆在沙发上，让她看着她妈妈的照片，自己发脾气砸东西，一言不发。

瑶瑶，我护不住你，但我即便是死，也会护住她。

姜还是老的辣，胳膊拧不过大腿，陆嫣根本不是她爸的对手。

因此，即便她有这方面的天赋，却因为错过了艺术类招考的报名时间，只能放弃。

唱歌是富二代少女陆嫣除了吃喝玩乐以外唯一感兴趣的事情，而她老爸却不让她走艺术的道路，所以报考大学专业的时候，陆嫣就表现得很漫不经心，连志愿参考书都懒得翻。

陆臻知道她是破罐破摔，也没责备她，毕竟还是有点儿心虚的。所以那时候的陆臻，无论是西装革履地出席董事会的时候，还是和客户见面吃饭的时候，手里总是捧着一本志愿书。

有时候他还会和周围的人商量，什么专业有发展前景，什么专业能让小孩学到真本事。

全世界都知道陆臻疼他的独女，所以也很热心，七嘴八舌地帮他出谋划策。

有董事说，学金融管理好，将来继承你的事业，但立刻就有别的董事凑过来，摆手说不行不行，太累了，女孩子嘛，学语言类的就行了，或者学文学，培养文学素养……

陆臻思来想去，给陆嫣报了个法语专业。

具体有什么用，陆臻是没想过。若是陆嫣将来出国工作，他当然也不愿意，但就是觉得法语好，多浪漫多有气质。所以陆嫣便莫名其妙地学了法语。

她对这个专业完全不感兴趣，凑合学吧，成绩不好不坏，保持中等就行了。唯一的好处可能就是，她学会了唱法语歌曲，而且还唱得挺不错。

任何知识技能，学了就总会有用武之地，哪怕当时没用，但在漫长的人生道路中，总有用得着的时候。

陆嫣没想到，她读南城传媒大学后挣的第一桶金，不是靠她的天赋，而是靠的她过去破罐破摔随随便便学的法语。

那段时间，本院系的女生都传疯了，说芭朵在招品牌模特，这一季度的品牌代言开始起用新人，而且要年轻有灵气的小姑娘。

芭朵品牌是外国的奢侈名品，占领中国市场之后，一直深受中国高端人士的喜爱。

有传言说芭朵会到传媒大学选人。

南城传媒大学里的学生，无论是长相还是气质，都是上得了台面的。

如果真能选上好苗子，签下长期代言的合约，将来如果她们真的能有更好的发展，这也是双方互利的事情。

这件事在大学里都传疯了，芭朵品牌啊，那个年代，哪个女孩没有梦想衣橱里能有一两件芭朵的裙子，或者出门逛街、闺蜜聚会拎着芭朵的包包。不过奢侈品终究是奢侈品，也不是谁都买得起的。因此，芭朵成了无数少女心中冒着粉红泡泡的美梦。

这样一个极具商业诱惑力的奢侈品牌，这一季的新款衣裙居然选用新人为广告代言，而且还会来学校选人，这让她们兴奋得连觉都睡不着。

陆嫣不像她们这般兴奋，她对广告代言其实没有特别大的兴趣，只对唱歌有兴趣，如果有唱片公司来学校选苗子，她兴许会更有积极性。

陆嫣也听宿舍的徐淼淼说，那个拍广告出身的“童星”许盼阳对芭朵的代言势在必得，甚至都放出话了，让全院系的女生都好自为之。

许盼阳有家世有背景，据说在娱乐圈还有资源，否则也不可能从小就接拍广告，成为“童星”了。

绝大部分没有涉足这行的同学，知道她志在必得，自然是不敢和她争抢的。

徐淼淼还总是愤愤不平，说许盼阳就是仗势欺人，本来是大家公平竞争的机会，现在搞得好像非她不可似的。

陆嫣也不好说什么，只能安慰徐淼淼几句。

徐淼淼情绪很消极，叹息道：“娱乐圈本就是个拼资源、拼背景的地方，像我这种普通家庭的小孩，注定红不起来的。”

这话，简瑶就听不下去了：“任凭她有再多资源背景，若是没有实力，自然也撑不起来。”

徐淼淼连连点头，补充道：“所以她只拍广告，没拍过电影啊。”

简瑶刚洗过澡，穿着一件松松垮垮的小吊带，头发湿漉漉地垂在肩头，站在阳台边晾晒自己的罩衫：“所以啊，年轻人不要那么消极，总看到世界的黑暗面，那多没劲啊！”

她将手臂随意地搭在陆嫣的肩膀上，笑着说道：“任何地方都有污浊和黑暗，但黑暗的缝隙里，总有微光照进来，所以小嫣，那条灿烂的星光大道，一定会有我俩的一席之地！”

陆嫣听得很感动，她说得对，人总是要怀着希望，而后努力。

虽然努力不一定成功，但不试试怎么知道呢。

简瑶就是这样一个不撞南墙不回头的性子。

有时候陆嫣真的很骄傲，她有那么温暖的老爸，还有这么优秀的妈妈，还有那么好的沈括……

以前所有的遗憾，如今似乎都已经补齐了。

“我要开演唱会！我要让我的演唱会变成全场大合唱！我要红，一定会红！”简瑶旁若无人地冲着远方的火烧云大喊了起来。

操场上不少人抬头看她，她也毫不在意。

隔壁许盼阳正在晾晒衣服，听见她的声音，不屑地睨了她一眼，说了句：“痴人说梦。”

“至少我还有梦可做。”简瑶云淡风轻地说，“不像某些人，红了这么多年，连部像样的作品都拿不出来。”

许盼阳被戳中了痛处，急红了脸：“你……你有什么资格说我！”

简瑶笑得很开心，才懒得理会她。

不与小人计长短，这是简瑶的原则。

她性格张扬且爱憎分明，看不上的人，是不会多费唇舌的。

陆嫣看着她红润的脸颊，看着她清澈湛亮的眼睛，无法想象有一天她会离开自己、离开陆臻。

不，陆嫣绝对不会让这样的事情发生。

那天下午，陆嫣去上课，经过食堂一楼侧面的西餐厅，看到两位女士走出来，其中一位较为年轻，金灿灿的头发，一字裙配白衬衣，外搭一件小西装，相当职业化的打扮。另外一位外国女性年龄稍长，穿着打扮轻松随意了许多，一件流苏裙子，颈间配了一条做工精细的纱巾。不只纱巾做工精细，她的包、她的靴子……都相当有品位啊！

陆嫣难得在这个年代看见穿衣打扮如此有品位的女性，这位女士的衣品，跟孟知宁有一拼了。

年轻的那位职业女士正和周围的同学比画着手势，不过同学们似乎听不懂她们在说什么。她们说的不是英文，而是法文。

陆嫣隔得远，隐约能听懂几句，她们好像在问路。

她看了看时间，快上课了，有点儿纠结。不过看这两位女士一脸无奈的模样，她还是好心地走了上去，用流畅的法文问她们要去哪里。

一听见如此流利又纯正的母语，那位一直没有说话的年长的女士立刻抬眼望向陆嫣。她望见陆嫣，目光便有些收不回来，上上下下地将陆嫣打量了一番。

陆嫣被她看得有些不自在，于是礼貌地微笑着，询问她们是否需要带路。

年轻的女性立刻热情地回应，说她们要去艺术学院。

“我也要过去上课，我带你们过去吧。”陆嫣说道。

两位女士欣然同意，连声向她道谢。

周围的同学都惊呆了，完全没有想到陆嫣居然会说外语，而且还不是英文，是他们根本听不懂的语言。

南城传媒大学没有外语专业，所以这就更让他们对陆嫣刮目相看了。

当然，不只是周围同学，这两位外国女士也相当惊讶，这么流畅、正宗的法语，出自一个中国人之口，真是非常难得。

她们问陆嫣是不是在学校里从事翻译类的工作，然而陆嫣说自己只是学生，她们俩眼神对视，表示不可思议。

那位年长的女士夸赞了陆嫣衣服好看，当然，出于礼貌，陆嫣也夸她丝巾和衣服的搭配相得益彰。

年长的这位女士眼神里透出了欣赏。

陆嫣将她们带到艺术学院之后，就向她们告辞，说自己要去上课了。

这位年轻的职业装女士很会察言观色，见自家 boss（老板）对这女孩有意，于是委婉地向她询问班级和姓名，说要感谢她。

陆嫣立刻发扬“做好事不留名”的精神，连连摆手，表示这只是举手之劳，让她们不要放在心上。

年轻的女士还想说什么，但是她家老板立刻拉住了她。

恰在这时，上课预备铃响了起来，陆嫣微笑着向她们告辞。

待她离开之后，年轻的女士才说道：“苏珊，您是看中了这个女孩吗？”

“她眼睛里有光，是我要找的人。”

“那为什么不让我问她的姓名？”

“先不必惊扰她，这样资质的女孩绝不会淹没于人群，总会找到的。”

“您也是觉得打草惊蛇不太好吧，毕竟，能代言我们芭朵品牌，这是何等的殊荣和光环，恐怕没有女孩不会感到眩晕吧。”

苏珊笑了笑，没有说话。

陆嫣今天的课程是古典舞，她一路小跑来到舞蹈教室，在室友们的身边站定。

班上绝大部分的女孩穿的是瑜伽服或紧身的舞蹈服，不过有几个女孩不一样，她们精心打扮，穿上了各自最好看的衣裙，脸上还化了精致的妆容，其中就有许盼阳。

徐淼淼低声在陆嫣耳边说："也不知哪里来的消息，说今天下午会有芭朵的人过来选人，许盼阳她们最先得到了消息，所以就精心打扮过，我也是到教室才听说，就来不及回去换衣服了。"

简瑶在杆子上压着她无比吸引眼球的大长腿，说道："这是上舞蹈课，你还想换什么衣服？"

徐淼淼笑着说："舞蹈课虽然重要，但还是芭朵的选拔更重要一点儿，是吧，陆嫣。"

陆嫣耸耸肩，拿出了自己的汗巾："不啊，我觉得舞蹈课更加重要。"

她有舞蹈基础，不过丢开好久了，现在也不知道能不能施展开……

徐淼淼叹了一声："你们也太无所谓了，果然是有钱人啊！视金钱为粪土。"

"她是有钱人，我可不是。"简瑶一边拉伸，一边辩解道，"不过我觉得，先把基本功打扎实，将来要什么广告代言没有，何必急于一时。"

徐淼淼很快就被说服了："说得也是。"

就在这时，许盼阳那边的闺蜜有人说了句："好酸啊，闻到一股酸醋味，不知道是不是错觉？"

"没错，我也闻到了。"

"实话告诉你们，芭朵那边人已经定下来了，我们学校推的是盼阳，费尽心机想要红的家伙，到头来什么都不会得到。"

简瑶也不生气，笑着说："怎么，这就定下来了？"

"当然，不信你们等着吧。"

徐淼淼说："可能是学校推荐了许盼阳吧，她很有背景，有什么好事学校都是首推她的。"

陆嫣说："那岂不是对别人很不公平？"

"所以我之前就说过啊，这社会本就不公平，更别说是娱乐圈这种地方。"

陆嫣不再说什么，简瑶纤细的手臂搭在陆嫣的肩膀上，笑着说："我忽然有种预感，感觉今天下午幸运女神会眷顾你。"

陆嫣也笑了："你别立 flag 好不好。"

"什么是 flag？"

"意思就是，一般而言，信誓旦旦地说出来的话，都会朝相反的方向发展。"

"是吗？"

"无所谓，反正我也不会去的。"

"为什么？"

"不感兴趣呗！"

女孩们正说着，舞蹈老师进了教室，拍拍手招呼大家上课了。

许盼阳观察着舞蹈老师的神情，看上去似乎没有重要的事情要宣布，更没说芭朵会在今天过来选人。她心里有些忐忑不安。

舞蹈老师打量着许盼阳和她朋友们的衣裳，有些不满地说："这是舞蹈课，你们怎么不穿训练服啊？"

几个女孩看看自己身上漂亮的纱裙，支支吾吾地说不出话来。

舞蹈老师还算温和，并没有责备她们，只是说道："穿成这样没办法跳舞，快回去换一件。"

女孩们面面相觑，都不大想回去换衣服，毕竟许盼阳那边有消息，说是芭朵那边今天下午会过来选苗子。

舞蹈老师不解地问："你们还愣着干什么？回去换衣服啊，还上不上课了？"

许盼阳举手说："那个……老师，我们今天身体不太舒服，不能练舞了。"

"身体不舒服？"

其他女生连连道："是啊，老师，我们、我们今天来例假了。"

"你们都来例假了？"

女孩们用力点头。

舞蹈老师虽然有些怀疑，但终究也没多说什么："好吧，既然身体不舒服，你们就在边上休息吧，其余同学继续上课。"

陆嫣和简瑶她们规规矩矩地跟着舞蹈老师学动作。

陆嫣有舞蹈基础，而且从小学钢琴，对于节奏把握得很好，所以舞蹈老师把她安排在了排头，让她给其他同学领舞。

没过多久，两名金发碧眼的外国女士站在了教室门口，同时身边还跟着一位翻译，他们在一起观摩着同学们练舞。

舞蹈老师立刻停止教学，走过去和她们简单地交流了几句。

许盼阳和周围几个女孩很兴奋，低声道：“来了来了！”

陆嫣一看那两位女士，竟然就是方才她遇到的人，有些惊讶。

舞蹈老师进教室，摆摆手对同学们说：“同学们，这两位是芭朵品牌的负责人，苏珊女士和奥菲娜女士，大家欢迎。”

同学们齐声鼓掌。

舞蹈老师将许盼阳带到苏珊面前，用磕磕巴巴的法语对她们说了几句话。

陆嫣能听懂，她说的是：“这位就是我们学院推荐的许盼阳同学，她各方面素质都很不错的。”

许盼阳连忙拎着裙摆，向苏珊女士致意，并用英文向她问好。

苏珊女士只打量了她一眼，便不再多看，礼貌地点点头，转过身，在人群中找到了陆嫣。

见她对自己微笑，陆嫣也连忙点头示意。

她听到苏珊说，想要看看其他同学的舞蹈，看一下肢体协调度。

舞蹈老师立刻对同学道：“大家就给两位女士展示一段我们前两天刚学的古典舞吧。”

同学们见芭朵的人好像没有要选择许盼阳的意思，跃跃欲试，兴奋地一字排开。

简瑶低声说：“你们认识啊？”

“刚刚给她们带路来着。”

“哟，不错。”

许盼阳的脸色就变得很难看了。

她身边的几个女孩见芭朵的负责人要看同学们跳舞，急了，连忙对舞蹈老师说：“老师，我们也要加入。”

舞蹈老师道：“你们不是身体不舒服吗？”

“嗯……已经好了。”

舞蹈老师还是拒绝了她们的请求，说道：“你看看你们，穿裙子就罢了，还穿着高跟鞋，这怎么跳？”

“可以跳的！”

“我不同意，这太危险了。”

女孩们欲哭无泪，甚至都想回去换衣服了。可是现在回去换衣服，时间肯定来不及。

她们怨怼地看着许盼阳，要不是许盼阳瞎传消息，她们就不会穿成这个样子来舞蹈教室，谁能料到芭朵的人选广告代言人还要看跳舞！

许盼阳也敏感地察觉到了苏珊女士对她的无视，显然是没看上她，她心头更是窝着火，没处发泄。

舞蹈展示了几分钟，同学们都费尽心思地想要把自己最好的一面展示出来，表演结束以后，苏珊女士连连鼓掌，对舞蹈老师说了几句。

陆嫣向简瑶翻译道：“她说我们班同学的基本功都很好，舞蹈非常美！”

简瑶不可置信说：“你还真懂法语啊！太厉害了吧。”

“一点点啦。”

这时候，苏珊女士望了望陆嫣，对舞蹈老师附耳说了几句，舞蹈老师惊诧地望向陆嫣，不可置信道：“陆、陆嫣同学，苏珊女士说……想请你为芭朵的产品代言，不知道你是否愿意？”

此言一出，全班静谧。

陆嫣也愣住了。

怎么就真的选上她了啊！

刚刚跳舞的时候，她故意混在人群中，没有冒头，就是不想被选中啊！

女孩们朝陆嫣投来羡慕嫉妒的目光，尤其是许盼阳，死死地攥着裙角，裙角都被抓皱了。

陆嫣很抱歉地说：“那个……老师，我没有想过要代言什么的……”

舞蹈老师以为自己听错了，不可置信地问：“什么？你不想为芭朵代言？你……你说的是真的吗？”

在场的女孩子，谁不是挤破了脑袋地想展示自己，想被苏珊女士选中，现在大好的机会就摆在陆嫣面前，她居然拒绝了？

许盼阳她们看她的眼神红得都快要滴出血来了。

简瑶冲她们扬扬下颌，心里一片快意。

苏珊女士似乎从众人惊讶的表情中猜出了陆嫣的回答，走到陆嫣面前，拍拍她的肩膀，说道："我很欣赏你，希望你再考虑一下。"

陆嫣用流利的法语回道："谢谢您，但我现在正是练基本功的时候，可能没有太多的时间和精力去兼顾别的事情。"

同学们完全听不懂两人在说什么，但是陆嫣居然会说法语，这是她们完全没有想到的。

许盼阳连忙走出来，用英文对苏珊女士说："既然陆嫣不想要这个代言，您是否要考虑别的同学，我以前也拍过广告，盼盼学习机您知道吗？就是我代言的……"

苏珊女士和身边的助理奥菲娜女士低头耳语了几分钟，然后对许盼阳说道："抱歉，你的风格和我们芭朵品牌并不相符，你的广告，学校发给我们总部看过，那边的领导并不满意，觉得有点儿幼稚。"

外国人说话是很直接的，而且这句话用的是英语，周围同学或多或少能听懂大概的意思。

她们低声议论着，脸上浮现些许快意。

平日里许盼阳仗着自己接过广告，以童星自居，在学校里耀武扬威，现在人家明明白白地挑出毛病拒绝了她，看她以后还得意什么。

许盼阳被气得脸色涨红，下唇都咬白了。

苏珊女士并没有理会许盼阳，掏出一张名片递给陆嫣，用英文对她说道："这是我的联系方式，你再考虑考虑，这个位置，我为你保留三个月。"

三个月！

同学们惊呆了，芭朵这边居然给陆嫣留了三个月的时间考虑，摆明了是非她不可啊！

陆嫣拒绝了芭朵代言的邀请，并且也礼貌地告知他们，不会轻易改变主意，希望他们能重新寻找更合适的人选。

苏珊坚持让陆嫣再好好考虑一下，并且给她开出了相当优厚的薪酬待遇。这让许盼阳她们妒火中烧，难受极了。

要知道，芭朵一次代言的广告费，比她过去代言的好几个广告的费用加起来还多。然而陆嫣听到薪酬数额之后，却连眼睛都没有眨一下。所以对她来说，钱不是最要紧的，时间才是。

后来离开的时候，奥菲娜对苏珊说：“看样子是没戏了，她的态度很坚决，而且对我们开出的薪酬丝毫没有心动。”

苏珊却笑了笑，老练从容地说：“我给她三个月时间考虑，现在先不要下定论。”

“难道您认为她还会改变主意吗？”

“任何人都有改变主意的时候。”

“苏珊，这个女孩的条件的确很好，可她并非不可代替啊，为什么一定是她？”

苏珊转身望向奥菲娜，笃定地说：“她就是独一无二的，我不仅要签她，我还要长期签她，将来这女孩的前途不可限量。”

大一上学期，陆嫣开始减肥。她被学校里这些身材苗条的女孩深深地刺激到了。

南城传媒大学是艺术类院校，这里的绝大部分女孩子将来是要进演艺圈的，她们对于自己的身材管理尤为严苛，学校里绝大部分女孩的身材都是衣架子。

陆嫣本就是个馋嘴猫，过去从来没有刻意忌口或者减肥，时不时还会跟着陆臻出去吃烧烤，所以比起周围这些骨瘦如柴脸色苍白的女孩子，她的脸型就要饱满圆润些，带着健康的血色。

既然走上了这条路，陆嫣当然知道管理身材的重要性，所以不管简瑶每晚怎么变着法儿地诱惑她，她都坚决控制饭量，绝不多吃。

晚上，沈括带陆嫣去学校后门新开的饺子馆吃晚饭。

两碗热气腾腾的水饺送上来，沈括吃了两口，视线就停在了陆嫣的筷子上。

她拿着筷子把饺子皮剥开，将肉馅吃了。

沈括敲了敲她的碗，漫不经心地说：“下次直接带你去吃肉好不好？”

陆嫣撇嘴道：“饺子皮太厚了，而且我减肥呢。”

“吃肉减肥？”

“你不懂，饺子皮是淀粉做的，淀粉绝对是肥胖催化剂，相反，肉富含蛋白质，不容易发胖，所以减肥得吃肉。”

沈括眉头拧了拧，不太能理解陆嫣这一套“减肥理论”。

不只是他，陆臻也不懂，他们这一代人，压根儿无法理解女孩子吵着闹着要减肥的行为。

沈括看着她油腻腻的小嘴，眼神里透出一种慈爱的意味。

吃肉减肥，她也是没谁了。

他也用筷子剥开饺子皮，将里面的肉馅夹给陆嫣，然后把她碗里的饺子皮夹回自己的碗中。

陆嫣说：“你干吗呀？”

“我喜欢吃饺子皮。”

“乱讲，你就是觉得我浪费吧。”

“难道不浪费？”

陆嫣看着自己碗里的饺子皮，好像是挺浪费的，咧嘴一笑，将自己碗里的饺子皮全夹给沈括：“那你帮我吃啊。”

沈括没有拒绝，他觉得多吃肉总归是好的，所以把自己的肉一股脑夹给了陆嫣。

陆嫣手肘撑着桌子，望了望周围的人，低声对他说：“别人会觉得我们好恶心吧。”

沈括用筷子夹起一块饺子皮，低头吃了，他漫不经心地道：“管别人做什么？”

我又不嫌你。

陆嫣抿嘴想笑，又极力忍着，似笑不笑地望向他。

沈括低头吃饭，睫毛很长，垂着眸子。

他无论做任何事都很认真，连吃饭都是这么认真。不知道做一些其他的事情，是不是也如此认真……脑子里的画面忽然变得有点儿难以描述。她的脸颊微微泛了红，她赶紧甩开脑子里的胡思乱想，继续低头吃饭。

“你在想什么？”沈括注意到了陆嫣绯红的脸颊。

“没、没想什么啊。”

沈括眼眸深邃，带着探究的意味，能看进她心里似的，弄得陆嫣心虚不已。

她揉揉鼻子，继续低头吃饭：“别盯着我看啦！”

沈括淡淡笑了笑：“我知道了。”

陆嫣警觉地问：“你知道什么了？”

他放下筷子，不说。

陆嫣心里有些慌了，抓了抓他的袖子：“你知道什么了？！”

沈括依旧不开口，点了点她的眉心：“食不言，认真吃饭。”

就在这时，一个穿运动衫的高个儿男孩坐到了两人的对面。

“沈括，巧啊！你也吃晚饭啊。”

“嗯。”

“哎？这女孩是……”

沈括毫不犹豫地说：“我女朋友。”

“啊？”那男孩越发惊诧，挠挠脑袋，“女朋友？你居然有女朋友！”

陆嫣反问：“他怎么不能有女朋友了？”

那男孩反应了好几秒，终于说道：“我不是这个意思，嫂子别介意，我是沈括的室友，我叫杨晏。”

“你好，我叫陆嫣。”

杨晏盯着陆嫣打量了小半晌，显然也是没想到，没想到沈括居然真的有女朋友，更没想到他女朋友这么漂亮。

“嫂子你不知道，我们学校有那么多女孩追他，沈括一概拒绝了，我们还以为他不喜欢女人呢。”

陆嫣眨眨眼：“是吗？难不成你们以为他喜欢男孩子吗？”

他挠挠头，坏笑了一声：“这不是陆臻总破坏人家女孩跟他的告白嘛，有次沈括收到情书，都还没拆呢，就让陆臻抢去撕了个粉碎，我们都以为他和陆臻有什么。”

陆嫣嘴角抽了抽：“陆臻还敢撕他的情书啊……”

“那可不，沈括这一年的桃花都让陆臻给挡了，简直了。”

杨晏是个开朗健谈的性子，滔滔不绝地说：“大一那阵子，陆臻还放出过话来，说沈括是他们陆家的人，谁都别想动。”

陆嫣尴尬地扶了扶额头，都不好意思看沈括了。

杨晏又“哎”了一声，盯着陆嫣看了许久：“你的眼睛跟陆臻好像，鼻子也像。”

陆嫣完全不想承认她跟陆臻有任何关系：“不像不像，我们一点儿都不……”

“她是陆臻的妹妹。”沈括平静地说。

“天啊！”杨晏瞪大了眼睛，望向陆嫣，恍然大悟，“原来如此啊！难怪陆臻这么护着我们沈哥，原来是妹夫啊哈哈哈。”

陆嫣来了兴趣，连忙问道：“陆臻很护着他吗？”

“那可不！”杨晏继续说，“陆臻这人吧，就是刀子嘴豆腐心，明面上说讨厌他，但实际上，对他好着呢，有什么好吃的都往我们寝室送；体育课买可乐也都是两份；谁要是看沈括不顺眼，多说了几句，陆臻脾气暴，不管三七二十一，是要撸袖子动手的……”

陆嫣嘴角扬了起来，心里美滋滋的。

她爸就是这样一个人，性子直，没有那么多心眼，爱屋及乌，陆嫣喜欢和在意的人，他也会竭尽全力地护着。

热腾腾的水饺端了上来，杨晏拆了一次性筷子，顺口对沈括说：“对了，沈括，这次奖学金的事情，你不要太放在心上了，这次没评上，明年再来嘛。”

“那我们就先回去了，你慢慢吃。”沈括拽着陆嫣便要离开。

陆嫣抓住了话里的关键字，回头问杨晏：“你说他今年没评上奖学金啊？”

杨晏将热乎的饺子送进嘴里，含糊地说道：“是啊，他挂科补考了嘛。”

“挂科？！”陆嫣的脸色瞬间变了，“他怎么会挂科？”

“你还不知道啊，第一门考试他没有来考啊。”

“路上跟你解释。”

沈括攥着陆嫣的手，拉着她离开，不想让杨晏那个没遮拦的大嘴巴再说出什么事情来。

他的手很用力，攥得陆嫣白皙的手腕都泛红了，她挣开他，问道：“怎么回事啊？”

月影树梢下，沈括漫不经心地回道：“第一门课考试的时候，我在北城。”

“你不参加期末考试，怎么会在北城啊？”

“我在医院隔离大楼外面……”

陆嫣忽然想起来，那个时候，她因为疑似肺炎，被隔离了。

“你那个时候，一直在医院外面？”

“嗯。”

陆嫣回忆着，那时候她被隔离了三周。

“不会那三周，你都……”

“每天都来。”沈括平静地说，“除了睡觉和吃饭，我一直都在楼下等你。”

陆嫣心头涌上一阵酸楚。

那时候的北城，零下二十度的气温，他就那样站在雪地里等她。

“你等我干吗呀？”她心疼极了，眼圈微微有些泛红，伸手轻轻拍了他胸脯一下，手却被沈括反握住。

“我害怕。”

她诧异地抬头望他，他眉宇低垂，路灯下，漆黑的眼眸掩在阴影中，里面有光。

“那时候，我是真的怕，怕一觉醒来，这个世界再也没有你，怕不知道要到哪里去找你。”

陆嫣的脑子蓦然放空了几秒，她未曾见过沈括这般无助而惶恐的样子。

他可是沈括啊，是那个无论什么时候都冷静自若的男人，他也会有害怕的时候？

他怕这个世界再也没有她，可她本就不属于这个世界啊。

陆嫣抱紧了沈括的腰，用力将脑袋埋进他的胸膛，撒娇道：“沈括。”

“怎么了？”

“我哪里都不去。”

“嗯？”

“时间不能把我们分开，就、就算分开了，你也要等着我，我会找到你，一定会！”

沈括蹙眉：“忽然弄得跟生离死别一样。”

“你答应我！要是我忽然不见了，你不可以结婚，一定要等我，你……答应我！”她眼角渗出几滴眼泪，全蹭在了他的衣襟上。

方才的情绪一扫而空，沈括反倒是被她逗笑了：“不可以结婚？”

陆嫣心里更加难过了，哭出了声：“反正你不可以和别人……因为我一定会找到你的，要是找到你的时候，你结婚了，我会很难过。”

沈括忽然很想笑，不过见小丫头是动真格的，他颇有些无奈，柔声道：“我不是早就已经答应你了。”

早就答应过她，她是他此生的唯一，非她不娶。

陆嫣的心却越来越沉，她越发惶恐。

过去的沈括真的终身未娶，而且也说他在等一个人。

陆嫣闭上眼睛，不愿再去想这件事。她抱紧了他，用略带沙哑而无力的声音说：“我爱你，沈括。”

沈括低头吻了吻她的头发：“我知道。”

他知道，陆嫣很爱他，很爱很爱……

那晚之后，陆嫣无数次在梦境里经历以前的事情。

那时候陆臻破产之后，被银行收缴了全部资产，包括他们的房子。

她和陆臻挤在狭窄的出租屋里，陆臻背负着高额的债务，那些高利贷债主上门催债，还威胁说要用他女儿抵债，几乎快要把他逼疯了。

一个男人能疯到什么程度，陆嫣都见过，她爸为了护住她，每天晚上连觉都不睡了，红着眼睛、拿着刀守在门口。

陆嫣不忍心见父亲日益憔悴，曾经哭哭啼啼地去找过沈括，求他放陆臻一马。

那个时候的沈括，西装革履，衣服上一丝褶皱都没有，岁月在他的脸上没有留下丝毫痕迹，他看上去是如此年轻、如此英俊。但和年轻人不同的是，他的那双眸子，漆黑深邃，蕴含风云。

没有了少年的莽撞与青涩，他身上是成熟男人的稳重与气度，那个时候的他，绝对是男人这一生中最完美的时刻。

陆嫣在他的逼视之下，被吓得瑟瑟发抖，哭着求他，也叫他沈叔叔，求他放过爸爸。

梦境里，陆嫣才回想起许许多多的细节。譬如一开始沈括不愿见她，她是在公司门口堵住他的，他盯着她的脸看了许久许久，然后才把她带进办公室，把所有人都赶出去，关上门，然后给她倒了一杯她最喜欢的番茄汁。又譬如，她叫他沈叔叔的时候，看到他的手明显颤了颤。

后来，沈括告诉她，他可以放过陆臻，但有一个条件——她搬进沈宅，和他住在一起。

那时候的陆嫣感觉天旋地转，害怕极了，以为沈括要对自己做什么可怕的事情。然而事实证明，她想多了。

沈括让她搬出环境糟糕的出租屋，在沈家大宅，他给了她一个独立的房间，比她过去的房间还要大、还要奢华。

沈括平日里忙于工作，不怎么搭理她，只将她养在家里。但是家里的用人对她极为尊重，而沈括下班回来，有时候也会在她的房间门口停留半晌。但他从来不会打扰她，抑或是他小心翼翼地克制着自己，避免吓到她。这些细节，其实陆嫣都有注意到，可是当时她没想那么多。

直到此刻，过去的这些点点滴滴汇聚在她的心底，她似乎找到了真相。

这是否意味着，有朝一日，她会从这个世界消失？

按照现在的剧情发展下去，陆臻和简瑶肯定会越来越好，那么这个世界上就会有另外一个她诞生。

她本就不属于这个世界啊。

她来到这个世界上的使命还没有完成，她还没有找到小姑姑，还没有弄明白妈妈的死因……她不甘心就这样离开，也不想走。

陆嫣惆怅了好几天，又感觉自己杞人忧天，命运自有安排，此刻多想也是无益。

那天下午，陆臻经过学院办，恰好听到沈括和辅导员在说助学贷款的事情。

“你这个情况，是可以申请的，不过要先去居委会盖章，然后走流程。”

“需要多久呢？”

“助学贷款名额有限，学院和你情况类似的同学也不少，所以也急不来，到时候我们还要考核。”

秦老师想了想，又说道：“沈括，你这种情况，其实可以申请贫困生补助，应该很快就可以批下来，助学贷款周期太长了。”

沈括摇头，拒绝道："我不需要补助，贷款我挣了钱就还。"

"唉，那你就回去等消息吧。"

沈括点点头，拿着文件走出办公室。陆臻连忙躲在办公室门后面，背贴着墙壁，生怕被他看到。

沈括似乎若有所思，没注意到他。

陆臻看着他离开的背影，摸着下颌，思忖了片刻，立刻走到辅导员办公室。

"秦老师，我也要申请助学贷款！"

辅导员秦老师一见进来的是陆臻，责备道："你瞎凑什么热闹。"

陆家什么背景，他申请助学贷款，不是开玩笑吗？

陆臻双手撑在办公桌边，问秦老师："助学贷款是啥？贫困补助又是啥？"

秦老师解释道："助学贷款就是向银行申请的贷款，毕业之后偿还，贫困补助不用还，是学校的福利，来自社会上的人好心捐助。"

陆臻若有所思地点点头。

晚上，陆臻给陆嫣打电话的时候顺口提了一嘴："那家伙也太心高气傲了，宁愿还贷款也不要学校的补助。"

陆嫣听着他的讲述，久久没有说话。

陆臻继续道："他的学费就是靠奖学金嘛，不过说起来，他上学期挂科了，要是没有奖学金了，那家伙这学年的学费怎么办啊？"

"他还有别的收入来源吗？譬如像高中那样做点儿小生意什么的。"陆嫣问。

陆臻笑了笑，说道："你以为Q大的计算机系全国第一是白来的？别说每天多到爆炸的课程，就是课后繁重的学习任务，比起高三来说都是有过之而无不及。"

陆嫣撇嘴："那我看你还挺闲的啊。"

"咯，这个……也不算闲，只是你爸会合理安排时间嘛！"

陆臻把话题重新扯到沈括身上："那家伙跟个没有感情的学习机似的，除了上课，绝大部分时间就是泡在图书馆，同时好像还要和一帮研究生做课题，应该没时间出去搞别的事情。"

“哦……”

也就是说，他没有任何收入来源了，难怪要去申请助学贷款。

陆臻有些幸灾乐祸，笑着说：“看得出来，那小子手头肯定不像高中那么宽裕了，不然干吗想不开在食堂吃汤泡馒头。”

陆嫣挂掉了电话，思来想去觉得不妥，于是又给钟恺打了个电话。

“喂，小嫣，这么晚给我打电话，有事吗？”钟恺那边似乎很忙，背景音嘈杂，还能听见他的招呼声，“放那儿放那儿，哎，小心点儿，别给我磕着了。”

“钟恺哥，我就想问问你，沈括他现在是不跟你一起做事情了吗？”

钟恺摸摸脑袋，茫然地问：“你说做生意啊？”

“嗯。”

“是啊，自从他念大学以后，忙得很啊，我们见一面都难。”

“那他有别的收入来源吗？”

“这个我还真不知道。”

钟恺坦诚地说：“沈叔叔离开之后，他的负担没有那么重了，也就没把心思放在挣钱上。他自己说的，上大学之后才发现过去的自己目光有局限，他将来要想做大事情，现在就必须抓紧一切时间学知识涨本事。”

“我知道了，谢谢你钟恺叔叔。”

钟恺担忧地问：“是不是他出了什么事？手头缺钱，你告诉我，我……”

“没有没有。”陆嫣连忙说，“没事的，我就随便问问，你千万别去问他。”

陆嫣知道，男孩子嘛，总是要面子的。

钟恺轻轻叹了声，还怕陆嫣嫌弃沈括，对她说道：“小嫣，我们沈哥呢，现在是挺落魄的，没办法，他爸这一病好多年，差不多把家里的钱都花光了，但是你给他一点儿时间，他不会穷一辈子的，你……千万别嫌他啊！”

“怎么会……”

她怎么会嫌他？

挂掉电话以后，陆嫣迈着沉重的步子回到宿舍。

宿舍里，女孩们都已经睡着了，她轻手轻脚地爬上床铺，望着黑漆漆的天花板，丝毫没有睡意。

隔壁床铺的简瑶爬到她的床上，躺在她身边，轻声问她：“怎么啦？”

“最近烦心事好多啊。”陆嫣裹在被窝里，小声说，“我男朋友好穷，我好难过，虽然知道会好起来，但还是……”好心疼他。

他是那样骄傲而倔强的一个人，却被生活逼迫至此。

简瑶翻了个身，抱着她，轻轻拍着她的后背，轻声说：“你可以帮他，但是要有技巧，别让他觉得自尊心受伤，懂吗？”

“我自己的钱都是家里给的，我、我不好用家里的钱……”

简瑶嘴角扬了扬，缓缓地道：“你想挣钱，还怕没路子吗？”

陆嫣忽然想起了什么，一把抱住了她，将脑袋埋进她的颈项窝，说了声：“你提醒我了，妈妈……”

“哎，你这小丫头，又乱喊什么呀？”

陆嫣不肯松手。

简瑶只当她在胡乱撒娇，也没有推开她，顺着她的话说道：“睡吧睡吧，抱着妈妈睡。”

第二天早上，陆嫣从书包里翻出了之前芭朵负责人苏珊给她的名片，踌躇了几分钟，终于还是打了过去。

“苏珊女士您好，我是陆嫣。”

苏珊接到电话显然很惊喜，连早会都不开了，来到安静的落地窗边，热情地说：“陆嫣小姐，你想好要给我一个回复了吗？”

“嗯，想好了，我要收回之前说不考虑代言的话，我愿意成为芭朵这一季度的新品代言人。”

苏珊激动地握拳，比了一个 yes（是），幸而周围没人。她立刻整理衣襟，克制着兴奋的情绪，语调平静地说：“我马上把公司地址发给你，你随时可以来公司总部，我们签订合约，最好今天就过来，不用预约，到前台说我的名字就行。”

“那个……”

苏珊听出陆嫣的迟疑，连忙问道：“你还有什么问题吗？”

“就是代言费用，我能不能……提前预支呢？”

陆嫣去芭朵公司总部签了合约，很快，奥菲娜联系陆嫣，让她过去拍一组杂志封面，做一个前期宣传。

很快，时尚杂志 OCRA 便刊载了陆嫣的一组时装照。

照片里，她穿着芭朵的新品绿色裙装，同时外搭一件女式小西装，头发盘了起来，眼影也是微绿色的。整个风格都是清新自然的森系，令人眼前一亮。

简瑶拿着杂志冲进宿舍，兴奋地说："小嫣，这是你吗？真的是你吗？是你吗？"

陆嫣盘腿坐在床上看书，脸上贴着面膜："是我。"

"哎呀，这是谁家的女儿啊？这也太……太好看了吧！我的天！"

陆嫣忍不住笑了起来："你家的女儿啊。"

简瑶感叹道："你妈妈得是个仙女吧，才能生出这么美的女儿！"

陆嫣笑得倒在床上："是是是，我妈妈是仙女。"

简瑶爬上床，伸手去扯陆嫣的面膜："哎，你太有感觉了！这眼神、这气质，偶像啊！"

陆嫣躲开她，笑着说："你要是化了妆，穿上他们的时装，再摆几个 pose（姿势），做出高深莫测的表情，也会很有感觉。"

"这话我可不同意。"徐淼淼说，"你让许盼阳去试试，看她能不能拍出嫣嫣的感觉。"

"那可不！"

陆嫣无奈地将食指竖在唇前："嘘，别在背后说别人。"

徐淼淼吐吐舌头。

陆嫣拍的这组照片的反响的确很不错，不少时尚编辑都注意到了她，想向时尚杂志 OCRA 要陆嫣的联系方式，不过 OCRA 并没有透露陆嫣的消息。

这期杂志的销量奇高，几乎翻了一倍，反响特别好。

计算机教室里，沈括将包放在桌上，俯身打开了电脑。

学校的机房已经淘汰了过去老式的大头机，全部换上了液晶显示屏，运行速度也快了很多，就硬件设备而言，Q 大更新换代还是相当快的。他身边的两个男生拿着杂志，小声议论着："这模特真好看啊！"

"听说是隔壁学校的。"

"难怪我们学校这些小子都喜欢往隔壁学校跑，隔壁学校的妹子，真的没话说……"

电脑开机，沈括直接进操作系统开始学习，而他身边的男同学越聚越多，跟没见过女人似的，兴奋地传阅着那本杂志。

"也太乖了！"

"好喜欢。"

"这妹子没男朋友吧，没男朋友我要追她！"

"得了吧，这么漂亮肯定有男朋友啊！"

"也是。"

直到杨晏走进教室，挤进热闹的人堆里，看到那张照片，扯着大嗓门喊道："沈括，这不是你女朋友吗？"

全班男生齐刷刷地抬起头，望向窗边敲键盘的沈括。

沈括茫然地回过头，蹙眉："什么？"

杨晏抓起杂志，翻开被揉得皱巴巴的页面对着沈括："这是你女朋友陆嫣吧，上次见过一面的，我对妹子那绝对是过目不忘。"

沈括起身走过去，夺过了杨晏手里的杂志，垂眸看了看。

杂志上的女孩穿着绿色小裙子，外披格纹小西装，扬着下颌，那双漂亮的桃花眼微眯，透出一种张扬恣肆的狂野味道，成熟中又带了点儿小性感。

在沈括的印象中，陆嫣从来都是乖巧俏皮的，倒从来没见过她如此成熟性感的一面。他的嘴角不自觉地扬了起来，心头竟也莫名地生出些许旖旎的遐思。

这组照片，对任何男人都有致命的吸引力，对沈括尤甚。

杨晏已经开始在班上宣传了："这是我们沈哥的女朋友啊！我上次在学校后街见过的！是隔壁学校的，太乖了！"

男同学们看沈括的眼神渐渐变了，变得意味深长……

沈括受欢迎是真的，但绝大部分追求他的女孩是本校的，漂亮的有，普通的也有，但是，杂志上这位漂亮到这种程度的女孩，竟然会是沈括的女朋友！他们无论如何都不敢相信。

沈括的家境如此清贫，怎么会有这么漂亮的女朋友！

沈括扬了扬手里的杂志，问道：“这是谁的？”

一个穿黑色 T 恤的男孩举手说：“我的。”

“这本杂志，能不能卖给我？”

“啊，报亭都卖断货了，我好不容易去邮局订到一本的。”那男孩显然有些不乐意。

沈括看着照片上的女孩，目光变得无比温柔，舍不得把有她照片的杂志给别人。

“多少钱能卖给我？”

那男孩好奇地问：“这真是你女朋友啊？”

“嗯。”

“我的妈呀，你上哪儿找的这么好看的女朋友！”

沈括嘴角淡淡地扬了扬：“运气好。”

运气好，老天才把她送到自己身边，运气好，才让她爱上他……

他甚至觉得过去所有的苦难和艰辛都是值得的，他花光一生所有的运气，只是为了遇上她。

“那……杂志让给你吧，你给我三十块就行。”

杨晏连忙说：“哇，你狮子大开口啊！三十这么贵！敲竹杠呢！”

那男孩打量着沈括的脸色，说道：“都有这么好看的女朋友了，花三十块买张照片怎么了，这份杂志都断货了，你想上报亭买还买不到呢！”

沈括毫不犹豫地掏出钱，给了那个男孩，拿了杂志转身离开。

身后，男孩们小声议论起来：“这么漂亮的女朋友，沈括怕是养不起吧。”

“说不定过几天就分手了。”

杨晏轻蔑地扫了他们一眼：“啧啧，酸味老远都闻到了，实话告诉你们，这女孩跟沈哥感情好着呢！分什么分。”

“漂亮女人都喜欢大老板。”有男孩说，“沈括连学费都交不上了，根本留不住好吧。”

“什么大老板，你们的想法也太恶心了。”杨晏鄙夷地说，“这女孩姓陆，是陆臻的亲妹妹，那样的家庭背景，什么大老板入得了她的眼？你们甭酸了。”

一听说她居然是陆臻的妹妹，这帮男孩顷刻间呆若木鸡。

沈括到底交了什么好运！他居然有这么漂亮又有钱的女朋友！

沈括接到辅导员的电话，催促他这几天就要交学费了，他本学年的学费已经拖了大半个学期，班上其他同学的学费均已经交清，就只剩他了。

沈括顺带问了下助学贷款是否批下来了。

“助学贷款没那么快，你大一没有申请，所以银行这边还要审核，一般而言，下个学期才会放款。”

“那……能不能等助学贷款下来了再交学费？”

“这可不行，你要是不交学费，就不能完成学籍注册，到时候可参加不了期末考试啊。”

沈括沉默了。

辅导员见他的确有困难，于是又劝道：“所以让你写一份贫困生补助申请书啊，你也符合要求，就是上学期挂科，成绩方面有点儿问题，到时候让班干部投票吧，应该没问题。”

“不必了，我不用那个。”

“你说你，硬撑什么啊，自己家那样的情况，有什么拉不下脸面的。”

沈括看到陆嫣背着手站在香樟树下，远远地冲他招手，笑意盈面。

“老师，我先挂了，学费我会想办法。”沈括说完，挂断了电话，朝她跑去。

陆嫣穿着一件清爽的白色长袖雪纺衫，配了一条可爱的棉质格布中裙，遮住了膝盖。

沈括问她：“入秋了，还穿裙子，不冷？”

“哎……”陆嫣说，“我穿裙子，你的第一反应居然是我会不会冷？”

沈括淡淡一笑：“那我应该有什么反应？”

“笨呀！”陆嫣踮脚拍了拍他的头，“你第一反应应该是我今天真好看！”

沈括听话地说：“你今天真好看。”

“一点儿诚意都没有！”

他含着笑，看向她的时候，眼里都盈满了温柔。

两人并肩走在秋叶飘黄的校园中，陆嫣本能地伸手牵住了他的手，然后抬头看他。

他不作声，眉宇间收敛了全部的锐利和锋芒。于是她放心地牵着他，继续走着。她还怕沈括不愿意公开他们的关系呢。

她知道男孩子有时候不太喜欢被别人知道自己有女朋友了，尤其是上次遇到杨晏，杨晏如此惊讶的态度，更让陆嫣感觉公开他们的关系可能会影响他的生活和人际关系。

周围时不时有同学侧目望向他们……陆嫣牵了他一会儿，便松开了。

沈括低头看她，见她故意和自己拉开了一段距离，手交握着放在身前，表情还挺小心。

她在他身边，一直都战战兢兢的。

陆嫣在和他相处的过程中，总是有意识或无意识地迎合他、讨好他，以他为中心，凡事都为他着想。

沈括知道这是为什么。

她还是满心负罪感，为他父亲的离开，也为陆家带给他的伤害。这是沈括最不愿意见到的事情，但是他不能说。

有些事情，最好不要说破。

沈括主动牵住了她的手，将她的小手整个圈进了掌中。

温暖的大掌略有些粗糙，指尖似乎带着硬硬的茧子，不过掌心很柔软。

陆嫣脸颊开始发烫。

其实两个人在一起的时间不算短，但是被他牵手，她还是会脸红和心跳加速。

“你不介意被别人知道有女朋友吧？”陆嫣小心地问他。

“大明星要是不介意，我当然不介意。”

“啊？”

沈括从包里摸出杂志，扬了扬。

“啊啊啊！别看！”陆嫣跳起来一把夺过杂志，藏在背后，小脸涨红，“你别看那张照片呀！”

沈括温和地笑了笑：“有什么不好意思的。”

有几个男孩朝他们迎面走来，都是沈括的同班同学，他们看见陆嫣，表情有些意味深长，甚至他们走过去以后，还回头看了她好久。

沈括有个明星模特女朋友的事情已经传遍了整个Q大，而自那以后，沈括便再也没有收到过女孩告白的情书。

男孩们对沈括恨得咬牙切齿，他们也想找一个隔壁大学的女朋友，可惜隔壁大学的那些漂亮女孩眼高于顶，哪里看得上他们这些不修边幅的理工男啊。

“你的同学都知道啦？”

“嗯。”

“那他们有没有笑话你啊？”陆嫣忐忑地说，“肯定很丢脸吧。”

沈括的手掌落到陆嫣的脑瓜顶，按了按，然后他俯身与她平视，压着极有磁性的声音说：“陆嫣，你对自己的美貌到底有什么误解？”

“啊？”

她的美貌，他是在夸她美吗？

陆嫣的耳朵都红透了。

“别人都很羡慕我，所以，请你不要觉得……和我在一起，就要迎合我，知道吗？”

陆嫣诧异地望向他。他用力握住她的手，放在自己胸口的位置，认真地说：“陆嫣喜欢沈括，是沈括赚了。”

陆嫣其实一直在纠结那个话要怎么说出口，既然沈括说是他赚了，陆嫣索性将他拉到无人的山石下，将包里的一张银行卡取出来，递到他的手边。

“既然你都说你赚了，那就……再多赚一点儿吧。”

沈括看到那张卡，忽然松开了她的手，后退了几步：“什么意思？”

陆嫣很紧张，拿着卡的手都在颤抖，慌慌张张地说：“这个是我挣的，就是……我想了很多办法，偷偷汇进你的卡里，假装是别人汇错了，或者，或者直接帮你把学费交了，可是你那么聪明又要强，我做这些可能反而会弄巧成拙，而且我觉得，我们之间已经这么好了，应该要坦诚相待，所以我决定亲手把它给你……”

小丫头一鼓作气说出这么多的话，都有些喘不上气来，说完以后，深深地吸了一口气：“你不要生气，先听我讲，你现在有点儿困难，让我帮你，但你不会一直这样的对吗？就当我借给你的，以后你还我，还我更多，好不好？”

沈括用那双深邃的眸子望着她，从始至终，未发一言，耐心地听她讲完了所有的话。

那张卡，她紧紧地捏着，放在胸前。

“签了多少年？”

陆嫣没料到他开口的第一句话是问这个，晃了晃神：“啊？”

他翻开杂志，指着照片右下方芭朵品牌的商标问她：“你是签了这个品牌的代言对吗？签了多少年？”

“你……你这都知道！”

“我打听过，签约代言，尤其是新人，不会只签一次两次，应该分长期和短期，你签了多久？”

陆嫣知道瞒不过他，低声老实交代：“三年。”

“三年……”

陆嫣见他的目光冷了下去，连忙解释：“你都不知道我们学校的女孩有多羡慕我。”她故作轻松地笑了起来，“真的真的，她们想拿这个代言都拿不到，人家只要我啊。”

“但这不是你想做的事情，对吗？”

沈括果然是最了解她的人。

“沈括，一直以来都是你在为我着想。”陆嫣抓起他的手，将银行卡塞进他的手掌心，然后按住他的指头，让他紧紧地攥着，“你可以不接受别人的馈赠，但我不是别人，我也想为你做点儿什么。”

沈括默了许久，终于将银行卡装进了包里。

“我接受。”他嗓音有些沙哑，沉声说，“陆嫣，谢谢你。”

谢谢你为我做的这些事，谢谢你费尽心机保护我可怜的自尊心。

“不谢不谢，要还的，以后挣钱了，你要加倍还我。”

沈括点头：“嗯，加倍。”

陆嫣重重地松了一口气，紧张的情绪一扫而空，脸上又挂上了轻松的笑容：“那你……要不要亲我一下？”

沈括也笑了，推了她一下，脸颊略红，有点儿不好意思：“哪有你这样的？”

“我怎样了呀？”

“给我钱，然后立刻让我亲你，这有点儿奇怪。”

“那……那等一会儿？”

沈括使劲儿揉了揉她的脑袋，有些无奈，将她揽进自己的怀里，宛若蜻蜓点水般吻了吻她柔嫩的脸颊。

陆嫣不满：“就这样啊。”

“你还要怎样？”

“这里，”她指了指自己的唇，噘起来，“亲这里。”

沈括回头望了望四周。

“没有人的！我看过啦。”

他无奈地用鼻尖蹭着她的鼻尖，柔声说：“陆嫣，你很想要我吗？”

“嗯？”

陆嫣睁开眼睛，撞上了他灼灼的目光，含着不加掩饰的“情绪”。

“你……想要我吗？”他再度重复。

陆嫣终于听懂了他那个“要”字，究竟是要什么！

一瞬间，她脸颊烧红，红如烙铁：“才……才没有！”

沈括闭眼，含住了她的下唇，堵住了她说的话。

长睫毛轻轻地扫过她的眼睑，他按住她的后脑勺，然后加深了这个吻。

这个含着“特殊意味”的吻。

第四章

撒娇

“所以呢！”

寝室里，简瑶趴在陆嫣的床上，托着腮帮子，兴奋地听她讲述着：“所以，你是不是很想要他，是不是？！是不是？！”

“才没有！”陆嫣面红耳赤，将脸埋进被子里，崩溃地道，“才没有，我只是想亲他而已，仅此而已！”

“这说明你对他有想法嘛，这有什么不好意思的。”简瑶拍拍她的大腿，“正常的啦。”

“正常吗？”

“当然，喜欢一个人，就会时时刻刻想看到他，想牵他的手，想亲亲他，当然……”简瑶坏笑着望向陆嫣，“也想和他做羞羞的事情。”

陆嫣盘腿坐起来，头发蓬松，愤愤地看向简瑶：“真的没有，我没有想过那些事。”

“你还是个小丫头呢。”简瑶戳戳她的脑袋，“不过有时候，男孩子和女孩子的思维还是很不一样的。”简瑶点评道，“你想跟他走心地谈一场甜甜的恋爱，他却以为你想跟他……”

陆嫣抓起松软的靠枕，抱在怀中：“呜，好可怕……”

简瑶把抱枕抢过来，追问道：“所以，亲完之后，他还说什么了吗？”

“我……忘了。”

“忘了？”

“嗯。”

女孩眨了眨水灵灵的眼睛，摸着自己的下嘴唇，偷笑着说：“亲了很久，弄得我……什么都忘了。”

“哎哟，我的天！”简瑶嘴角抽抽，“打扰了打扰了。”

这时，门外忽然传来一声脆响，很快，徐淼淼提着她沉甸甸的红色塑料洗衣桶走进来说："陆嫣，你养的兰花让人给踢翻啦。"

"啊？！"

陆嫣匆匆下床，一阵风似的跑到宿舍门外，检查她的兰花盆。

果然，走廊里，整个花盆翻倒在地上，泥土也撒了出来。

"你把花放外面做什么呀？"简瑶走出来问道。

"下午太阳好，我放在墙边晒太阳。"

简瑶拾起那株兰花，兰花的叶子都被踩烂了，看得出来，应该是被人故意狠狠地踬了一脚。

她愤愤地说："多大仇啊！踢翻了花盆不算，还要把花踩死！"

这株兰花价格不低，是陆简的生意伙伴高价求来的一株珍品，送给陆简，陆简都还没来得及养开花呢，被陆臻看到了，就连骗带抢地从陆简那里弄了过来，送给了陆嫣。

陆嫣很喜欢闲来养点儿植物，她的房间窗台边种了各种各样的花花草草。

陆臻是个宠女狂魔，有什么好东西千万不能让他看见，只要入了他的眼，全往陆嫣那儿塞。

别的东西就算了，但是这株兰花陆嫣一直很喜欢，还千里迢迢地从北城把它带了过来。

兰花本就是很娇贵的花，更何况是这么名贵的品种，陆嫣每天呵护照料，才让它长得这么好。

简瑶很不爽地说："谁的脚这么欠啊？！"

隔壁宿舍有女孩小声说："我看到了，是许盼阳，嘘，别说是我说的啊！"

"找她去！"

简瑶捡起花盆，气冲冲地朝着走廊尽头许盼阳的寝室走去。

陆嫣和徐淼淼也赶紧追了上去。

许盼阳宿舍的门并没有关，虚掩着，简瑶一脚踹开了房门："许盼阳，滚出来！"

许盼阳正敷着面膜，闻言，睨了她一眼，慢悠悠地走出来："你想干吗？"

"这花是你踢坏的？"

许盼阳倒是也不隐瞒，大大方方地承认："是我不小心踢到的，怎么了？"

“不小心？踢了一脚不算，你还把它踩死了！这也是不小心？”

许盼阳看了一眼那株已经被踩坏的兰花，冷笑着说：“不就一株破花吗？值得你这样着急上火，多少钱啊，赔你就是了。”

她说着，已经摸出了粉色的小钱夹，从里面拿出一张百元的钞票：“够了吧，多的不用找了……”

她话音未落，简瑶直接将花盆扣在了她的脑袋上，怒道：“你自己留着买棺材吧！”

周围寝室出来围观的女生都捂住了嘴，盯着许盼阳。

泥土落满了许盼阳乌黑的头发，落到了她刚敷了面膜的脸上，黏糊糊的。

简瑶这暴脾气，简直太可怕了。

整个学校还没人敢对许盼阳做这种事，简瑶是不是女生啊？

许盼阳被气得脸颊发紫，嘴唇都在哆嗦，一把抓起花盆，掷向了简瑶：“我杀了你！”

简瑶反应敏捷，偏头躲过。

许盼阳被气疯了，抓起手边的杯子砸向她，简瑶躲开之后，许盼阳扑过来，用指甲抓向她的脸。

这一次简瑶没来得及躲避，左边脸颊被她抓伤了，伤口渗出几滴红色的血珠子。

简瑶以前是打过架的，但是从没跟女孩打过，相比于许盼阳扯头发抓脸的路数，她的动作更偏男孩一些。

周围看热闹的女生见她们真的打起来了，连忙跑过来拉开了她们。

“别打架。”

“有话好说！”

“都是同学，别动手呀。”

陆嫣上前，义无反顾地护住了简瑶。

简瑶拉开她，不让她参与。

辅导员闻讯匆匆地赶了过来，问清楚了情况，对许盼阳说：“你踢坏了陆嫣的花，应该要赔给她。”

许盼阳哭哭啼啼地抹眼泪，摆出一副可怜兮兮的模样，对辅导员说：“老师，我本来也是说要赔给陆嫣的，谁知道简瑶不由分说地上来就骂人，不仅骂人，还打人呢！她太嚣张了，简直就是……就是女流氓！”

陆嫣心疼地替简瑶贴了一枚创可贴，愤愤地望向许盼阳。

许盼阳都哭成了泪人，很会装可怜，相比于她，简瑶倒是不声不响，没为自己辩解一句。

“简瑶，打人是你的不对，你应该跟许盼阳道歉。”

简瑶正要说话，陆嫣一把拉住了她的手，对辅导员道：“在简瑶道歉之前，许盼阳是不是应该先给我道歉？她踩坏我的花，不管有意无意，都应该赔偿我的损失。”

辅导员同意陆嫣的说法：“你应该赔偿陆嫣。”

许盼阳一边哭一边摸出了钱包，抽出一百元递过去：“我是说要赔给陆嫣的，她们自己不要罢了。”

陆嫣冷冷道：“一百块？你开什么玩笑。”

许盼阳防备地望向她：“你什么意思？”

“这株莲瓣兰，是我爸的朋友走遍大江南北，在江南一处小镇寻来的珍品，价值两百万，我现在要你原价赔偿。”陆嫣一字一顿地道，“一分都不能少！”

两百万这话说出来，周围所有的女生都惊呆了，她们是看到陆嫣每天都在侍弄这株兰花，却没想到这株兰花竟然这么贵！

这简直就是天价啊！但其实想想也不足为奇，陆嫣是陆氏集团老总陆简的女儿，陆氏集团放眼全国都是数一数二的企业，这株兰花是别人送给陆简的礼物，自然不可能便宜。

她们看向许盼阳的眼神都变成了同情。

两百万啊！

许盼阳这一脚，直接踢出了两百万的天价，这也太可怕了。

许盼阳仿佛被冰封了似的，甚至已经忘记了抹眼泪，怔怔地看着那株被踩坏的莲瓣兰，傻了。

“你……你敲诈，哪、哪有这么贵的花？”

陆嫣平静地说：“花株就在这里，你要是怀疑它的价值，我们可以去找专业机构鉴定，只是让他们鉴定，这株花的价值便只会多不会少了。”

许盼阳仿佛被抽空了全身的力气，一下子跌坐在地上，看着那株被她狠狠踹坏的半耷拉着的兰花，肠子都快悔青了。

“我不赔！哪有这么贵的花，我不赔！”

“不想赔也行啊，咱们就法院见吧。”

简瑶望了陆嫣一眼，她表情很冷淡，看上去是真的动了怒。

难得啊，这小丫头平日里与人为善，倒不会轻易与谁计较，这次居然为了她和许盼阳杠上了。

辅导员也很为难，她知道兰花市场的确如此，品种稀有的兰花拍卖出百万千万的价值，都不足为奇。

这件事她可做不了主，索性让许盼阳把家长叫过来。

许盼阳拿着手机，哆哆嗦嗦地背过身去给爸妈打电话。

她爸听到说要一下子拿出两百万来赔给同学，还是赔同学的兰花，气得当场就要犯高血压晕过去了。

“爸，你快想想办法吧，要是不赔，她们就……就要告我了，呜……”许盼阳这下子是真的哭了，“我不想吃官司，我不能有丑闻啊……”

陆嫣和简瑶对视一眼，心里这口恶气总算是出了。

许盼阳的父亲直说不会管她，让她自己想办法，请求同学的原谅，弥补自己所犯的错误。

许盼阳算是彻底被吓尿了，哭兮兮地走到她们面前：“我……我爸让我给你们道歉，你们让我做什么都可以，我……对不起，真的对不起，陆嫣，你原谅我好不好，简瑶、简瑶我让你打回来，你打我吧，我不还手！”她说完便紧紧地闭上了眼睛。

陆嫣正要说话，简瑶拉了拉陆嫣的衣袖。

陆嫣收到了简瑶眼神里的意思，让她别太咄咄逼人，没必要，周围这么多同学看着，别让她将来落下恶名。

陆嫣耸耸肩，说道：“好吧，可以不赔。”

许盼阳重重地松了口气，感恩戴德地说：“谢谢，谢谢你！”

“但是……”

许盼阳心里一紧。

陆嫣将那株被踩坏的兰花递到许盼阳手边：“帮我种活它，活了，我就不要你赔偿了。”

许盼阳看着那株兰花，根茎都快被她给踩碎了，这、这要怎么养活啊！但是她不敢说不，蹲下身，小心翼翼地将兰花放进花盆里：“我尽量……尽量把它养好。”

晚上，陆嫣和简瑶回到宿舍里，简瑶没忍住笑了出来：“让她把花救活，真行啊，这你都想得出来。”

陆嫣坐下来，脑袋搁在桌子上：“不然怎么办，总不能真的让她赔两百万吧。”

这只不过是给双方一个台阶，顺带再给许盼阳一点儿教训。

徐淼淼好奇地问陆嫣：“话说，那株兰花真的值两百万啊？”

陆嫣扑哧一笑：“胡诌的，吓唬她呢，我又没问价格，就是觉得这花好看，又是陆臻送的……就养着了。”

徐淼淼捂捂胸口：“吓死我了，还以为真的这么贵呢，我上次看到它开了小花苞，我我我……我没忍住，摘下了一朵，这要真这么贵，那我这一摘，不是摘掉十好几万啊，我的妈呀。”

陆嫣跳起来挂在徐淼淼身上，挠她的痒痒：“啊！原来偷花贼是你！我就说呢，好不容易才结的花苞怎么不见了？”

徐淼淼咯咯地笑起来：“sorry（对不起）！sorry！明天我就去花鸟市场，再去给你买一株盆栽好不好？”

“我要水仙，水培的。”

“好好好！给你买水培的水仙花！”

次日下午，简瑶刚下舞蹈课，一走出舞蹈教室就被一阵“龙卷风”给卷走了。

陆臻连拉带拽，就差抱着她跑了，跑到没人的阶梯边，紧张地捧着她的脸，仔细端详：“伤得重不重，有没有破相？给我看看。”说完不等简瑶反应，这傻大个直接把她脸上的创可贴粗暴地撕了下来。

简瑶吃疼，抬腿就用膝盖稳稳地顶在了他的肚子上。

陆臻捂着肚子，惨叫了一声。

“你太粗暴了。”简瑶捂着脸，“你看……给我弄出血了！”

陆臻顾不得肚子疼，赶紧凑过来，看见她脸颊的伤口果然又见红了，心疼又自责，连忙说道："对不起，对不起宝宝，唉，我真是个猪。"说完他抽出纸巾，小心翼翼地给简瑶擦了脸。

"猪都比你机灵！"

简瑶知道他本就是笨手笨脚的，也没有过多责备他，没好气地问："哎，肚子踢疼了没？"

"不疼不疼，完全不疼，宝宝膝盖撞疼了吧，来，我给你揉揉。"

陆臻说完就蹲了下来，揉着简瑶的膝盖。

简瑶索性就坐在了阶梯上，将自己的大长腿递到他面前。

陆臻立刻坐到她下面的一级阶梯上，伸手揉了揉她的小腿，见她没什么反应，他的手又很不听话地落到了大腿上。

简瑶拍开他的手，说道："帮我揉膝盖，乱碰什么呀！"

陆臻立刻规矩地缩回手，继续给她揉，说道："以后不要和人打架了。"

简瑶咕哝说："是她先挑衅我的。"

"以后谁惹你不高兴，告诉我就好，我帮你揍他。"

"女的你也揍啊？"

陆臻想都没想，坚决地说道："揍！欺负我们瑶瑶，管他男女老少，我都不会放过。"

简瑶抽回腿，说道："动动嘴皮子谁不会，男人的嘴，骗人的鬼。"

陆臻那双桃花眼轻轻挑了挑，笑道："我不喜欢用暴力解决问题，你也不要随便跟人动手了。"

"是因为你打不过别人吧，以前高中那会儿，你每次挑衅沈括，都被他按在身下欺负。"

陆臻不服气地说："我那是让他的好不好！"

简瑶笑了笑，摸了摸陆臻的脑袋："陆臻，我发现你真的好可爱啊！"

陆臻像被奖励的大狗一样，蹭了蹭她的手："反正……你是要当明星的人，保护好自己的脸，别破相了。"

"那我破相了你还喜欢我吗？"

"开玩笑！"陆臻立刻站起来，挡住了天窗边斜落进来的阳光，宽大的阴影笼住了她的脸，"你以为我喜欢的是你的脸吗？"

简瑶伸手拉他："干吗这么激动。"

“我明明，喜欢的是你的腿。”

简瑶忽然沉默了，拉着他的手也缩了回去。

陆臻见她的脸色沉了下去，心里有些慌，坐到她身边，用手肘推了推她：“怎么了？”

简瑶把脑袋偏向了一边。

“宝宝……”

“我不是你宝宝，别乱叫。”简瑶脸色微冷，站起身便要离开。

陆臻这下是真的慌了神，连忙拉住她的手腕：“你别生气，我开玩笑的。”

简瑶目光微敛，看着自己这一双腿。

她知道陆臻喜欢它们，他时常望向她，炽热的目光都落在她的腿上，也喜欢摸。

“陆臻。”她嗓音低沉，“你知道我为什么从来不穿短裤和裙子吗？”

“你不喜欢裙子，我知道，我不要你穿裙子啊。”

“才不是。”她回头，眼睛微红，用力地说，“哪个女孩不喜欢裙子，可是我穿不了，因为我不能穿！”

她的腿会吓坏别人，也会吓到他。

陆臻从后面抱住了她，下颌搁在她的肩膀上，像一只大熊似的，紧紧地抱着她：“跟我说啊，有什么你都可以跟我说。”

以前那个人也这样讲，她相信了他，然后他离开了。

“陆臻，我们……还是算了吧。”简瑶闭上了眼，“我大概率应该……不是你喜欢的样子。”

“算什么算！”陆臻情绪上头，有点儿激动，抱得更紧了，“天底下哪有你这样的女孩，明明答应了要在一起，又说算了，你这样……很不负责任！你在玩弄我的感情！”

“那又怎样！你就当我自私吧，我不想拖到后面……”

我不想等我泥足深陷离不开你的时候，你却被我吓跑……

经历过一次背叛，她绝不想再尝试那样绝望的滋味，永远不想。

就当她自私吧。

陆臻握住了她的手腕，用力地将她拽下楼梯，一鼓作气跑出了校园。

“干、干什么呀，你带我去哪里？”

陆臻没有说话，拉着她穿过马路，来到学校对面的一家酒店。

他死死地攥着简瑶的手，简瑶根本挣脱不开，慌张地看着他："陆臻，你想做什么？"

陆臻沉着脸，没有回答她。

事实证明，脑袋一根筋的男人，绝对不能轻易招惹。

陆臻在前台递了身份证，拿到了钥匙，然后径直去了房间，把她扔进去，然后用力地关上了门。

"分手这种话都说出来了，我倒要看看你腿上到底有什么？"

"喂，你……耍流氓啊！"

"你是我老婆，不算耍流氓。"

房间里，简瑶和陆臻两人简直要打起来了。

两人的体力都不错，陆臻熊背蜂腰的，自然更胜一筹，轻而易举便制服了这"小野猫"，将她按在床上，然后伸手去抓她的牛仔裤。

简瑶慌张失措，用力一蹬，踢到了陆臻。陆臻闷哼一声，整个人倒在床上，弓着腰，痛得脸色发紫。

"你……太狠了。"

简瑶知道踹到那里，对男生来说是十级阵痛，心疼又心虚，起身查看他的情况："行不行啊，要不要去医院啊？"

陆臻趁其不备，双腿夹住她的腰，将她往身下一扣，单手抓住了她的两只手腕，交叠压在头顶，将女孩稳稳地制住，另一只手落在了她牛仔裤的拉链处。

简瑶愤怒地道："你骗我！"

"没骗你，真的很疼。"但他暂时顾不得疼了，眼下还有更重要的事情。

"你说过不逼我的。"她剧烈地喘息着，急切地说，"你答应过，不能食言！"

"那时候你没说要跟我在一起，更没说在一起之后，还动不动就要分手！

所以是你先食言的，怪不了我。”

简瑶似乎是真的害怕了，心慌了，苦苦哀求他：“陆臻，不分了，不分了还不行吗？”

“你就这么怕？”

简瑶眼角都渗出了泪光，用力点头，又摇头，死死地咬着下唇。

这是她深埋心底的秘密，是她最自卑最脆弱的部分……

陆臻的手落在她的拉链上，却始终没敢拉下去。

简瑶已经彻底放弃挣扎了，没力气了，别过了脸：“陆臻，你想看就看吧，看了就滚，这辈子都别出现在我面前了。”

她不想再看到那种厌恶嫌弃的目光……这辈子都不想，哪怕让她孤独终老。

陆臻没有动，简瑶却已经开始轻轻地抽泣，眼泪掉了下来。

不管平日里多么开朗或强势的女孩，掉眼泪的时候都是一个样子，委屈又楚楚可怜。

陆臻慢慢松开了她的手，放开了她，然后趴上来，用袖子一点点轻擦着她的眼泪。

“不哭不哭，对不起，不看了，对不起。”

简瑶从来不哭，不管遇到多大的事都不哭，但是今天，陆臻把她欺负哭了。

陆臻看着她掉眼泪的样子，只觉得自己的心都快被揉碎了，愧疚得恨不能杀了自己。

“对不起，宝宝，对不起。”他一个劲儿地跟她道歉，“宝宝，别哭，不然你打我几下解气？”

简瑶也不想哭哭啼啼的，转过身去，吸吸鼻子，说：“㞞。”

陆臻是㞞，好不容易强硬一次，就把她欺负哭了，他只能认㞞。

简瑶不哭了，躺在床上，眼圈红红的，望着天花板的裂痕发呆。

陆臻陪她一起平躺在床上，手肘伸直了，让她枕着自己的胳膊。

两个人闹了一场，都没什么力气了，躺在床上休息，恢复体力。

“简瑶，以前我一直觉得你特别酷，就像风一样。”他喃喃地道，“真的，你简直活成了我想要的样子，我特崇拜你。”

“那你现在是不是有点儿失望？”她侧过身，看着他的脸，“我早就说过了，我不是你以为的那个样子，我就是一个特别普通的女孩。”她普通且自卑，只是拼命地掩饰着……

“没有失望。”陆臻也转过脑袋，和她对视着，“在我心里，你永远是最特别的那一个，比小嫣更特别，明白吗？”

他那双漂亮的眼睛此刻盈满了温柔，很少很少能见这傻大个如此柔情似水的模样。

他凑过去，轻轻吻了吻简瑶的额头：“瑶瑶，我会照顾你一辈子。”

陆嫣把银行卡给了沈括，不过号码绑定的是她的手机，所以只要有人取钱，陆嫣都会知道。

沈括取了三千块学费，除此之外，就再也没有动过里面一分钱。

陆嫣直接把整张卡给了他，基本上就等于宣布说“我赚的钱你随便用、随便花”。

但沈括并没有如她所愿。他是那样骄傲的一个人，连学校的贫困生补助都不肯要，坚持申请将来可以偿还的助学贷款。

若是换了别人，他怎么可能接受？

只是因为那个人是陆嫣啊，相比于他所谓的骄傲、自尊，他更不愿意辜负她的心意。

能解决沈括的学费问题，陆嫣已经很开心了。

沈括有自己的想法，这笔钱他用不用、怎么用，陆嫣都不会再过问与干涉，这是她的分寸。

午后静谧，阳光洒在教室窗外的香樟树叶上。

沈括手里捏着一支中性笔，在洁白的纸上写下“申请书”三个字。他的手指修长有力，在阳光下，指甲白皙通透，月牙饱满。

他认真地写完了一份退出课题小组的申请书，叠好装进书包里，准备下课以后交给李教授。

课题小组以曹志达为组长，他们要做的事情，跟沈括想要做的事情，相去甚远。

道不同，不相为谋。

李教授的课题小组是全学院最吃香的，也是最有实力的团队，每年都能拿到不少国内外的奖项，期末的时候还可以加分。

退出这个课题小组，也是沈括权衡利弊、深思熟虑之后的决定。

他才大二，还有两年才毕业。这两年，他的学费、他的生计，还有他恋爱的所有花费……都是摆在眼前真实的困境。所以这也注定了他的研究方向与这些衣食无忧的学院派不同，他要做能赚钱的，并且能快速赚钱的软件，他要做迎合市场的东西。

李教授对于沈括的退出表示相当遗憾，但同时也尊重他的选择。

沈括从办公室出来，路过了楼梯转角，听到课题小组的几个男孩在议论他即将离开的事情。

他立刻顿住了脚步。

“沈括走了，咱们的课题怎么搞啊？”

“没他还做不成了吗？”

“基础程序的工作都是他在做，他这一走，咱们的工作量就……”

“这还不是最麻烦的，咱们的课题不是要参加下学期的 TXPC 程序设计比赛吗？他也报名了，他要是自己搞事情，那跟咱们可就成竞争对手了，咱们能竞争过他吗？”

倚在墙边一直没说话的曹志达忽然开口：“怕什么，咱们都快完工了，他从零开始，一个人，能做成什么？！”

男孩们松了一口气：“说得也是。”

“哎，组长，你说沈括他干得好好的，为什么要离开啊？”

曹志达嘴角冷冷地一撇：“还不是因为上次我把他的方案驳回了，他做那些花里胡哨的东西，什么桌面宠物，那些亮闪闪的虚拟服装……这些女人喜欢的东西，根本上不了台面。”

“我听说上周远达科技出了一款桌面宠物，好像卖得挺好的。”

曹志达收起书，用力敲了敲那男孩的脑袋：“你掉进钱眼里了，卖得好有什么用，什么用都没有，低级趣味。”

那男孩委屈地揉了揉脑袋。

“哎，对了，他不是没拿到奖学金吗？上个月他把学费交了，他哪来的钱啊，是不是卖程序赚了钱啊？”

“肯定啊，不然他哪来的钱。”

“真行啊。”

沈括嘴角轻蔑地扬了扬，说来说去，还是绕不开一个“钱”字。对于这些家伙的虚伪，沈括早已经看透了。

嘴上义正词严地指责，说着那些所谓“高尚”的理想，视金钱如粪土，实际上不过是实力不够的借口罢了。

沈括转身，没想到迎头便撞上某傻大个，他被吓了一跳。

陆臻坐在楼梯扶手上，嘴角挂着笑意，拍了拍他的肩膀，轻声说：“括括，你还真是八卦旋涡中心啊，哪儿都有你。”

沈括懒得理他，转身便走，身后的曹志达继续道：“卖什么程序，之前他都是在给咱们干活，哪有程序给他卖。”

“那他哪来的钱交学费？”

“吃软饭。”曹志达冷笑着说，“听说都是他女朋友的钱，连吃饭都是他女朋友结账呢。

“就是他那个富二代明星女朋友！”

男孩们心里赤裸裸的嫉妒之火终于按捺不住了，话也越说越难听。

“真恶心啊！”

“靠女人算什么……”

“当小白脸呗！”

陆臻见沈括的手攥成了拳头，骂了一声，然后直接从阶梯扶手边一跃而下，跳到男孩中间，揪住了曹志达的衣领。

“陆臻……你……你干什么？！”曹志达猝不及防，手里的书落在了地上。

陆臻攥着他的衣领，将他抵在墙边，狠声道：“你嘴巴里不干不净说的是什么？！”

“我、我又没说你！”

“我妹妹好不容易挽回的男人，你要是给她弄没了，我让你死！”

他抓起地上的书，撕下了扉页，然后揉成纸团塞进曹志达的嘴里，暴躁地说：“再说沈括的闲话，我让你把整本书都吃进去。”他说完这话，转身抓起沈括的手臂，头也不回地离开了。

两人拉拉扯扯地走出教学楼，沈括停住脚步，陆臻也跟着停了下来。

沈括侧过头，嘴角忽然扬了起来。

陆臻见他笑了，背上冒出一层鸡皮疙瘩："被人讥讽了你还笑得出来？"

沈括眼睛微弯，望向他："你很怕我跟陆嫣分手？"

"你、你别乱想！我只是……"只是不想再见她那般难受的模样。

作为父亲，陆臻觉得自己可以为女儿做任何事。

她想要的一切，陆臻都可以帮她得到，哪怕她要天上的星星，陆臻也可以为她去摘，可是唯独感情的事情，他无能为力。

当初他真的恨不得把沈括绑架了，捆起来带到她身边，送给她，只要她能开心，能笑。

经历过一次，他就再也不想有第二次，陆嫣喜欢的一切，包括男人，陆臻都要竭力为她守住。

"沈括，你不要介意别人怎么说，陆嫣的一颗心都搁在你身上，你不要因为这些世俗的看法，辜负她……"

"我从来没有放在心上。"沈括打断了他，抬眸睨着远处苍翠的山隘，云淡风轻地说，"过去、现在，所有对我的评价，那些流言蜚语，我一句都不曾放在心上。"

陆臻总算松了一口气。

"那就好了，反正……我相信你肯定会越来越好的。"

"嗯。"

他走过去，拍了拍沈括的肩膀："我不觉得任何男人配得上她，你也配不上……但是她喜欢的，我也会喜欢。"

他与沈括擦肩而过，沈括忽然说："对不起。"

树荫下，一阵微风吹过，吹得树影摇晃，发出沙沙的声响。

陆臻以为自己听错了，转过头望向他："什么？"

"对不起。"沈括敛着眸子，一字一句地沉声道，"我欠你这三个字。"

陆臻忽然有点儿受宠若惊，结结巴巴地道："为、为什么？"

"为过去的一切。"

过去他欺负陆臻、伤害陆臻、憎恨陆臻，而沈括心里清楚，陆臻才是最无辜的那个。

“不奢求你的原谅，”沈括对他伸出了手，眸子里闪着坚定的光，“但从今天开始，你就是我的兄弟了。”

一如那个蝉鸣聒噪的夏天，少时初见，陆臻带着阳光灿烂的笑意对他说：“以后就是兄弟了。”

陆臻有点儿受宠若惊，伸出手，一把握住了他的手。

陆臻终于加入了沈括的课题小组，同时还给他带来了两个帮手。

“他们都是我的好兄弟，以后也是你的兄弟了。”

陆臻拍着梁庭和叶迦淇的肩膀，将他们推到沈括面前：“以后咱们哥几个，有福同享，有难同当！”

沈括扬了扬嘴角，未置一词。

男人的友谊，也不单纯。

全世界恐怕也只有陆臻这傻大个看不明白，他身边的两个兄弟，心思都在他姑娘身上。

梁庭推了推鼻梁上的眼镜，似笑非笑地问沈括：“TXPC 程序设计比赛，去年你拿了一等奖，咱们学院唯一一个，怎么，今年还要参加？”

沈括淡淡地道：“我想设计一款桌面宠物，然后把它卖出去，TXPC 的比赛是一个很好的途径。”

的确，能够在 TXPC 这种五星级难度的比赛里获奖的作品，是可以吸引不少科技公司的眼球，相比于拿着设计代码四处敲门推销，倒不如让这些公司自己找上门来。

“我的设计能拿奖，也一定能卖出去。”沈括望向梁庭和叶迦淇，“现在面临的问题是时间紧，我需要帮手。”

陆臻兴奋地问他们：“怎么样，跟着沈括干吧？这是挣钱的好事啊！”

以前他们卖这个卖那个，各种搞事情，到头来什么都干不过沈括。因此，陆臻对沈括总有种迷之信任，觉得不管任何事，只要沈括去做，肯定就能成功。

叶迦淇挑眉望向陆臻："怎么，你和他成兄弟了？"

"我们本来……"陆臻揉揉鼻子，"本来就挺好的，我一直挺敬佩沈括的。"

这话说出来，在场的人没人信，连陆臻自己都不信。

叶迦淇吹了声口哨，梁庭望天，沈括则翻了个白眼。

他好虚伪。

"怎么样，你们加不加入啊？"陆臻轻咳一声，避开这个话题，"我看过沈括设计的桌面宠物，感觉挺好玩儿的，应该能卖个好价钱。"

叶迦淇望向沈括，说道："设计可以一起做，兄弟恐怕当不成，除非你和陆嫣分手。"

沈括淡淡地道："不可能，你要是再有这种想法，课题组我也不让你入。"

兄弟，你、你俩也太直接了。

虽然有点儿小分歧，不过几个人终究还是达成了共识，一起做课题设计。私人关系是私人关系，谁都不会跟钱过不去。

陆臻就算了，叶迦淇和梁庭绝对能成为他最有力的帮手。

晚上，陆臻豪迈地提议，他请客，大家一起去吃火锅。

叶迦淇和沈括的关系挺微妙的，在讨论设计的时候，俩人的想法总是能一拍即合，讨论得也挺好。然而工作一结束，两人立刻保持两米的距离，谁也不搭理谁，吃饭的时候都隔着好几个位置。

很快，陆嫣下课，背着双肩包走进了火锅店。

她穿着格子秋裙，上身是白色花边的小衬衣，灯笼袖在手腕处收紧，缀着蕾丝花边，打扮清爽。

她一进来，便不自觉地吸引了周围人的目光，三个男孩看到她的时候，眼睛都亮了。

陆臻扬扬手："闺女，这里。"

陆嫣走过来，挨个向她的这几位叔叔问了好。不过因为沈括在，叔就不叫了，全喊名字。

"你们几个怎么聚到一起了呀？"陆嫣自觉地在沈括身边落座，好奇地问他，"你怎么和我哥一起吃饭？"

沈括柔声道："因为他是你哥。"

陆嫣笑了，她喜欢沈括的这个回答。

叶迦淇眼角上挑，意味深长地说：“陆嫣，你怎么又开始叫哥了？”

梁庭正单手拎着茶壶给大家倒茶，闻言，直接把茶水浇到了叶迦淇手上。

“喂！”

梁庭放下茶壶，扯了纸巾递给他，笑道：“不好意思，技术不太好，烫着没？”

叶迦淇看着梁庭，梁庭也大大方方地和他对视，眼神里的意味很明显——不要搞事情。

良久，他转过脸，鼻息间发出一声不屑的轻哼。

沈括似乎并没有注意到两人之间的小插曲，正低头专注地给陆嫣调拌佐料。

“不吃蒜蓉，少油，加醋，谢谢括括。”

沈括嘴角抿起来，那种强烈的幸福感都快溢出来了。

叶迦淇心情不太好，把自己的碗递到陆臻面前：“你给我拌调料。”

“我请客还要给你拌调料，自己没手啊？”

“没手。”

陆臻嫌弃地撇撇嘴，接过了他的碗，这时，梁庭也把自己的碗递了过去：“顺便一起。”

“你也没手啊？”

“有手，但是没心情。”

陆臻知道叶迦淇是在吃飞醋，那梁庭又闹什么啊！

热腾腾的火锅端上来，陆臻已经饿得前胸贴后背了，索性把所有的菜都倒了下去。

陆嫣弄明白大概之后，问他们：“所以，你们是要一起创业？”

“不是创业，”叶迦淇纠正，“一起做设计罢了。”

“一起做设计不就是为了卖个好价钱，那就是一起创业嘛！”

陆臻夹起一块牛肉，说道：“这么说也没毛病。”

“哎呀还没熟，你急什么呀！”陆嫣将他筷子上的肉夺了，重新下锅，“当心拉肚子。”

“牛肉……牛肉下锅就能吃！”

“你能不能别这么着急？”

“我饿得都不行了！”

等到锅里的菜都烫熟了，三个男人同时夹起牛肉，然后筷子伸向了同一个碗——陆嫣的碗。

陆嫣看着碗里堆满的牛肉，挨个道谢：“谢谢迦淇哥，谢谢梁庭哥，谢谢括括。”

陆臻看看他们仨，嘴角抽抽，说道：“你们……想撑死她啊！”

三个男人不以为意，梁庭笑着说：“小嫣是要多吃点儿，长身体的时候。”

“她这年龄了还长身体？她长肥肉还差不多。”

陆嫣不爽地冲陆臻道：“谁长肥肉了，你一定要拆我的台啊！”

沈括又给她夹了菜，淡淡地道：“食不言，认真吃饭。”

陆嫣还是很听沈括的话的，冲陆臻努努嘴，不理他了。

虽然气氛有点儿怪怪的，不过总的来说，陆嫣还是很开心。

她的几位叔叔能冰释前嫌，坐在一起吃火锅，这是她过去无论如何都想不到的。

放在以前，也是根本不可能发生的事情，这说明她的努力卓有成效，她真的改变了未来的走向。

吃饭的时候，男孩们也还在商量着关于课题的事情。

陆嫣索性将脑袋搁在沈括的手臂上，睁大了眼睛，专心听他们讲事情。

虽然她听不懂他们在说什么，不过她喜欢这样的气氛，大家聚在一起，热热闹闹的气氛。

以前，沈括像一道黑影，孤独地站在暗处，热闹是别人的，他什么都没有。而现在的沈括，身边有朋友、兄弟，有陆臻还有她，不再孤独。一切都是那样完满。

陆嫣真的希望这种情形能持续一辈子。

吃过饭后，沈括送陆嫣回学校，梁庭和陆臻他们回了 Q 大。

三人在校门口分手，梁庭看着陆臻走远，然后朝叶迦淇离开的方向追过去。

叶迦淇心有所感，因此也没有走太快。一会儿的工夫，梁庭就追了上来。

叶迦淇双手插兜，漫不经心地问：“有事吗？”

梁庭站在路灯下，光影斜落在他的侧脸上，照着他分明而清晰的轮廓："那件事，你最好永远烂在肚子里，不要说出来。"

叶迦淇当然知道他说的是什么事，两个人在刚刚吃饭的时候，就已经交过锋了。

"那件事情，你们想瞒着沈括？"

"陆嫣不希望他知道。"而他是陆嫣很在意很在意的人。

叶迦淇笑了："梁庭，你很聪明，但是也好㞞啊，看着喜欢的人挽着另一个人的手，你觉得开心吗？"

"不开心，"梁庭诚实地道，"但这是我的事。"

与你无关，也与她无关。所有的爱与悲欢，都是他一个人的事。

叶迦淇从小到大都是顺风顺水，想要的轻而易举便得到了，无论是学业还是其他东西，他的态度就是，无论任何事，都要去争取，不去争取就永远没有机会。

他父亲给他的教育是虎狼式教育，要将他培养成合格的继承人，所以他很难理解梁庭的选择。

"不到最后，我都不会放弃。"叶迦淇转身离开，"不是我的，我就抢。"

梁庭忽然道："我无权干涉你的选择，但是我也不会给你伤害她的机会。"

叶迦淇偏头，狠声道："我不会伤害她，永远不会。"

"你还不明白吗？伤害沈括，就是伤害她。"

操场边有不少同学在散步，或三五个聚在一起看星星聊天，陆嫣走在前面，沈括跟在她的身后，一直没有说话。

注意到他的沉默，陆嫣转过身面向他，缓缓地退着走。

"怎么不说话呀？"

"在想怎么说。"

"说话还要想怎么说吗？"

沈括的脸上笼着远处灯光的暗影，眸子里映着微薄的光："有些话，就是要想好了，才能说。"

陆嫣忽然有些忐忑，走到他身边，拉拉他的手，才嗅到他身上有一点儿酒气。

刚刚几个男生吃饭的时候，是喝了啤酒的，陆嫣知道沈括不胜酒力，此刻也不知道他究竟有几分醉。

“那你想好了吗？”

“想好了。”

“嗯？”

陆嫣心跳都加速了，沈括这一本正经的样子总让她紧张，以为他要质问她什么大事情，却没想到，沈括严肃地说：“陆嫣，你是我的宝贝。”

啥玩意儿？

沈括牵起了她的手，放在自己胸口的位置，然后重复了一遍：“你是我的宝贝。”

陆嫣打量着他，能说出这种话的沈括，八成是醉了。

沈括牵着她的手，捂着自己胸口，自言自语地说：“为什么心跳有点儿快啊？”

隔着单薄的衣裳，陆嫣能感觉到他的心跳的确是加速了，笑着问：“对啊，为什么你的心跳有点儿快？”

喝醉酒以后的沈括，看上去有点儿呆呆的，不太聪明。

他抬起手臂，落到了陆嫣的左胸口的位置，搁了半分钟都没有抽回去。

他困惑地说：“你的心跳也有点儿快。”

废话，不看看你的手搁在哪里！

陆嫣把自己的手抽了回来，但是沈括依旧保持着那个动作，两个人面面相觑。

沈括眨眨眼睛，漆黑的眸子里一片坦诚。

陆嫣深呼吸：“沈括，你要是借酒装傻，我就要生气了！”

“嗯，我没有。”

“你到底在做什么？”

“我在感受你的心跳，又加快了，你是不是生病了？”

陆嫣攥着他的手，将他的五指一根一根掰开。不过沈括也在用力，用力地保持着，两个人对峙了几秒钟，沈括修长的手指都被掰得泛白了。

“要断了。”他平静地说，“痛。”

陆嫣只能松开，她严重怀疑现在的沈括根本就是清醒的，故意的！

沈括浅浅地笑了一下，终于还是把手挪开了，侧过身，嘴角的笑意继续加深。

陆嫣轻轻地扯了他袖子一下：“你故意的吧！”

“什么？”

“别装傻，你就是在占我便宜。”

沈括将脑袋搁在她单薄的肩膀上：“没有。”

“有！”

“没有没有。”

陆嫣感受着肩膀上某人沉甸甸的重量，恍然发现，沈括居然在撒娇。他果然是喝醉了吗？

他微烫的额头抵着她单薄的肩膀，往颈窝里蹭了蹭，发梢弄得她痒痒的。

“叶迦淇真的很烦。”

“啊？”

他轻声道：“你不要和他说话。”

好了，陆嫣完完全全确定，沈括是喝醉了。

她轻轻地拍着他的背，哄道：“好好，不和他说话，走了，我送你回学校，回去睡觉了。”

沈括乖乖地抬起头，脸颊泛着几缕不自然的潮红。

他很少会露出这般任性幼稚的模样，绝大部分时间，是陆嫣在他跟前撒娇，而他像个大哥哥一样包容她……尽管此时沈括的年龄只比她大一岁，他的心智却比同龄人成熟太多了。

他会对着她撒娇了。

只有深深爱着，并且能感受到宠爱的人，才会撒娇。譬如陆嫣，自小就被陆臻、被她的几个叔叔捧在手心里当掌上明珠一样地疼爱着，所以有条件要撒娇，没有条件创造条件也要撒娇。

沈括在她身上感受到爱了，所以他才会对她撒娇，卸下所有防备。

她的手很小，拉着他的食指和中指，沈括便任由她牵着往前走，很听话的样子。

“你啊，不会喝酒以后就不要喝。”陆嫣语气里带了点儿责备，“酒后误事。”

沈括顺手将她揽过来，俯身凑近她的脸："我只听说过酒后乱性。"

陆嫣睁大眼睛望着他。

他的长睫毛眨了眨，然后他闭上眼睛，一口吻住了她的鼻子。

还真是……醉得不轻了，满嘴瞎说就算了，这会儿连嘴巴鼻子都分不清了。

陆嫣推开了他，用衣袖擦擦鼻子上的口水，很想生气，却又情不自禁地笑了起来。

"你这家伙……"

要是她的手机有录像功能，她肯定把沈括此时的状态录下来，等他清醒以后无限循环播放给他看。

陆嫣无可奈何地扶着他，走进了 Q 大的校门。

"你的宿舍在哪里啊？"

沈括抬起手，指了指左边的路，于是陆嫣扶着他，沿着铺满香樟树叶子的小道走过去。

可是走了半晌，却来到了教学区。

晚上的教学区没什么人，灯光也很暗，看上去阴森森的。

冷风飕飕地吹着，陆嫣心里发毛，攥住了沈括的衣袖，有点儿害怕。

"括括，你的宿舍楼在哪里啊？"

沈括左右看看，然后发出一声轻微的："哦。"

"哦什么哦？

"这是哪里？"

陆嫣紧攥着沈括的手，在偌大的教学区晃悠了半个小时，两人才重新回到生活区。

她发誓，这辈子都不会再让沈括沾一滴酒！

生活区的宿舍楼亮着灯光，理工大学以男生居多，时不时能见到男孩在阳台上走来走去。

陆嫣感觉自己跟来到虎狼窝似的，目不斜视，生怕一个不小心就长针眼了。

她正要摸出手机给陆臻打电话，让他过来把这位爷给接回去。

没承想手机刚掏出来，便被沈括夺了过去。

“哎？”

沈括扬起手，将电话举高，不给陆嫣。

“你又闹什么呀？”她无可奈何地踮起脚抢手机。

沈括没让她抢到，甚至把手机的电池板都给抠下来了，示威一般放到她眼前，晃了晃。

陆嫣眯着眼睛，望着他：“说吧，今晚到底想怎样？”

他跟个任性的宝宝似的，坦诚地说：“不想回宿舍。”

“还没玩够啊？”

“嗯。”

陆嫣猜，今晚的沈括宝宝，应该是压抑太久的天性仗着酒劲儿全发挥出来了。

毕竟，清醒的他是那样克制隐忍的人，平日里总是在看书码程序，从来没有真正玩过、放松过。

陆嫣叹了声，还是决定舍命陪君子，今晚陪他好好“放纵”一下。

她踮起脚拍了拍他的脑袋：“行吧，我们括括今晚想怎么玩？”

沈括拉着陆嫣径直走出校门，这下子他的步伐不再踉跄了，每一步都迈得相当沉稳。

在一家酒店门口，沈括停了下来。

陆嫣望着酒店的霓虹招牌，傻了：“你想干什么？”

沈括笑了：“你猜？”

她已经严重怀疑自己的智商了，这男人到底是醉了还是醒着啊！

“猜不到，不猜。”

她脸红了，这种事，没法不脸红。

她完全没准备好，一点儿心理准备都没有，陆嫣甚至觉得，他们两个到那一步还早得很呢！

沈括拉着她走进大门。

“哎，沈括……不是，这个……我可没带钱，你带钱了吗？”

沈括摸出自己的钱包，数了数，沉声说：“带钱了，管够。”

陆嫣翻出自己空空如也的口袋，冲他微微一笑：“不好意思啊，我没带身份证。”

从酒店出来，沈括的脸色有点儿难看。

陆嫣先是抿嘴偷笑，最后越想越乐，忍不住笑出了声。

沈括双手插兜，一副高贵冷艳的模样，睨了她一眼：“笑什么？”

陆嫣眼角微弯，盈盈如月：“你太傻了。”

她难得能见沈括这般犯傻的样子，能不开心吗？

沈括默不作声地将陆嫣送到学校门口，陆嫣背着手问他：“你酒醒了吗？”

“早醒了。”

“知道自己不能喝，以后别喝了，太傻了。”

沈括闷哼一声，推了推她的背：“走了。”

陆嫣走了两步，然后转过身，冲他招招手：“沈括，拜拜。”

不知道为什么，这个场景忽然印在了沈括的脑海中——寒凉的深秋之夜，女孩站在昏黄的灯影下，冲他不住地招手，好像在道别。

他的心底忽然浮起一丝不安，可是他说不清楚为什么会有这种感觉，他想叫住她，可是他抿抿嘴，终究没有这样做。

那天晚上，他做了一个噩梦，梦到陆嫣失踪了。他发了疯一般地寻找，找遍了学校的每个角落，都不见她的踪影。

梦境中的场景宛若翩飞的纸片，不断地更迭切换，一会儿在北城三中，一会儿又到了大学，一会儿是家门外的狭窄小巷，一会儿又到了一眼望不到头的铁轨上……都是他们曾经留下足迹的地方。

渐渐地，这些场景都宛如落日熔金一般，变成了虚无，所有的记忆都消失了，女孩的影子也随着这些场景的消失而消失，就好像不存在一样。

沈括从噩梦中惊醒，身上全是冷汗，他喘息着，茫然四顾。

寝室里，室友们此起彼伏的呼噜声将他拉回了现实，只是一个可怕的噩梦。

沈括已经好多年没有这般恐惧过了，自从他不再对这个世界抱有幻想，迅速脱离幼稚变得成熟的那天起，他就再也没有如此害怕过什么。

陆嫣明显察觉到，沈括变得黏人了。

两个人的课业都很紧张，过去有时候三四天不能见面也是常事。但是不知从什么时候开始，沈括每天都要见她，哪怕是他们比赛前夕，沈括忙到深夜，都一定会到陆嫣的宿舍楼下，让她出来见一面，哪怕只是远远地看着，他也能心安。

陆嫣感觉到，沈括心里装了恐惧——怕失去她。

简瑶解释："这叫什么，这叫没有安全感。"

"为什么会没有安全感啊？"

"还能为什么，你太优秀了呗！"

陆嫣眨眨眼睛，忽然笑了，笑着推了推简瑶："哎哟，我的妈，我就喜欢听你讲话，真好听。"

简瑶将背心从衣架上取下来，叠好塞进衣柜里，然后郑重其事地说："我是说真的，你难道从来没有意识到，你和沈括差距蛮大的吗？"

"你指什么呀？"

"最明显的是家世，当然这个就不提了，你现在挣得比他多，这是最致命的。"

陆嫣摆摆手："他不会介意这个的。"

"就算不介意这个，你不觉得自己的人气越来越高了吗？他觉得没安全感，也很正常吧。"

陆嫣自从签了芭朵之后，事业上顺风顺水，这个时候视频网站刚刚兴起，她录制了一段唱歌的视频发上去，一夜之间视频播放量破万。

当然，这时候网络并没有普及，更没有直播这一说，视频虽然没有给陆嫣带来直接的经济效益，但是影响力不容忽视，很快就有唱片公司注意到她，希望能与她签约出唱片。

金子不会被埋没，这是永恒不变的真理。

沈括的生活没她这么丰富多彩，他每天埋头于一堆枯燥的数据代码中，创造和设计没有人做过的新软件并不是容易的事情。

陆嫣看过关于沈括的访谈，她知道，他的成功不会来得很快。

他吃过苦头，跌过跟头，也失败过，任何大佬，前期都会有一段不为人知的心酸历程。

虽然陆嫣从不觉得现在的沈括配不上自己，但是她居然也信了简瑶的话。

那晚，沈括带她出去吃夜宵。

她一直没说话，看着沈括埋头吃馄饨的样子，犹豫了很久，终于开口道：“沈括，你不要有压力。”

“嗯？”

陆嫣跟她爸一样，有些时候傻乎乎的，直言道：“我知道自己很优秀，但是你千万不要有压力，我不会嫌弃你的。”

沈括忽然被呛到，剧烈地咳嗽起来，脸都咳红了：“你在说什么？”

陆嫣郑重其事地说：“你千万不要觉得配不上我。”

沈括嘴角抽了抽：“我……没这么觉得。”

“你也不要以为，我现在很受欢迎就会嫌弃你之类的。”

沈括伸手拍了拍她的脑袋：“你是不是受什么刺激了？”

陆嫣抓住他的手，真诚地说：“让你觉得没有安全感，真的很抱歉，是我不好。”

沈括终于笑了起来，顺手舀起自己碗里的馄饨，递到陆嫣的碗里：“多吃点儿肉。”

“我是认真的。”

“嗯，我知道。”

见他这副轻描淡写的模样，陆嫣撇撇嘴，松开他，继续低头吃饭。

沈括把自己碗里的馄饨全给她了。

“你不吃吗？”陆嫣问。

沈括一本正经地回答：“我没安全感，怕你不要我，跟别人跑了，所以要对你好一点儿。”

陆嫣丝毫没听出他话语里的玩笑之意，连忙捂着心口赌咒发誓：“不会的！我不是那种人！”

沈括终于忍不住，嘴角绽开笑意，将馄饨勺子递到她嘴边，喂她吞下：“好傻。”

陆嫣就着他的勺子，乖乖吃掉馄饨：“如果不是没有安全感，你干吗每天都要和我见面？”

他舀起一勺汤，吹了吹，自顾自地喝下：“每天都要见面，难道不是因为我想见你吗？”

陆嫣反问：“你为什么想见我？”

“需要理由吗？”

“当然！”

他抬起头，无可奈何地望向她：“我爱你，不行吗？”

陆嫣猛然睁大眼睛，然后老脸一红，很不好意思地低下头，老老实实地吃馄饨，小声道：“你干吗忽然说这种话？”

有时候，沈括也是不懂女孩子这种奇怪的生物，不，他是不懂陆嫣，这丫头脑子里不知道是什么豆腐渣工程，不愧是陆臻的妹妹。

“下周，我就要和你哥他们去海城了。”

“咦，去海城做什么呀？”

“参加比赛。”

“哦！就是那个TP……”

“TXPC程序设计大赛。”

“对对，设计大赛！”陆嫣感叹道，“时间过得好快啊，都要比赛了。”

“是啊。”

时间真的过得飞快，一去不复返。很多时候，沈括心里其实有点儿愧疚，他很难像别的男孩一样，抽出大把的时间陪女朋友，甚至连陆臻都不如。至少，陆臻每周还会抽出一两天的时间，陪他女朋友出去唱唱歌。

沈括真的太忙了，每天能抽时间跟陆嫣一起吃饭都很不容易。绝大部分时候他只能在宿舍楼下，远远地看她一眼。

陆嫣拉了拉他的衣袖：“你在想什么？”

“我在想……等程序卖出去，有钱了，我想带你出去旅行。”

“好啊！”听到去旅游，陆嫣表现得相当兴奋，“一言为定！我已经好久没有出去玩过了。”

“嗯。”他扯了纸巾替她擦擦嘴角的汤渍，“一言为定。”

等有钱了，其实他想做好多好多事情，带她出去旅行，带这个小馋猫吃遍各地美食，还要给她买很多漂亮的裙子，好好地打扮她……

虽然他知道陆嫣自小是被家里人富养长大的，从来不缺这些。她有很多漂亮的小裙子，每天轮着穿都穿不过来，女孩子想要的一切她都有。陆臻也很爱她，无论看到什么好玩意儿，都会第一时间想着送给她……

沈括知道自己没办法像陆臻那样无所顾忌地给她送东西。

如果他有，他也会为她一掷千金，不，他所有的一切都可以给她，如果他拥有一切的话……

陆嫣再度打断了沈括的沉思：“你今天总是走神，在想什么？”

沈括嘴角淡淡地扬了扬：“我在想，要挣多少钱才能娶到你。”

陆嫣愣了愣，嘴角浅浅地抿了起来：“你现在就想娶我了啊？”

沈括看她这含羞带臊的模样，这小丫头心里不知道怎么美呢。

他伸手捏了捏陆嫣的小鼻头：“走了，傻子。”

“哎。”

TXPC 程序设计大赛持续了小两个月。

这段时间，简瑶参加了一个当时异常火爆的选秀节目，并且成功进入决赛，这段时间也一直在外面比赛。

大家都不在学校，陆嫣的生活渐渐回归平静。

她每天按时上课，课后去练功房跳跳舞，或者去练声房唱歌弹琴，生活平淡却也充实。

她不知道这样的日子还会持续多久，或许明天，或许……一辈子也说不定。

陆嫣绝大部分性格是继承了陆臻的，所以对于未知的事情，她很少会杞人忧天。

活在当下，过好眼前的生活，才是最重要的。

两个月后，好消息传来，沈括他们的小组在 TXPC 程序设计大赛中拿到了总冠军。

从电话里传来的陆臻的兴奋的声音中就可以感受到这个总冠军沉甸甸的分量。

陆嫣知道沈括会赢，他正在一步一步地走向那个从来无人抵达的巅峰，而她何其有幸，能够陪在他身边。

一周后学校组织的一场文艺汇演，陆嫣没想到沈括能够赶回来。毕竟比赛结束并不是终点，他和陆臻他们正式开始了创业，这段时间一直在和公司谈项目合作的事情，沈括不想就这样把他们的设计卖出去，他们想借此开辟一条属于自己的道路，技术入股，参与红利分成。

陆嫣拿起话筒，才惊喜地在人群中发现了沈括。

少年漆黑的短发干净利落，他站在天窗下的光斑中，深咖色的眸子闪着光，皮肤白得宛若透明，毫无瑕疵。

沈括手里捧着一束白色的小雏菊，远远地望着她。

陆嫣感觉自己的呼吸都要停滞了，都不知道自己是怎么把那首歌唱完的。

在轰动如雷的掌声中，沈括沿着礼堂的阶梯缓缓而下，然后走上了舞台。

全校同学都屏住了呼吸，眼睁睁地看着这位长腿逆天的英俊少年走上台，将那束洁白的小雏菊送到陆嫣手中，然后拉着她走下了舞台，径直朝礼堂外走去。

同学们开始疯狂起哄，喧闹声都快要掀翻屋顶了！

陆嫣被沈括拉出礼堂，阳光一瞬间刺入眼中，她伸手挡了挡眼睛。

"你什么时候回来的呀？怎么不跟我说一声呢，早知道我就去接你了。陆臻也回来了吗？小花花好漂亮啊……嗯！"

她话音未落，沈括便将她按在礼堂背后的红色墙壁上，低头封住了她的唇。

陆嫣睁大了眼睛，看着他放大的英俊五官，脑子晕晕乎乎的。

周围一片静谧，只有树叶被微风吹拂发出的沙沙声。

陆嫣的手和脚都绷得紧紧的，小雏菊花束也不知不觉地落在了地上。

仿佛过了一个世纪般漫长的时间，沈括终于放过了她。

她的脸颊染上了红晕，低下头，抿了抿湿润的唇瓣，都有些肿了。

他的掌心落在她的后脑勺，将她拉近自己，薄唇落在她唇角的位置印下一记浅吻。

陆嫣看到他的唇都染上了她浅粉色的唇膏。

她低头笑了笑："这次是真的涂唇膏了。"

"这两个月，每天都在想。"他嗓音充满了低哑的磁性，"我从来没这么想过谁，每天想，每晚想……"

太折磨了。

没有她在身边的每一天，对他来说都是折磨。

他凑近她的耳畔，柔声问："你呢，想我吗？"

陆嫣的耳垂被他湿热的呼吸撩着，激得她一个激灵。

"不是很想。"她很不好意思，口是心非地说，"想陆臻多一点儿。"

沈括贴着她的耳畔，深深地呼吸着她颈间淡淡的少女气息，柔声说："不准。"

"嗯？"

"以后只能想我。"

"你好霸道呀！"

沈括用鼻尖轻轻地蹭了蹭她的耳垂："陆嫣，以后我都把你带在身边，再也不分开了，好不好？"

陆嫣愣了愣，然后重重点头："嗯，好。"

晚上，陆嫣趴在阳台边看星星，简瑶看到她一个人，好奇地走过来："在做什么啊？"

"听海潮。"

"这儿和海隔着十万八千里呢。"

陆嫣晃了晃手里的一枚小海螺，把海螺递到简瑶的耳畔："喏，你自己听。"

海螺口的确发出了某种呼呼的空灵回声，听着还真有点儿像海潮的声音。

"这么浪漫？"她双手托着腮帮子，撑在阳台上，"总不可能是陆臻送你的。"

"沈括送给我的。"陆嫣将小海螺捧在掌心，满眼喜欢，"他在海边捡到的。"

"就知道，陆臻才不会这么浪漫呢！"简瑶耸耸肩，接过小海螺打量一番，漫不经心地道，"我听过一个传说。"

陆嫣好奇地问："什么传说？"

简瑶看着深蓝色的夜空，眼眸落满繁星，缓缓说道："听说海螺可以把声音传到未来，你现在对着它说话，未来的自己就会听到。"

"真的假的？"陆嫣不相信，"这是什么玄学？"

"说了是传说，反正，未来的你听不听得到，你现在也不知道，对吗？"

简瑶打了个哈欠，转身回了房间，“早点儿休息吧。”

她离开以后，陆嫣摩挲着手里那枚天然无雕琢的海螺。

未来的自己真的能听到吗？

陆嫣沉吟片刻，鬼使神差地将它放到唇边，轻轻说了一句话。

第五章

你比月亮更美

过年，陆嫣和陆臻放寒假回了北城。

那天下午，陆嫣陪着简瑶逛街买过年的衣服，步行街人头攒动，相当热闹。

短短几年的时间，人们的消费水平直线上升，现在线下购物相当繁荣，不过等不了几年，人们的购物倾向便会转向网络。陆嫣一直在鼓励陆臻朝互联网电商领域发展，这一块儿现在没人看好，但陆嫣知道，未来电商领域大有可为。

陆嫣买了一瓶柠檬水递给简瑶，简瑶摸摸她的小脑袋："谢谢乖女儿。"

陆嫣甜甜一笑："不谢，妈妈。"

"你还真叫我妈啊？"

"是呀！"

简瑶叫陆嫣女儿，完全是开玩笑，却没想到陆嫣这小丫头竟然还挺喜欢这种角色扮演。

"行吧。"简瑶拧开了柠檬水瓶盖，第一口先让给陆嫣喝。

就在这时，迎面走来的一个男人，陆嫣看着有些面熟。

那个男人穿着一件灰大衣，头发烫着这时最流行的爆炸头，刘海很长，完全挡住了眼睛，呈现出一种颓废感。

这人好面熟啊。

陆嫣连忙用手肘戳了戳简瑶，让简瑶去看。

简瑶抬头睨了他一眼，说道："这不是吴天翰吗？"

"谁啊？"

"吴天翰，咱们高中的，对了，你妹妹施雅不是在和他谈恋爱吗？"

陆嫣这才想起来，这人是施雅的男朋友，施雅为了追随她的男朋友吴天翰，念的是本省的一所民办高校，两人的关系似乎很稳定。

陆嫣抬眼望去，站在吴天翰身边的女孩可不是施雅啊。

“分手了吗？”简瑶八卦地问。

陆嫣茫然地摇了摇头：“不知道。”

两个女孩目不转睛地望着吴天翰，眼睁睁地看着他揽着身边的女孩走进了对面的一家宾馆。

简瑶哟了一声，拿出陆嫣的手机，拍了一张照片。

陆嫣笑着说：“别这么八卦呀！还拍照。”

“随便拍拍嘛，难得遇到。”简瑶收回手机，“走吧，继续逛街！”

很快，陆嫣便把这件事抛在了脑后。

晚上，吃饭的时候，施雅也来了，施雪娴求了陆简很长时间，他才终于同意让施雅来陆宅过年。

陆简挨个问了自家两位儿女学业和生活上的事，显得很有兴趣。

陆嫣一五一十地回答了陆简，不过陆臻就比较敷衍了，男孩子终究不比女孩贴心。

施雪娴见陆简没有问施雅，于是伸手拍了拍施雅的背，笑着说：“我们雅雅在学校里的表现很棒呢，参加学校的歌唱比赛还拿了一等奖。”不过这句话说完，桌上无一人回应她，气氛显得有些尴尬。

陆简用餐巾擦了擦嘴，说道：“大学是一个锻炼自己的过程，希望你们进去之后，不要放松学习，知道吗？”

施雅立刻道：“知道了陆叔叔，我会好好努力的！不会辜负您的期望。”

陆简叉起一块牛肉，放进了陆嫣的盘子中，又是一阵漫长的沉默，气氛尴尬得都快爆炸了。

施雪娴看出来了，陆简对施雅并没有抱期望，这话他是说给自己的一双儿女听的。

她心里有些不舒服，但面上还是挂着笑，说道：“这一年，雅雅真是懂事了很多呢，再接再厉！”

“我会的，妈妈！”

施雅望了望陆嫣，眼神里带着不善，故作漫不经心地说：“陆嫣，你什么时候把你男朋友带回家，让陆叔叔看看呀？”

陆嫣拿勺子的手蓦然一紧，望向施雅的眼神冷了冷，施雅大大方方地迎上她的目光，脸上挂着得意之色。

陆简放下刀叉，好奇地问：“小嫣，交男朋友了？”

“嗯。”

“叫什么？哪里人？人品家世如何？是你的同学吗？”

陆简很重视陆嫣谈恋爱的问题，问题跟连珠炮似的扔了出来。

陆嫣感觉压力有点儿大。

陆嫣选择性地回答：“他……他叫沈括，人品很好。”

陆简俨然是要开始查户口了：“是本省人吗？父母是做什么的？”

“父母……”

不等陆嫣回答，施雅立刻插嘴道：“陆叔叔你还不知道呢，那男孩没妈，家里只有一个老爸还病死了呢，一穷二白的……”

陆臻将手里的叉子重重地扔在盘子上，发出“啪”的一声脆响，吓了施雅一跳。

施雪娴立刻道：“陆臻，你摔叉子做什么？！”

陆臻舔了舔唇，拖着懒散的调子对施雅道：“一穷二白关你屁事啊？”

“你说话真难听。”

“这是我家，我说话就这样，不爱听，滚啊。”

“够了，我没问你们两个，都闭嘴。”陆简喝止了他们两人，转而望向陆嫣，“他的父母都……不在了？”

陆嫣点点头，坦荡地回道：“他的父亲离世快两年了。”

“听着家境似乎不太好。”陆简脸上浮起一丝担忧，“性格方面……”

陆嫣还没开口，施雪娴便悠悠地说：“这种家庭的男孩啊，一般性格都会有缺陷。”

陆嫣的手握紧了勺子，桌底下，陆臻轻轻地拍了拍她的膝盖，说道：“沈括是我的哥们儿，他挺好的，没什么毛病。”

“就算性格没问题，家世也不匹配啊。虽然现在是二十一世纪，不讲门当户对了，但是也不能差太多吧。小嫣的家境比他好这么多，说不准他就是想攀高枝儿呢！”施雪娴掩嘴笑了笑，“别怪我把人想得太坏啊，但也不是没有这种可能性，对不对？”

陆简的脸色渐渐沉了下去，显然，施雪娴的话他是听进去了。

陆嫣是他最疼爱的女儿，他绝对不会允许任何人欺骗她的感情。

陆简道：“嫣嫣，大学还是应该以学业为重，男朋友的事，日后再考虑。”

“爸，你这话说的……”陆臻听不下去了，“大学这么好的青春时光，你不让人家谈恋爱，将来毕业了就要催着结婚，这不是很奇怪吗？”

陆简语气松缓了些，说道：“我不是不让小嫣谈恋爱，她叔伯们家里的哥哥都是青年才俊，我看叶迦淇就不错。”

陆简一直很欣赏叶迦淇，就想让他当女婿呢。

“那也要看小嫣自己喜不喜欢吧？”

“这件事日后再说。”陆简不想和陆臻争执。

陆嫣冷冷地望向施雅，施雅也正看着她，脸上露出胜利者的微笑。

“说到男朋友，施雅，你还在和吴天翰谈恋爱啊？”

“是啊。”

听陆嫣提到吴天翰，施雪娴更加得意了，对陆简说道：“雅雅的男朋友真是不错，吴家的大公子，家世人品样样都有，将来要是结成亲家啊，说不定对你们生意上还有帮助呢。”

陆简不置一词，他从来没想过靠子女联姻做生意，更何况，施雅跟他又没关系。

陆嫣从容地说道：“吴天翰跟施雅感情一直都很好，昨天我还看见他们一起逛街呢。”

施雅愣了愣：“昨天？”

“是啊。”陆嫣漫不经心地说，“步行街，吴天翰给你买了很多衣服啊，街尽头的那家宾馆，叫什么来着……哦，友缘宾馆，你们一起进去的，不是吗？”

闻言，施雅脸色大变，站起来指着陆嫣道：“你诬陷！才没有！我才没有！血口喷人！”

“哎？这不是你吗？”

陆嫣摸出手机，翻开相册照片，递到施雅面前。

她得感谢孟知宁高中毕业的时候给她换了带照相功能的手机。

施雅看到照片里的两个人，男人的背影正是吴天翰，他揽着的女孩却不是她！

他们两个人贴得很紧，姿态亲密，吴天翰手里拎着大包小包，很明显，都是给身边的女孩买的东西。

这张照片是简瑶拍的，最绝的地方就是，她居然把友缘宾馆四个字拍了下来，当成了背景板。

这招杀伤力太大了，施雅的眼眶当即就红了。

施雪娴一把将手机夺了过去，看着照片里的男女，急切地质问施雅道："这是怎么回事！这女孩是谁？！"

"我怎么知道啊！"

"你不是说他很喜欢你吗？怎么还会和别人……"施雪娴也急了，她很满意吴天翰这个好女婿，满心盼着自己的女儿嫁进吴家，她在陆家的腰板也能挺直些，不至于这般受气。

施雅终于哭了出来："我不知道，他……他最近很少给我打电话。"

"这个浑蛋……"

陆简有些不耐烦了，好好的一顿团圆饭，被这对母女给毁了，说道："要吵你们出去吵，别影响吃饭。"

施雅擦着眼泪，转身跑了出去，而施雪娴也顾不得什么，追了上去。

桌底下，陆臻冲陆嫣比了个手势，这都能让她遇到，遇到便罢了，居然还拍了照片。

果然是近朱者赤、近墨者黑，跟沈括那种心机 boy（男孩）在一起久了，小丫头的段位也高了不少啊。

虽说这个话题翻篇了，但陆简还是有些放心不下，晚上，他叩响了陆嫣的房门。

"请进。"

陆简推门而入："嫣嫣，还没睡呢？"

陆嫣正趴在桌边，用电脑看一段舞蹈视频："没呢，马上就睡。"

"嫣嫣，你的那个男朋友啊，有时间让他来家里坐坐吧。"

"您不用担心，沈括他对我很好的。"

"老爸看人总归比你透彻些，让爸爸给你把把关。"

毕竟是自家的亲闺女，陆简还是担心小丫头受人蒙骗，万一遇人不淑，将来伤心的可还是她。

陆嫣想了想，说道："行，爷爷，我问问他吧。"

"好，好。"陆简揉了揉小丫头的脑袋，"还叫爷爷呢。"

"哦……"

你本来就是爷爷嘛。

陆简也没在意，随便这小丫头怎么叫，她开心就好。

在陆简转身出门之际，陆嫣忽然道："我发现您变了。"

"什么？"陆简不解。

陆嫣笑着说："您变了，和以前不一样了。"

过去陆嫣也从陆臻的只言片语中了解过她的爷爷，听陆臻的描述，陆简就是家里的暴君，他要做的事情，没人敢忤逆，他认定是对的事情，哪个敢说不对？

陆臻是个吃软不吃硬的主，在陆简的父权压制之下，脾气越发刚烈，也越来越叛逆，最后闹得断绝父子关系……

其实陆臻很爱他的父母，很喜欢讨孟知宁的开心，甚至会在老妈面前故意装傻撒娇，逗她笑；对于老爸，陆臻更希望得到他的认可，他要是能夸陆臻一句，陆臻甚至可以开心好多天，然而过去的陆简从来不会夸陆臻，在他眼里，陆臻就是不学无术，完全没有好的地方。

这些年，陆简在潜移默化中也变了许多。

不管儿子有没有出息，首先他应是一位慈父，其次才应该是一位严父。

陆嫣笑着对他说："陆臻其实很崇拜您，您是他的偶像。"

陆简退出房间，站在门口顿了很久，然后踱着步子，走到了陆臻的房间门口。

房门的缝隙里透出微蓝的光，他没有上锁。

陆简听他的朋友们说起过自家的小孩，一回房就把房门关起来，也不知道在房间里搞什么。

陆臻从没有锁过房门，甚至大部分时候，他的房门是大大方方地敞开着。他从来不会把自己和家人隔绝开来。

陆简透过门缝朝屋内望去，陆臻趴在床上，笑眯眯地道："宝宝早点儿睡。

“嗯嗯，我写会儿代码，就睡了。

“爱你，亲一下。

“再亲一下……”

有时候可能还是锁上门比较好吧。

他敲了敲房门，陆臻防备地坐直身子，把手机藏到身后。

“啊，爸，有事吗？”

“没事，早点儿睡。”

陆臻有些受宠若惊：“啊？”

“让你早点儿睡觉，不要熬夜。”

“哦！”

陆简关上了房门。

陆臻听着陆简的脚步声渐渐远去，嘴角勾了起来，这一刻的他，幸福感简直爆棚了。

今年的年三十，下了一场大雪，气温越发低了。

早上家里的暖气坏了，沈括拿着扳手修好了暖气，不过房间的温度还是升不上去。

他索性作罢，反正只在家里住几天，便要回学校了。

家里冷冷清清的，没什么过年的气氛。虽然以前过年他们家也不热闹，但好歹有老爸和他两个人，看看春晚，吃一顿年夜饭，总是团圆的。

现在，就只剩他一个人了。

沈括看着墙上老爸微笑的黑白照片，这个男人很喜欢笑，即便是在他怀里咽气的前一刻，嘴角都扬起了微笑。

他问遗照中的男人：“蜻蜓为什么断了翅膀还能飞？”

生活里没有老爸的冷笑话，沈括还有些不太习惯，自答道：“因为它很坚强。”

一阵冷风吹击着窗户，发出“哐哐”的声响，真是够冷的。

他转身出了门，无论如何还是要买点儿年货回来，把年三十给过了。

四十分钟后，他提着白色的塑料袋回来，却看到门前站着一抹嫣红的身影。

女孩穿着一件大红色的羽绒服，衣领帽檐处缀着洁白的兔毛。

她将戴着手套的手放在嘴边，呼出白色的雾气，鼻尖冻得有些红，卷翘的睫毛上挂着一层薄霜。

她站在冷风中，不断搓着手，看上去有些呆头呆脑的。

沈括加快步伐走过去，一把将女孩揽入怀中，轻轻地抚着她的背："你怎么来了？"

陆嫣提了提手里的塑料袋："买了好多吃的，来和你一起过年啊。"

沈括拉着她进了屋，打开了效果并不是特别好的暖气片。

"过来为什么不给我打电话，万一我今晚不在怎么办？你准备站在外面等多久？"

陆嫣将口袋放在柜子上，摘下了手套说："我给你发了短信呀。"

沈括摸出手机看了看，她的确发了短信，问他在做什么，沈括回她在外面买年货。

陆嫣每天发生什么鸡毛蒜皮的小事都会给他发短信，沈括还以为这是她的日常问候，没想到她会过来。

"我这边暖气坏了。"他回头对她说道，"你坐会儿，我就送你回去。"

"坏了吗？完全没感觉到呀。"小丫头满脸真诚。

沈括说："你上的表演课卓有成效。"

她演技很在线。

陆嫣撇撇嘴，不满地说："特意来陪你过年，屁股还没坐热呢就赶人家走。"

沈括也很无奈，若是平时就算了，今天暖气坏了，他不敢让她待太久。

"留下来把饭吃了，然后我送你回去。"沈括说完，拎着两个塑料袋去了厨房。

陆嫣磨磨蹭蹭地走到厨房门口，提议道："沈括，要不你今晚去我们家过年吧，我爷……我爸说他也想见见你。"

沈括的手顿了顿，然后他说道："不用。"

"你……不想去我家吗？"

他背对着她，回答道："现在有点儿早。"

他也还没有做好见家长的心理准备。

陆嫣将脑袋搁在门框边，闷声说：“也对，是还早，万一哪天就分手了，这家长不就白见了，对吧？”

沈括听出了小丫头语调里的不悦，往后扔了一棵小蒜苗，不偏不倚，稳稳地命中陆嫣的额头。

陆嫣捂着脑袋，微怒道：“做什么呀？”

“不要轻易说出那两个字，”沈括回头道，“我会生气。”

“我还生气了呢！”

陆嫣气呼呼地走到客厅，盘腿坐在沙发上，背过身不理他了。

她巴巴地大老远过来，吹了好久的冷风才进屋，进屋都还没坐下来呢就被下了逐客令；她好不容易鼓起勇气，试探性地提议让他去见见她的家人，却被一口拒绝……

这种滋味一点儿都不好受！

沈括走出厨房，坐到她身边，陆嫣立刻往边上挪了挪，离他远些。

有什么东西递到了她的手边，又塞进了她的掌心里，硬硬的。

陆嫣抑制不住好奇，低头望去，是几枚五颜六色的水果硬糖。

哼，她又不是小孩子，几颗糖就想把她哄开心，门都没有。

陆嫣把糖推开：“我才不要呢！”

耳边传来剥糖纸哗哗的脆响，沈括慢慢地剥开糖纸，然后将水果硬糖喂到她嘴里。

“不吃！我不爱吃糖！”

有骨气的陆嫣正要把水果糖吐出来，沈括忽然凑过来，吻上了她的唇，同时封住了她的嘴。

“嗯！”

水果糖酸酸甜甜的味道弥漫于唇齿间，沈括吻了她好半晌，卷走了她舌尖的水果糖。

“不吃还我。”

“喂，你……”

他怎么这样！

陆嫣揽住他的颈子，主动吻上他，要回了那枚水果糖。

“我要吃。”

沈括轻轻蹭了蹭她的鼻尖，轻声说道："第一，不是赶你走，是因为家里真的很冷；第二，我说的还早，不是指我们的关系，而是我现在一无所有，不好见你的家里人。"

陆嫣抱紧了他："我不介意，我家人也不会……"

"可我介意。"

陆嫣住嘴了，她懂得他的骄傲，也懂得他有自己的坚持。

"等再过半年。"沈括向她保证，"半年的时间，足够了。"

陆嫣乖巧地点点头："对不起沈括，我不该乱发脾气，以后不会了。"

相互理解，是两个人相处的前提。

沈括松开她，揉揉她的脑袋，笑着说："以后也可以发脾气。"

"咦？"

"因为你很好哄。"一颗糖就能哄好。

陆嫣舌尖抵着酸酸甜甜的水果糖，说道："交到这么好脾气的女朋友，某人很幸运啊！"

"是，我很幸运。"

沈括拉着陆嫣的手，拨弄着她修长漂亮的手指，徐徐说道："今天我的心情不太好，但是现在我很开心，谢谢你来陪我。"

陆嫣望了望墙上沈叔叔的照片，又望了望空空荡荡的家，明白他心情为什么不好。

"只是家里实在太冷了。"

"不管，来都来了，至少得把饭吃了，对吧？"陆嫣推着沈括去厨房，"快做饭，我好饿。"

沈括笑了笑，脱下外套，将她的小脚裹好，然后起身去了厨房。

衣服暖暖的，带着他的体温，也有他的味道，陆嫣冷冰冰的脚立刻暖了起来。

她望着他在厨房里忙碌的背影，心里也是暖暖的。

这个时候的沈括虽然脾气控制得很好，但多少也带了些少年意气，不似中年之后的他。

陆嫣恍然想起来，她和中年的沈括有过一次跨年的经历。

那是她搬进沈宅的三个月之后，年三十，家里所有的仆人都回家了，空荡荡的沈宅，只剩她和沈括两个人。

沈括一直在公司忙到晚上九点半才回家，一身西装革履，在风雪中显得格外生冷。

连司机都已经回家团聚去了，所以他是自己开车回来的，回家的路上，顺道去市场买了两桶烟花。

因为家里还有个小丫头，他想放烟花给她看。

男人一进屋，便看到小丫头抱着靠枕窝在沙发里，偷偷抹眼泪。

陆嫣想回家，想回去和爸爸一起过年……

沈括原本温热的心蓦然被浇了一盆冷水，他看着家里的冷锅冷灶，又看看可怜兮兮的小丫头，心疼了。

他脱下外套，随意地扔在沙发上，坐到她对面，沉声问："想走吗？"

陆嫣小心翼翼地点头："沈叔叔，我……我想我爸了。"

"那你走吧。"

陆嫣诧异地望向沈括。

男人望着窗外，浅淡的灯光下，他轮廓分明的五官笼上了一层矜贵与清冷。

"我不留你了，今天年三十，回去和家人团圆，回去之后，也不必回来了。"

他说完，起身上了楼。

陆嫣看着大门，又望望沈括："那……沈叔叔你答应放过我爸的事……"

"说到做到。"

陆嫣连自己的行李都来不及收拾，生怕沈括改变主意，连忙跑到门边，匆匆换上自己的运动鞋，离开了沈宅。

走出百米之后，身后传来烟花炸开的声音，她回头，只见沈宅的上空升起了一簇簇漂亮的烟花，照亮了半边夜空。

沈括一个人在楼顶放烟花。

陆嫣看看天空中灿烂的烟火，又看看那个人站在楼顶孤独的身影，一股莫名的悲伤忽然涌入她的心中，她怔怔地转身，想要回去，想要回去陪陪他……

也就是在那个时候，一道远光灯扫过来，陆嫣眼前一片白光，紧接着便是天翻地覆的车祸……

她失去了知觉，然后离开了那个世界。

施雪娴真的是一天也受不了了，这个家只要有陆嫣在，她永远也别想有出头之日。

她根本不相信陆嫣是陆简的女儿，当年那个走失的小女孩是不可能回来的，怎么可能回来……

那天下午，她趁陆嫣不在家，将用人骗出去买东西，然后悄悄溜进了陆嫣的房间。

施雪娴在房间里环顾了一圈之后，来到陆嫣的床边，戴上白色的塑胶手套，捡起了枕头边的一根发丝。

看着那根发丝，她眼角泛起一丝恶毒之色。

只要证明陆嫣和陆简没有血缘关系，不是亲生父女，如陆简这样重视亲缘血脉的男人，势必会把她赶出家门。

施雪娴将那根头发小心翼翼地放进了薄膜袋中。

一周后的傍晚，施雪娴拿到那份鉴定报告的时候，彻底傻眼了！

当初她用的是陆嫣和陆臻两个人的DNA进行对比，她知道陆简的脾气，没敢偷取陆简的头发，怕陆简得知真相之后生气。

她拿到陆臻的DNA也是一样，只要最终结果显示两人不是兄妹，没有亲缘关系，自然也就证明了陆嫣不是陆简的女儿。然而，她手里的那份检测报告最后的红戳标明——陆嫣和陆臻的确存在亲缘关系，而且是直系血亲！

施雪娴不懂这个直系血亲到底是兄妹还是父女，她的关注点根本不在这上面。他们竟然存在亲缘关系！

她头重脚轻地走出鉴定中心，拿着那份报告的手都在颤抖……

怎么可能，她不可能是陆小妹，不可能！绝对不可能的！可是真相就这样摆在她面前，由不得她不信。

施雪娴攥着那份鉴定报告，驱车匆匆赶到了弟弟施睿才的家里，将鉴定报告重重地拍在他的桌上："这到底是怎么回事？！"

施睿才刚刚下班回来，正就着小酒，啃着卤鸡爪，漫不经心地道："这次又怎么了？"

施雪娴看了看周围，家里没有别人，施雅在房间里，关着门不知道在做什么，弟妹也出去买菜了。

她凑近了施睿才，低声说："陆小妹……上个月你跟我说，她现在还在村里那户人家好端端地待着，那这份亲子鉴定又是怎么回事？"

施睿才这才拿起鉴定报告，翻了两页，他没什么文化，当然也看不懂上面复杂的专业术语，只看懂了"确认有血缘关系"几个标红的字。

"怪了。"施睿才挠挠头，"陆小妹还好端端地待在那家，这没错啊，你家那个到底是谁？"

"你问我，我问谁去！"

"不会是你老公在外面还有什么私生女吧？"

"私生女能和陆小妹长这么像？"

"那可不一定，"施睿才吐出鸡骨头，轻松地笑了笑，"都是一个爹生的，长得像也很正常嘛！"

"你还笑得出来！"施雪娴现在急得像是热锅上的蚂蚁，在房间里焦虑不安地来回踱步子，"不、不可能是私生女，我了解陆简，他不会在外面做这种事。"

施睿才讽刺地道："你还挺信任他的嘛！"

"就算是私生女，那她伪装陆小妹的演技，也太好了。"

施雪娴越想越觉得不对劲，陆嫣不可能是私生女，她……她就是陆小妹。

"是陆小妹回来了，她来找我报仇了！"施雪娴脸色惨白，无力地坐在沙发上，"拜她所赐，现在陆简已经对我很不耐烦了，都是她……她是来找我报仇的！"

施睿才轻蔑地看着她，冷冷地道："你别自乱阵脚了，上个月我才和那户人家通过电话，陆家那傻妹妹还好端端地待在他们家，你要不信，我再给他们打个电话问问。"

施雪娴催促道："那你还等什么，快打啊！"

“这会儿都几点了，他们村里面就村口小卖部有一部电话，现在小卖部也已经关门了，等明天再说吧。”

施雪娴在沙发上坐了一会儿，又站起来，神经兮兮地问施睿才：“你没有去那户人家看过，对吗？”

“那么远，坐火车要两天，到了还得翻几座山，我没事儿去他们家干吗啊。”

“你没去，你怎么确定陆小妹还在他们家！万一是他们骗你呢！说不定陆小妹早就跑了！”

施睿才挠挠后脑勺：“没这个必要吧，再说，陆小妹不是智障吗？一个智障，她能跑哪儿去？”

“那你怎么解释我家里那位……”

施睿才还真是没法解释，只能一口咬定陆嫣就是陆简在外面的私生女，只不过是和陆小妹长得像罢了。

施雪娴坐立不安，当下便说道：“不行，我不放心，我必须要亲自去他们家看看！”

“亲自去？”施睿才惊诧地看向她，“没、没必要吧。”

“怎么没必要，如果陆嫣真是那陆小妹，她……她要是把当年我们做的事情说出来，那……”

“她来你们家都这么多年了，要说早就说了，你这会儿杞人忧天，有意思吗？”

“不管了，我必须要亲眼看看。”施雪娴心里有鬼，现在已经方寸大乱，要是不亲自看看，她不能安心。

“那你什么时候去啊？”

“越快越好，你明天就去买车票，买最近的车次！”

施睿才有点儿不乐意：“我……我也要去啊？”

“你当然要去，不然我怎么找得到地方！”

施睿才揉了揉鼻子：“行吧。”

两个人说话的声音越来越大，完全忘了家里不止有他们两个人。

施雅背靠着房门，紧攥手机的手不住地抖动着……

妈妈和舅舅的对话，她没有听全，只听了一半，隐隐约约也能猜出大概，说陆小妹现在还在农村的某个地方，陆嫣根本就不是陆小妹！

施雅眼神里透出某种痛快。

她根本不是陆家的女儿，和自己没有区别，凭什么可以名正言顺地住在陆宅！

三天之后，施睿才告诉施雪娴，票买到了，不过是过了正月十五的车次，过年的票不好买啊。

施雪娴真是一分钟都等不下去了，可那种穷乡僻壤，也没有飞机，只有火车和汽车能到。

就算再焦躁，她也得耐着性子等正月十五之后才能去。

这段时间，陆嫣总感觉施雪娴看她的眼神怪怪的，看得她心里发毛，感觉下一秒施雪娴就要变身野兽把她吞了似的。

正月十三晚上，叶迦淇一通电话把陆臻和梁庭叫了出来。

在某个闹腾的酒吧包间里，陆臻见到了已经烂醉如泥的施雅。

陆臻不解，转头问叶迦淇："这是什么意思？"

叶迦淇关上房门，努努嘴，望向施雅："她好像失恋了，喝了挺多酒，正好我陪几个朋友在隔壁庆生，看到她了。"

"她喝不喝酒，失不失恋，关我们什么事，还要我们把她弄回去吗？"陆臻翻了个白眼，转身便要离开。

梁庭拉住了他："你听叶迦淇说完行不行？"

如果只是单纯喝醉酒，只叫陆臻、陆嫣过来就行了，叶迦淇把梁庭都叫过来了，说明事情没那么简单。

叶迦淇说道："她喝了酒，说了一些话，我听着……觉得事情不对劲。"

"她说什么了？"

叶迦淇也没有转述，而是把陆臻拉到了醉酒的施雅面前。

施雅看到陆臻，立马扑了上来："骗子！你妹妹是个骗子！她骗了你们，她根本不是你妹妹！"

陆臻推开了施雅，皱眉道："你在说什么？！"

"她是个骗子，她根本不是你妹妹！"施雅红着眼睛，情绪激动地说，"真正的陆小妹，真正的陆小妹还在村里呢！我舅舅确认过，她根本就是个冒牌货，不配住在陆家！”

“你在胡说八道什么啊！”

梁庭也听出了施雅话里的不对劲，走到施雅面前，一字一顿地问：“你说……陆小妹在哪里？”

“村里，哈哈哈哈，她还在村里呢！家里那个是冒牌货，跟我一样，都不姓陆，是假的！哈哈哈！”

施雅似乎是压抑得太久了，笑起来的声音都要癫狂了，宛若疯妇。

陆臻情绪瞬间上头，一把攥住施雅的衣领，将她拉近了自己：“你说，你说我妹妹她……她在哪里？！”

“我妈，还有我舅舅，他们已经买了火车票，等他们回来的时候……陆嫣那个冒牌货就可以滚出陆家了，哈哈哈哈！”

陆臻一把推开了施雅，沉着脸，转身便要离开。

叶迦淇挡在他面前：“陆臻，你想做什么？”

“我要去找施雪娴问清楚。”陆臻喘着粗气，气得额头间青筋暴起，“我要把我妹妹找回来！”

“相信我，我比你更想找回陆小妹，她也是我的朋友。”叶迦淇说道，“但是你现在去问她，就太不聪明了。”

梁庭思忖片刻，也说道：“叶迦淇说得没错，现在去问，她完全可以矢口否认，到时候你就算把她拉到警察局，只要她一口咬定了没这回事，法律就拿她没办法。”

陆臻走过去，抓起醉酒的施雅：“人证都在这儿，她能抵赖吗？”

“警察能把她喝醉酒说的话当证据吗？”

陆臻急得鼻孔都冒烟了，在房间里踱着步子：“这也不行那也不行，你说怎么办！”

叶迦淇打开房门，给自己门外走廊边的朋友们使了个眼色，让他们把施雅带出去，施雅迷迷糊糊、步履踉跄，显然醉得不轻。

他重新关上房门，房间里也就剩下了他们三人。

“这件事，须得从长计议。”叶迦淇坐到了沙发上，对陆臻说道，“听施雅这意思，她妈妈过几天就要离开，要和她舅舅一起去乡下，多半是她怀疑陆嫣不是陆小妹，要去确认，只要咱们跟着他们，指不定就能找回陆小妹。”

陆臻眼睛里有了光："真的吗？真的能找到她吗？！"

"八九不离十。"

梁庭又说道："你说跟着他们，是指什么？跟踪吗？"

"只有这个法子，但绝不能被他们发现。"

"很容易被发现，陆臻那个后妈认识咱们几个啊！"

"所以如果真的要跟踪，绝对不能是咱几个。"叶迦淇问陆臻，"你不是有个在警校念书的朋友吗？"

"秦皓进山拉练了，手机被收了，现在联系不上。"陆臻说，"而且就算他在，也不行，他来过我家，施雪娴见过他。"

"花钱雇一个人呢？"梁庭提议。

"这件事关乎陆小妹的安危，不宜声张，也不能随便找个人做，万一被施雪娴发现，花更多的钱收买对方，我们就前功尽弃了。"

此刻的陆臻完全没法冷静，暴躁地说："这也不行那也不行，你说怎么办！"

"我倒是有一个好人选。"叶迦淇冷静地说，"只怕陆嫣不同意。"

此言一出，梁庭的脸色先变了。

聪明如他，已经猜到了叶迦淇提议的那个人是谁。

陆臻脑子就跟卡壳了似的，连忙问道："有好的人选怎么会不同意，嫣嫣肯定支持找回她小姑这件事！你说的是谁？"

叶迦淇舔了舔干燥的下唇，说出两个字："沈括。"

"沈括？"

"他是最好的人选，不是吗？"

叶迦淇这话是对陆臻说的，目光却扫向了梁庭："他比一般人聪明，能随机应变，跟踪应该不会被发现；同时他也拿陆臻当兄弟，应该会竭尽全力地找回陆小妹；而最重要的是，施雪娴从来没有见过他。"

陆臻左拳击右掌："没错！沈括可以！他是我的好兄弟，他肯定会帮我的，有他做这件事，一定能把我妹妹找回来！"他说着便摸出了手机，要给沈括打电话。

梁庭一把按住了陆臻的肩膀："等一下，你是不是还应该跟小嫣商量下？"

"不用商量，她肯定会同意。"

怎么会不同意，陆嫣比任何人都更想找回她小姑，现在有线索了，她肯定支持这件事啊！

梁庭抿抿嘴，意味深长地看了叶迦淇一眼，叶迦淇大大方方地和他对视，眼神里的意味也相当明显。

这家伙虽然言之凿凿，说的一切都是为了找回陆小妹，但他提议让沈括去，绝对有私心。

“陆臻，你好好想想。”梁庭拉他坐下来，说道，“如果让沈括去做这件事，他势必会知道全部真相，知道陆嫣不是你妹妹，甚至知道陆嫣的秘密。”

“知道就知道呗。”陆臻耸耸肩，“大家都知道，都是自己人，不会说出去。”

“没错，大家都知道，可是为什么陆嫣就是不肯让他知道，你想过这个问题没有？”

陆臻茫然地摇了摇头。

叶迦淇讽刺地道：“梁庭，你比人家当爹的还要了解人家闺女，几个意思啊？”

梁庭根本不理叶迦淇，这就是个搅浑水的，唯恐天下不乱。

“陆嫣不想让沈括知道，一则她只想在沈括面前当一个正常人，二则也是最重要的一点，她当初是为了改变你未来破产的命运才接近沈括的，你觉得，沈括如果知道了这件事，会怎么想？他能接受陆嫣有目的地接近自己吗？”

陆臻终于冷静了下来，怔怔地望着梁庭：“我不知道，会吗？”

“你都不知道，我上哪儿知道？”

他能揣度很多人的心思，甚至包括叶迦淇的心思，但他看不懂沈括。

“所以陆嫣千瞒万瞒，你倒好，非要把这件事捅到沈括面前去。”梁庭有些愤怒地望向叶迦淇，“你别太自私了。”

叶迦淇笑了：“我只是在争取我想要的，自私也比某些胆小鬼要好，都不敢说出来。”

陆臻看着针尖对麦芒的两个人，茫然地说：“你们两个在打什么哑谜？”

梁庭懒得理会叶迦淇，转而对陆臻道：“无论如何，这件事都要跟陆嫣商量，要不要告诉沈括，也要由她来决定。而且，并非只有沈括一人可以做这件事，总还能找到别人。”

“但他是最合适的，不是吗？”叶迦淇望向陆臻，“错过了这次机会，陆臻，你想要再见到你妹妹，可能要等下辈子了。”

陆臻坐在沙发边，手紧紧捂着膝盖，似乎也在犹豫：“能想办法弄到他们坐哪趟火车吗？”

叶迦淇道：“我已经让朋友帮忙去查了，这应该不是难事。”

“只要知道他们的目的地，就能缩小范围，知道小嫣具体被困哪里。”

“但范围还是太大了，你要一一去找，谈何容易？”叶迦淇道，“除了我所说的跟踪他们，没有别的办法了。”

陆臻揉了揉脑袋，站起来又坐下，坐了会儿，又不安地站起来，在屋子里踱步。

最终，他摸出手机，一锤定音：“给沈括打电话。”

“陆臻，你至少跟陆嫣商量一下！”

“那丫头心里藏不住事，告诉她，没准儿会在施雪娴面前露出马脚，事关人命，兹事体大，为了保险起见，暂时不要说。”陆臻沉声道，“只有我们三个知道，外加沈括一人。”

陆臻这些年成熟了不少，虽然性子还是急躁，但是已经不再像高中时那般莽撞了。

陆嫣是他的宝贝女儿，陆小妹是他的亲妹妹，手心手背都是肉，但如果这次不能找到陆小妹，也许真的如叶迦淇所说，这辈子都可能见不了面了。

陆臻拨通了沈括的电话。

沈括平静地听完了陆臻所说的每一个字，脸上没有表情，一双眸子在暗沉的灯光笼罩下，显得越发幽暗深邃。

在陆臻叙述的过程中，梁庭按捺不住，时不时会插嘴补充几句：“陆嫣一开始就没有瞒你，她一直叫你沈叔叔，不是吗？”

叶迦淇添油加醋道：“她不属于这个时代，说起来，沈括，她还真是你女儿辈的。”

梁庭怒道：“说起来你也是她叔叔辈的，怎么没见你拿她当侄女啊！”

“小嫣一开始就没有叫我叔叔，她一口一个迦淇哥你是聋了没听见，还是嫉妒啊，梁庭叔叔。”

“你真恶心。”

陆臻猛拍桌子：“你俩能不能出去吵！吵够了再进来！”

两人立刻闭嘴，并且同时望向沈括。

沈括面无表情地坐在沙发上，一言未发，不知道在想什么。

陆臻给他倒了杯酒，压压惊，忽然又想起陆嫣叮嘱过，不要让沈括喝酒，他喝不了几杯就会倒。他又默默地把酒杯端开了。

沈括一直没有说话，他不说话，陆臻自然也不敢说话，忐忑地看着他。

沈括的手握紧又松开，脑子里反反复复回荡的是叶迦淇的那句“当初她也是为了帮陆臻才接近你”。

是啊，那个时候的他落魄又孤冷，全校同学无论男女都对他避之唯恐不及。

他那样的家伙怎么会有人真心喜欢？

陆嫣是第一个不介意他的性格和出身的女孩子，他发自心底感激她，所以哪怕她姓陆，他都可以义无反顾地爱上她，他可以为了她当初的不嫌弃，与陆臻永远和解。所以如今，目的终于达成了吗？

沈括攥紧了拳头，不敢相信，无法相信，只觉得讽刺……

陆臻看着他泛起青筋的手背，担忧地说：“的确挺匪夷所思的，我自己都没想到我会有个跟自己一样大的女儿。我当初也是花了好几个月才……才真正接受，所以，我理解你的心情。”

理解吗？他怎么理解，一个从小就在爱与关怀中长大的家伙，怎么理解他所经受的一切？

他怎么理解背叛？

沈括眼神疏冷，起身便要离开，陆臻立刻伸手拽住他：“沈括，我妹妹的事……”

“与我何干？”

沈括冷冷地说出这四个字，用力甩开了陆臻的手，头也不回地离开了包间。

沈括离开以后，叶迦淇转身要走，梁庭冲上前，抬腿一脚往他腰上踹去，叶迦淇早有防备，完美闪避。

梁庭早就忍不了了，冲上来就要揍他，陆臻手疾眼快，一把将他拦腰抱住："别冲动！"

梁庭愤怒地望着叶迦淇，一字一顿地道："你早就料到了，这一切都是你的计划，你根本不是为了找回陆小妹，只是为了让沈括发疯！"

陆臻松开了梁庭，难以置信地望向叶迦淇："他说的是真的？"

叶迦淇嘴角咧了咧："我爸从小教育我，不属于我的可以抢。"

梁庭喘息着，眼神里透出刻骨的恨意，压着声音沉声说："哪怕会伤害她，也在所不惜，对吗？"

叶迦淇没有回答，两人对视着，火药味很浓。

陆臻冲过来，一把攥住叶迦淇的衣领，狠狠地问："叶迦淇，你到底想干什么？！"

梁庭真的是一分钟也不想见到这个浑蛋，转身走出包间："他想给你当儿子。"

沈括不知道自己是怎么回到家的，打开房门，他忘了开灯，一个人在黑暗中不知站了多久。

他忽然感觉好累。他拖着疲惫的身躯走进房间，从柜子最底层取出了一个铁盒子。

铁盒子表面有时光留下的锈迹，里面装着父亲的手表、陆嫣的毕业证件照，还有过去所有美好而珍贵的回忆。

这些杂物的最底层压着一张新版的钞票。

沈括还记得跟陆嫣第一次见面时的情形，他和陆臻在台球室争吵，这个小女孩一直跟在陆臻身后，警察来了，现场很乱，沈括当时见她在混乱中摔倒，也没多想，拎着她，像提小鸡一样离开了台球室。

后来小丫头说自己是陆臻的妹妹，代他道歉，给了沈括一把零钱钞票，其中就混着这一张百元新版钞票。

沈括将钞票拿到台灯下，看到上面的浮雕水印刻着日期的序列号后，他闭上了眼。

这是一张来自很久以后的钞票，证实了陆臻所说的一切都是实话。

真相其实就在身边，只是他从来没有发现而已。

心底忽然蹿上来一股无处发泄的盛怒，沈括将这张钱币揉成团，猛地掷了出去！

纸团打在墙上，又回弹，最后滚落在房间的一角。

他知道陆嫣有事情瞒着他，他也曾几番询问，她都顾左右而言他。

其实以他们的关系，根本没有必要隐瞒任何事，任何事情，他都可以原谅她。他爱她，是没有原则和理性的那种爱……唯独欺瞒，是沈括此生绝不会原谅的事。

沈括猛地一拳捶在桌上，铁盒被震得发出一声嗡鸣，整个手臂都麻了。

这时候，电话铃声忽然响了起来，不用看屏幕，只听铃声就知道来电是陆嫣。

晚上陆嫣总会给他打电话，两个人会在被窝里聊到深夜，有时候她睡着了，沈括都舍不得挂掉电话，他喜欢听她的呼吸声，平静、绵长，就像她睡在自己身边一样。

沈括看着手机屏幕上她闪烁的名字，终究还是接听了电话。

陆嫣似乎什么事都不知道，第一句便问："你在做什么呀，这么久才接电话？"

沈括抿着唇，没有说话，手紧紧攥成拳头，呼吸声沉闷。

陆嫣心底升起一丝担忧："沈括，你……怎么了？"

沈括呼出一口气，终于开口："夜深了，想到一些过去的事。"

他拿起了铁盒子里她的毕业证件照。

这是他无意间在校园的表彰墙上看见的，他毫不犹豫地撕了下来，自己珍藏。

照片里的女孩穿着蓝白的校服，露出青涩而甜美的齐齿微笑，眉眼微弯，眼神清澈，宛若一阵夏天的风，路过他的生命，让他全部的青春时光都变成了夏天的薄荷绿底色。她曾是他生命里的全部美好。可这一切若带了某种目的，便彻底变色，令他战栗也令他愤怒。

"现在很晚了，陆嫣。"他嗓音微微有些沙哑，不辨情绪。

陆嫣趴在窗台边，对他说："你到窗边来。"

沈括顺从地走窗边。

"抬头。"

他抬起头，看到一轮清冷的圆月，今夜无云，月色格外明晰。

"沈括，你的窗户能看到月亮吗？"

"可以。"

陆嫣笑了："今晚的月亮好美。"

沈括看着月亮，忽然很想问她，若不能预知未来，过去那些年，她是否还会接近他？

那个卑微如蝼蚁的他。

"沈括，你爱我吗？"

女孩不知为何，忽然心生不安，她红着脸问出了这个让人羞耻的问题。

沈括敛了敛眸子，手紧紧攥着窗框，直到手背青筋暴起。

"爱。"他嗓音沙哑，这个字他用了近乎全部的力量才说出来。

没有人如我这般爱你，此生我亦不会再爱上别人。

"沈括，明天我来找你，阿姨蒸了特别好吃的红枣糕，明天我带给你，真的好好吃。"

沈括能从女孩轻快的言语中看到她弯弯的笑眼。

"明天几点？"他沉声问道。

"嗯，我想想，明天上午吧，我起床了就来。"

"我等你。"

"好！"

挂掉电话，沈括手心紧紧攥着她的照片，捏出了褶皱。

他的愤怒纠缠着他身体全部的欲念，他想做一些事情，一些早就想做的事情。

陆嫣一大早便起床了，缠着李婶把昨天的红枣糕再做一些。

昨天香喷喷的红枣糕出炉，陆臻出乎意料地没有胃口，于是全让陆嫣吃光了。

李婶笑着说："昨天的全让你这小馋猫吃了，还没吃够呢。"

陆嫣不好意思地说："我想……带给我朋友尝尝。"

李婶是个勤快的北方女人，皮肤黝黑，手长腿长，手心有些粗，身体骨架很结实，干活麻利。

她很疼陆嫣，小丫头想吃什么，她都会给陆嫣做，不会的就买了食谱自己摸索。

之前陆嫣说想吃戚风蛋糕，李婶以前听都没听过什么戚风蛋糕，但是陆嫣想吃，她便买了本《西式糕点》，自己摸索了四次，居然成功做出了戚风蛋糕。

她完完全全是把陆嫣当成自己的小女儿在疼爱，有时候陆嫣真觉得自己这辈子都离不开李婶了。

陆嫣黏在李婶的身后，帮着她和面，学着她做红枣糕。

李婶用面粉抹了陆嫣一鼻子，笑着说："是给简瑶小姐带的吗？"

"下次我请她来家里吃，今天的不是。"

李婶看着陆嫣满眼的幸福和甜蜜，故作深沉地说："哦，我知道了。"

"你知道什么了？"

"是给我们家未来的小姑爷带的吗？"

"哎……"陆嫣没有回答。

姑爷什么的，听着怪不好意思的。

陆臻也起了个大早，去浴室匆匆洗了澡便要往外走，连早饭都不吃了。

陆嫣连忙喊住他："李婶在做红枣糕，你吃了再走啊？"

"我很忙。"陆臻说完，头也不回地跑了出去，不一会儿，院子里便传来汽车发动的声音。

他把陆简的奔驰车都开出去了。

陆嫣皱眉，他整天在忙什么啊，慌慌张张的……不过她并没有想太多，将香喷喷甜腻腻的红枣糕装进了保温盒里，骑上她的自行车，愉悦地出了家门。

李婶送她到大门口，招呼道："路上小心些。"

"好的！"

陆嫣迎着晨曦的薄雾，踩着自行车，一阵风似的飞了出去。

美好的早晨，美好的生活，此时此刻，陆嫣觉得她是全世界最幸福的女孩子。

二十分钟后，陆嫣将自行车停在了沈括家门口。

房间门没有关，陆嫣敲了敲门，然后推门而入：“沈括，在家吧？”

浴室里传来哗哗的水声，他似乎在洗澡。

陆嫣走进屋，将保温盒放在桌上，她想给沈括收拾收拾房间，不过他的房间永远保持着某种强迫症一样的整洁，所有的东西用过之后立刻回归原位，房间摆设有条不紊，根本没有她收拾的地方。

陆嫣走到浴室门口，敲敲门：“沈括，你在洗澡啊？”

浴室里，少年沉闷地应了一声。

“那……我等你。”

陆嫣重新坐回桌边，打开了热气腾腾的保温盒，看着香喷喷甜腻腻的红枣糕，咽了咽口水。

浴室里，沈括穿着衣服站在花洒之下，冷冰冰的凉水湿透了他的全身，他紧绷着身子，手也攥成了拳头，皮肤已经被冻麻木，全身的血液都仿佛凝结成了冰。他深邃的目光平视前方，再无波澜。

陆嫣听到浴室门打开，赶紧转身冲他道：“快来快来，来尝尝，我保证你没吃过这么好吃的红枣糕！”

她还没反应过来，沈括已经攥住了她的手，拉扯着她朝卧室走去。

陆嫣感受到他肌肤的冰凉，诧异地顿住脚步：“你怎么……”

保温盒在拉扯间落到了地上，发出一声响，盒子里的两块红枣糕滚落到了地上。

“沈括！”

沈括将她拉到卧室里，扔在了床上，然后用手拉了拉衬衣的领子，覆了上来，吻住了她的唇。

陆嫣不知道他怎么会忽然这样，但是她没有推开他，他全身都是凉的，皮肤仿佛结了冰一样，她情不自禁地抱住了他，用自己的体温给他温暖。

“你好凉啊，你是不是生病……嗯……”

他迷乱地吻着她，把她的话全都吞了进去。

“沈……”

他的手不老实，陆嫣急红了脸，尝试着推开他，可是没能成功。

她已经预感到了接下来可能会发生的事情，可是……现在是大清早，怎么这样，他甚至都不问她的意思。

他有点儿粗暴，陆嫣的下颌都被捏红了，脖颈间印下了不少他的吻。

“疼，沈括！”她苦苦地哀求他，甚至带了哭腔，“你别这样，我……我害怕。”

女孩掉下了眼泪，剧烈地呼吸，身子起伏着。

终于，男生的动作缓缓停了下来，看着怀中女孩瑟瑟发抖的模样，沈括的脑子都炸了。

他在做什么？他疯了吗？

他眼神中的理智慢慢回聚，带着一丝慌乱和无措。

终于，他松开了她，顺手抓起了床柜上的玻璃杯往外一掷，玻璃杯砸在墙上，碎裂满地。

“啪”的一声，女孩的身子也跟着缩在角落，颤抖不已。

她从来没见沈括发过这么大的脾气。

“对不起！”

女孩不敢再停留，穿上拖鞋，匆匆跑出房间，嘴里胡乱地道歉：“对不起对不起！”

虽然不知道为什么，但她只知道道歉，她对不起他，一直都对不起……

她慌乱地抬眸，迎上了沈叔叔的黑白遗照，崩溃地哭着对照片说：“对不起。”

沈括顿了两分钟，猛地跨出房门，一把拉住了女孩，从后面抱住了她，用尽全身的力气将她圈在怀里。他的手轻轻抚上她的唇，阻止了她的道歉。

“是我……是我不好。”他嗓音喑哑，“不要道歉，是我的错。”

他一夜未睡，现在脑子都快炸了。

“我不知道自己在做什么，对不起，我不会伤害你。”

他永远不会伤害她，永远……

就算她隐瞒他一百次一万次，就算她拿刀子杀了他，他都不可以伤害她。

陆嫣的眼泪吧嗒吧嗒地掉了下来，落在他冷冰冰的手背上：“我不会拒绝，只要你跟我讲……讲你想要……我不会拒绝你想做的任何事，但是你刚刚弄疼我了。”

他也吓坏她了，她很委屈。

他用鼻尖轻轻地蹭着她脖颈的肌肤，柔声说："不要怕我，我不要了。"

陆嫣抱着膝盖坐在沙发上，睁着一双湿漉漉的大眼睛，望着沈括。

沈括清理了地上的残迹，捡起了保温盒与红枣糕，问她："这个，还能吃吗？"

"都弄脏了。"陆嫣抢过红枣糕，扔进了垃圾桶里，抓起保温盒便要离开，"你吃空气吧。"

她生起气来也特别可爱。

"沈括，这周，别联系我了，不，这个月，分手一个月！"陆嫣将保温盒放进自行车筐里，推着车气冲冲地离开。

沈括按住了她的自行车，用湿润的抹布仔仔细细地擦拭干净自行车上沾染的泥污，一言未发。

陆嫣看着他弯腰的身影，心里涩涩的。

自行车焕然一新，沈括站在门边，望着她的背影，微微张了张嘴，却什么都没说。

陆嫣故意走得很慢，转角的时候，回头望了他斜侧的身影一眼。

他一直目送着她，还没有离开。

这两天，陆臻和梁庭聚在一间名叫"偶遇"的咖啡厅商量对策。

"时间弄清楚了，两天以后。"陆臻小声说，"昨天她跟我爸说，两天以后要回家乡探亲。"

梁庭点点头："我们另找人选吧。"

"我还认识几个朋友，虽然关系没那么铁，但应该会同意帮忙。"

"你准备跟对方说陆嫣的事吗？"

"当然不能说。"

"不说，人家怎么帮？"

“就说是我另一个远房妹妹。”陆臻烦躁地挠挠头，“真是烦死了。”

落地窗外，叶迦淇走了进来。

梁庭看见他就来气，陆臻当然更是气不打一处来。

“你来干什么？！”

叶迦淇不管他们两个对他怀有多深的敌意，自顾自地坐下来点了一杯咖啡，从容地说道：“我是来帮忙的。”

“没安好心。”

“滚滚滚！”

陆臻拎着他的衣领，想要把他赶出去，叶迦淇摸出一张车票，说道：“春运的车票不好买，就这一张，托关系抢到的，不要就没有了。”

陆臻一把夺过车票看了看，是从北城到A县的硬座车票。

那时候买火车票并不需要身份证，也还没有实名制，所以导致黄牛猖獗，尤其是春运时期，车票经过黄牛的手，价格都要翻好几倍，而且一票难求。

“A县？”

“没错，我托朋友帮忙，查到了施雪娴和她弟弟买的车票是去A县的，两天之后的晚上出发。”

陆臻这几天一直鬼鬼祟祟地想偷施雪娴的车票，奈何施雪娴藏得紧，任凭他使出浑身解数，都没办法拿到，他甚至怀疑施雪娴根本就是把车票随身携带的。

陆臻不知道叶迦淇到底有什么通天的本事，居然搞到了施雪娴的车票信息。

“真的假的，你确定她就是去A县？”

“百分之九十。”叶迦淇相当笃定，“不会错。”

“那还有百分之十呢。”梁庭说道，“机会就只有这一次，如果错过了，就没有了。”

“谁都没有百分之百的把握。”叶迦淇说，“如果你不信我，到时候就只能亲自跟着施雪娴上火车，这样就能有百分百的把握。”

陆臻知道，这种方法根本不可行，且不说没票根本上不了火车，即便到时候现场找黄牛买票，都不一定能买到，风险太高了。

陆臻将火车票揣进包里：“我……我就姑且信你这一次。”

“你们找到合适的人选了吗？”叶迦淇又问。

提到这个，陆臻窝了一肚子的火：“你还好意思说，要找沈括是你说的，把他气走也是你干的，你是不是就看不得我闺女好！你跟她上辈子有仇啊要这样搞她！”

叶迦淇平静地说：“陆臻，说这话没意思，我喜欢陆嫣，自由竞争。”

“什么自由竞争，你这是在挖墙脚！”

“你什么时候才能明白，这件事就算我不捅出来，沈括也迟早会知道，如果他觉得自己的骄傲比陆嫣更重要，陆嫣也没必要喜欢他。”

这话，乍一听有道理，陆臻都快被说服了，但是说服不了梁庭，他冷冷地看着叶迦淇：“你凭什么代替陆嫣做决定，你有什么资格？”

“我只知道，资格是靠自己争取来的，某些人连争取一下都不敢，又有什么资格说我。”

陆臻终于听不下去了：“你们两个能不能别吵了！当务之急是我妹妹好不好！”

他们见面就吵，跟打翻了醋罐子似的。

梁庭冷冷地说：“等这件事结束了，找个时间，单挑。”

“来，谁怕谁。”

几分钟后，陆臻的电话响了起来，他看了一眼屏幕，立刻站起来，喝道：“别吵了！都给我住嘴！”

梁庭和叶迦淇同时望向他，他拿着手机看了半晌，说道：“沈括打来的。”

咖啡厅的落地窗外飘起了纷纷扬扬的鹅毛雪，二十分钟后，沈括带着一身寒气走进了咖啡厅。

陆臻立刻冲他扬了扬手：“这里！”

沈括走过来，陆臻给他让了座，又帮他叫了一杯热咖啡，让他暖暖身子，殷勤得就差把咖啡一勺一勺喂到沈括嘴里了。

“括括，你真的答应帮忙？”

沈括沉默了片刻，对陆臻道：“我没有见过你们家那个后妈，你需要把她的照片给我，还有她的火车票信息。”

“有有，都有，车票我们都给你买了！”

叶迦淇怀疑地望着他："沈括，你真的愿意帮忙？"

沈括用修长漂亮的手指把玩着一枚精致的打火机，淡淡地道："她是陆嫣的小姑，不是吗？"

叶迦淇道："不怪陆嫣瞒着你了？"

"这是我和她之间的事，与你何干？"

"跟他无关！咱不理他。"陆臻现在只差把沈括当龙王爷供奉起来了，只要他愿意帮忙，就一切好说了，陆臻对沈括有种迷之信任，觉得只要是他答应去做的事，就一定能成功。

陆臻摸出打火机，给沈括点烟："兄弟，我妹妹的事，就……交给你了。"

沈括避开，淡淡地道："戒了。"

陆臻知道沈括烟瘾很重，过去通宵写程序的时候，一夜要一盒烟，这会儿居然戒烟了，难怪他拿着烟又不抽，闻味道呢。

"好端端的，戒烟干吗？"

"再不戒，会变臭，"沈括望向陆臻，"整个身体都会臭，从内而外。"

以前一个人的时候无所谓，现在他有女朋友了，就不一样了。

陆臻听得浑身一个哆嗦，立马按灭了手里的烟。

他也不想让他们家瑶瑶捏着鼻子和他接吻啊。

沈括应承了陆臻的请求，起身准备离开，陆臻有些不放心，叫住了他："这件事，你没有别的要问的吗？"

沈括知道，他说的是陆嫣的事。

沈括淡淡地道："先把你妹妹找回来。"

"对对！这才是当务之急。"

叶迦淇看着沈括平静的表情，但他知道，沈括心里并不平静。

第二天，陆嫣就想给沈括打电话，纠结了半晌，还是按捺住了。

凭什么，明明是他不对，凭什么要自己主动？

她拿着手机，烦躁地躺在床上，身体弓成了虾米状，什么都做不了，书也看不进去，索性走到镜子前，开始即兴表演。

"对不起嫣嫣，我真的控制不住自己。"

"不，不可以，你不能这样对我。"陆嫣抱住自己，表情痛苦地说，"你想要，可以跟我说，我会答应你的。”

“不要怕我，我不要了。”

“不理你了，单方面分手！”

她演得正高兴，便看到镜子里面，陆臻叼着牙刷，像看傻子一样看着她，连牙膏沫子都流出来了。

陆嫣抱头尖叫：“你什么时候来的？！你听到了多少？！”

陆臻捧腹大笑，笑得牙膏沫都咽了下去：“从我真的控制不住自己开始……”

他都听到了。

陆嫣冲过去用力地关上门：“不礼貌啊！来了也不吱一声，不知道尊重人家的隐私啊！”

陆臻整个身子卡在门边，笑着说：“你刚刚……抽什么风啊？神经病啊哈哈哈哈！”

“我练习表演不行啊！”陆嫣一个劲儿将他往外推，“睡觉了睡觉了！”

“等等，我有事问你。”陆臻伸手按住了房门，“这两天，你和沈括没怎么样吧？”

“分手了。”陆嫣轻描淡写地说。

“分啥玩意儿？”

“分手了！那个浑蛋。”

“真的假的？”陆臻有点儿不敢相信，看陆嫣这样子，不像真的分手。

当初沈括离开她的时候，她把自己关在房间里睡了一天一夜，醒来就开始暴饮暴食，边吃边哭……那可怜样儿把陆臻给心疼得啊，恨不得把沈括绑过来，让她使劲儿发泄。

真分手了她还能有心情一个人搞怪？多半就是小情侣闹别扭。

沈括既然答应了要帮忙，应该是已经想明白了。陆臻不太担心，揉了揉陆嫣的脑袋：“早点儿睡了，晚安。”

“哼。”陆嫣侧开了头。

刚躺回床上，她便收到了沈括的一条短信：“今晚的月亮也很美。”

陆嫣嘴角勾了起来，不过立刻控制住自己，看了看日历。

今天元宵节，月亮当然美啊！

她走到窗边，托着腮帮子，看着夜幕中那一轮冷冷清清的圆月。

沈括应该和她看着同一轮月亮吧。

她才不想理他呢!

几分钟后，她的手机又嗡嗡振动起来，沈括又发了一条短信过来："你比月亮更美。"

好土的情话！但是她嘴角弯了起来，笑得像个傻子。

夜深了，陆嫣还没睡，躺在被窝里用 mp4 看小说，她习惯了熬夜，早睡反而睡不着。

这时候，她听到楼下有汽车的声音，因为四下寂静，所以汽车声格外清晰。

陆嫣好奇地探头到窗边向外望去，只见施雪娴拎着行李上了一辆出租车。

咦?

她知道施雪娴这两天要回乡走亲戚，但是没想到她会选择深夜离开，鬼鬼祟祟的。

陆嫣觉得有点儿奇怪，翻身爬起来，推开了隔壁陆臻的房门。

陆臻像条狗一样睡在床上，轻微地打着呼噜。陆嫣跳上床，用力地晃了晃他："爸，快醒醒！"

陆臻迷迷糊糊间一巴掌给她拍过去，将她的脑袋按在床边："走开，还早呢。"

"哎，醒醒啊，施雪娴走了！"

"走就走呗。"陆臻喃喃地道，"最好别回来了。"

"不是啊，这都一点了，你说她干吗晚上走啊，好奇怪啊。"

忽然，陆臻猛地睁开了眼睛，一个鲤鱼打挺，弹了起来。

"你说什么！谁走了？！"

"施雪娴啊！鬼鬼祟祟的，上了一辆出租车。"

陆臻慌慌张张地爬起来，穿着红裤衩就往外跑，陆嫣连忙叫住他："喂，你……裤子穿上啊。"

陆臻跑出大门，施雪娴的出租车已经走远了，他抱着头站在马路上，显得无助又崩溃!

叶迦淇那个坑货！他给沈括的火车票是明天晚上九点的，施雪娴现在便离开了，明显火车票是今天晚上的啊！而且她选择夜间鬼鬼祟祟地走，也是不想惊动任何人。

这是唯一的机会，唯一能够找回小妹的机会……陆臻眼看着希望慢慢地远去，陷入了某种绝望的情绪中。

陆嫣跑出来，被陆臻的行为吓到了："你大晚上发什么疯啊！"

陆臻没有回应她，跑到马路中间叫了一辆出租车，回头对她说："回家去睡觉！"

"爸，你去哪儿？！"

出租车已经驶了出去，陆臻顾不得许多，摸出手机给沈括打电话。

他不要关机，一定不要关机……

嘟、嘟、嘟，电话通了。

半分钟之后，沈括疏懒的声音响起来："有病？"

他打电话也不知道看看现在几点。

陆臻急促地说："计划有变，现在……你现在马上收拾东西，去火车站，那女人已经走了！

"不不不，你不要收拾东西了，来不及了，带好身份证就行。"

沈括顿了两秒，挂断了电话。

半小时后，北城火车站，陆臻站在马路对面的二十四小时超市门口，焦虑地摸出了一根烟。

很快，沈括从车上下来。他穿着一件黑色的羽绒服，里面只有一件V领毛衣，外套拉链都没有拉上，头发也有些凌乱。显然，他是刚从床上爬起来。

"走了没？"

"不知道，没法进站，买不到票了。"陆臻拿烟的手不住地颤抖，嗓音也在抖，"黄牛都没票了，没票了已经……"

沈括蹙眉，望向火车站，火车站门口熙熙攘攘地还堵了不少乘客。

他小跑着，跑到检票口问了工作人员，回来说道："去A县的火车在半个小时后出发，现在正在检票，他们还没走。"

陆臻用颤抖的手掏出手机："趁她还没走，报警。"

沈括按住他："报警就等于前功尽弃。"

他们如果咬死了不承认，警察也拿他们没辙，又不可能像古代一样严刑逼供，而且会打草惊蛇，如果他们把陆小妹转移到别的地方，这辈子都别想再找到了。

陆臻急得将手机猛掷了出去：“这也不行那也不行，你说怎么办！现在根本进不了站。”

寒风中，沈括揉了揉鼻子，说道：“只能赌一把了。”

他说完，转身穿过马路，走进火车站旁边一个通宵营业的米粉店，然后从米粉店后门出去，后门是一条幽暗潮湿的小巷，一直通向装有铁丝网的铁轨边。

陆臻跟着他，不解地问：“赌什么啊？”

“赌他们就坐下一趟车。”

赌叶迦淇的情报应该对了一半，他们的目的地就是A县，只是他的时间没那么准。

沈括找到一处被破坏掉的铁丝网，钻了进去，站在铁轨边，皱眉望着远处。

风声呼啸，似有列车朝这边驶来。

陆臻急切地道：“喂，你……你快回来，很危险啊，你站在那里。”

沈括回头望了他一眼，一双眸子宛如化不开的黑夜，他淡淡地道：“陆臻，我不喜欢欠别人，这回我帮你做了这件事，过去的一切就一笔勾销了。”

陆臻急促地呼吸着：“你想干什么？！”

轰隆隆的火车已经驶了过来，自他背后掠过，吹乱了他的头发。

车速渐渐放慢，最终停了下来，沈括径直攀上了列车的车门，敏捷地翻进了一节装载货物的空车厢。

两个男人隔着浓郁的夜色，遥遥对视。

陆臻热血上头，冲沈括大喊：“沈括，帮我找到她！一定要把她带回来！”

很快，火车启动，沈括站在车栏边，夜色中，他渐渐变成了一个模糊的影子。

陆臻听到他最后说的两个字：“放心。”

第六章

我先喜欢你

“这么大的事！你们居然瞒着我！”陆嫣看着客厅里的三个男生，恨铁不成钢地说，“笨蛋，三个蠢货！大蠢货！”

昨晚如果不是她习惯性晚睡，可能就真的让施雪娴离开了，那这辈子就永远错过小姑的线索了！

陆嫣简直不知道该怎么骂这三个笨蛋，陆臻说怕她沉不住气，其实他才是最沉不住气的那个吧！

陆臻愤懑地望向叶迦淇，哼哼道：“闺女骂得对！某个傻子弄来的假情报，害得我们差点儿错失机会！”

叶迦淇无话可说，但还是为自己辩解了一句：“我怎么知道那个施睿才居然买了两趟车的车票，这也太狡猾了。”

梁庭手垫在自己的脑袋下面，悠悠地说：“春运期间，人多，以防万一多买一趟也很正常，主要是某些人本事有限，就不要逞能了。”

叶迦淇冷笑：“我是本事有限，不像某些人，只会马后炮，什么忙都帮不上。”

陆臻已经习惯这两个人日常拌嘴了，伤脑筋地揉揉头：“你俩，出去打一架行不行？”

陆嫣似乎想到了什么，问陆臻：“所以，沈括知道了这件事？”

“嗯……”

“谁说的？”

“呃……”

陆臻和梁庭同时望向了叶迦淇，叶迦淇嘴角抽了抽：“嫣嫣，主要这个事情，还得请沈括帮忙……”

“啊——”

陆嫣直接扑上去，掐住了叶迦淇的脖子，使劲儿地摇晃他：“我恨你！我恨你！”

“嫣嫣，你听我解释，哎……松开，我喘不过气了！”

梁庭眼底流露出解气的神色，看热闹不嫌事大，笑着说：“陆嫣接近沈括是为了帮陆臻，这话，某人至少说了不下三次。”

陆嫣真是杀了叶迦淇的心都有了，死命地掐着他的脖子，掐得他都快翻白眼了。

陆臻连忙过来拉住他闺女：“冷静冷静，虽然这家伙罪该万死，但也不值得咱为他‘铁窗泪’对不对？”

陆臻把陆嫣从叶迦淇身上拉开了，叶迦淇理了理自己的衣领，揉了揉脖子，脸颊绯红：“小丫头越来越暴力了。”

陆嫣联想到前两天沈括的失控，终于想明白了，气愤地看着他：“你为什么要这样做？”

梁庭望着她，沉声说：“你真不知道为什么？”

陆嫣忽然失声，闷闷地转过身去，不理他了。

“所以你们就让沈括去了？”她问陆臻，“他一个人，万一有危险怎么办？”

“他……能应付吧。”

“你对他太笃信了。”

“他可是沈括啊！”

这个世界上，有什么事情是沈括办不到的吗？短短几个月时间，沈括就带着他们拿到了 TXPC 程序设计比赛的冠军，凭借他们做的桌宠程序，以技术入股的方式加入了 AT 科技公司，开始参与公司的日常设计，每个季度拿分红。这些对于几个大学生来说，几乎是不可想象的成就。

但沈括带他们做到了，反正没他做不了的事。

陆臻对沈括有种迷之信任，日常崇拜又坚决不承认。

陆嫣没陆臻的信心，她很担心沈括，但是又不敢贸然给他打电话，害怕影响他。

第三天的早上，沈括终于联系陆臻了，陆臻接到电话的时候正在漱口，看到手机屏幕上跳动着沈括的名字，他差点儿被牙膏泡沫呛死，匆匆忙忙地接了电话："情况怎么样？"

陆嫣见陆臻一个人去了花园，也连忙冲过来，抓着陆臻的手，凑到电话旁边。

"找到了。"

电话那边夹杂着呼呼的风声和时断时续的电流声，听不分明，但那三个字，陆臻听到了。

找到了，他找到她了！

"我妹妹，她还活着吗？"他激动得眼睛都红了。

"活着，情况不错。"沈括嗓音低沉，"她住在这边的农家里，我报警了，但是警方说需要和你的父母取得联系，才能确定她是不是你们家的人，否则也不敢贸然出警营救。"

"好……好，我这就跟我爸妈说。"陆臻眼睛红了，背过身去擦擦眼睛。

陆嫣哑然地张张嘴，这还是生平第一次见自己的父亲掉眼泪。

她踮脚，用柔软的指腹擦掉了他的眼泪："不哭啊。"

陆臻紧攥着电话，抽气说："谢谢，沈括，谢谢你。"

"回来再谢。"沈括道，"村里人对外来人很敏感，我扮成推销小商品的商贩过来，才取得了他们的信任。现在我在这边守着，今明两天之内，警方就会行动，所有花销回来你给我报。"

"报报报，我全给你报，沈括，从今往后，我挣的钱就是你的，我把我自己给你都行！"

"我要你做什么？"

陆臻激动得一把抓过陆嫣的脑袋，夹在腋窝下："我把我最宝贝的闺女给你。"

沈括淡淡一笑："成交，挂了。"

挂掉电话，陆嫣和陆臻两人分头行动，一个联系孟知宁，另一个联系陆简，生拉硬拽地将两人给拽进了咖啡厅的包间里。

孟知宁看到陆简，以为陆臻又要撮合他们俩，转身就要走，陆嫣堵在房门，说道："奶奶，我们是真的有事要告诉你们，关于陆小嫣。"

小姑姑的名字就叫陆小嫣，当初陆臻为了怀念她，给自己闺女取名字叫陆嫣。

孟知宁以为陆嫣又犯病了，皱眉说："嫣嫣，你在讲什么啊？"

陆嫣望向陆臻："爸，你来说吧。"

陆臻点点头，把事情的前因后果全部仔仔细细地讲了出来。

孟知宁和陆简两人听得一头雾水，根本不相信，他们已经不是年轻人了，对于这些怪力乱神的事情，不像年轻人接受得那么快。他们现在还以为陆嫣和陆臻是在合起伙来编故事骗他们。

陆臻知道自己的爸妈不会相信，所以他特意把沈括偷拍到的一张照片拿了出来，递到爸妈面前："你们认认，她是不是小嫣？"

照片里，一个扎着小辫儿的姑娘站在田埂边，手里牵着一只白色的小山羊，眼神有些迷茫。

孟知宁抓起手机，看到照片的第一眼，她的眼睛便红了。

陆简看着照片，又望了望与照片里的人神似的陆嫣，有些傻眼。

"这……这是小嫣！可……怎么会这样，嫣嫣不是在这儿吗？那这个人又是谁？"

陆臻揽住陆嫣的肩膀："我说了啊，她是我闺女。"

孟知宁和陆简像看神经病一样看着陆臻，都不相信他们所说的事。

"你说，她是你未来的女儿？"陆简说，"编这些天方夜谭的事，你……你们是不是当我老糊涂了？"

陆嫣对陆简和孟知宁说："爷爷奶奶，如果你们不相信，我和陆臻可以去做亲子鉴定的，鉴定报告会告诉你们全部的真相，这些你们觉得是天方夜谭的事情，是真实地发生了，但现在真的没时间了！"

"是啊！"陆臻激动地说，"没时间了！我们必须与那边的警方取得联系，证明这个女孩就是小嫣，他们才能出动警力帮忙救人！等我们把人救回来再说别的事，行不行？！"

孟知宁盯着照片看了许久，似乎有些动摇了。

"她、她是怎么走丢的？"

"小嫣根本不是走丢的！"陆臻望了望陆简，说道，"是……施雪娴，她把小嫣卖了。"

孟知宁的手猛地攥紧了咖啡杯："是她！"

陆简也有些不敢相信，反复问道："陆臻，你说这话，有证据吗？"

“爸，等警察把人带回来，你要什么证据都有。”

孟知宁看了看手机里的照片，沉吟了片刻，终于还是决定试着相信他们：“陆臻，需要我们怎么做？”

“我们需要与那边的警方取得联系，提供信息，配合他们的营救计划。”

“好，我们会全力配合。”

陆臻和陆嫣对视一眼，陆臻立刻起身，出去给沈括回信。

一整个下午，孟知宁和陆简取消了各自公司里的所有安排，紧张地坐在客厅里，守着电话，随时随地与警方保持联系。

他们焦躁不安。

经历了四五个小时漫长的等待，终于在晚上八点的时候，警方那边传来消息，说女孩已经被成功解救，包括女孩的养父母在内的犯罪嫌疑人也全被控制住了。

接到消息，全家人都重重地松了一口气。

警方那边接通了电脑的视频，孟知宁和陆简两个人挤在液晶显示屏前面，看着视频里与陆嫣神似的小姑娘，饶是女强人孟知宁，也忍不住泪流满面。

“小嫣，我是妈妈，我是妈妈啊。”

陆小嫣盯着电脑屏幕看了许久许久，忽然眼睛红了，捂着嘴开始哭，情绪很激动。

这样一来，甚至连陆简都有些忍不住，红了眼眶。

“小嫣，我是爸爸，你还记得爸爸吗？”

“爸……妈妈。”

“哎，是，我们是爸爸妈妈啊小嫣，我们接你回家，明天，不，现在，我们现在就接你回家。”

陆嫣和陆臻站在后面，陆臻用力地揽住她的肩膀，也很是激动。

视频里，陆小嫣缓缓地伸出手，指着陆嫣：“她……是谁？”

陆简和孟知宁回头，望着陆嫣，忽然怔住了。

“她……她是……”

虽然相信了他们的话，但他们还是有点儿不能接受陆嫣来自未来这种天方夜谭的事情。

陆臻知道自己的父母消化这些事情还需要时间，他走过来，对着陆小嫣说："妹妹，我是大哥啊。"

"大哥……"

"你还记得我吗？"

"我……我记得啊。"

陆嫣望着陆小嫣的眼睛，有些诧异。她虽然在抹眼泪，可是她的眼神很清晰，是有意识的那种清晰。

警察对陆简和孟知宁说明了情况，陆小嫣三年前被送到了这户深山里的周姓人家，给这家人当女儿，帮这家人做一些农活。

因为陆小嫣的来历特殊，所以这家人也不敢对她过多苛求，更不敢轻易打骂，就当是家里的一只小猫儿一样养着。反正对方给他们的钱，别说养一只小猫儿，就算养一百只小猫儿也够了。但是对方只有一个要求，那就是看住了这个小丫头，千万不能让她跑了。

陆小嫣刚来的那段时间，也是天天闹、天天哭，不过时间久了，便接受了现实。

陆嫣一直以为陆小嫣是先天性智障，其实不是，孟知宁说她是小时候摔坏过脑子，经历了这次拐卖事件的刺激，陆小嫣的神志反而清醒了，不再如过去那般痴傻。

两天后，陆家一家人在火车站接到了陆小嫣。

陆小嫣的年纪比陆嫣要小两岁，因为这几年的风吹日晒，皮肤也变黑了，个子小小的，仅有一米五多一点点，因为营养不良，脸色看着也不太好。

从出站口看到她的那一刹，孟知宁已经热泪盈眶，整个人都快站不住了，幸而陆简扶着她，安慰道："别这样，别哭，让女儿看着更伤心。"

"不哭，我不哭。"孟知宁擦掉了眼泪。

陆嫣也很激动，可是当陆嫣看到沈括带着陆小嫣从通道出口出来，她想牵沈括的手，沈括不经意地将手背到了背后。小丫头紧紧跟在男生身后，防备地看着周围的人。陆嫣嘴角的笑意渐渐淡了下去……

陆简扶着孟知宁，两人迎了上去，抱住了陆小嫣。

孟知宁还是没忍住，失声痛哭起来，不过陆小嫣的反应没那么强烈，相比于情绪激动的父母，她表现得比较淡然。

"爸爸妈妈，我回来了。"

“回来就好，以后就都好了。”

陆嫣看着一家三口的团聚，感觉自己似乎有点儿格格不入。

她虽然也很高兴小姑能够回来，但是她和小姑说到底没有见过面，因此情绪的波动自然不如他们强烈。

陆嫣望了望边上的沈括，沈括自然也正在望着她，漆黑的眸子里透出一丝笑意。

陆嫣走到他面前，有些不自然地问：“有受伤吗？”

“有。”

陆嫣立刻紧张了起来：“哪里？”

沈括拉着她的手，落到了自己心口的位置：“这里。”

以前她没发现，其实这个年代的人，好像都带了点儿琼瑶式的浪漫。譬如她爹，谈起恋爱来，那真是一股子“山无棱，天地合，乃敢与君绝”的气势。

陆嫣抽回了手，想笑，但又竭力忍住：“神经病。”

沈括将手落到她单薄的肩膀上，用力地揽了过来。

陆嫣将脑袋磕在他硬邦邦的胸口处，半推半就地和他抱了一下。

“是我先喜欢你的，陆嫣。”沈括在她耳畔以极低沉的嗓音缓缓地道，“不管你是出于何种目的才认识的我，都跟我没关系，是我先喜欢你的，现在不后悔，以后也不后悔。”

陆嫣嘴角浅浅地抿了起来，侧过脸，却对上陆小嫣漆黑的眼睛，她正在面无表情地望着她。

一接回陆小嫣，陆简和孟知宁便带着小姑娘去医院进行了全面检查，包括身体和心理。

除了有一点营养不良之外，陆小嫣的身体没有任何问题，孟知宁松了一口气。

至于她的脑子，神经科的医生检查之后说陆小嫣的神志已经完全恢复了，她现在有像正常人一样独立思考的能力。

这可把陆简和孟知宁高兴坏了，如果从今以后女儿能像正常人一样生活，那可真是大喜事啊！

施雪娴和施睿才已经被移交给了北城的警方，证据确凿，无可辩驳，等待接受法律的制裁。

施雪娴在牢里哭着喊着要见陆简，不过陆简没有去见她，他看都不想再看这恶毒的女人一眼。

陆小嫣的养父母，那户周姓的村民也被刑事拘留，等待法律的制裁。

那段时间，孟知宁一直住在陆宅，和陆简两人一起陪着陆小嫣。

陆小嫣有时候也会跟他们讲一些自己在村里的事情，从她清晰的谈吐中，孟知宁能看出陆小嫣并没有留下阴影，她在村里的生活虽然艰苦，但是没有被欺负。

这真是不幸中的万幸了，有那么多的女孩被拐卖进村里之后，天知道等待她们的是什么厄运。而关于陆小嫣回来的事情以及陆嫣身份的问题，全家人守口如瓶，谁都没有说。

这是为了保护陆嫣。

如果陆嫣的事情传扬出去，绝对不是好事，所以对外只说收了个干女儿。

陆简和孟知宁也慢慢接受了陆嫣的身份，尤其是看到陆臻对陆嫣如此关照疼爱的样子，竟然真有了当父亲的意思，他们也觉得挺不可思议的。不过总归是好事，不仅女儿找回来了，他们这么年轻居然就成了爷爷奶奶，这真是大喜事。因此，陆简和孟知宁对陆嫣竟然莫名地带了隔辈的疼爱，越来越慈祥了。

陆嫣却感觉到了陆小嫣对她日益增长的不满和敌意。

在陆小嫣回来的那天，陆嫣便主动提议，将自己的房间让出来给陆小嫣，因为这本来就是她的房间，让她搬回原来的房间，更有利于她尽快适应。

陆简和孟知宁当然也没有意见，反正家里房间多得很，而且都是好房间。但是陆臻和他们不一样，这个世界上，任何人都比不上女儿在他心目中的地位。所以关上房门，陆臻有些担忧地对陆嫣说："你要是不想搬也没关系，我去和小嫣说。"

陆嫣有些讶异，没有想到神经粗线条的陆臻居然是家里第一个察觉到她和陆小嫣之间某些不同寻常的人。

"我是懒得爬楼了。"陆嫣耸耸肩，漫不经心地说，"南北向很好啊，原来那间房朝西，下午的时候太阳晒进来，热死了。"

陆臻深深地呼了一口气，手落在她的肩膀上，用力按了按，说道："丫头，有任何委屈和不开心，都可以和我讲。”

“哎哟，你想什么呢，哪有什么委屈，小姑回来我也很开心啊！”

陆臻担忧地看着她：“反正在这个世界上，你和你妈才是我最关心的人，知道吧。”

陆嫣心里很感动，面上装得若无其事：“知道啦，全世界最好的老爸，行了吧？”

“我当然是全世界最好的老爸！”陆臻笑着揉了揉她的脑袋。

他们没有注意到，不远处的阶梯旁，陆小嫣站在转角处，面无表情，手攥紧了衣角。

整个下午，陆臻都在帮陆嫣搬东西、收拾房间。

陆嫣是个超级喜欢买买买的富二代，这是以前的习惯，所以她的房间里囤了许许多多的东西。衣服裙子鞋子就有整整四个衣柜，更别说桌上那些护肤品了。而陆小嫣看着陆臻将陆嫣这些崭新漂亮的裙子一包一包地抱出来，陆嫣在边上指挥他：“小心些，哎，你别这样粗暴啊，给我弄皱了……

“啊，变形了陆臻！你给我揉变形了怎么穿呀？”

“再给你买就是了。”

“喊。”

陆小嫣紧抿着唇，一言不发地看着他们。

凭什么，陆嫣占了她的身份，占了她的地盘，占了她的哥哥和爸妈这么多年，而自己却在那个鸟不生蛋的贫困山村，过着贫苦的生活。

凭什么……

陆嫣察觉到陆小嫣的脸色好像不太好，赶紧将陆臻推下楼，冲她笑了笑，陆小嫣也笑了，不过笑容很僵硬，给人一种阴恻恻的感觉。

这几天，陆嫣总是避着陆小嫣，尽可能地不和她发生冲突。

陆嫣能感觉到陆小嫣对她心有芥蒂，但这不是什么要紧事，反正她就快回学校了。

若是不喜欢，不接触便好了，反正她现在有爸妈，有沈括，她的人生已经很美好了。

至于其他人，她根本不需要太放在心上。

某天晚上吃饭的时候，孟知宁和陆简说到了陆小嫣被拐卖的事情，对于施雪娴，孟知宁表示一定会追究到底。

至于陆小嫣的养父母，也属于共犯，毕竟将陆小嫣关了这么多年，这倒无须他们操心，法律会给予他们最严厉的惩罚。

陆小嫣踌躇了一会儿，忽然说道：“爸，妈，其实周叔和周婶对我挺好的，如果可以，我希望不要追究他们的法律责任。”

此言一出，全家人都愣住了。

没想到陆小嫣竟然会说这样的话，毕竟就算他们待她不错，他们做的事情本身也是罪恶的、是违法的，他们和施雪娴姐弟俩沆瀣一气，将陆小嫣囚禁了好几年！

“小嫣，你、你是认真的吗？”

“是啊，周叔周婶他们不是恶人。”

“他们是不是恶人，警方会有定论。”陆嫣是个直肠子，漫不经心地说道，“他们收了施雪娴的好处，这不是简单的儿童拐卖这么简单，严格说来，他们应该是绑架案的共犯。”

陆小嫣放下了筷子，激动地说：“你凭什么这样讲？！你根本什么都不知道，这一切……都怪你！”

陆嫣不是“圣母”，虽然陆小嫣可怜，但是自己也没有做错任何事，她凭什么这样说，好像她的悲剧都是自己造成的似的。

这段时间，她是真的受不了陆小嫣时不时对自己扫来的那种阴恻恻的眼神了。

“我只知道，他们对你好，也不过是怕你出事，自己担责任罢了。”

“你才是骗子！你这个诈骗犯！”陆小嫣情绪激动，大喊起来，“你抢了我的一切，抢了我的爸爸妈妈！都怪你！”

在某些方面，陆嫣是很强势的，作为被陆臻宠着长大的独生女，她从来不会忍气吞声，更何况这几天她也忍够了。

“你为真正的犯罪分子说话求情，却把一切罪责推到我身上，这很荒唐。”

“本来就是，本来就是你！”

“即便你觉得周姓人家是好人，但是法律不会因为‘你觉得’或者‘你认为’就放过犯罪分子。”

“骗子！骗子骗子骗子！”

陆小嫣的忽然爆发，让全家人都没想到。

“小、小嫣，你不该对嫣嫣这么说话。”孟知宁出言缓和道，“她是、她应该是你的……呃……”

她不知道该怎么说，陆嫣是陆小嫣的侄女？这有点儿荒唐。

这话还是得由陆臻说：“陆小嫣，陆嫣是我的女儿，你是她的长辈，呃……我们都是一家人，希望你不要胡乱错怪她。”

陆小嫣被气得眼睛都红了：“她把你们都抢走了！她是魔鬼！是妖怪！”

“小嫣，你不要这样想啊！”陆简连忙说，“我们还是你的爸爸妈妈，爸妈都很爱你的啊！”

“可是哥哥，哥哥就……就不喜欢我了。”

陆小嫣的眼眶一下子就红了，愤恨地望着陆嫣：“哥哥只喜欢她！我……我讨厌她！你们让她走！让她快走。”

陆简和孟知宁立刻给陆臻使了个眼色，让他快说几句安抚妹妹的话。

陆臻望了望红着眼睛的妹妹，又望了眼一言不发的女儿，沉默了片刻，说道：“她哪里都不会去，这里是我的家，我的家就是她的家。”

晚上，陆小嫣叩响了陆嫣的房门，过来跟她道歉。

陆嫣让她进了屋，她进来之后，眼睛很不听话地在陆嫣的房间里扫视。

陆嫣站在了她的面前，阻隔她的视线。

她真诚地说：“对不起，我不该对你发脾气，妈妈说我的精神状态还不稳定，希望你能原谅我。”

陆嫣并没有把这些事放在心上，漫不经心地说：“没什么，我们是一家人。”

“没错！我们是一家人！”陆小嫣将一个小布偶娃娃送给了她，说道，“这是我亲手缝的，送给你，希望你喜欢。”

陆嫣接过小布偶娃娃，娃娃是用灰布缝制的，捏着像是塞了米，外面用圆珠笔画上了人的五官，布偶的嘴角扯着笑，用红笔涂抹，宛若血盆大口，圆圆的眼珠用黑笔不规则地涂满，模样有些吓人。

陆嫣感觉头皮有些发麻，不过这好歹是小丫头的一番心意，她还是接受了。

“谢谢你。”

陆小嫣很自来熟地坐在了陆嫣松软的大床上，弹了弹，用闲聊的调子对她说：“真神奇啊，你竟然来自未来，还比我小一辈，有时候我看你，就像在照镜子似的。”

陆嫣打量了她一眼，不得不说，她们的确像，五官神似，只是眼睛略有差别。

陆小嫣继承了孟知宁的杏眼，而陆嫣的眼睛和陆臻一样，是桃花眼。因此陆小嫣的眼睛大，而陆嫣的眼睛微微地上挑。

陆嫣坐在陆小嫣身边，好奇地问她：“你是怎么好起来的呢？”

陆小嫣耸耸肩：“不知道，可能是有一次在田埂上玩，磕着脑袋了，后来恢复了半年，思路慢慢清晰起来，自从我醒过来以后，他们对我就挺好的了，可能是见我好起来，觉得我很可爱，真心想把我当女儿吧。”

陆嫣不置一词。

她知道，这个年代重男轻女很严重，尤其是在农村，周家已经有两个女儿和一个儿子了。对于陆小嫣，多半是害怕的成分大于喜欢吧。

小时候她神志不清，倒无所谓，现在醒过来，大概是害怕她将他们的罪行说出来。但因为她来历特殊，所以他们也不敢对她怎么样，只能好吃好喝地养着，让她对他们少一分怨恨。

当然，这也只是陆嫣的猜测，不管怎么说，她经历这次磨难，平安无事，终究是好事。

“对了，你是我哥哥的女儿，那你就是我侄女。”小丫头忽然抓着陆嫣的衣袖，说道，“这样的话……沈括就是你的叔叔啦！”

她提到沈括，陆嫣的心沉了沉，望了她一眼。她眨着圆溜溜的大眼睛，一脸天真无邪。

“我以前，叫过一段时间沈叔叔。”陆嫣说，“后来就不这样叫了，因为我们的年龄差不多。”

至少现在是这样。

陆小嫣忽然说道："以前大家都以为你是我，你冒充了我的身份，这样的话……沈括肯定也以为你是我。"

"所以？"

陆小嫣笑了笑："没有啦，本来你也是代替我存在的，现在我回来了，不知道你会不会忽然又回到你自己的世界呢？毕竟……你本来就不属于这个世界啊。"

陆嫣的脸色沉了下去。

陆小嫣依旧笑靥如花，小丫头年龄不大，眼睛里藏不住心思，她过来与陆嫣和好是假，她时时刻刻都在提醒陆嫣——你是我的代替品，你所拥有的一切都应该属于我。

"幸好沈括找到了我，把我救了出来，我才能再跟爸爸妈妈见面，我还没好好谢他呢！"陆小嫣自顾自地说，"你都不知道，他当时为了救我，简直不要命了，被几十个村民追赶，甚至还被……"

"还被怎么样？"

陆小嫣忽然顿住，见陆嫣脸上溢起担忧的神情，她才笑着说："既然你不知道，那这就是我和他的秘密了。"

看着陆小嫣脸上"胜利者"的表情，陆嫣知道，这家伙是假借道歉之名，反击她来了。

陆嫣站起身，直接将那个布偶娃娃扔进了垃圾桶，然后走到陆小嫣面前，指尖落在她的下颌，轻轻地擦了一下。

"过去，沈括的确以为我是陆臻的妹妹，但是，这跟你本人没有半毛钱关系；同时我还要告诉你，没有我，你这辈子都别想回来，所以，心怀感恩吧。"她说完这句话，直接将陆小嫣推出房间，关上了房门。

她在"敌人"面前强撑着搞了一通硬气的操作，但是一个人的时候，就有些心慌。

那段时间她和沈括还闹着别扭，都没怎么搭理过他。不过这会儿她已经顾不得闹脾气了，立刻给沈括打电话，电话响了很久他才接听，陆嫣直接问他，在村里到底有没有发生危险。

沈括随意地说："有啊，当时救人的时候，被几十个村民放狗追过。"

"受伤了吗？"

“能受什么伤。”沈括的嗓音低沉，不过语气却是轻飘飘的，说道，“我在外面看房了，晚上再说。”

“你要买房子啊？”

“嗯，这一季的分红到了，我准备先买套房子。”

陆嫣的思路立刻被带偏了，她说：“买买买！现在买房子简直不要太合适啊，你要是有多的钱，就多买几套！”

她知道这会儿的房价完全没涨起来，在北城，不到十万就能买一套房了。

当然，这会儿的钱还没贬值，但无论如何，买房投资肯定是大赚特赚的。

沈括笑了笑：“我不投资，买来自己住，将来也有用。”

陆嫣好奇地问：“将来还有什么用啊？”

“你猜。”

陆嫣想了想，猛地一拍大腿：“拆迁对不对！我就知道，将来拆迁的话，可以分到大笔拆迁费，‘拆二代’就这么来的，哇，沈括你简直太有经济头脑……”

“我要娶你。”

陆嫣满脑子人民币，话音未落，沈括却忽然来了这么一句，吓得她手机都快飞出去了。

“你……你说什么？”

电话那端，他轻笑了一声：“我留着拆迁啊。”

“不是，你说的明明不是这句。”

“不然呢？”

“沈括，”她撒起娇来，“你刚刚明明不是这么说的。”

“好了，先挂了。”

“哎……”陆嫣挂掉了电话，撇撇嘴。

他明明说的是要娶她。

傍晚时分，她骑着她的自行车来到沈括家门口。

沈括家的门掩着，不知道家里有没有人，陆嫣在门边望了望，然后走到窗户旁，朝着屋内望去。

房间的光线很暗，陆嫣将手圈在眼眶处，遮住阳光，勉强能够看清屋内的场景。

沈括背对着她，赤着上身，背部肌肉结实，看上去真的帅爆了。

陆嫣情不自禁地发出一声“哇”。

这两年，他的身材真是越发好了。

沈括没注意窗边偷看的小丫头，侧着身，正在弄他的手臂，因为光线和角度的问题，陆嫣不知道他在做什么，直到他稍稍转身，拿起纱布擦拭手臂的时候，陆嫣才看清楚。

他的左手臂有很长一道伤口，伤口经过专业处理，已经用线缝上了，密密麻麻的就像蜈蚣一样，可是因为还没有愈合，显得格外血腥。

陆嫣睁大了眼睛，整个人都蒙了。

沈括上药的时候，嘴里咬着一块布，药粉撒上去，他的身子都跟着颤了颤。

陆嫣感觉心脏像被钝锥子给猛刺了一下。

沈括忍着疼，重新包扎上手臂，侧过身，陆嫣连忙靠墙蹲了下来，缩在了角落里。

这么严重的伤，他居然还装得若无其事，瞒着她。而且他居然还成功了，她完完全全没有察觉到……天知道，他有多疼。

不远处，一个流鼻涕的胖嘟嘟的小男孩抱着皮球，不明所以地望着陆嫣。

陆嫣急促地呼吸着，眼泪止不住地掉下来。她用手捂着嘴，生怕发出一点儿声音，心好疼，疼得快要窒息了。

就在这时，她的手机在包里发出嗡嗡的振动声。

陆嫣连忙跑出去，手忙脚乱地从包里摸出手机，结果包里的口红、纸巾等全都掉了出来。

远处，小男孩越发不解地望着她。

电话正好是沈括打过来的，陆嫣咬了咬手背，稳住气息，接了电话。

“沈括。”

“在干什么？”

他的气息也有些沉，兴许是因为刚刚的疼痛未消。

“我在……家里。”陆嫣一边接电话，一边将地上的物品装进包里，“有事吗？”

“没事。”他的嗓音极有磁性，“没事，就是想听听你的声音。”

人在病痛的时候，总是格外脆弱。

“听我的声音做什么呀？”

“不知道，想听你说说话。”

陆嫣捂着嘴，勉力控制着气息，说道：“说什么呀？”

“说陆嫣很喜欢沈括，这辈子都不会离开他。”

“陆嫣……陆嫣很喜欢沈括，这辈子都不会离开他。”

沈括调子扬了扬，似乎有些惊讶：“今天这么乖？”

以前他让她说点儿肉麻的话，那简直比杀了她还让她难受。

“你还想听什么，我都说给你听。”陆嫣站起身，靠在了爬满绿藤的墙边。

沈括沉默了很久，问道：“你不在家，你到底在哪里？”

“我……在家啊。”

“是吗？”

“那我挂了啊沈括。”陆嫣说完连忙挂掉电话，怕自己再说下去，会真的忍不住大哭起来。

这么多天，沈括瞒着她，怕她难受，怕她心疼，她自然也不愿意拆穿他。她什么都做不了，只会哭，一点儿用都没有。

待到女孩哭哭啼啼地离开以后，沈括从门里走出来，来到青石板小路边。

耳边传来对门那个胖胖的小男孩和妈妈说话的声音：“那个姐姐哭得好惨啊。”

沈括艰难地弯腰捡起了女孩遗落的那枚口红，眸子里涌起了暗流。

傻姑娘。

晚上约莫十点，陆嫣接到沈括的电话，让她下楼。她穿好了衣服，又拿起粉饼往脸上一顿狂扑，遮住有些红肿的眼睛。然而事实证明，晚上扑粉绝对是很傻的行为，站在路灯下的她，简直像个勾魂索命的白无常。

沈括从夜色里走过来，一双眸子掩在他挺阔的眉峰之下，格外深邃。他单手推着她的粉色自行车。

陆嫣愣了愣，才想起她今天下午是骑车去的，她落荒而逃的时候，居然把自行车忘在了沈括家门口。

她真是笨啊！陆嫣真恨不得锤死自己。

沈括推着车走到她面前，伸手抬了抬她的下颌，漫不经心地说了声：“你这个妆太吓人了，离远了看，像个女鬼。”

陆嫣闷闷地说：“那靠近了看呢？”

沈括嘴角扬了扬：“靠近了看，是漂亮的女鬼。”

他在故意逗陆嫣开心，但是陆嫣一点儿也笑不出来，她走到他身边，摸了摸他的袖子，像羽毛一样轻飘飘的。

“早知道，就不叫你去了。”她攥了攥袖子，低垂的眼眸里满是心疼。

沈括有点儿无奈，对她说：“皮外伤而已。”

“这是在手臂上，要是换别的地方……要是你出什么事，我会受不了的。”

陆嫣嗓音低哑，似乎在压抑着强烈的情绪：“任何人都不值得你拼命，任何人都不值得……”

沈括单手抱住她的背，轻轻拍了拍：“你值得。”

他做的一切，都是为了她。

陆嫣咬紧了下唇：“以后我会好好保护你，沈括。”

沈括淡淡地笑了笑：“好。”

“对了，”他从兜里摸出陆嫣的口红，“总是丢三落四。”

陆嫣脸颊微微泛红，不好意思地伸手去接，沈括没让她拿到，他打开口红盖，然后将膏体拧出来，目光无比柔和：“我很喜欢这个颜色。”

“嗯？”

他将口红凑近了她漂亮的樱桃唇，小心翼翼地替她涂上一抹嫣红。他的呼吸很轻，眼神清澈而干净。陆嫣盯着他凑近的英俊五官，感觉心都快化了。

“你……你会涂吗？”

“会。”

“嗯？”陆嫣还没有反应过来，沈括压着她的后脑勺，已经吻了上去。

陆嫣感觉到他冰凉的唇碾压着她的，舌尖将她唇上的嫣红一点点舔舐殆尽，极尽缠绵。

陆嫣终于笑了：“好吃啊？”

“嗯。”他轻轻咬了咬她的下唇，“好吃，还要。”

创业并不是一件容易的事情，陆嫣陪着沈括这一路走来，见证了他每一天的努力和汗水，才明白他未来所拥有的一切，都是实至名归。

没有人能随随便便成功，即便这是个时势造英雄的年代，绝大部分人也还是默默无闻的普通人。英雄都是一路刀山火海过来的。

有一次，陆嫣撒娇打滚、生拉硬拽地将沈括拉到商业中心，准备给他买衣服。

今时不同往日，沈括和陆臻他们在创业，有些场合总是要有几件穿得出去的衣服。

陆臻倒是不用担心，陆简早就给他量身定制了好几套高档西服，梁庭和叶迦淇更不用说，都是公子哥儿，从来不缺这些。

绝大部分的场合，沈括穿的都是陆臻的西服，陆臻很讲义气，最好的衣服都是给他穿。

虽然两人身高差不多，不过他和陆臻的身材多少还是有些不同。

陆嫣和简瑶总叫陆臻傻大个，他蜂腰熊背，个子高，看着就很壮。和他相比，沈括的体态则显得修长许多，肌肉非常匀称，斯文而矜持。所以两个人站在一起的时候，陆臻不止一次被当成是沈括的保镖。

沈括穿陆臻的西服，显得宽松，所以作为女朋友的陆嫣，便尽职尽责地拉着他出去买衣服。

从高端定制的西服店出来之后，陆嫣又拉着沈括去逛男装店。

沈括没用什么力气，任由陆嫣拉着，进了男装店。

店里的客人还挺多，服务员忙不过来，于是陆嫣帮他选了几套衣服，在他身上比了比，通通一股脑塞进他怀里，二话不说地将他推到更衣室前。

沈括打着哈欠进了更衣室，陆嫣拿出手机和简瑶聊天，有两家公司想要签她，她让陆嫣帮忙参考。

陆嫣当然毫不犹豫地选了最有发展潜力的星娱传媒。

“星娱去年才成立，资源方面比较有限，比起另一家公司，好像优势并不大啊。”

“就选星娱传媒！”陆嫣非常坚定地说，“虽然现在星娱传媒看着并不起眼，但绝对有发展潜力！”

“真的假的？”

“相信我啊，我不会坑你的。”

虽然现在星娱传媒还只是一家刚刚起步的小公司，但在陆嫣的时代，星娱传媒几乎占据了娱乐圈半壁江山，绝对有发展潜力。

“好吧，信你一次，那就星娱了。”

陆嫣嘴角微扬，放下手机，发现沈括居然还没有出来。

他进去换衣服都有十五分钟了吧，还没换好呢？

陆嫣起身来到更衣室门口，轻轻唤了声：“沈括？”

无人回应。

她又给他打电话，电话是通了，手机也响了，但是无人接听。

陆嫣循着电话铃声来到更衣室的隔间，轻轻撩开帘子。

少年坐在更衣室隔间的椅子上，衣服半搭在他的身上，脑袋靠着墙壁，眼睛闭着，竟然睡着了。

陆嫣连忙挂掉了电话。这么大的手机铃声都没把他弄醒，不知道他究竟睡得有多沉。

陆嫣坐在沈括身旁，将他的脑袋轻轻地挪到了自己的肩膀上，让他睡得更舒服一些。他一定累坏了。

陆嫣坐直了身子，撑着他沉甸甸的脑袋，偏头在他的额间落下一记浅吻。

不久之后，一场高端的软件发布会将在S市召开，沈括和陆臻他们将在这场发布会上展示他们的最新成果。

陆嫣知道这场发布会是沈括事业的起点，也是他人生的转折点。无论如何，陆嫣都不会错过这场发布会。

陆臻见自家闺女对发布会有兴趣，索性把简瑶也叫上了。

只是没承想，出发前两天，他接到了陆小嫣的电话，说正好快放暑假了，想过来看哥哥的发布会。

陆简也说，如果他要去旅游，就把妹妹也带上，多出去散散心，对她有好处。

“不是旅游啊，是忙工作上的事。”

“都一样，你妹妹在家里也很无聊，出去散散心正好。”

无可奈何，陆臻和梁庭两人在机场接到了陆小嫣，带她参观Q大，陆小嫣对校园风景似乎并不感兴趣，直到在计算机系大楼前见到沈括，才兴奋地跑过去，张开双臂就要抱他，结果被陆臻一把拎住了衣领。

“来来来，见见，这是你侄女婿。”陆臻拎着陆小嫣来到沈括面前，说道，“沈括，来叫姑姑。”

陆小嫣很不服气地咕哝道：“搞笑，沈括明明是你兄弟，干吗要叫我姑姑。”

陆臻伸手揽着沈括，笑着说：“你问问他，他叫我什么？”

陆小嫣望向沈括，沈括面无表情地喊了声：“爸爸。”

火车上，陆臻和沈括坐同排，简瑶和陆嫣坐在一起。

简瑶回头望了望陆小嫣，低声问陆嫣：“她谁啊？”

“陆臻的另一个妹妹。”

简瑶还不知道陆嫣的身份，所以陆嫣只能这样跟她解释：“前些年走丢了，最近才找回来，多亏沈括帮忙。”

她将事情的经过粗略地对简瑶讲述了一遍，省略了部分内容。

简瑶耸耸肩：“难怪呢，我就说，她那么盯着沈括，你都不吃醋啊？”

陆嫣耸耸肩，云淡风轻地道：“就一小丫头。”

简瑶提醒：“是跟你长得很像的小丫头。”

陆嫣笑了：“那又怎么样？”

“你还真不担心啊。”

“担心这些虚无缥缈的事情，我还不如睡觉呢。”陆嫣说着闭上了眼睛靠在她的肩膀上，“她才认识沈括几天啊，都不了解他，也就是见他帅，一时兴起罢了。”

“行吧行吧，你心大。”

“不是心大……”

沈括说过，她是他的唯一。

什么是唯一，无可替代，非你不可。

他用了一生的时间去践行诺言。

列车启动以后，陆小嫣从书包里摸出了一本数学试卷，跑到沈括面前，直接坐在了他和陆臻中间，把陆臻一半的屁股都挤了出去。

“沈括哥，我有一道数学题不会做，听说你数学好，帮我看看行吗？”

沈括把视线从窗外收回来，眉心微微皱了皱：“我现在很累，问你哥。”

陆小嫣撇撇嘴，说道：“我哥成绩那么差，他才不会呢，你就帮我看看嘛！”

沈括抬眼望了望陆嫣，她倒在简瑶的肩膀上，似乎已经睡熟了。

“我很累，问别人吧。”他说完，目光依旧望向窗外，不理她了。

陆小嫣眼睛都红了，这是她第一次被拒绝，心里难受极了：“明明……明明在A县的时候，你不是这样的。”

那时候，为了救她，他还被村民的刀子划伤了。

她死死地咬着下唇，眼泪在眼眶里打转：“回来你就变了。”

旁边的陆臻装睡都装不下去了，伸手推了推陆小嫣的脑袋，懒洋洋地说：“他从始至终都是这死样子，从来没变过。”

“才不是！”

“你这丫头，怎么这么倔呢，我都说了他是你侄女婿，你怎么就听不懂？”

陆小嫣情绪又激动起来：“什么侄女婿，才不是呢！”

沈括再次从窗外收回视线，望向陆小嫣，面无表情地道：“我所做的一切都是为了陆嫣，所以希望你不要再误解下去。另外，我不会给你讲题，也不会再和你说一句话，如果陆嫣不高兴，我会很不高兴。”他加重了那个“很”字。

陆小嫣终于绷不住，眼泪唰地流了下来。当着这么多人的面被拒绝，真的太丢人了。

这时，坐在叶迦淇身边的梁庭忽然站起身，对陆小嫣说道：“叶迦淇成绩也不错，你们俩小时候不是好朋友吗？让他给你讲题，保准能考清华北大。”他说完，也不管陆小嫣愿不愿意，拽着她来到叶迦淇的座位边，按着她坐下来。

叶迦淇本来在打瞌睡，闻言，睁开了眼睛，懒懒地打了个哈欠，接过了陆小嫣的试卷：“哪道题？”

陆小嫣指了指试卷上的题目：“这个。”

“笔给我。”

叶迦淇耐心地把试卷上陆小嫣做错的地方，详细地讲了一遍。

梁庭坐到了陆小嫣的位置上，远远地看着他们。

叶迦淇虽然讨厌，但是不得不说，他对陆小嫣还是非常好的，或许是因为他们从小就是好朋友，也可能是因为陆小嫣的容貌酷似陆嫣。

叶迦淇时不时地望向她，表情有点儿微妙。而这些全部落在了梁庭的眼里，心里渐渐有了一些自私的想法。

陆小嫣在沈括那里碰了钉子之后，叶迦淇温柔的态度让她瞬间就有了强烈的对比。

讲完了题目之后，两个人就开始聊天了，陆小嫣对他讲了这几年的经历，叶迦淇听着也是唏嘘不已，不过好在她现在好了起来，能像正常人一样生活，所以说，世事难料，有失必有得。

火车到站之前，陆小嫣就一直坐在叶迦淇身边，和他聊天，再也不搭理沈括了。

火车到站之后，一行人直接打车去了酒店，房间早就订好了，陆臻预订的，他和沈括一间，简瑶、陆嫣和妹妹一间，叶迦淇和梁庭一间。

其实陆臻更想和简瑶住一间，可是没办法，这样的安排势必会剩下陆嫣和沈括。

作为父亲，他绝对不能把自家闺女拱手让出去，哪怕他们在谈恋爱，也不行！

房间里，陆小嫣收拾着自己的东西，动作很大，像在发泄情绪，看得出来，她相当不高兴。

陆嫣知道她心里窝着火气，嘴角扬了扬，故意大声对简瑶道：“亲爱的，待会儿我们去唱歌啊。”

“好啊。”

陆小嫣闻言，望了她们一眼，心里痒痒的，不过她还是什么都没说。

陆嫣冲简瑶努努嘴，简瑶明白了她的意思，笑着说：“听说S城十里洋场，夜生活丰富得很呢，待会儿我们去见识见识。”

“陆臻知道了肯定不同意。”

“不告诉他，等他们睡着之后，咱们再去。”

陆嫣故意对陆小嫣道：“丫头，你可别告密啊。”

陆小嫣连忙站起身："我要告诉我哥，你俩偷溜出去玩！"

简瑶立刻堵住门，拦住了陆小嫣，为难地说："这可怎么办？有这小丫头在，咱们不能出去了。"

陆嫣问她："要怎么样你才不会说出去呢？"

陆小嫣踌躇了半晌，想要出去玩的想法终于战胜了一切，她在农村待了这么多年，早就想出去见识见识花花世界了，奈何孟知宁和陆简太忙，根本没时间陪她。

她表情有些不自然："除、除非你们带我一块儿玩。"

陆嫣和简瑶笑着对视了一眼，陆嫣说："不过，某人这么讨厌我，还要把我赶走，一起玩，应该也会不开心吧。"

陆小嫣跟陆臻一样，性子单纯，什么情绪都是挂在脸上的，这样的人心里不藏事。

她连忙说："那……那我不讨厌你了。"

陆嫣笑了起来："行吧。"

那天晚上，三个女孩偷偷溜出去，找了个格调幽雅的小酒吧，简瑶拿了她的吉他上台唱歌，姑侄两人则坐在台下听她唱歌。

从酒吧出来之后，几人又去大排档吃烧烤，简瑶和陆嫣都是爱热闹的人，很会玩。这一晚的陆小嫣，简直开心得快要飞上天了。

她这才发现，身边有个类似姐妹的同龄女孩是一件多么幸福的事情，比起这个，什么男孩什么宠爱，全都是浮云，自己开心才是最重要的……

陆嫣拍着小丫头的肩膀，说道："这几年先好好念书，把缺失的功课补起来，我给你留意着，这世界上最不缺的就是男孩子，到时候我给你找个更好的！"

"那就一言为定了。"

本来她认识沈括也没几天，他都说了那样绝情的话了，她自然不会再死缠烂打。

陆小嫣被简瑶灌了几杯果酒，脑子有点儿不清楚，抓着陆嫣的衣领道："沈括喜欢你，叶迦淇喜欢你，连梁庭哥都喜欢你，你到底是什么魔鬼啊？"

"她就是魔鬼，男女老少通杀的那种。"简瑶说，"要是她和你哥同时掉河里，我肯定救她。"

陆小嫣嘻嘻笑起来："还真是狐狸精呀！"

“没错，你看她这双桃花眼，就是狐狸精转世。”

陆嫣嘴角咧了咧，揉揉陆小嫣的脑袋：“你都从哪里听来的？”

叶迦淇和沈括她认，梁庭怎么可能喜欢她。

陆小嫣煞有介事地说：“下午叶迦淇说的啊，他说梁庭喜欢你很多年了。”

“啪”的一声，陆嫣手里的杯子掉在地上，摔碎了。

房间里，叶迦淇洗完澡出来，梁庭正坐在电脑前噼里啪啦地写代码，叶迦淇戳了戳他的背：“别以为我不知道你在打什么主意，想把陆小嫣塞给我，一箭双雕？”

梁庭侧过身：“别碰我。”

叶迦淇躺到床上，笑了一声：“你还真够伟大的啊，还能瞒多久？”

梁庭没理他。

叶迦淇优哉游哉地说：“我偏不让你如愿。”

梁庭回头望了他一眼，脸上浮起一丝疑虑：“什么意思？”

“没什么意思。”

晚上，陆嫣和简瑶架着陆小嫣回了房间，经过走廊的时候特意放轻了脚步，生怕吵醒了隔壁的男生们。不过她刚打开房间门，就收到了沈括的短信：“回来了？”

陆嫣立刻探出头望了望走廊，走廊里空无一人，她回短信道：“这么晚了，你还没睡呢！”

沈括：“在做最后的程序完善，顺便等你回来。”

“你怎么知道我溜出去了呀？”

“来S城，你能乖乖地待在房间里？”尤其她还跟着她那位完全不让人省心的妈。

陆嫣看着短信，嘴角抿起笑意，他还真是了解她啊。

她走到阳台上，正好隔壁房间的沈括也走了出来，隔着深邃的夜色，两个人遥遥对视着，都没有说话。

发布会进行得相当顺利，陆嫣看着年轻的男孩们西装革履地站在展台前，向有实力的资本方展示他们的设计。

沈括比较淡定，陆臻和叶迦淇他们就有些紧张了。

她恍然看到了他们二十年后的样子，只是这个时候的他们相对来说还比较青涩，二十年后的他们都拥有了自己的事业，应对这样的场面自然是从容不迫、镇定自如。

时光如水，静静地流淌着，陆嫣何其有幸，能够参与她生命中最重要的两个人的年少时光，见证他们的努力与荣耀。

而那几天，陆嫣和梁庭的交流明显不如过去那般自然，梁庭心思敏锐，察觉到了女孩伪装淡定背后的紧张。他心里大概有数了。

回去的火车上，狭窄的过道边，陆嫣拿着水杯接了热水，正好遇到梁庭走过来，她心里一慌，对他点点头，胡乱盖上了瓶盖。

梁庭默不作声地接过了她的保温杯，拧紧了瓶盖，然后递给她。

“谢谢。”陆嫣小声说了这两个字，拔腿开溜。

梁庭叫住了她，面无表情地问：“小嫣，是不是叶迦淇对你说了什么？”

陆嫣的脚步顿住，全身僵硬，都不敢回头看他：“不……不是，没……”她结结巴巴的，连话都说不清楚了，好尴尬，如果是叶迦淇，她可以毫不犹豫地拒绝甚至再也不理他。

可是梁庭，她做不到，他一直都对她很好很好，不管是高中还是大学，他真的就像长辈一样照顾她，是好到让她一想到都会觉得愧疚的那种……被人喜欢，本就是一件亏欠的事情啊。

看小丫头这反应，梁庭明白，她什么都知道了。

“陆嫣，我们聊聊吧。”他说完，径直朝着车厢尽头的方向走去。

陆嫣攥紧了自己的衣角，迈着机械的步子跟了上去。

车厢连接处没有人，梁庭站定之后回头望了她一眼，陆嫣连忙说：“梁庭叔，对不起。”

“这有什么对不起的。”梁庭云淡风轻地笑了一下，“不必道歉，你没有做错任何事。”

你只是不喜欢我罢了。

陆嫣知道自己没有做错事，但她还是觉得愧疚，为自己过去心安理得地享受他对她的所有关心，她是真的把他当成叔叔一样，哪怕他们现在年龄相仿。

“我知道你心有所属，我最近也在好好控制自己的感情，让自己慢慢走出来，但这不是容易的事，我觉得有些事情，还是应该说给你听，否则我迈不过自己心里的这道坎，你耐心听我讲，不要觉得讨厌，行吗？”

陆嫣用力地点了点头。

“喜欢一个人，是很卑微的一件事，怕你知道，又怕你不知道。”他望着窗外的景色，淡淡地道，“看见你笑，我也会笑，看见你哭，我会心碎，我希望你和他好好的，又不想你们好好的。总之，无论怎么样，都是意难平。”

陆嫣眼睛都红了，低着头，不知道该说什么，满心愧疚，也很难过。

怕他知道，又怕他不知道，她也体会过这样的感情啊！

“小嫣，你很好，在我心里……你是最好的那个，甚至有时候我都在想，就以叔叔的身份陪在你身边，远远地看着你，我这一生都会觉得满足，我甚至可以终身不娶。”

陆嫣连忙摇头：“不，不可以。”

梁庭轻笑了一下：“是啊，这些都是很幼稚的想法，或许……过几年之后，我再回想起现在的心境，也会云淡风轻地付之一笑。”

“梁庭叔，你这么好，是我不好……”

梁庭温柔地望着她，无可奈何地道：“我还是把你弄哭了。”他微微抬手，想给她擦掉眼泪，但手伸到一半，还是收了回来。

“喜欢一个人没有错，不喜欢一个人也没有错，小嫣。”他嗓音有些苦涩，“你若是对我愧疚，这比杀了我还让我难过，知道吗？”

陆嫣用力地摇摇头：“不，我不愧疚了，谢谢你，梁庭，谢谢你喜欢我。”

梁庭浅浅地抿了抿嘴角：“我要说的，都说完了，回去吧，别让他们看出来。”

陆嫣连忙擦掉眼泪，转身慢慢地朝着座位走去。

身后，叶迦淇将手里的烟头弹出窗外，讥笑说：“好感人，我表白的时候，她都没哭。”

梁庭回身睨了他一眼：“浑蛋。”

“你才知道。”

梁庭不想和他多废话，转身要走。叶迦淇忽然开口道：“陆嫣本来就不属于这个世界，你有没有想过，如果陆臻和简瑶真的生下另一个陆嫣，现在的她会去哪里？”

梁庭的脚步忽然顿住，他说了声：“荒谬……”

叶迦淇淡淡地扬了扬嘴角：“是荒谬还是你不愿意面对，这本来就是一个悖论，世界上不可能有两个陆嫣同时存在，她迟早会离开。”

梁庭转过身，望向他：“所以这跟你有什么关系？”

“我得不到的，你也得不到，沈括当然也得不到。”叶迦淇笑意更深，“想到这个，我就释怀了。”

尽管现在签约了唱片公司，但简瑶还是喜欢去酒吧唱歌，她喜欢那里轻松自由的氛围，喜欢所有人都被她的歌声吸引、放下手里的一切，专注地听她唱歌的那种感觉。

陆臻时常说，简瑶这样自由自在的性格，很不适合娱乐圈。

简瑶签约公司才不过短短半年时间，细数起来，大大小小的不知道违规了多少回。

头一条就是尽量不要轻易抛头露面出去唱歌，简瑶压根儿做不到，她朋友多，经常会呼朋引伴地去酒吧里唱歌。

也是难得，她个性有点儿偏向于男孩子，大大咧咧不拘小节，所以有很多朋友。

简瑶的生活似乎从来不缺热闹，她个人风格太强烈了，永远自带光芒，她所站的地方，就一定是人们的关注点。所以纵使她性格叛逆、张扬恣肆，她的公司也仍旧坚持要签她，并且总是无条件地包容她的各种违规，包容她所有的率性妄为。

他们笃定地认为她一定会火。

简瑶的第一张单曲唱片是在她大三的时候发布的，一经发布，就引发了一阵销售狂潮。

整张唱片带有一种放肆不羁的风格，就连唱片封面上她的照片都是放大的黑白照，只有唇部是一抹嫣红，狂风吹乱了头发，她下颌微抬，带着一点儿嚣张狂妄的气质，睥睨着所有人。

这个时候的娱乐圈还是以甜美可爱俏皮风为主流，简瑶的画风如此特立独行，一露面便引起了所有人的注意。

她的声音更是独特，淡淡的烟嗓，唱出来的歌也有一点儿慵懒叛逆的气息。

那个夏天，简瑶火了。

正如她的公司所预料的那样，简瑶蹿红的速度如此迅猛，几乎可以称为一鸣惊人。

然而成为明星的简瑶并没有如大家所期望的那样，变得收敛，言行规矩。她依然故我，依旧任性，做喜欢的事情，说想说的话，真真实实、热热闹闹地活着。

陆嫣知道自己的母亲生前是明星，而且是 superstar（超级明星）。

小时候很不懂事，她总是拿着妈妈的照片向周围的小朋友炫耀，说我妈妈是大明星。

小朋友都很羡慕陆嫣有一个明星妈妈，直到某天，幼儿园的一个女同学对陆嫣说："虽然你有个明星妈妈，可是你妈妈不在你身边啊，你就是个没有妈妈的小孩，我们才不羡慕你呢！"

陆嫣拿着妈妈照片的手蓦然攥紧了……

虽然她是明星，可她不在自己身边，她离开了，而且永远不会回来。

小时候的很多事情，陆嫣已经忘记了。唯有那件事，她记得清清楚楚，甚至那时候小朋友脸上各异的神情，她现在都能清晰地回想起来……

那时候的简瑶真的就像烟花一样，在夜空中热烈地绽开，然后转瞬即逝，无声消亡……

过去父亲对于简瑶的死因绝口不提，从不告诉陆嫣原因，可她的母亲毕竟是公众人物，所以外界也有不少猜测，说法不一。

有人说她是因为性格极端，自杀了；也有人说她是生病了，在医院病死的……

那时候的网络并不发达，很多消息是来自娱乐小报，出事之后，陆臻动用了一切关系和势力，封锁了关于简瑶死亡原因的消息，杜绝人们的无端猜测……这也是他最后能为她做的事情了。

对于小时候听到的这两种说法，陆嫣感觉好像都不太可能，首先，简瑶的身体一直很健康，不存在任何疾病或者隐患；至于自杀，好像更不可能。

简瑶这样明朗的性子，怎么可能自杀呢？而且还是抛下嗷嗷待哺的孩子，抛下初为人父的陆臻，离开这个世界……

陆嫣揉着脑袋，快要烦死了！

眼看着日子一天天地过去，简瑶和陆臻也已经从谈恋爱慢慢到同居，陆臻临近毕业已经开始工作，并且小有成就，两人马上就要谈婚论嫁了。

她必须马上找到简瑶死亡的原因。

只有找到死亡原因，才有可能防范。这次回来，无论如何，她都必须守住母亲的生命。

陆嫣大三那年的寒假，和沈括两人回了北城。

简瑶因为工作太过繁忙，因此没有时间回家，对于现在已经小有名气的她而言，已经不存在什么寒暑假了，她的工作日程表已经排得满满当当。

傍晚时分，陆嫣和沈括提着水果和礼物，去了北城南边靠近郊区的一个小四合院。

这里是简瑶的家。

她叩响了简瑶家的大门，很快，一个瘦削的中年男人打开了房门。

陆嫣当然认得他，他就是她的外公——简宏良。

陆嫣只在很小的时候见过简宏良几面，陆臻不喜她与外公见面，因为外公是个赌徒，嗜赌如命，同时也是个酒鬼，一天中绝大部分时候，他是在醉生梦死中度过的。

简瑶说过，她的父亲待她不好，他喜欢喝酒，喝醉之后，对她动辄打骂。因此，陆臻对这个岳丈从来没有好脸色，更不可能让他接触到陆嫣。

骤然见到简宏良，陆嫣感觉很陌生。

简宏良此刻似乎是清醒的，但是门一打开，浓郁的酒精气味便扑鼻而来了。

“你们找谁？”

陆嫣礼貌地对他说：“我是简瑶的好朋友，她今年寒假不能回来，所以托我来看看伯父。”

简宏良皱皱眉头：“她能有这么好心，还记得我？”

他目光下移，看到陆嫣手里提的礼盒与水果，脸色稍稍和缓了一些。

伸手不打笑脸人，人家好心好意地上门送礼，简宏良也不可能把人家拒之门外。他揉揉鼻子，说道："进来吧。"

陆嫣和沈括走进了屋，屋里陈设简单，家具家电都是多年前的老款式了，一直没有换，茶几上摆着几瓶"二锅头"，有的瓶子已经空了，横倒在桌边。

窗子紧闭着，屋里有浓郁的酒味，看得出来，简宏良是宿醉刚醒。

在他进厨房倒水的时候，沈括拉住陆嫣的衣袖，小声问："你在做什么？"

"嘘，别说话。"

沈括还没来得及再开口，简宏良已经端着两个装了冷水的玻璃杯走了出来，搁桌上，说道："随便坐。"

陆嫣扯扯沈括的衣角，示意他先别说话，两人坐在了椅子上。

"我那女儿，早就不认我当父亲了。"简宏良冷嘲道，"她现在当了大明星，更是不把我放在眼里了。"

陆嫣说："伯伯，您和简瑶的关系很不好吗？"

"哼，自从她那个疯妈死了以后，她对我就没有过好脸色，现在长大了，更是翅膀硬了，早就不认我这个爹了。你们喝水。"

简宏良将水杯递到两人面前，执意让他们喝水。

沈括拿起杯子，立刻便放下了，一阵反胃。

水杯看上去很旧，不知道多久没有使用过了，很脏。

陆嫣拿起水杯，也是顿了一下，然后将杯子里的水一饮而尽。

沈括愣住，缓缓吞了口唾沫，有点儿不敢相信。

她太拼了。

虽然沈括的家境也不好，但家里好歹一直保持干净整洁，杯碗也都是干干净净的，他是个相当爱干净的男孩子，所以一进屋便有些受不了这屋里的邋遢和肮脏。

陆嫣知道他是嫌杯子脏，的确是真的脏，脏得陆嫣都不想多看一眼。但是她既然来了这里，肯定要先取得简宏良的信任和好感，才能问出她想知道的信息。

"好渴啊，你不喝给我喝。"说完她径直夺过了沈括的水杯，闭着眼睛仰头一饮而尽。

简宏良脸上总算挂了点儿笑，也没有那么防备了，轻松地和陆嫣聊起了家常：“简瑶在学校过得还好吧？有没有人欺负她啊？”

“一切都好，她也时常惦记伯父您呢。”

“她惦记我？她惦记我早点儿死吧。”

陆嫣尴尬地笑了笑：“伯父您别说这样的话。”

“哼，自从她那个妈死了以后，她就不认我当爹了。”

陆嫣顺口问道：“简瑶妈妈是什么时候去世的啊？”

“她六七岁的时候吧。”

“那时候她还很小啊。”

“可不是，还是个黄毛小丫头呢！她妈天天在家里哭，跟哭丧似的，周围邻居天天抱怨。”

陆嫣和沈括面面相觑，不明其意。

“伯母是生什么病了吗？”

“什么生病，就是嫌我穷呗，天天哭，说活不下去了……那天趁着我去工地干活，跳楼，死了。”

陆嫣捂住了嘴，惊愕地看向沈括，沈括也皱了皱眉。

简宏良似乎很久没和人说过话了，话匣子一打开就停不下来，继续说道：“当时这小丫头就在家里，站在那儿。”他指了指客厅对面的阳台，“站那儿，抱着她的洋娃娃，看着她妈从楼上跳下去，吓傻了，都没哭一声。后来邻居报了警，叫了救护车过来，脑浆都摔出来了还能有救啊，没救了……”

简宏良轻描淡写地说着妻子自杀的情形，陆嫣却听得一阵阵毛骨悚然。

“伯……伯母她到底为什么自杀啊？总得有个原因吧。”

“我哪儿知道啊，她脑子有病，真的有病。”

“是什么病啊？”

沈括皱眉了，不明白陆嫣为什么一定要打破砂锅问到底，说起来，她今天这般贸然前来，都是相当唐突的。

陆嫣不像是会做出这种事的人，一定有原因。

沈括心下虽然疑虑，但也没有打断她，而是分析道：“会不会是精神方面的疾病？”

简宏良漫不经心地说：“经人介绍结婚的时候，可没说她脑子有毛病，生了娃之后，天天哭，像个神经病一样，说我对她不好，要死要活的。”

“伯母是生了孩子之后才出现这些症状的吗？”

“反正结婚的时候没看出来，要是早知道，我才不当这个冤大头呢！”

从简宏良家里出来的时候，天空阴沉沉的，夜幕降临了。

陆嫣似乎一直在思索简宏良的话，喃喃地道：“什么样的疾病会在生了孩子之后发作？”

“抑郁症。”

“啊？”

沈括望向陆嫣，平静地说道：“天天哭，寻死觅活，这些都是抑郁症的表现，只是那男人不懂这些，就当是她脑子有毛病，也没有及时治疗。”

“你怎么知道？”

“我们家对面以前住了一户人家，那个阿姨就有抑郁症，跟你外婆的症状相似，我遇见过几次，有一次那女人跟疯了一样，跑出来用脑袋撞墙，撞得头破血流。那样的场面，见过一次，这辈子都忘不了。”沈括淡淡地道，“这种重度抑郁，很容易自杀的，而且明显呈现家族性。”

“什、什么意思？”

“可能会遗传。”

他话音刚落，陆嫣脚底猛地踩空，若不是沈括眼疾手快地拦腰抱住她，她得直接从狭窄陡峭的楼梯间滚下去。

沈括皱眉：“怎么回事，不看路？”

陆嫣像是丢了魂儿似的，喃喃地道：“重度抑郁……会遗传，那简瑶她……”也有抑郁症！

真相仿佛慢慢浮出水面，露出了冰山的一角。

沈括稍稍一松手，小丫头的身子便往下栽，像全身的力气都被抽空了似的。

他只好取下自己的书包垫在地上，扶着她坐在阶梯边，问道：“到底怎么回事？”

“沈括，她有抑郁症……”她紧紧地攥着他的衣角，全身都在抖，连说话的声音都情不自禁地抖了起来。

“她有抑郁症啊！”

她的眼泪根本控制不住地掉下来："我从来不知道，谁都没有跟我说过，他们全都不说，瞒着我……我爸也瞒着我……"

关于母亲的所有事情，她的病，她的死亡……他们只字未提。

沈括恍然明白过来，微微蹙眉，用指腹拭掉她眼角的泪水，心疼地抱了抱她，轻声在她耳畔安抚道："好了，不哭。"

陆嫣抱着他的脖子，上气不接下气地哽咽着。

一切都明白了，简瑶自杀的传言并非空穴来风，她的妈妈是因为抑郁症离开人世的，所以自杀也就顺理成章……

沈括的心揪成了一团，难受至极，他最见不得的就是陆嫣掉眼泪。他抱着她，默然地拍着她的背。

小丫头哭够了，在他肩头蹭了蹭眼泪。

沈括的手落在她单薄的肩头，他轻轻地揽着她："其实不必太过担心，虽然抑郁症有遗传性，但这也和周围的环境有关，你哥很会疼女朋友，兴许这一生都不会发作。"

她知道陆臻很疼简瑶，简瑶现在也没有任何抑郁症的征兆，但是陆嫣知道将来的结局，她可以肯定，简瑶将来的死和这个病有关。

她要怎么样才能救简瑶，要怎么救简瑶？陆嫣脑子里乱极了。

沈括将陆嫣送到家门口，摸摸她的头，说道："看来今天你没有心情跟我'道别'了，回家洗个热水澡，好好休息，不要再想这些事了。"

"嗯。"

陆嫣拉住了他的衣角，踮脚吻住了他的唇。

她还是要"道别"的。

简瑶生了她不过几个月，便出事了。简瑶的母亲也是在生了孩子之后，产后抑郁发作才自杀的，这是不是意味着……

沈括的下唇忽然被咬了一下，他吃疼，皱眉道："你搞什么？"

陆嫣睁大眼睛望向近在咫尺的沈括，眸子里盛满了恐惧。

如果是这样，只要简瑶不生宝宝，只要陆嫣没有降生到这个世界上，她是不是就不会死？

第七章

喜欢她，是我一生的幸事

陆臻即将毕业，正是和沈括他们一起创业最艰难的时候，每天都很忙，异常辛苦。

他不想回家继承他爸的公司，想要自己闯出一片天地来。

陆简很欣赏他这种态度，所以答应给他两年的时间，如果他能闯出名堂，就放他去做自己喜欢的事，如果不能，就乖乖回家。

陆臻不用家里的钱，经济方面拮据了很多，不过这种清贫的日子不会持续太久。

不需要太长时间，他就会一飞冲天。

那天下午，简瑶戴着黑色口罩从录音棚出来，远远望见陆臻站在马路对面。他穿着一件浅色的衬衣配黑裤，鼻梁高挺，一双漂亮的桃花眼灼灼动人。

他冲她扬了扬手。

而今的陆臻成熟了许多，虽然身上仍旧带着少年气，但是收敛了年少时的莽撞，多了几分矜持和稳重。

简瑶看到陆臻很开心，甚至连红绿灯都没看，径直朝他冲了过去，开心地跳起来让他迎面抱住。

陆臻吓得心惊胆战，责备道："你能不能等红绿灯啊祖宗！别每次都这样……"他心脏受不了。

不过能把陆臻吓着的女孩，也着实世间少有。

简瑶戴着口罩，笑着在他的额头上、鼻子上，还有嘴上亲了好几下。

口罩是冬日里毛茸茸的保暖材质，亲得陆臻一嘴毛，呸呸地吐了好几口。

"矜持点儿，你是明星，公众人物，被人拍到就完了。"

"我戴了口罩，没人认得出我。"

现在的简瑶还没有成为 superstar，不过离 superstar 也不远了。

陆臻把她放下，自然而然地牵起了她的手："想吃什么？回去我给你做。"

简瑶是一点儿也不会做饭，她尝试过，经常发挥个人创意，做出奇奇怪怪的黑暗料理。

在这个完全没有外卖的年代里，生生逼得陆臻这样一个叛逆少年系上了围裙，洗手做羹汤。

"我想吃水煮鱼。"

"不会，换一个。"

"那就麻辣水煮鱼。"

回去的路上，陆臻拿出手机，给他的好哥们儿梁庭发了一条短信，咨询水煮鱼的做法。

简瑶穿着高跟鞋走了两步，便跳到陆臻的背上，让陆臻背她。

陆臻听话地蹲下，背起了简瑶，继续往前走。

"傻大个，我想给你生个女儿。"

"啥玩意儿？"

陆臻正低头看短信，简瑶忽然在他耳边来了这样一句，吓得他手机都快掉了。

简瑶没理会他震惊的表情，拉了拉他有事没事总会泛红的耳垂，说道："我好喜欢你，想给你生个女儿。"

陆臻顿了很久，憋出一句："那……谢谢？"

简瑶哈哈大笑起来，用力拍打他的背："你怎么那么呆啊！陆臻。"

陆臻也笑了，他最喜欢听她无所顾忌、放肆大笑的声音了。

"女儿啊，你想不想要？"

"我……"其实有一个，就在你们寝室。

陆臻换了个说法，道："你知道生女儿的必要步骤是什么吗？"

"嗯？"

他颇带些怨念地说："你连腿都不让我看。"

"流氓。"

"流氓"陆臻将快要滑下去的女孩重新背稳。

他小声抱怨道："咱们都这么好了，还不让看，睡觉都要穿长裤，也不嫌难受。"

简瑶捏着他的耳朵，拉长了调子，宠溺地说："看什么看，你怎么那么八卦啊？"

"我八卦？"陆臻觉得她用词不当，"我想了解你，有错吗？"

简瑶忽然有些生气了，从他的背上跳下来，加快步伐往前走："不想让你了解，有错吗？"

她总是这样，这个话题仿佛是他们之间不可触碰的禁区，也是简瑶一点就炸的禁区。

她心里有道坎过不去，平日里看似大大咧咧的，对什么都不在意，其实不是，她比任何人都敏感。

她自己有缺陷，极其自卑，尤其是在陆臻面前……

眼看着简瑶的身影渐渐远了，陆臻暗骂了自己一顿，赶紧追上去。

"宝宝。"

"我不是你的宝宝。"

"别生气啊，我错了。"

"走开。"

或许是因为工作的压力，这两年，简瑶的脾气也越发暴躁，这反而把陆臻的脾气给慢慢地磨平了。

过去陆嫣总是很难理解，自家老爸到底是怎么从一个暴躁叛逆的少年忽然变成一个谦和稳重的霸道总裁的？现在她看着陆臻这一点点的变化，才慢慢懂得……是爱。

是他对简瑶的爱，让他的耐心和包容心变得无限大。

简瑶推开陆臻，陆臻丝毫不生气，又走过去从后面抱住她，在她耳边磨磨蹭蹭："宝宝，我给你做水煮鱼啊。"

简瑶挣不开他，回头睨了他一眼，他主动凑过去，亲了亲她戴着口罩的脸。

"别生气，生气老得快。"

就算简瑶的心是钢铁做的，现在也该融化了。

她掰开陆臻的手，转过身望向他："我会给你看的，但……不是现在。"

她还没有做好准备，她心里也害怕，害怕陆臻会像那个男人一样嫌弃自己。

“看什么看，”陆臻摆摆手，大大咧咧地说，“我完全不想看。”

“真的吗？”

“真的。”陆臻牵起她的手，拉着她往家的方向走去。

“这两年脾气越发见长，你面对陆嫣的时候怎么没这么大脾气啊？”

简瑶开玩笑道：“她是我闺女嘛！”

陆嫣总是叫错，都喊了她无数次妈了，简瑶索性就大大方方地说给陆嫣当妈了，也经常开玩笑，闺女闺女地叫。

有时候，真相反而不那么重要了。

两人走到小区楼下，简瑶忽然顿住了脚步。

“怎么了？”陆臻望向简瑶，发现她正直勾勾地盯着正前方树下的一个男人。

男人很年轻，年纪应该与他们差不多，穿着一件灰色的呢子外套，皮肤很白，容貌看着还挺英俊。

简瑶只是顿了几秒，便立刻拉着陆臻径直朝居民楼走去，没理会那男人，直到他出声唤道：“小瑶。”

简瑶没有理会他，加快了步伐离开。

男人又唤了她一声：“小瑶，是我啊。”

陆臻低声对简瑶说：“他好像在叫你。”

简瑶皱眉说：“不认识。”

回家之后，陆臻拉开窗帘，朝着楼下望去，那男人还没有离开，探头探脑地朝楼上张望。

陆臻连忙拉上窗帘，不知道为什么，忽然有点儿心虚。

他怕什么，有什么好怕的。

简瑶在洗澡，陆臻走到浴室门前，轻轻敲了敲：“宝宝，那男人还没走呢，是你的歌迷吗？”

简瑶随便应了声。

“歌迷都知道我们家在哪儿了，那怎么行啊！”

“不用管他。”

陆臻听简瑶这话里的意思，她应该是不止一次遇到这个男歌迷了。

“宝宝，要不要我下去把他赶走啊？”

“不！”简瑶忽然道，“你不要见他，不……不理他就是了。”

陆臻倚在浴室门边，越想越觉得不对劲，心里很烦躁。可是简瑶摆明了不想多提，他再问，兴许又要生气了。

他好烦。

“陆臻，你帮我把床上的睡衣递过来。”

陆臻听话地走到床边，拿起放在床上的睡衣，衣裳是他的白衬衣，裤子也是他的。

简瑶总是喜欢捡他的衣服穿。不过陆臻还在衣裳的夹层里看到了一条浅白色的文胸。

烦躁的情绪忽然一扫而空，他眉毛挑了挑，眼里溢出了深长的意味。

简瑶属于那种典型的高瘦骨感的模特身材，没有特别多的肉，包括前面，所以文胸也是小巧玲珑的类型。不过陆臻还是觉得她性感，反正在他眼中，简瑶哪哪儿都性感，两人睡同一张床，他每天晚上都会发烧。

陆臻偷偷地将文胸抽出来，塞回柜子里，然后走到浴室门边，敲了敲：“来了。”

浴室门打开一条缝，浓郁的白色水雾扑出来，带着沐浴露的玫瑰芬芳，简瑶伸出湿漉漉的白皙手臂，快速将衣服拿了进去。

陆臻把脑袋凑到门边，“嘭”的一声，玻璃门险些撞了他的鼻子。

陆臻在门边又站了两分钟，心里痒痒得跟有小猫咪在挠似的。

当然，少年猫在门边，蠢蠢欲动地想要做点儿什么，玻璃门映照着他高大挺拔的身影，简瑶看得清清楚楚。

“陆臻，你缩那儿想干吗呀？”

陆臻被吓了一跳，连忙往后退了两步：“才没有！谁、谁想干吗了。”

简瑶关掉了花洒，用浴巾擦干了身上，顺手翻了翻她的睡衣，少了文胸。她用脚指头也能猜到，是那傻大个把文胸抽走了，不想让她穿。

简瑶呼了一口气，准备开口让他把文胸拿过来，不过沉默了片刻，终究还是没有出声。

他们已经在一起很长时间了，陆臻从来没有勉强她做过什么，但是没有勉强不代表不想。

有时候简瑶也觉得挺对不住陆臻的。

其实她不在意这些事，不在意社会上说的什么女孩子婚前一定不可以和男生发生关系，否则男生不会珍惜自己。

简瑶觉得这都是胡说八道，男生珍惜自己，只有两个原因，一是你要值得被珍惜；二是你看上的是个好男人，仅此而已。

简瑶之所以不愿意，是因为她自己的心结。她看向自己的左腿。

年幼时期，烫伤因为没有得到及时有效的医疗处理，留下了狰狞丑陋的疤痕，蔓延至整个左小腿，右侧的大腿腿根处也有。总之，丑陋至极。

她的腿型很好看，如果没有这些烫伤的痕迹，她应该是最完美的……

只是现在，她自己都不想多看一眼。

这样丑陋的一面，她绝对不能让陆臻看到或者摸到……

简瑶快速穿上长裤，遮掩住她腿部的疤痕。

陆臻一直在厨房里忙碌，听到卫生间推拉门响动的声音，他偷偷地回头看她。

湿漉漉的黑发垂在肩头，白色睡衣的前面松松垮垮，但隐约也可以看见些许与众不同。

陆臻攥紧了拳头。

革命成功了一大半，今晚能不能拿下，就看他有没有魅力了。

吃过晚饭，陆臻去厨房洗碗，简瑶抱着吉他，坐在阳台边弹着新歌。

陆臻洗了碗，磨磨蹭蹭地走到阳台门口，倚在墙边。

女孩穿着他的宽松的白衬衣，皮肤在夜色中显得格外白皙，五官透着几分英气，显出淡淡的中性风。

她抱着吉他坐在黑夜里，细长骨感的指尖有一搭没一搭地拨弄着琴弦。

陆臻完全忘了自己的“勾引”计划，痴迷地望着她，欣赏着她的每一寸肌肤，沉醉在她天籁般的声音里。

简瑶停下弹奏，笑着望向他：“好听吗？”

陆臻立刻鼓掌：“我媳妇太有才华了！”

简瑶将吉他递过去，陆臻立刻接住大家伙，小心翼翼地挂回墙上。

“宝宝，过年你真的不回去吗？”

“回去做什么？”

“你爸……”

简瑶立刻道：“别提他，他不是我爸。”

陆臻立刻识相地闭嘴，简瑶坐到床上，拿起遥控器打开了电视，准备看看综艺节目。

陆臻爬过来，用鼻子撞了撞她的脸：“那你……想不想见见我爸？”

简瑶推开他的大脸：“不想。”

“为什么？”

“预感你爸不会喜欢我。”

陆臻立刻道：“不可能，你这么可爱，他一定会喜欢！”

“可爱？”简瑶的指尖戳到他的额心，“傻大个，你对我有什么误解？”

陆臻执意凑过来，嗅着她脖子间淡淡的沐浴露清香，柔声说：“在我心里，你是最可爱的……”

简瑶被他嗅得痒痒的，推开他：“你怎么跟条狗似的。”

“瑶瑶，不会太久，等我的事业做起来，我会挣很多钱。”

“嗯？”

“等我能养家了，你就嫁给我吧！”

“嗯。”

陆臻有些不确信，望向她：“嗯？”

“嗯！”简瑶用力地嗯了一下，捏着他的大脸，“我嫁给你。”

“你……就答应了？”陆臻没想到她这么容易就答应了。

简瑶坦然地说：“答应你还不乐意啊？”

“不是，我以为你还要……”还要傲娇一下呢。

不过他仔细想想，简瑶不是那种傲娇的女孩，喜欢就是喜欢，不喜欢就是不喜欢，爱憎分明。

“陆臻，我们会永远在一起的。”简瑶抱住了他结实劲瘦的腰，“只要你不离开我。”

只要你不离开我，我就会永远爱你。

陆臻被感动得一塌糊涂，心脏炸得稀巴烂，低头吻她。

简瑶抬起头回应他，漫长的亲吻之后，她按住了他不规矩的手。

陆臻知道，这是终止的意思。他停下来，眨眨眼睛望着她，眸子里是难以抑制的迷恋。

“我把灯关了，什么都看不到，行吗？”

简瑶裹着被子，背对着他，摇了摇头。

看不到，但是他可以感觉到……

“陆臻，以后吧。”

陆臻还是不想放弃，凑到她耳边，轻轻唤着她的名字：“瑶瑶，我要死了，瑶瑶。”

“陆臻，别逼我。”她紧紧闭上了眼睛。

陆臻不会逼她，关了灯，躺在她背后，拉着被子盖住了脸，一言不发。

几分钟后，简瑶回过身，伸出手臂将他的被子掀下来，说道：“憋死你啊。”

陆臻依旧不说话，翻身不理她，兀自生闷气。

简瑶平躺着，手伸到他脑袋上，撩着他额前的几缕短发，轻轻说：“陆臻，我前男友也说永远爱我，那个时候，我是像信你一样相信他的。”

陆臻睁开了眼睛，望着黑暗中的女孩。

“后来我给他看了，那时他的眼神是那样恐惧、厌恶……就像烧红的烙铁，在我这里烫了一个疤，我这辈子都忘不了。”她指了指自己的心口。

陆臻用力抱住了简瑶，依旧未发一言。

简瑶用下颌抵着他的额头，柔声安抚道：“别生气了，好不好？”

陆臻闭上眼睛，枕着她柔软的胸脯，说：“那你哄我一下。”

正月里，沈括终于正式登门拜访了陆宅。

虽然陆简现在是陆嫣的爷爷，但无论如何，他都是她名义上的父亲，至少对外是这样的。

而且陆嫣真正的父亲陆臻现在也就是个半大小子，自家孩子的婚姻大事，还是应该由陆简和孟知宁来操心。

孟知宁现在暂时住在陆宅，陪着陆小嫣。所以沈括登门的时候，家里高堂正好都在，这也正合了陆简的意思，按他的说法，孙女婿第一次上门，家里的长辈必须都在，一则是给晚辈做一个好榜样，二则，也是为了不让对方看轻陆嫣。

孟知宁对陆简的想法表示鄙夷："不管你怎么粉饰太平，离婚了就是离婚了，并且永远不会再复婚。"

陆简不满地说："当初还不是你要离婚？"

"怎么着我还不能离婚了！"

"行行行，今天孙女婿上门，我不跟你吵。"

陆简对于沈括这个孙女婿，当然各方面都是相当满意。

不仅是因为他把陆小嫣救了回来，更重要的是，他居然能把陆臻那个二世祖给带上道，让陆臻越来越有出息，无论是品行还是心性，都朝着陆简满意的方向发展，这是最让陆简感到安慰的地方。

陆简是有意将陆臻往继承人方向培养的，即便是现在给他空间和时间，让他去闯自己的天下，但陆臻将来肯定是要接手陆氏集团的，这点毋庸置疑。

陆简过去最喜欢的就是别人家的孩子，尤其是别人家那些优秀的小孩，每次听生意伙伴说起自家小孩的成就，他都意难平。不过当他见过沈括之后，才明白，他的那些生意伙伴家里的小孩，跟面前这个年轻人没法比。

他们顶多就是学习好，拿奖学金，或者在家族企业跟着做生意。而陆简面前这位一表人才的孙女婿，大学还未毕业，年纪轻轻就已经是互联网行业里举足轻重的人物了，他们开发出来的社交软件，就算是陆简这一代的老年人都在学着使用，这是很厉害的地方。

吃饭的过程中，陆简一直在问沈括关于互联网方面的事情，对此相当感兴趣。

互联网属于新兴行业，从事这行的人绝大部分是年轻人，满满都是新鲜血液，而沈括是在这行里赚到了第一桶金的人。

陆简在沈括身上看到了自己年轻时的影子，对他欣赏极了，简直恨不得当场就认他当干儿子。

"你就带着陆臻干。"陆简拍着沈括的肩膀，激动地说，"年轻人就该有梦想有激情，放手去干，有什么需要或者资金短缺的地方，尽管开口，我们是一家人，一家人就应该相互帮助。"

孟知宁不满地说：“你们两个能不能别聊工作的事了？有劲没劲。”

陆简还是很怵孟知宁的，她不喜欢，他自然也就不再拉着沈括聊工作，转而问道：“小括，我听说你爸爸是患病去世了？具体陆臻没有跟我细说，到底是得了什么病啊？”

陆嫣拿筷子的手猛地紧了紧，她担忧地望向沈括。

沈括面上没什么表情，平静地回道：“尘肺病。”

“哦，这个跟工作环境有关啊，唉，早些年工厂车间是这样的，工人暴露在完全没有防护的环境里，很容易得这种病，我们厂以前也有，不过我们厂也算不错了，是国内最早一批引进外国无尘车间技术的工厂。”

陆嫣立刻岔开话题：“那个，爷爷，陆臻今年不回家过年，你都不好奇为什么吗？”

“我还不知道啊。”陆简冷哼一声，“浑小子有了媳妇就忘了爹，陪女朋友呗。”

“您知道啊！”

“我当然知道，你们在学校的一举一动，都休想瞒过我的眼睛。”

孟知宁心思细腻，察觉到了陆嫣的紧张，望了沈括一眼，怀疑地问：“沈括，你父亲过去在什么单位上班？”

此言一出，陆嫣手里的勺子“啪”的一声掉进了碗里。

沈括默了片刻，吐出五个字：“恒辉水泥厂。”

当他说出这个名字的时候，桌上气氛瞬间凝固了。

陆小嫣不明所以地望望孟知宁，天真地说：“咦，这不就是我爸的水泥厂吗？”

这就像气球一瞬间被针戳破，响过以后就是长时间的沉寂。

沈括轻轻地“嗯”了一声。

陆简和孟知宁的心却越来越往下沉，这样的真相是他们绝对未曾想过的。即使他们纵横生意场这么多年，见惯风云，此时也不知道该说什么好。

这顿饭接下来的时间，他们如坐针毡。

饭后，孟知宁和陆简两人回了书房，客厅里，陆嫣紧张地踱着步子。

沈括的目光随她的身影而移动：“他们迟早会知道。”

陆嫣也知道他们迟早会知道，但她还是忍不住担忧，怕自己的爷爷奶奶接受不了。

果然，没几分钟，陆简便将陆嫣叫进了书房里，激动地对她说："这件事，你从来没跟我和你妈……你奶奶说过！"

"你们也没问啊，"陆嫣心虚地说，"而且，陆臻知道。"

说到底，陆臻才是她的父亲，这些事，陆臻是可以做主的。

孟知宁走到陆嫣身边，手落在她的肩膀上："小臻自己都是个孩子，跟你一样大，无论如何，我和你爷爷，我们才是你们的监护人。这些事情，你们应该第一时间告知我们。"

陆嫣知道是这个道理，也正是因为陆简和孟知宁是大人，她才不敢跟他们说。

"你们是不同意吗？"

"当然不同意！"陆简激动地说，"我查过了，沈建旬是我们恒辉的工人，他前些年患病死亡的时候，公司还发过抚恤金，结果你猜怎么着，上门送抚恤金的员工直接被轰出门，差点儿被他儿子揍了，吓得在家休养了好多天。这男孩……天知道他心里藏着什么情绪，我怎么能同意，怎么能让他跟你在一起！"

陆嫣急切地说："没有，你们误会他了！"

孟知宁按住了陆嫣的肩膀，示意她冷静："小嫣，这件事，我支持你爷爷。"

"您……您也不相信他吗？"陆嫣难以置信地望着孟知宁。

孟知宁摇摇头，无奈地说道："小括的实力品行，我和你爷爷都是认可的，他清贫的家境我们也并不在意，但这件事来得太突然了，我还没有办法，没有办法把自家的孩子嫁到仇视过我们家族的男人家里去，这太可怕了，太危险了。"

孟知宁现在想起来一件过去没有注意的事情："初高中的时候，每次开家长会，老师都会向我抱怨陆臻这里不好、那里不好，那时候，陆臻总会委屈地说一个名字，就是沈括。

"过去我从没放在心上，但是现在细想起来，真是很可怕。"

陆嫣全身的力气都被抽空了，她辩解的声音几乎微不可闻："他和陆臻已经和解了……"

孟知宁沉声说道："小嫣，你年纪还小，你和沈括年纪都小，不会明白，爱情和时间相比，真的不堪一击，爱情会消磨殆尽，可是仇恨不会。

"若有朝一日你们互生怨怼，他回想起过去这些事情，天知道他会怎么样对你，我和你爷爷护不了你一辈子，陆臻也护不了，所以我们绝对不能让你冒这个险。"

陆嫣脑袋嗡嗡作响，完全听不进孟知宁的话，她只觉得荒唐。

"你们太自私了。"

"就当我们自私吧。"孟知宁说，"我们绝对不会让你有任何危险，这是为你好。"

陆嫣攥紧了拳头，用力地说："我爸就从来不会说这样的话，什么为我好，他就从来不说。"

陆简有些上火："他自己都还是个小孩，说话能作什么数，你不要总觉得陆臻同意的事情就是正确的，时刻记住，你的监护人是我们！"

虽然这些年陆简变得通情达理了许多，但他还是始终保持着旧时家长说一不二的权威。

"所以你们永远当不了小孩子想要的那种父母，因为你们根本就不知道小孩子想要什么！"

陆嫣说完这句话，含着眼泪跑了出去，匆匆下楼。

沈括见她哭着跑下来，眉头蹙了起来，抱住了她："哭什么？"

"我们走！"

陆嫣拉着沈括的手转身便要离开，孟知宁从房间出来，叫住了他们："小括，阿姨想和你单独聊聊。"

陆嫣立刻挡在沈括身前，防备地看着孟知宁："不！我不会让你们单独聊！"

她用脚指头都能猜到孟知宁要和他聊什么，她失去过一次，绝对不想再失去他第二次。

"你们不能这么做。"陆嫣的眼泪很不争气地掉下来，她死死地攥着沈括的衣角，"你们没有权力这么做。"

孟知宁心里也很难受，没有任何一个长辈想伤害自家的孩子，尤其是她，陆嫣是她放在心尖尖上疼爱的人。

“小括，来书房，我们聊聊。”

沈括的手落在了陆嫣的手背上，轻轻地拍了拍。

陆嫣抱着他，拼命摇头：“不要去！”

“小嫣，放心。”他还不至于为了几句话就放弃她，那太荒谬了。

“让我和他们聊聊，也许有转机。”

陆嫣终究还是松开了沈括，在他跟着孟知宁进书房之后，她立刻给陆臻打了电话哭诉委屈。

电话里，陆臻听到闺女哭哭啼啼的声音，头皮都炸了。

“别哭，怎么了，跟爸说，是不是沈括欺负你了？”

“不、不是，爷爷奶奶不同意、不同意沈括……”

陆臻听着陆嫣前言不搭后语的描述，反应了好半晌，才弄明白是怎么回事，几分钟之后，陆简的电话被陆臻打爆了，父子俩隔着电话就开吵了。

“你个臭小子，你还跟我吼起来了！没大没小！”

“什么你闺女，你自己都是个半大小孩！”

“我把话放在这里，陆嫣的终身大事，你说了不算数。”

孟知宁把沈括叫到阳台上，关上了推拉门。

“别介意，他们父子俩就是这样，一言不合就会吵起来。”

沈括摇摇头，平静地说：“陆臻是很冲动的性格。”

孟知宁深深地望着他：“他没心眼，所以很容易被人算计。”

沈括听出了孟知宁话里有话，坦率地承认：“我欺负过他。”

若是早些知道，她肯定不会轻易放过沈括，但是现在……他成了陆嫣心里的人，又帮忙把自己的女儿找了回来。

恩恩怨怨，孰是孰非，早已经算不清楚了。

“男孩子成长路上受些苦楚，不算什么。”孟知宁抱着手臂，和沈括并肩站在阳台上，望着远处的高楼，“但是小嫣不一样，她是女孩子，在我们家，女孩子比男孩子贵重。”

“我明白，但是我不会放弃，我是真心喜欢陆嫣，没有掺杂别的任何因素，只是喜欢。”

只是喜欢，最热忱的一颗心都给她了。

“我不怀疑你现在对小嫣的感情，但是我不能冒险，人这一生太漫长了，爱情只是很小的一部分。”

沈括眼角颤了颤，良久，说道：“我坚持。”

“沈括，你的事业刚刚起步，你不会希望自己所有的努力毁于一旦，对吗？”

沈括望向孟知宁，在她的眼神中看到了威胁。

无论是孟知宁还是陆简，现在的他们要捏死他，就跟捏死一只蚂蚁一样轻松。

就在这时，孟知宁的电话也响了起来，她挂断了，没几秒，电话又响了起来，孟知宁气急败坏地接了电话，吼道：“陆臻，你要是再不消停，老娘有一百种方法让你哭！”

孟知宁的“河东狮吼”让沈括都不自觉地后退了两步……

陆臻这个妈，有点儿凶啊。

孟知宁挂断了电话，压下火气，回头对沈括道：“我的意思你明白了？”

沈括点头，却还是说道：“我坚持我的选择。”

“你是聪明的孩子，事业对于男人有多重要，不需要我提醒了吧？”

“我知道，但我坚持。”

孟知宁皱了皱眉，她和沈括打过交道，她知道这个少年有多倔强。

“如果没有事业，你用什么坚持，你有什么底气坚持？”

沈括望着她，看得她莫名有些心虚。

她何尝不知道不能太欺负人，可是她没有第二个选择，作为成年人，她必须要为家里的孩子谋求更好的人生与未来，哪怕他们憎恨她。

后来，沈括离开了，陆简问孟知宁：“他怎么说？”

孟知宁揉揉眉心，摇了摇头。

无论她如何威逼利诱，他就只有两个字：“坚持。”

孟知宁也清楚，用事业来威胁沈括是非常过分的，穷人家的小孩能一步步走到今天，太不容易了，毁掉沈括的事业就相当于毁掉这个年轻人半条命，而他宁肯放弃这半条命，也要坚持……

陆嫣是他另外半条命，如果失去了，他将一无所有。

孟知宁无奈地闭上了眼睛：“我们不能太过分了。”

“所以你就放弃了？”陆简难以置信地看着孟知宁，“他爸可是咱们厂里出去的，这病也和咱们脱不了干系……”

“我知道。”

孟知宁睁开眼，望着他，沉声说：“但这小子不简单，即便现在我们折断了他的膝盖，但只要他还活着，迟早有一天会站起来，这样的男人，当孙女婿很可怕，当仇人更可怕……”

“为了嫣嫣，我不在乎。”陆简显然没有意识到问题的严重性，“再说了，这些年咱们什么风浪没见过，一个事业刚刚有点儿起色的小子，你居然会害怕，真是荒唐。”

孟知宁摇了摇头：“陆简，或许你应该重新了解你儿子，重新了解他们这一代年轻人，改改你这自大的脾气。”

送沈括回家的路上，陆嫣担忧地望了他好几眼，他一直沉默着，搞得她心里也是七上八下。

终于，陆嫣小心翼翼地问他：“我奶奶她……甩了多少钱在你脸上，让你离开我？”

她不开口还好，这一开口倒是把沈括给逗笑了。

“你猜？”

“盲猜，五百万？”

沈括揉揉她的脑袋：“你太低估自己的价值了，你是陆家的宝贝，他们愿意为了你付出一切。”

陆嫣有些担忧：“所以，你心动了？”

沈括淡淡一笑：“所以没有给我一分钱，而是直接威胁我，如果我不放手，就让我失去一切。”

这比用钱收买他更有效果。

陆嫣的心凉了凉，手也不由得加重了力道，攥紧了沈括的衣角。

“那你……”

“我不想失去一切。”

陆嫣蓦然顿住脚步，难以置信地望向他，他淡淡一笑，揉了揉她的脑袋：“在想什么？”

陆嫣红着眼睛，低声说："你不想失去一切，却可以失去我，对吗？"

沈括握紧了她的手，放在心口的位置："陆嫣，你到现在还不明白吗？你就是我的一切，你是我的希望，我的光。如果没有你，哪怕得到全世界，对我而言，也没有任何意义。"

陆嫣心里一暖，其实到这个时候了，她应该相信沈括的。

沈括拉着她的手，加快了步伐，陆嫣见他并没有往家的方向走，问道："去哪儿啊，不回家吗？"

"带你去个有意思的地方。"

陆嫣擦干了眼泪，跟着沈括来到商业街，又下了楼来到负一层，负一层也有许许多多的摊位，不过这里卖的东西就比商业街门店里的东西便宜许多了。因此在负一层逛街的人也很多，有精美的饰品，也有廉价的衣裳。

沈括带着陆嫣穿过拥挤的街道，来到最里面的一间不大的文身店门口。

陆嫣一眼就看到了在文身店里忙碌的熟悉身影，正是钟恺！他戴着口罩，刚刚完成工作，给一个男人文了个满背的东海龙王。

"得嘞！您看看，这气魄，是要呼风唤雨啊，保准让您将来日子过得风调雨顺。"

那个男人并不在乎什么风调雨顺，他很满意这条充满煞气的龙，回头看到了陆嫣这小丫头傻愣愣地盯着他的背，顺口问道："怕不怕？"

陆嫣连连点头，配合地说："怕。"

他穿上花里胡哨的衬衣，掏出钱包付了账，心满意足地离开了文身店。

"小嫣嫣，好久不见了啊！"钟恺洗了手走出来，打量了陆嫣一番，"哎呀哎呀，真是出落得越来越好看了，我一开始都没认出来，沈括你撞什么大运了，这么漂亮的大明星都能给你当媳妇。"

陆嫣不好意思地说："还不是大明星呢。"

简瑶那种程度才叫大明星。

"怎么不是大明星啊，来，看看，你的杂志我每期都买。"钟恺搬出一摞杂志。

果然，只要有陆嫣的，他期期都没落下，说是帮她冲销量。

沈括问道："什么时候过来？"

"这不，今天就准备歇业了，刚刚那是最后一单，干了笔大的，要平时，文那么复杂的样式，我才不干呢！”钟恺活动了一下腰身，“弄了一天，累死了。”

“钟恺哥，你不开文身店了吗？”

“是啊，沈括让我跟着他干，出了正月，这店就租出去，收点儿租子。”

“哇，这店是你买的啊？”

钟恺脸上浮现出一丝自得之色：“做了这么多年生意，总还是有点儿积蓄的，这不，我全部身家了。”

不过他相信，他跟着沈括干，一定比守着这么个地下商场的小店面强。

小时候就有算命先生说沈括“金鳞岂是池中物”，钟恺啥都没记住，就记住了算命先生说的这句话。

“你俩来得正好，帮我收拾收拾店，我这就要关门了。”

沈括笑了笑，说道：“最后一单，给我们两个文一个。”

“啊？”

“啥玩意儿？”

陆嫣和钟恺同时开口，难以置信地望向沈括。

沈括散漫地说：“给我和陆嫣文一个情侣文身。”

“文文文……身？”陆嫣说话都结巴了，别说这辈子，以前她也没接触过文身这么叛逆的玩意儿啊！不过，情侣文身，听起来好像也蛮酷的。

她战战兢兢地问钟恺：“这个，痛不痛啊？”

“那当然痛啊！”钟恺夸张地说，“就刚刚那汉子，看着挺硬一小伙儿，哈哈，都痛哭了。”

陆嫣哆嗦了一下。

沈括揉揉她的头发：“没那么夸张，别怕。”

“谁怕了，我……我才不怕呢，文就文！”

钟恺见这俩人是来真的，笑着问：“你俩真要文啊！文了就洗不掉了！”

陆嫣重重地点头：“文！”

“不是，考虑清楚啊。”

所有来店里要文情侣图案的，或者要在身上文男朋友、女朋友名字的客人，钟恺都会尽职尽责，一而再再而三地提醒：“这东西是要跟一辈子的，感情这事儿，可说不准一辈子，将来要是分手了，被下一任看到，多硌硬啊，是不？”

沈括踹了他一脚：“说什么呢。”

钟恺敏锐地避开，顺手拿了图样书过来：“你俩想弄什么样式的？我这儿什么都有，锁和钥匙，拆一半的爱心，还可以文名字缩写，最近流行复古，小蝴蝶样式也挺好看的，哈哈哈，寓意好，梁祝，死了都要在一起那种。”

陆嫣无语地说：“能不能来点儿吉利的？”

一会儿分手一会儿死的，嘴里没好话，他这生意是怎么做的？

俩人精挑细选，选了半个小时，终于决定文一只小蝴蝶和一枝玫瑰。

合在一起，正好是蝴蝶吻玫瑰。不过陆嫣主要是看中了这朵馥郁优雅的玫瑰，她能够想象，这朵玫瑰落在沈括身上，不管任何部位，绝对性感！所以她毫不犹豫地选了蝴蝶。

那是一只微蓝的小蝴蝶，收着翅膀立在玫瑰上，她喜欢这种感觉，对于她而言，沈括是玫瑰，优雅迷人，时不时还要刺她一下。

“有眼光，哈哈。”钟恺看着他们选的图案，“这组文身做出来的效果，绝对好看，不过因为玫瑰和蝴蝶都太女气了，迄今为止没人选过。”

陆嫣望向沈括：“行吗，这个？”

沈括看着那朵玫瑰，眉头也蹙了起来。

他……真要在身上文朵花？

他还没文呢，钟恺嘴上那看好戏的坏笑就没停下来过，可以想见，将来要是被陆臻那帮小子看到了，指不定要嘲笑他多少年。

沈括指着小蝴蝶问：“你喜欢这个？”

“不，我喜欢这个。”陆嫣指着玫瑰，冲他无害地笑，“我想看你文这个。”

好吧，是他首先提议文身的。

他们选好了文身图案，接下来就是文在哪儿，陆嫣想文在臀部，觉得特性感。

沈括强烈反对，他都没看过的部位，绝对不可能便宜钟恺。

“手臂上。”他说。

“那不行，被我爸看到，我就死定了！”

最后，两人都妥协了，就文在锁骨下面，不算私密，但也还挺隐蔽。

钟恺给陆嫣文的时候，这丫头疼得直喊，不知道的还以为店里发生命案了。

“痛痛痛……呜，好痛！

“妈呀，不文了，沈括，我疼……”

沈括攥紧了她的手，吼钟恺道：“你轻点儿！”

钟恺停下来，无可奈何地说：“唉，这不是我想轻就能轻的啊，文身本来就是这样啊，要不我给你找块布咬咬？”

陆嫣哭着道：“那也还是疼啊。”

“不文了。”沈括当机立断地做了决定，对钟恺说，“就这样吧，不文了。”

他是半点儿都见不得这小丫头受苦。

钟恺看着这只仅有蝶形还没上色的小蝴蝶，皱眉说：“这样好丑啊。”

陆嫣低头看着这只只有形状的蝴蝶，抽抽气，撇嘴，可怜巴巴地望着沈括，娇声娇气地说：“我疼……”

沈括知道这丫头是故意在撒娇，但他就很吃她这一套，调子一软，他的心都化了。

“疼就不文了。”

陆嫣看着那朵玫瑰图案，又看看自己的小蝴蝶。

“我还是可以再坚持一下的，”她咬牙说，“应该很快了吧。”

“没必要，本来也是玩玩。”沈括说，“不用太放在心上。”

陆嫣低头想了想，终于还是摇了摇头：“我想和你留下点儿什么，沈括，不是玩玩。”

她想留下一点儿关于他的特殊记忆，哪怕是疼痛。

“我们在一起这么久了，也没有做过什么特别有仪式感的事情。”陆嫣伸手握住他的手，捏捏他的掌心，“你这个提议很好啊。”

“真的不必勉强。”

“真的不勉强！”她摸到沈括掌心都出了一层薄汗，她刚刚鬼哭狼嚎的样子，是真把沈括给弄紧张了。

她望望钟恺：“继续吧。”

文身后半段上色，痛感加剧，不过陆嫣咬着牙，愣是一声没吭。

好不容易结束了，钟恺都松了一口气，擦擦汗：“搞得我都紧张了。”

沈括关切地问道：“感觉怎么样？”

陆嫣全身无力地倒在他身上，说了一声："亲我。"

沈括低头吻她，温柔地安抚着。

陆嫣顺势勾住了他的后颈，和他接吻。

"哎哎，你俩考虑考虑观众的心情。"钟恺不满地嚷嚷道，"要不要我去吃个晚饭再回来啊？"

沈括嘴角微扬："你去吧。"

"你还当真了！"

陆嫣也笑了起来，推了推沈括："该你了。"

沈括文身时，全程都没吭一声，还时不时地抬头望陆嫣："你刚刚叫得跟杀猪似的，就这样？"

"啊，你是什么魔鬼！"陆嫣捂着自己的锁骨，"明明疼死了都……"

对于沈括而言，这种程度连疼都算不上，顶多是麻，他从小到大受过大伤小伤无数，是吃过苦的人，所以这点儿痛，完全被他的身体给免疫了。

这朵玫瑰，陆嫣坚持让钟恺文在沈括的臀部，钟恺笑得前仰后合："小嫣嫣，你可以啊，有情趣。"

作为一个比他们晚生二十年的人，陆嫣一直都很会玩。

在沈括凌厉如锋的眼神威胁下，钟恺愣是没敢下手，终于还是选了他侧颈的位置，文上了这朵优雅性感的小玫瑰。

陆嫣摸着他颈下紧致微烫的皮肤，说道："有点儿靠上啊，就算穿西服衬衣好像也遮不住。"

钟恺洗了手出来，说道："就是要这种若隐若现的感觉，这才好看呢。"

"以后我们沈总要出席各种高端的商务场合，顶着这朵小玫瑰，有点儿不严肃啊。"

"沈总会在意别人的眼光吗？"

陆嫣思考片刻，微笑摇头："不，他不会。"

"对嘛。"

在两人一唱一和的对答中，沈括穿好了衣服，将外套拉链拉到了顶，掩住修长的脖颈，回头说："走了，小嫣。"

陆嫣三两步走过去，牵住了沈括的手，回头对钟恺挥手告别。

晚上，陆嫣趴在床上看书，沈括走过来，指腹轻轻地摩挲着她白皙锁骨下的小蝴蝶，小蝴蝶的蝶翼泛着微蓝色，蹁跹欲飞，蝶翼之下还有他的名字缩写，很哥特式的两个字母：SK。

他认真地凝视着，视线无比温柔。

陆嫣被他弄得痒痒的，笑了起来："你看什么啊？"

"忽然觉得我们像两个中学生。"

陆嫣想想觉得也是，文情侣文身还加名字缩写这种事，不成熟的中学生经常会这样干。

陆嫣平躺在床上说："沈总这么严肃认真的男人，也会提议做这么幼稚的事情啊。"

沈括捏住了她的脸，扯了扯她的腮帮："沈总你叫上瘾了是吧？"

"哎……本来就是，不然我叫你什么？"

"叫叔。"

"想都别想，你都叫陆臻'爸'了，休想占我便宜。"

"我何须在这种事情上占你便宜。"沈括忽然嘴角上扬，手慢慢下落。

陆嫣吓得赶忙往后缩，躲开他："其他便宜也不……不能……"

沈括将她拉过来，蜻蜓点水般吻了吻她的锁骨，柔和的眸子望向她："和你在一起的每一天，我都是原来的我啊。"

是原来那个总在盛夏的烈日骄阳里穿白 T 恤的高中生，那个会在风起时回头对她微笑的少年。

一生都不会变。

沈括将钟恺带到了公司，一开始并没有给他职位，只是让他跟着市场部的主管学习，先熟悉业务。

作为公司董事的叶迦淇，对于沈括这种任人唯亲的做法相当不满意，甚至好几次在公司董事会上公然提出来，挑战沈括的权威。

有些方面，沈括其实也有独断的地方，绝不会事事征询旁人的意见，那样就太没有效率了。

“我是不是任人唯亲，不需要经由你的批准。”办公室里，他望着叶迦淇，一字一顿地说，“做好你自己的工作。”

“沈括，你挺有排面啊。”叶迦淇双手撑在桌面上，冷冷地说，“别忘了，星辰公司是我们一起做起来的，我不会眼睁睁地看着你毁了它。”

沈括也缓缓起身，望着他榛色的眼睛：“这件事，我有自己的判断。”

“你的判断就是让一个没上过大学的家伙来负责我们的客户吗？”叶迦淇嘲讽地说，“他初中毕业了吗？”

“叶迦淇，学历不代表一切，你有海外留学背景，可是上周你往朝阳集团的李总脸上泼了什么？你害我们丢掉了一个大客户，这件事还需要我来提醒你吗？”

叶迦淇揉揉鼻子，讪讪地说：“是那家伙他太过分了……”

“我不需要你对我们的客户进行道德评价。”沈括平静地说，“你有读书人身上的傲气，看不惯社会上一切丑恶的东西，但是钟恺和你不一样，他很早就开始和社会上形形色色的人打交道，你做不到的事情，不代表他也做不到。叶迦淇，这个社会没你想象中那样美好。”

叶迦淇冷哼：“行啊沈括，做演讲呢，越来越有老板派头了。”

沈括不卑不亢地回应：“我本来就是你的老板。”

叶迦淇怒气冲冲地离开了办公室，没多久，钟恺走进来，有些忐忑：“沈哥，要是我在这里给你惹麻烦了，那我……要不我还是回去开店吧？”

沈括抬头，不耐地睨他一眼：“你就给我好好待着。”

“就我这学历，跟你们也不、不太搭，待在你们这样一个科技公司，真是有点儿……”

“技术方面的事情不用你，我找你来，有我自己的安排。”

他并不是因为钟恺是他的兄弟才让钟恺来的，市场部那些初出茅庐的大学生，都如叶迦淇一样，放不下傲气和尊严，有些事情，他们做不了，但是钟恺能做。

沈括望向钟恺，沉声说：“做不到的就努力，努力了还是做不到的，就拼命，不要让我真的背上任人唯亲的骂名。”

钟恺的心忽然颤了颤，一股热流涌上心头，他重重地点了点头。

恰好那段时间，公司出了不少问题，叶迦淇和梁庭他们都快要忙疯了，之前谈好的所有项目全部因为客户流失而搁置，最新上线的聊天功能也因为银行的贷款申请被驳回，而被迫下线。

显而易见，这背后有人在捣鬼。

他们的公司刚刚成立不久，根基未稳，哪里架得住陆氏雄厚资本的倾轧。

转眼不过两周，便已经山穷水尽，岌岌可危。而在这种危急关头，钟恺的本事就显现出来了，他每天跑银行，陪银行经理吃饭唱歌搞娱乐……这些大学生不屑于去做的事情，钟恺一应包揽，点头哈腰赔笑脸。没想到，竟然还真让他拉到了几笔贷款。

虽然数额杯水车薪，但是这几笔贷款却是公司那段时间唯一能保命的钱。

叶迦淇这会儿没话说了，不仅他没话说，之前所有对钟恺有意见的员工，现在也都要叫钟恺一声前辈，跟着他学习。

沈括和叶迦淇他们全力开拓市场，梁庭和钟恺则跑银行，尽可能争取到贷款，解决眼前的危机。

陆臻则每天奔波于孟氏集团和陆氏集团，软磨硬泡，东拉西扯，尝试说服他爸妈。

其实人都有一个特性，明明知道这件事是错的，但是一旦迈出了第一步，即便是错的也坚决不肯承认，不肯面对。承认错误并不容易，尤其是陆简那种自负又顽固的男人。

孟知宁保持中立，她知道沈括一步步走到今天有多不容易，他眼睛里有一股韧性，即便被折断了脊梁，只要他还有一口气在，就绝对不会轻易低头。

陆臻甚至跑到陆简的公司和他大闹了一场，但是没辙，最后被保安直接架了出去。

那段时间，他们为了拯救濒于破产的公司，几乎倾其所有，把能卖的都卖了。

叶迦淇那款拉风的兰博基尼跑车、梁庭酷爱收藏的山水字画、钟恺的门市，甚至简瑶都把她的全部积蓄提了出来，交给陆臻拿去应急。

创业这条路，虽有磨难，但因为有沈括挡在前面，总还算顺风顺水。这次危机是他们毕业以后面对的第一场暴风雨。

但他们相信，齐心协力，总是能渡过难关的。

过去一直佛系赚钱、接片随缘的陆嫣也开始疯狂地接通告。

公司有人嗅到破产的气息，陆陆续续地离职，公司运营陷入了内忧外患的困境。

沈括和叶迦淇他们索性把家都搬到了公司里来，每晚熬夜，支撑着服务器的正常运作。

他们所研发的这款聊天软件，年轻人几乎都在用，虽然最近经常瘫痪，但好歹还能够正常运行。

已经有很多项目下线了，如果连这款软件都下了，公司就真的回天乏术了。所以他们现在既要当董事长，又要当程序员，还要当销售和业务员，甚至有时候陆臻还要拿着拖把去打扫厕所卫生。

那天下午，陆小嫣找到了孟知宁，受陆嫣所托，她来帮忙求情，详细地向孟知宁讲述了当初沈括把她救出来的全过程。惊心动魄的情节听得孟知宁提心吊胆。

“当时他的左臂被村民的镰刀划伤，医生都说，只差几厘米就会伤及筋腱，他差一点儿就残疾了，这辈子都摸不了键盘。

“妈，从小你就教育我，要做一个正直的人，正直的人不会恩将仇报的。”

孟知宁捂着狂跳的心，震撼又羞愧。当天下午，她给陆简打了一个电话。

“陆简，这件事就算了吧，换了别的小公司，最多熬不过两周，可是你儿子他们、他们已经坚持了整整两个月了。”

“你心软了？”

“是，我心软了，也心疼，心疼你儿子每天熬夜，现在连家都不回了。”

西装革履的陆简站在办公室的落地窗前，望着鳞次栉比的高楼，淡淡地道：“他们最多还能坚持半个月，我不想之前所有的一切，付诸东流。”

他之前低估沈括了，要扳倒他，陆简付出的代价实在不轻。

“陆臻是你儿子啊，你真的要让他一无所有吗？”

“他怎么会一无所有？”

是啊，他是陆氏集团的继承人，甚至包括叶迦淇、梁庭，他们都不会一无所有。

陆简沉声说：“已经到这一步了，我不能放弃，否则前功尽弃。”

“前功尽弃又如何！”孟知宁急了，“他们是你的敌人吗？他们是你的儿子，你好朋友的儿子，还有你的儿媳妇和你的孙女、孙女婿！都是你的亲人！

何必将他们逼到绝路上……”

“我能怎么办？他爸都死了，是我们陆氏害死的，是我害死的！”陆简的情绪忽然被点燃了，怒道，“想想他以前是怎么对你儿子的！若是将来真的有能耐了，他能放过我们陆家？我甚至怀疑他靠近小嫣都是别有用心，这样的隐患必须除掉，否则后患无穷。”

孟知宁知道，无论是出于心虚还是愤怒，陆简的确是被沈括给吓到了。

能让这个风云历尽的男人如此忌惮，沈括那小子来日绝非池中物。

“陆简，你第一次去我家提亲，我爸妈把你这穷小子的礼物扔出家门的时候，你说了一句话，我至今都没有忘，你已经忘了吗？”

陆简忽然沉默，不说话了。

孟知宁一字一顿地道：“少年人，不可欺。”

公司离职的员工越来越多，剩下的都是跟着陆臻他们一起创业的大学同学，但也没剩多少了，甚至连公司的保洁阿姨听闻公司即将破产的小道消息，都借口家里媳妇生小孩了要回去照顾，辞职了。

陆臻的专业水平比不上梁庭叶迦淇他们，所以闲来无事的时候，他就干保洁阿姨的活儿，拿着抹布，蹲下身，把走廊地板擦得锃亮锃亮的。

简瑶穿着细长的高跟鞋，抱着手臂远远地望着他，嘴角抿起了笑意。

有时候，男人的成熟并不意味着能站多高，而在于能不能弯下腰。

当初那个张扬不羁的少年，也终于一天天地长大了。

简瑶拿着拖把走过来，帮他一起拖地。

陆臻抬起头，看到他的明星女朋友踩着恨天高、穿着一身拉风的时装走过来，手里拿着拖把。

“哎哟，我的小祖宗，别了别了，到办公室去等我。”

简瑶无所谓地耸耸肩：“我帮你一起做，两个人快一些。”

陆臻还是没让简瑶做这些，别说她现在是被粉丝们追捧的大明星，就算不是，他也舍不得让简瑶做这些粗活。

他草草收尾之后，洗了手，拉着简瑶进了办公室。

简瑶说：“干吗要你这合伙人做这些，再请一个保洁阿姨就是了。”

陆臻帮她泡了一杯美式咖啡，说道：“特殊时期，能省则省，小心烫。”

“你们要是舍不得，我帮你们请，能花几个钱？”

陆臻知道简瑶是心疼他，心里甜滋滋的，笑着说：“主要我没什么事，沈括他们业务能力强，我脑子没他们好使，就帮他们搞搞后勤。”

听他说这话，简瑶就不乐意了，眉头皱起来：“别妄自菲薄，你不比他们任何人差。”

陆臻给自己接了杯水，坐到她的身边，笑着说：“我们瑶瑶的嘴好甜啊，来亲一下，尝尝是不是真的这么甜。”说完他便凑过来，捧着简瑶的后脑勺要亲她。

简瑶笑着推开了他：“没逗你开心，我是说真的，我从来没觉得你比任何人差。”

陆臻很感动，不过他自己心里也知道，某些方面，他比不上沈括。早些年他就斗不过沈括，现在更是如此。

“陆臻，你没必要和任何人比，你有你的好，任何人都比不上。”

至少，在她眼里是这样。

他轻轻按住了她的手臂，摩挲了一下，认真地说：“谢谢你认可我。”

简瑶摸摸他的头，拉长调子说：“不谢。”

“你这么好，那允许你亲我一下。”陆臻说着噘起了嘴，“机会只有一次，快亲我。”

简瑶笑了起来：“谁要亲你啊，傻子。”

“少废话，亲我。”

简瑶强忍着笑，凑过去亲了他一下，就在这时，陆嫣忽然推开了房门：“陆臻，沈括在哪里，你有没有看到……

“哎哟，打扰了打扰了，我什么都没看到。”

简瑶立刻推开了陆臻，陆臻很不满地冲陆嫣道：“说了多少次，进我办公室敲门！”

“我下次肯定记得了！”她拔腿开溜，攥着自己的工资卡。

卡上新到了一笔片酬，她忙不迭地赶过来“雪中送炭”。

她跑得太急，迎面撞上了从会客厅出来的梁庭，他穿着一身西装，戴着眼镜，斯文扮相。

他的手落到陆嫣的肩膀上，稳住了她的身形，说道：“当心摔着，多大的人了，还跟小孩子一样。”

陆嫣找不到沈括，索性将卡递给梁庭：“之前沈括答应的，让我入股，资金到位了，拿去。”

梁庭笑了笑，用卡拍了拍她的脑门：“这事儿我做不了主，还得找沈括。”

“他在哪里啊？”

这时候，窗边的叶迦淇忽然道：“他在楼下，见我们的老朋友。”

陆嫣和梁庭一起朝着窗外望去。楼下停着一辆黑色的奥迪车，车外站着一个穿白衬衣打领带的男人，乍一看真有些面熟，只是一时想不起来是谁。

陆嫣望望叶迦淇，问道：“谁啊这是？”

“沈括的师兄，曹志达。”

听到这个名字，陆嫣才想起来，是沈括大学的师兄。

沈括和曹志达还有分歧。

“他来做什么啊？”

“不知道，可能来看咱们笑话的吧。”

曹志达的确是来看笑话的，不只看笑话，他还要收购沈括的公司。

当然，不是他收购，他没那么雄厚的资本，他是代他的老板过来和沈括谈的。

他的老板是恒远科技的李总，李总相当赏识他，听说沈括和他是大学校友，所以特意遣他过来，和沈括聊聊收购的事情。

沈括连门都没让他进，在公司门口就果断拒绝了他。

星辰是他全部的心血，是他和陆臻、梁庭他们努力了无数个日夜才得到的成果，他不可能同意。

“沈括，放聪明点儿，你们星辰已经不行了，何必苟延残喘。”

“回去告诉李总，我们不会卖。”

曹志达说：“李总预言不出半个月，你们肯定破产，现在我过来跟你谈，还能帮你争取一个好价钱，要是等真正破产的时候，就不是这个价了。”

沈括挑起一丝轻蔑的冷笑：“师兄，当初是你信誓旦旦地说，我做的东西只知道一味迎合市场，没有情怀没有理想，不足以推动全人类的进步……那么现在你们又求着要买我的技术，吃相是不是太难看了？”

曹志达脸色很难看，他本来是过来羞辱沈括的，没想到居然被沈括羞辱了，怒道："沈括，现在业内谁不知道你们的资金链断了，马上就要破产了。"

"破产是我的事，与你何干？与你的老板又有何干？星辰是我开发的，如果真的破产了，即便毁掉它，我也不会卖。"

"你……你疯了简直！"

星辰聊天软件几乎所有年轻人都在用，它相当吸引年轻人，尤其受年轻女孩子的喜欢。

这是业内人人觊觎的一块蛋糕，好不容易等到他们公司资金出现危机，这几天想要收购星辰的人也是踏破了门槛，没想到沈括竟然能说出毁掉它这种话！

"你……你真的不卖？不卖你就要负债了！"

沈括冷冷一笑，云淡风轻地说："毁掉它对于我而言，没什么大不了的，我能做出一个星辰，就能做出第二个第三个。"

也就是这一刻，曹志达深深感觉到了他和沈括之间的差距。他永远都不可能成为沈括那样的人，永远……

即便沈括破产了，曹志达也毫不怀疑，终有一日他会东山再起。

他眼角颤了颤，说道："既然你敬酒不吃吃罚酒，那你等着……等着，我不会让你好过……"

曹志达放完这句狠话，转身要走，就在这时，只听"哗啦"一声，楼上一盆水忽然泼了下来，浇了他一身，跟落汤鸡似的。

楼上的陆臻冲他扬扬水桶，招呼道："欢迎下次再来，我们公司的拖地水全给你留着呢！"

陆嫣也笑道："不够这儿还有呢！"

曹志达来不及愤怒，第二盆水又泼了下来，他忙不迭地钻进车里，落荒而逃。

沈括拉了拉自己湿漉漉的衣领，抬头望了陆臻那傻子一眼。

你就不能精准点儿？

半个小时后，沈括从办公室起居间里的浴室出来，陆嫣半蹲在沙发上，拿起吹风机，抓起他黑色的短发，帮他吹干。

陆臻讪讪地站在一边，笑了笑："你在我视线盲区，没看到嘛，误伤误伤。"

沈括懒得理他，蹭了蹭陆嫣的手："你今天休假？"

陆嫣将卡递到沈括手里："我预支了接下来半年的全部通告费，虽然杯水车薪，不过总比没有好。"

沈括攥紧了卡，压着声音说："现在处境困难，我就不跟你客气了，算你入股，等渡过危机，给你分红。"

陆嫣薅着他的头发，笑道："分红？不不，以后你的都是我的……"

沈括双手抱着她的脑袋，揉了揉，满脸宠溺："心真大。"

"当然。"

沙发上，叶迦淇倚着靠背，长腿交叠，面无表情地望着他们："沈括，你真的觉得我们能顺利渡过这次危机吗？"

"不然你以为我们在做什么？"

"我们已经下线了绝大部分功能，现在用户每天都在大量流失，情势非常不容乐观，如果你问我的意思，我建议卖掉星辰，尽可能减少损失，保存实力东山再起。"

梁庭："我反对。"

"你反对什么。"叶迦淇不爽地望向他，"你就是故意跟我唱反调是吧？"

"对，我就是跟你唱反调。"梁庭说，"星辰是我们所有人的心血，说卖就卖，这几年的努力全部白瞎，我不甘心。"

叶迦淇望向陆臻："你怎么说？"

陆臻踢了踢脚边的塑料桶："我都当了这么多天保洁工，白当了？必须撑下去，不到最后一秒，绝不放弃。"

简瑶的手落到了陆臻肩膀上，用力按了按。

别人或许不明白，但她明白，陆臻不是不想放弃星辰，他只是不想放弃沈括。

叶迦淇有退路，梁庭有退路，陆臻当然也有，他回头就是偌大一个陆氏集团，不比留在这里每天扫厕所强千万倍？

他们都有退路，但是沈括没有，前路刀山，身后悬崖，他无路可退。

晚上，男孩们还要继续熬夜工作，叫了几份外卖水饺送上楼。

沈括照例把饺子馅儿剔出来，把里面的虾仁肉馅夹给陆嫣，自己吃饺子皮。

陆臻看不下去了，拿筷子敲敲他的碗："你这也太宠她了。"

陆嫣冲他吐吐舌头："要你管。"

陆臻看看自己空荡荡的碗，自己的吃了还不够，还从简瑶碗里抢饺子，跟沈括比起来，他还真是有点儿惭愧啊。

简瑶将自己碗里剩下的水饺都给他了，陆臻连忙说："别别，你自己吃，我不吃了。"

简瑶漫不经心地耸耸肩："我吃不了。"

"你最近吃得越来越少了。"

"没什么食欲。"

"是不是生病了？"

"不知道，没有吧。"

陆嫣疑惑地盯着简瑶的脸看了半晌，好像是瘦了，整个人看上去越发纤细骨感。

"你在减肥吗？"

"没有，"简瑶摇头，"就是没食欲。"

叶迦淇笑了笑："不会是肚子里有小嫣嫣了吧？"

此言一出，陆嫣手里的筷子掉在了地上，脸色瞬间惨白无比。

你别……别吓我啊。

陆臻也傻了，脑袋僵硬地转向简瑶："你有……有了？"

简瑶伸手将这傻子的脸推开："傻啊，你自己没数吗？"

他们压根儿就什么都没做过，有什么啊。

"就是单纯的胃口不好而已，想什么呢你们。"

陆臻想想也是，他特意查过资料了，只是亲亲抱抱和摸摸，是不会怀孕的。

虽然简瑶否认了，但陆嫣还是很不放心。吃过饭后，陆嫣特意将简瑶拉到公司无人的走廊边，坚决警告她："你和陆臻绝对不能有小宝宝！"

简瑶拧着眉头说："婚都没结呢，哪来的什么小宝宝？"

"结了婚也……"

结了婚也不可以，不能有，简瑶十有八九是产后抑郁，陆嫣绝对不能让这件事发生。可是她没办法把这件事说出来，甚至都没有勇气告诉陆臻，更不可能告诉简瑶。

如果当初她提前知道母亲死亡的原因是抑郁症自杀，绝对不会撮合陆臻和简瑶在一起，她宁可从来没有来过这个世界，也不愿意母亲因为她而病情发作。

“简瑶，婚姻大事……你一定要好好考虑，不要这么快就决定了，知道吗？好好考虑。”

简瑶揉了揉陆嫣的脑袋：“你今天怎么回事呀？怪怪的。”

陆嫣紧张地攥着她的手：“你对我很重要，非常重要，将来不管发生什么，我都会保护你。”

不知道为什么，简瑶的心蓦然被触动了，只要看着这小丫头，便有万般柔情涌上心头。

她轻轻地抱了抱陆嫣，柔声说：“你也是对我很重要的人啊，你和陆臻都是，你们是我的家人。”

夜深了，男孩们陆续回自己的办公室睡觉，这几天他们几乎住在公司里了。

陆嫣在沈括办公室的沙发上睡着了，沈括不愿意让她陪他在这里熬着，索性背起她走出了公司。

小丫头趴在他的背上，稍稍转醒，问他：“去哪里啊？”

“回家。”

小丫头轻轻打了个哈欠，将脑袋搁在他的肩膀上：“你今晚不加班了吗？”

“嗯，今晚我陪你。”

他们的家是一个三居的小洋房，很高端的小区。

沈括说过，这套房子应该是他和陆嫣未来的婚房，所以陆臻帮沈括参考了洋房的装修，全按照她的审美趣味来弄的，流露出浓浓的温馨甜美的氛围。

房间里，所有的用品都是成对的，拖鞋、牙刷、口杯……卫生间里摆满了陆嫣护肤的瓶瓶罐罐，这里俨然已经成了陆嫣的第二个家。

过去沈括从来不知道空荡荡的家竟然可以被填充得这样充实，家里的每一个角落都有女人的物品，都有她的气息与痕迹。

正是因为如此，家才有了意义，有了安心与宁静。

沈括洗完澡，拿着浴巾擦拭着头发，走出来看到女孩穿着他的衬衣，抱着绒毛兔坐在沙发上，脑袋埋进了柔软的角落里。

沈括走过来，将下颌轻轻地搁在陆嫣的肩膀上，陆嫣转醒，嗅到了他身上淡淡的薄荷沐浴露味道。

她回过头，抱住了他的脖子。

沈括掐着她的腰亲了一通，缠绵悱恻，极尽温柔。

陆嫣的脑袋埋进了他的颈窝。

沈括直接将她扛了起来，回到房间，伸手去解她的纽扣，解到第二颗的时候，直接开始扯。

第二天早上，陆嫣懒洋洋地站在镜子前面刷牙，看着自己脖子上的草莓印，脸颊微微发烫。

说到底，沈括终究是父辈那个年代的男人，在戒指没有戴到她手上之前，他不会轻易对她做什么。但……好像也并不是什么都没发生。

年轻男孩总有很多要求，陆嫣也没有拒绝。

董事会上，陆简坐在长桌尽头，听着董事们的汇报，眉头拧成了“川”字。

他完全没有想到那几个小孩居然能坚持这么久，而且他们的坚持让陆氏集团面临了前所未有的财务危机。

“陆总，我真的不明白，为什么我们一定要和星辰作对？”

“本季度我们公司的业绩下滑得厉害，实在不宜和他们僵持下去了。”

大家都知道，和星辰作对是在做损人不利己的事情，但是没人敢说出来。

几个董事对陆简的决策也表示不满，旁敲侧击地道：“即便他们是小公司，但是他们的市场庞大，而且都是年轻人，本来眼看就要破产了，前段时间突然搞了个什么两周年纪念品众筹项目，居然有不少人支持……”

“什么是众筹？”

“不知道……”

“没听过。”

“年轻人的新鲜玩意儿吧。”

陆简的脸色越来越沉，本来他以为要搞垮星辰这么个小公司是分分钟的事情，却没想到前前后后拖了好几个月，他们还在撑着。他倒是低估沈括这小子了。

孟知宁说得没错，少年人，不可欺，陆简倒对他刮目相看了。

另外，陆臻这家伙也让他感觉到意外又惊喜。

现在陆简的心情真的很复杂，一方面，看到自家儿子的成长，他有一股莫名的喜悦，一方面，他又很不甘心。

陆氏集团家大业大，怎么可能对付不了这么个小公司！

“如果全力出击，他们还能撑多久？”

财务经理计算之后，对他说道：“至多不超过半个月，但是陆总，咱们的损失也……”

“最后半个月。”陆简站起身，将手中的钢笔重重地拍在桌上，“如果他们能坚持过去，我就收手。”

两周后的某个夜里，月亮埋入了浓云中，陆嫣从录音棚出来，收到沈括的一条短信：“对不起，我让你失望了。”

陆嫣的心空出一大片，初夏的微风很暖，可她却感觉阵阵寒意刺骨。

身后几个公司的同事下了阶梯，拍拍陆嫣的肩膀：“晚上去唱歌，我们的小天后要不要一起啊？”

“不、不了，我还有点儿事。”陆嫣说完走到街边，快速拦了一辆出租车。

半个小时之后，出租车停在了星辰公司的大门口。

这里已经可以看出倒闭之势了，周围所有的写字楼都亮着明晃晃的灯火霓虹，唯独眼前这栋大楼，晦暗如困兽。

此时已经是晚上十点了，公司空空荡荡，只有梁庭他们的办公室还亮着微弱的灯光。

沈括办公室的门虚掩着，门缝里透出微蓝的光芒。

陆嫣轻轻推开了房门，探头望去，办公桌上的文件堆积成山，房间里唯一的光源来自电脑屏幕。

沈括躺在沙发上睡着了，单手撑着后脑勺，一条腿垂着，另一条腿落在沙发外，黑色西服半搭在他的身上。

他闭着眼睛，长睫毛轻轻覆着眼睑，呼吸轻缓平稳。

他太累了。

陆嫣忽然感觉这样也好，至少，他可以睡个好觉了。

她没有吵醒他，踮着脚轻轻走到电脑前，电脑屏幕上是一则对话框。

通告：

亲爱的用户，当你们看到这条消息的时候，就意味着星辰软件即将下线，造成的不便，我谨代表星辰剩余的全体员工表示歉意。

我们每一个人都像布满夜空的繁星，璀璨绚烂，却遥远而孤独。星辰将每一颗星星连接起来，陪伴你们走过了六百九十二天，我们即将止步于此。

距离软件下线还有十二个小时，这段时间，留给你们相互道别或者留下别的联系方式。

但请相信我，这不是结束。天涯路远，来日再见。

——沈括

陆嫣感觉喉咙里酸酸的，她点进通告下面的留言板，在短短半个小时里，网友们的评论已经有上万条。

什么！星辰要下线了？用不了了？天哪！为什么会这样？

星辰下线，我会丢掉好多朋友，他们都是现实中不认识的陌生人。

好舍不得，真的舍不得，我好不容易从小行星升级到恒星级。

每天登录星辰都已经成习惯了，我所有的朋友也都在用星辰，老大，你们真的要这么残忍吗？哭。

我长得不好看，现实中朋友很少，也不敢跟人讲话，害怕别人不喜欢我。通过星辰，我认识了很多朋友，他们不在意我的外貌，愿意和我聊天，如果星辰真的下线了，我就会失去他们。

陆嫣一路往下拉，评论区里哀号一片，看得出来，用户群体几乎都是年轻人，他们表达着自己的愤怒、不舍和悲伤……

在这个时代，互联网社交处于起步阶段，社交软件虽然不止星辰一个，但是这些社交工具普遍做得不够好，有很多瑕疵。

在这种情况下，星辰出现了，沈括从一开始就面向年轻人市场，开发出各式各样的社交方式和游戏，同时也兼顾情怀，几乎一出现就以王者之姿霸占了整个市场。全网几乎没有任何一个社交工具能够和星辰庞大的受众群媲美。

如果不出意外，摆在他面前的将是何等绚烂的星辰大海啊。

陆嫣看着这些不舍的评论，满心愧疚，一定程度而言，星辰下线和她脱不了干系。

沈括在她和事业之间，选择了她。

陆嫣用力擦了擦眼角，走到沈括身边，将滑落的西服外套盖在他的身上，低头轻轻吻了吻他的额头。

走出公司大门，陆嫣摸出手机，给芭朵的苏珊女士打了个电话。

"苏珊女士，上次您跟我提到三年合约到期续约的事情，我考虑好了，我愿意续约。"

苏珊还没来得及高兴，就听到陆嫣又说："这一次，续终身。"

电话那端，苏珊沉默了很久，才道："说吧，你有什么条件。"

清晨，和煦的阳光透过白纱帘斜斜地映入屋里，沈括眨眨眼睛，醒了。

睁开眼，首先映入眼帘的便是陆臻那一张大脸，他一脚踹过去，幸亏陆臻闪得快。

沈括坐起身，看到梁庭、叶迦淇他们都来了，还有几个从大学毕业就跟着他们一起干的同学，一起聚在他的办公室里。

沈括看看手表，现在是早上七点，距离软件下线的时间还有两个小时。

他们这么早便聚了过来，每个人的表情都很沉重，倒有点儿诀别的意味。

沈括解下手表，放到了桌上。

"等着吧。"

男孩们都没有讲话，都在办公室里站着。

八点，西装革履的曹志达居然又来了。一看到他，陆臻气不打一处来，抓起拖把就要赶人。

“你又来干什么？”

这次，曹志达身边带了两个保镖，护着他坐到了沈括办公室的沙发上，他笑着说：“我来见证你们星辰正式倒台的历史性时刻，怎么，不欢迎啊，我还带了香槟呢，帮你们庆祝庆祝！”

他说完，还真拿出了两瓶金箔纸包装的香槟酒，放在茶几上。

叶迦淇不爽地说了声：“小人得志。”

曹志达可不是小人得志吗？尾巴都快翘到天上去了。

沈括没有理会他，静静地坐在桌前。

时间一分一秒地过去。

在场谁都没有说话，气氛沉闷至极。

曹志达把玩着自己腕间的手表，优哉游哉地说：“八点四十了，不如现在就下了呗，坐在这里干等也是浪费时间。”

没有人搭理他。

他自顾自地继续道：“等吧等吧，反正迟早都要下，最后二十分钟，哦不，十五分钟，我看你们还能翻出什么浪花来。”

依旧没人理他，他有些尴尬地拉拉领带，别过头望向窗外。

最后五分钟，曹志达又开口了：“其实你也没必要太难过，哈哈，等你们破产以后，所有的东西包括你们的设计，都会被拍卖，到时候星辰照样会上线运营，不过就是换个主人罢了。”

沈括修长的手指尖落在电脑键盘的回车键上，他淡淡地道：“曹志达，你真的以为，我们破产之后，你能得到星辰吗？”

曹志达狐疑地看着他：“什么意思？”

沈括眼角微扬，扯出一抹冷笑：“我沈括，从来不为他人作嫁衣。”

曹志达盯着他落在回车键上的手指，心头升起一丝不妙的感觉，他恍惚间记起，沈括第一次参加 TXPC 比赛获奖的设计，就是一款自毁程序。他瞬间明白了沈括的冷笑意味着什么。

“你、你想毁掉星辰？你疯了吗？”曹志达激动地站了起来，“你们做了这么多年才做出来的东西，你就忍心毁掉它？”

他望望陆臻和叶迦淇，他们表情平静，似乎早有预料，也和平接受了。

“一群疯子！你们真是疯了！”

这下曹志达是真的害怕了，之前他等着沈括按下回车键，但是现在，他却害怕沈括按下回车键。

一旦按下去，这个世界上就再也没有星辰了。

“沈括，别、别冲动，再好好考虑一下，这可是你们的心血啊！毁掉太可惜了，我们李总说可以出这个数，出这个数买你们的星辰！”

他伸手比了个八——八百万。

“这些钱足以还清你们所有的债务。”

几个人都没把这八百万放在眼里，他们现在毁掉的不过是一款软件，并不是星辰，星辰刻在他们的脑子里，只要他们愿意，还可以合作，做出一款一模一样甚至更加优化的“星辰”。所以，自毁程序并不是一时逞意气，而是深思熟虑的结果。

他们不会让别人得到星辰，得到他们好不容易攒下的庞大市场，哪怕暂时告别，他们也有信心东山再起。

陆臻拿起拖把，跃跃欲试地又想赶人了，最后的几分钟时间，他可不想让这个讨厌鬼在这里破坏气氛。

沈括闭上了眼睛，心里开始倒计时，落在回车键上的手指也不由得加重了力道。

然而就在这时，办公室的电话铃声忽然响了起来。

众人同时感觉到一阵烦躁，叶迦淇接起了电话，态度恶劣地说：“不管是谁，现在都没空！”

说完这话，叶迦淇忽然噤声，听着电话，脸色变了又变。

良久，他挂断了电话，对沈括说道：“我们……有资金了！”

陆臻放下拖把，不敢相信自己的耳朵：“怎么回事？”

“有人要投资星辰！”叶迦淇抑制不住兴奋的情绪，“我们的资金链可以补上了！”

沈括落在回车键上的手指蓦然收了回来，掌心已经出了一层细细密密的薄汗。

无疑，来自芭朵的这一大笔投资，解了星辰眼下的燃眉之急。

不只是沈括他们松了一口气，全网的星辰用户也都松了一口气。

他们可舍不得经营了这么久的社交账号被销毁，对于他们而言，星辰不仅仅是一款社交软件，更是他们与陌生人成为朋友的唯一纽带。

正如沈括所说，每一个人都像天上的星星，璀璨绚烂却无比孤独。

星辰就像细密的蛛网，拉近了彼此之间的关系，从此以后，漫天繁星不再孤独。不过，沈括的心却没有办法放下，他知道，芭朵不可能无缘无故地投资星辰。

晚饭后，陆嫣盘腿坐在床上，玩着游戏机，沈括倚靠在门边，望着她的背影出神。

小丫头穿着他的宽大的白色 T 恤，娇小的身形被衬得越发玲珑有致。

白 T 恤很旧了，是他高中时穿过的，现在早已经不穿了，不过陆嫣很喜欢这件衣服，之前搬家的时候，她特意将这件 T 恤留下来，沈括不穿了，她便将它当睡衣穿。

胸前的胶印图案虽然已经完全褪色，但是陆嫣总说这件衣服有沈括年少时的味道。

"啊，输了！"陆嫣激动地捶了捶床头，侧过脸看到沈括站在门边，她眨眨眼睛，坐起身问，"你看什么啊？"

沈括深深地望着她，没有说话。他穿着一件乳白色的居家服，柔和的光线笼罩着他，气质温润。

陆嫣见他的绝大部分时间他就是一身职业的西装，很难见他有日常放松下来的时候。

他那双深邃的眸子，看得陆嫣莫名有些心虚，她将发丝挽到耳后，低头看了看她的游戏机屏幕，又望望沈括："你……这样看我干吗？"

沈括走到床边，目光落到她的游戏机上，柔声问道："在玩什么？"

"游戏呀，总是输，一把都没赢过。"

沈括接过游戏机，三两下便帮她通了关，重新递给她："赢了。"

"哎……"

她看着屏幕上顺利通关的字样，又望了望沈括。

为什么男人总是不懂，她要的又不是游戏通关，她要自己赢啊！

陆嫣迟疑地问：“你是不是有话要讲？”

沈括牵起了她的手，指尖细细摸着她掌心的纹路。

“你又帮了我一次。”

“呃。”

就知道，她瞒不过他。

当初，在他还是个一无所有的穷大学生的时候，陆嫣帮他交了三千块学费。

后来，沈括买了好几套房产，都没跟她商量，全写了她的名字。

“那这次，我该用什么感谢你？”他湿热的呼吸拍打着她的脖子，带了点儿旖旎的意味。

陆嫣一个激灵，往角落挪了挪，惊悚地看着他：“不、不不，不用客气啊，我……我也不完全是为了你，还有我爸……”

沈括望着她，嘴角忽然扬了扬，凑过来轻轻吻了吻她的唇，将她剩下的话封在了喉咙里。

那晚，陆嫣被迫醒过来好几次。她终于明白，为什么沈括要选在这个时候。

他心里蓄积了情绪，这些情绪没有办法用言辞表达。但是陆嫣感受到了，从他时而温柔时而暴躁的动作中，从他痴迷的眼神和他每一寸的皮肤中，她都能感觉到——沈括爱她到了极致。

这个年代流行一句老话叫“男人征服世界，女人征服男人”。但是陆嫣觉得这话不对，她就一小白，哪有那么大的本事去征服沈括。

沈括彻彻底底地把她给征服了，完全让她服气了。所以那段时间，陆嫣对沈括的态度格外温顺。

连陆臻都时常揉着陆嫣的小脑袋，说她最近好像有点儿变了。

陆嫣娇小的身子本能地依偎在高大挺拔的沈括身侧，牵牵他，蹭蹭他，满眼似水的柔情。

沈括越发疼她，疼得入骨入髓。

那段时间，空气里总是飘着无比甜蜜的粉红色泡泡。

生活与事业总是相辅相成的，经历过这次危机之后，沈括的事业终于开始节节攀升。

连陆简这样的老派大老板都没能将他击败，从此以后，再也没有人能够击败他了。

后来沈括带陆嫣去海边旅行了，两个人宛如新婚，如胶似漆，惹人羡妒。但是风平浪静的闲暇时光并没有持续太久，简瑶之死这件事宛如乌云般压在陆嫣的心头。尤其是他们旅游回来之后，陆嫣和简瑶几次接触，能够明显感觉到简瑶的情绪不太好，易怒，脾气也坏了很多。

那天晚上，大家一起吃饭，在饭桌上，因为简瑶不喜欢吃苦瓜，而陆臻将苦瓜夹到了她的碗里，简瑶竟直接将碗里的饭菜倒扣在桌上，完全不顾及陆臻的面子，冲他发了火："我说不吃就不吃，你是听不懂人话吗？"

陆臻的脸色极其尴尬，他拉拉简瑶的手，低声说："行，咱不吃苦瓜，吃别的，服务员，重新拿一副碗筷来。"

简瑶心头压着一股无名之火，无处发泄，所以拿着包起身离开了饭桌："不吃了，走了。"

这世上还没人敢这样给陆臻甩脸子，除了陆嫣以外，众人都有些吃惊。

梁庭立刻出来缓和气氛，笑着对陆臻说："把媳妇儿都宠出脾气来了，还是你行啊，陆臻。"

陆臻苦笑了一下："她工作压力大。"

陆嫣和沈括对视了一眼，脸色都有些微妙。

叶迦淇事不关己高高挂起，漫不经心地评价道："也就你喜欢这款，完全没有女孩该有的样子。"

"关你什么事。"

"不关我的事，反正又不是我女朋友，谁苦谁知道。"

这顿饭不欢而散，本来陆嫣是想叫住陆臻，聊聊简瑶的事情，不过中途简瑶给陆臻打了三个电话，催促他赶紧回家，所以陆嫣话还没说出口，陆臻便马不停蹄地匆匆赶了回去。

陆臻不是没有脾气，但是他从来不会在外人甚至是陆嫣面前，冲简瑶发脾气。但是在家里，两人也免不了吵吵嚷嚷。

陆臻已经准备好了一套发作的台词，深呼吸，假装自己很凶的样子，用钥匙拧开门，大喊了一声："简瑶，你给我滚出来！"

房间里空荡荡的，没有开灯，周围一片漆黑。

厨房里似乎有微弱的光线映出来，陆臻换了鞋，走到厨房推开门。

简瑶背对着他，似乎正在煮东西，边煮边吃。

她没吃晚饭，兴许是饿坏了。

陆臻揉揉鼻子，冲她喊道："刚刚你让我很没面子，知道吗？"

简瑶没理他，拿着筷子继续吃。

"快道歉，不然我今晚跟你没完！"陆臻没好气地说，"你还吃，吃什么……"

陆臻话音未落，忽然看到旁边的案板上摆着半截苦瓜，他猛地睁大眼，愣住了。

"你在吃什么？"陆臻走过去，看到简瑶正在嚼一根半熟的苦瓜，锅里热气腾腾，煮着另外一根。

"简瑶！"陆臻脸色稍稍变了，"你不是……不爱吃这个？"

简瑶大口吞咽着，眼泪跟着滚了出来："对不起。"

陆臻眉心紧蹙，夺过她手里的苦瓜，扔进了垃圾桶："不爱吃就别吃啊，多大个事。"

"对不起！对不起，对不起，对不起……"她一连说了十几个"对不起"，边说边哭，"我不该对你发脾气，不该当着那么多人让你没面子，对不起。"

陆臻之前准备的话全都被抛到了九霄云外，他连忙回抱住简瑶，轻轻抚着她的后脑勺，柔声说："嘘，好了，没事了，我又不生气，完全不生气。"

简瑶的情绪似乎不太对劲，很崩溃，回来的路上她就后悔了，几乎是一路哭着跑回来的。

"我买了苦瓜。"简瑶指着桌子，哭着对陆臻说，"我把它们全吃了，全吃了跟你道歉。"

陆臻感觉自己的五脏六腑都被拧在了一起，他抓住简瑶的肩膀，用力晃了晃："瑶瑶，你到底怎么回事？你别吓我啊！"

简瑶用力地摇头，踮脚吻住了陆臻，边吻边哭，眼泪落入唇间，满口咸涩。

“陆臻，让我补偿你吧。”

陆臻还没反应过来，简瑶已经把他压在身下，加深了亲吻……

陆臻感觉头皮顷刻间炸了。

不知过了多久，简瑶终于不哭了，情绪也平复了很多。

陆臻躺在床上，望着天花板怔怔地发呆。

简瑶小鸟依人地躺在他身边，将脑袋埋进他的臂弯里，陆臻顺手揽住她，说道：“以后不要这样了。你这样的道歉方式很吃亏，我本来……就没怪你。”

简瑶抱住他的腰，闭上了眼睛：“我越来越不好了，陆臻，再这样下去，迟早有一天你会讨厌我。”

她很害怕，很惶恐，只能用这样的方式让他开心。

陆臻的手顿了顿，然后他坐起身，手落到她的肩膀上：“永远没有那一天，我发誓。”

简瑶眼睛湿漉漉的，含着泪花望着他，无助得像个孩子：“真的？”

陆臻伸手，用指腹揉了揉她的眼睛：“你在我身边，跟我说话，甚至跟我吵架，这些就是让我最开心的事。”

她眨巴眨巴眼睛：“那你不要别的了吗？”

陆臻顿了顿，揉揉她的后脑勺：“当然，如果你心情好，想跟我有点儿别的什么，我……我也不会拒绝。”

那段时间，陆臻总能在楼下看见一个男人的身影。

他高高瘦瘦的，皮肤特别白，长相不错，有几次陆臻和他迎面而过，能看到他白色的瞳仁里带了点儿黄渍，整个人的精神状态也有些颓靡。

一开始陆臻并没有在意，直到某天下班回家，看到简瑶和那个男人站在角落里说话，简瑶看着情绪似乎很激动，脸都红透了。

她最近特别容易上火，神经很敏感。陆臻以为是粉丝恶意骚扰，正要上前阻拦，却忽然看到简瑶从包里摸出钱砸在那人的身上。

陆臻立刻顿住了脚步，隐在了树后，观察两人。

简瑶踩着高跟鞋，怒气冲冲地离开了，那人捡起了地上散落的钞票，嘴角挂着笑意。

这些年，陆臻的性子沉稳了许多，不再像过去那样冲动，因此，他没有直接上前询问。

晚上，简瑶在洗澡，陆臻走到浴室门外，犹豫了片刻，终于开口问道："瑶瑶，你最近是怎么回事？"

浴室里，水流声忽然中断，简瑶沉默了半分钟之久，说道："什么怎么回事？"

"你很不对劲。"他沉声说，"刚刚在楼下，我看到你给那个男人……"

他话音未落，简瑶忽然拉开了浴室门，吓了陆臻一跳，本能地往后退了两步。

简瑶穿着一条黑色的长裤，用浴巾擦拭着头发，说道："你看到了什么？"

"就是……"

被她那双黑漆漆的眸子盯着，陆臻竟莫名有些心虚，倒像是自己做了什么不见光的事情似的："看到你给他钱。"

简瑶沉着脸色说："哦，公司同事，之前借给我钱，还给他。"

"是吗？"

"不然呢？"简瑶背过身去，拿起梳子和吹风机开始打理头发，不再看他，或者说，不敢看他。

简瑶是直爽的性子，并不擅长说谎，她的谎言哪怕是笨拙如陆臻都能一眼看破。但是他并没有拆穿她，而是走到她身后，低头吻住了她光洁的后脖颈："任何事你都可以跟我说，知道吗？"

简瑶的身体明显地僵了僵，但她还是什么都没说。

陆嫣特意去咨询过医生，简瑶的这些状况，很符合抑郁症前期的征兆。

医生说，抑郁症就跟心脏病这类疾病一样，不仅仅是单纯的心理障碍，甚至还有生理反应，譬如失眠、食欲减退、思维麻木、肢体疼痛等。

陆嫣没有办法再瞒着陆臻，特意将他叫出来，把这件事以及她的猜测原原本本地对他讲了一遍。

"你说什么玩意儿？"陆臻显然没听说过"抑郁症"，所以很不理解，紧张地问，“她是不是遇到什么不开心的事了？还是遇到了什么困难？”

陆嫣摇摇头，将医生给她的抑郁症的资料递给陆臻，向他解释道：“虽然没有明确的医学证据表明抑郁症会基因遗传，但是医生说，绝大部分抑郁症呈现家族特征，简瑶的母亲曾经患有抑郁症，并且自杀了。”

陆臻拿着资料的手开始颤抖了起来，还没等他回过神来，陆嫣继续说道：“有件事，我一直都没有告诉过你。”

陆臻抬起头，眼睛里带了些微血丝：“什么？”

她喝了一口咖啡，尝试让自己的情绪平静下来，但声线还是很难平稳：“未来的简瑶，在生了你们的第一个孩子也就是我之后，不到三个月就自杀了。”

“啪”的一声，陆臻手里的咖啡杯掉在了地上，摔得粉碎。

“自杀……”他怔怔地摇头，难以接受，“你在胡说什么啊。”

“我没有胡说。”陆嫣忽然握住了他的手，“爸，我们不能让悲剧再次发生，绝对不能！”

陆臻的手早已经冰凉似铁，他难以置信，紧紧地攥着那份抑郁症的资料：“怎么会……”

陆嫣明白，骤然知晓这件事的陆臻，肯定没有办法接受。

她给他时间，等他慢慢冷静下来。

“你应该也注意到了，最近简瑶的情绪很不对劲，已经有了抑郁症初期的症状。”

“是，她最近是有些……不太对劲，但她说……只是工作压力太大而已，那天晚上她还哭着跟我道歉，我……我都没有多想，我真是个混账！”陆臻搓着手，眼下已然方寸大乱。

陆嫣握住了陆臻的手：“爸，你先不要紧张，抑郁症不是药石无医，只要好好调养，会好起来的。”

“可是你刚刚说她……说她……”他声线发抖，甚至不敢说出那两个字。

“很多事情已经改变了，不是吗，你和沈括，过去那样水火不容，不是也已经握手言和了吗？”陆嫣尝试着安慰他，“有我在，一定不会有事，但前提是，咱们别自乱阵脚。”

陆臻望向陆嫣：“你说，以前她是什么时候出事的？”

“我出生以后三个月。”陆嫣沉声说，“如果她的病情真的在生完孩子之后加重，那么你们就不能考虑要孩子。至少，在她的病情稳定之前，你们不能……”

她话音未落，陆臻像是忽然想到了什么似的，猛地站起身，跌跌撞撞地跑出了门。

办公室里的电脑屏幕上，正在播放简瑶参加综艺节目的视频。

画面中的女孩乐观开朗，言辞机智又风趣，甚至连主持人有时候反应也不及她，她真诚又坦率，完全没有别的女星那种矫揉造作之感。

在陆臻眼中，她是最好的，无论是过去那个骑着摩托车载他兜风的简瑶，还是眼前这个敏感脆弱、拼命掩饰自己缺陷的简瑶，在陆臻眼中，都是最好的简瑶。

就在这时，梁庭推门而入，将文件夹递到桌前，说道：“查到了。”

陆臻按下空格键，视频暂停，定格在简瑶微笑的时候。

“说。”

梁庭打开文件，将资料递到陆臻的手中：“这个男人名叫陈栾，北城人，简瑶的前男友，初中的时候两人谈过恋爱。”

梁庭和陆臻是多年的至交好友，所以说话时也完全没有顾忌：“考虑到我们嫂子过去如你所说是‘如风一般的少女’，所以她的前男友也是个风一般的少年，准确来说，就是小混混，高中没念完就辍学了，没正经工作，一直混到现在，据说酷爱赌博。”

陆臻拿着资料的手蓦然攥紧了：“准确吗？”

梁庭走过来，拍了拍他的肩膀：“你兄弟我什么时候给过你假消息。”

的确，从小到大，陆臻都很依赖梁庭，他好像总能眼观六路耳听八方，帮陆臻解决过不少问题。

“梁庭，这男人……我要见他，想办法联系，捆也要捆到我面前来。”

梁庭嘴角扬了扬：“人我已经给你带来了，就在门外。不需要捆，咱们星辰的老板要见他，一个电话他就忙不迭地赶来了。”

办公室里，两个男人见了面。

陈栾站着，陆臻坐着，两个人沉默地对视了约莫半分钟，谁都没有率先开口。

陆臻没让梁庭离开，不过他自己感觉气氛诡异，不好待下去，所以悄无声息地走出办公室，给陆臻留一点儿空间，但他又放心不下陆臻，所以站在门边没走远。

陈栾是什么样的人，他调查得很清楚。过去他和简瑶一起唱歌搞乐队，是抽烟打架的一把好手，完全就是个不良少年，绝非善茬。和他比起来，陆臻过去那点儿“业绩”简直不算什么，已经属于很乖了。

陆臻打量着面前的男人，他很瘦，形销骨立，单眼皮，脸色苍白，容貌英俊，尤其是侧脸，依旧能看出年少时的清秀。

这家伙初中时能当他情敌，倒也不意外。

谁不喜欢好看的人，简瑶当初选他当男朋友，还动过真心，可以想见这家伙那时候不知道帅成什么样子。

远看的确是个帅小伙，但是不能近看，近看，就能看出他眼瞳混浊，嘴唇干燥发紫，皮肤也很差，有病态的感觉。和他的瘦削相比，陆臻的身材简直太健壮了。

终于，陈栾沉不住气率先开口：“陆总，您好。”他不自觉便加了敬语，把自己的地位放低。

陆臻今时不同往日，早已经不是过去那个初出茅庐的浑小子了，他是星辰的董事。

而今的星辰，发展速度之快，知名度之高，也是令人瞠目结舌。

前段时间，他们甚至还上过央视的新闻联播，报道侧重于宣扬这几个年轻人打拼创业的故事，宣扬他们敢为人先的拼搏和创新精神。由此可见，他们的事业正处于蒸蒸日上、势不可当的时期。

此时此刻，站在这高端奢华的办公室里，面对这个西装革履、面无表情的男人，陈栾感觉自己的气息都弱了几分。

尽管陈栾竭力地保持镇静，但是在陆臻面前，他的气场还是弱了许多。

毕竟男人的自信心永远只靠一样东西支撑，那就是事业。

陆臻在他面前可以保持泰然自若的姿态，可是陈栾只能伪装淡定。

“陆总，您今天叫我来，有事吗？”

陆臻也懒得跟他寒暄，直入主题道：“离简瑶远点儿，我可以当什么事都没有发生。”

陈栾看着陆臻，心里燃起了些微怒火。

他凭什么这般高高在上地对自己讲话，不就是仗着有几个破钱吗？

男人一旦愤怒，也会生出些虚张声势的勇气：“陆臻，你知道简瑶为什么要见我吗？”

“我不想知道，我只想让你今后消失在她的视野里，如果你做不到，我会帮你做到。”

就连门外的梁庭听到这里都忍不住扬了扬嘴角。

沈括没让陆臻做研发，而是让他跟着钟恺负责市场，这是相当明智的选择。

这么长时间在生意场上尔虞我诈的历练，已经让他整个人脱胎换骨，首先气势上就不输给任何人。

陆简教过他，生意场上与人打交道就是一门艺术，就算心里慌得不行，面上也必须强装镇定。所以这会儿和情敌间的较量，很明显能看出来，陆臻技高一筹。

陈栾愤愤地看着陆臻，情绪已经开始不稳定了。一旦对手的心理防线崩塌，势必会露出破绽，所谓言多必失，陆臻就是要逼他愤怒，让愤怒冲垮他的理智。

“你真的很嚣张。”陈栾狞笑着对他说，“不过有件事你肯定不知道，如果你知道的话，简瑶也没必要这样千瞒万瞒，甚至不惜花钱收买我。”

说完这句话，陈栾打量着陆臻的神情，但是让他失望的是，陆臻并没有露出他所期待的表情，也没有追问，就只淡淡地发出了一个“哦”字。

“难道你不好奇她究竟瞒着你什么事吗？”

陆臻淡淡一笑：“我需要好奇什么吗？”

“她一直都在骗你，你也不好奇？”

“她骗我什么，骗我的钱还是骗我的色？”

陈栾控制不住了，情绪激动地说：“她的腿，她的腿很难看！她以前……”

“够了。”陆臻打断了他，“做生意讲究契约精神，你既然收了她的钱，就应该替她守口如瓶，这不用我来提醒你吧。”

陈栾深深地望着陆臻：“难道你就真的……一点儿也不在乎？”

“我需要在乎什么，她人都是我的。”

“陆臻，既然你是做生意的，那我问你，如果买了喜欢的商品回家，却发现商品有瑕疵，难道你不想退货吗？”

陆臻忽然站起身，表情冷了冷。

简瑶说过，自己被伤害过，被抛弃过，这几乎成了她青春时期笼罩心头挥之不去的阴影。

面前这男人，当时就是这样的想法吧，把她当成能随便丢弃的商品。

陆臻感觉恶心至极，也愤怒至极，无法容忍自己心爱的女孩被人这般轻薄。陆臻难以再保持理智，挥手就是一拳，稳稳地落到了那男人的脸上。

陈栾趔趄着退后，撞倒了一个茶几柜，然而等他要还击的时候，梁庭和几个保安冲了进来，架住了他。

“把他给我赶出去，我不想再见到他。”陆臻说完，背过了身去，“陈先生，请回吧。”他对陈栾说。

陈栾知道眼下这情形，自己占不到任何便宜，只能怒气冲冲地离开。

梁庭看着他的背影，微微蹙了蹙眉，再回头看陆臻。

陆臻重新坐回他的办公椅上，扯了扯领带，骂了一声，气得发抖。

他倒还算沉得住气，只给了陈栾一拳，要换他以前的性格，兴许人就要躺着出去了。

梁庭笑着对他说：“刚刚很酷。”

陆臻气呼呼地说：“我想卸他一条腿。”

梁庭不无欣赏地说：“但你忍住了。”

他揉揉鼻子：“我觉得他有点儿不对劲。”

“你也看出来了？”

“嗯。”

陈栾摸打火机点烟的时候，手在不住地颤抖……

“帮我查查，他是不是在……”

陆臻没有说后面两个字，但梁庭心领神会，明白了他的意思。

晚上，陆臻亲自下厨，做了一桌丰盛的晚餐。

饭菜上桌之后，他还点了蜡烛，准备和简瑶吃一顿浪漫的烛光晚餐。

很快，门边传来钥匙入孔的声音，陆臻站起身迎向简瑶：“瑶瑶，我做了你最喜欢的……”

话音未落，简瑶径直走到他面前，攥住了他的衣领：“为什么自作主张？”

“瑶瑶……”

“谁让你见他，谁让你自作主张……”

陆臻脸上的笑容终于消失了，他扯开了简瑶的手，一字一顿地说：“简瑶，我是真心的。”

“我问你为什么自作主张？”

“我是真心……”

“陆臻你浑蛋！”简瑶脸颊涨红，已经完全失控，扬起手便是一巴掌。

“我是真心想要跟你走完余生。”他说完这句话，简瑶这一巴掌也落了下来，但是在距离他脸颊不过几毫米的位置停住了。

我是真心想要跟你走完余生。

这句话，他说得坚定而决绝。

简瑶的手战栗着，全身都跟着战栗……她捂住了自己的脸，无助地蹲了下去。

“他都告诉你了对不对，我是个丑八怪，看着都让人恶心……”

陆臻站在她面前，居高临下地望着她：“你真的以为我什么都不知道吗？”

简瑶的身子蓦然一颤。

“不就是烫伤，多大的事儿。”陆臻望向窗外，漫不经心地说，“我屁股上还有胎记呢！”

简瑶本来在哭，听到他说这句话，又差点儿笑出来。

陆臻将她拉起来，坐到沙发边，搂着她替她擦干了眼泪。

“别说你腿上有疤痕，就算你没腿，装假肢，我只要认了你，就会疼你。”

简瑶眨巴眨巴湿漉漉的眼睛，望着他：“你……什么时候知道的？”

“你睡觉跟头猪似的，我怎么弄你都不醒，我就看了。”

简瑶猛地望向他，本能地扬手又要打他，陆臻连忙躲开：“哎哎，开玩笑，没有，我怎么敢，借我熊心豹子胆也不敢啊！是高中毕业的时候知道的。”

“高中毕业的时候？”

简瑶没有想到，她竭力隐瞒的一切，其实他早就知道了，更没有想到，那么早就……

想想也是，其实这些事不难打听，街坊邻里都知道，她自以为能瞒天过海，以为只要自己不说，他就永远不会知道。

她也是够傻的。

他装了这么多年，一直在骗她，只为了保护她那可怜的自尊心。

当年那个因母亲早逝、父亲酗酒而无人照料的女孩，很小的时候便学会了照顾自己。

一次意外，她烧开水的时候不小心踩滑，水壶里滚烫的开水溅出来，烫伤了她的腿。左边的腿上留下了永远无法复原的疤痕，右边大腿根也有。

“我觉得吧，有时候我确实会因为漂亮而去喜欢一个人。”陆臻掏心掏肺地对她说，“但是不会因为漂亮，去爱一个人。”

“就像我以前喜欢的那个人，挺漂亮一女孩，我也想过要爱她，可做不到，我不爱她，你知道为什么吗？”

简瑶摇了摇头。

“因为她不值得我爱，”陆臻认真地看着她，“但你值得。”

就在他说出“值得”的那一瞬间，简瑶的心结骤然解开，过去自以为放不下的一切，全烟消云散了。

是啊，她是那么好的女孩，腿伤算什么，她完完全全配得上陆臻一生的爱。

简瑶问他：“那……你想看吗？”

“可以吗？”

“可以，我给你看。”

他说过，真心想要跟她走完余生，简瑶相信他。

几分钟后，简瑶脱掉了长裤，站在他面前，手紧紧地攥着长T恤的衣角，很紧张。

陆臻盯着她看了许久，沉默着，没有说话。

简瑶甚至不敢直视他的眼睛，满心忐忑。

“如果你觉得不舒服，我……我理解。”她犹豫着说，“我不会生气，我……”

陆臻忽然开口，打断了她：“所以，就这样？”

“啊？”

“就这样啊。”简瑶茫然，“你还要怎样？”

“你知道我是怎么想的吗？”

她摇摇头。

陆臻拉着她走到沙发边，坐下来，让她坐到自己的腿上：“你知道我是怎么想的吗？”他反复问完又不回答，自顾自地笑了起来。

简瑶预感到这家伙脑子里肯定没装好东西。

“你知道白萝卜吗？上面大，下面小的那种，我以为你的腿……”

简瑶一把捂住他的嘴：“好了，住口。”

你不用说了。

陆臻抱着她，用脸颊去蹭她的头发：“真的，我每天都在猜，这到底得丑成什么样才能让你这么敏感啊，没想到就……就烫了几块疤痕而已，我还以为你的脚变成大萝卜了呢。”

简瑶无言以对。

陆臻轻松的态度让她感觉长期压抑在心里的石头重重落了地。但同时，她也明白陆臻是故作轻松，他是在安慰她。

“谢谢你，”简瑶望着他，真诚地说，“陆臻，谢谢你。”

“谢我什么啊？”

“谢你的一切。”

谢谢你爱我。

所有的残缺、坏脾气、自卑与不堪……都因为这个男人满心热忱的爱，变得轻飘飘的，一切自以为放不下的，其实都没那么重要。

那天晚上，陆臻格外温柔，温柔得简直要融化了似的。

简瑶从来不知道，她的男人，那个曾经热情而莽撞的少年，而今穿上西装就开始扮酷的傻大个，竟然会有这样温柔的一面……

陆臻吻着她，满眼怜惜，满腔柔情，每一分钟都要将她融化。

陆臻知道，陈栾不会轻易放过他，但他没想到陈栾会做得这么绝。

简瑶腿上有疤痕的消息被一家娱乐小报报道之后，迅速在网络上蔓延开来。

网友们很难想象，他们心目中宛如女神一般的简瑶，腿上竟然会有这样的缺陷，难怪她平时从来不穿短裤和裙子。

这也……太可怕了。

我真的很喜欢她，没想到她竟然瞒了这么久。

既然要当艺人，得有点儿职业素养吧，说白了艺人就是卖一副皮囊，身上有这么严重的缺陷，还当什么艺人啊。

楼上说话太难听了，简瑶又不是演员，是歌星好吧，只要唱歌好听，别的不重要。

算了，以后不会追她了，我无法想象女神那么丑的样子。

简瑶我永远支持你！

现在简瑶的公司楼下也挤满了记者，只要简瑶一露面，他们便一窝蜂地聚拢过来。

“简瑶，你腿上的伤是怎么弄的？”

“你是故意隐瞒伤情的吗？”

“公司知道这件事吗？”

这段时间陆嫣推掉了所有的通告，陪在简瑶身边，跟她一起渡过难关。

“你们能不能别问了！”陆嫣愤慨地望着他们，大喊道，“就算没有良心，但你们好歹也是个人吧，能不能不要像苍蝇一样！”

简瑶在保镖的保护之下坐上车，抱着膝盖，瑟瑟发抖。

陆嫣轻抚着她的背，让她冷静下来。

简瑶的公司给她放了长假，希望她好好休养，不要理会外面的事，把身体养好再回来。

这件事发生不久之后，陈栾就经“群众”举报，因聚众吸毒被警方抓了。

这段时间，简瑶的病情越发严重，很多时候一个人在家里莫名其妙地哭，情绪很崩溃，总说对不起，也不知道在和谁说。

陆臻公司都不去了，每天陪着她，带她出去散心，给她讲笑话逗她开心。

陆嫣毫不怀疑，因为这件事的催化，都不用等到孩子生下来，简瑶很快就会撑不住。

简瑶很不喜欢看医生，更不喜欢吃药，每次陆臻都要连哄带骗地给她喂药，有时候简瑶会将药藏在舌尖下面，等陆臻不注意的时候，再吐出来扔掉。

陆臻当然不会让她得逞，给她喂了药之后的四十分钟里，他都会目不转睛地看着她，直到药片在她嘴里完全融化。

简瑶满嘴苦涩，又开始哭，开始砸东西，打陆臻，闹得鸡犬不宁……

陆臻只能耐着性子安抚她，陪着她，简瑶哭够了，就会抱着陆臻睡觉。她难得会有几个小时清醒的时候，满心愧疚，好几次对陆臻说算了，放弃她，她真的不想让他看到自己这般不堪的模样。

陆臻察觉到她有轻生的念头，所以无论做什么事，他都把简瑶带在身边。这很像他当初带女儿的情景。

陆嫣听梁庭说，那时候，陆臻这个单身奶爸也是走哪儿都背着她，开董事大会的时候，还拿着奶瓶给她喂奶。

现在的陆臻容貌还很年轻，但是陆嫣已经能从他身上感觉到当年父亲的样子了。

后来，陆简给陆臻打来电话，说帮他联系了一家高端私人医院，这家医院治疗抑郁症很专业。

这也是继星辰事件之后，父子俩第一次心平气和地通电话。

陆简年龄大了，过去那种倔强固执的心性渐渐消失了，现在他唯一的愿望就是能够和儿子、孙女重归于好。

中秋节的时候，陆臻和陆嫣终于回了家，陆臻还把简瑶也带上了。

那是简瑶这么长时间以来，第一次主动要求吃药，她不想给陆臻的家人留下糟糕的印象。

吃饭的过程中，简瑶连话都不敢说。孟知宁和陆简说话也是平心静气的，双方似乎都有些小心翼翼。

这顿饭吃得前所未有的和谐，这两年，一家人很少有机会能这般和谐地坐在一起。不管经历了什么事，他们终究是一家人。

陆臻接受了父亲的帮助，带简瑶去了他介绍的私人医院，经过小半年的药物治疗和心理干预，简瑶的情绪平和了很多。

在她的病情稳定下来之后，陆臻向沈括递交了辞呈。他准备带着简瑶去环游世界，帮她彻底摆脱抑郁症。

沈括驳回了他的辞呈，只说职务保留，给他开了一张无限期的带薪休假条。

陆臻感动得当场抱住了沈括，沈括别过脸，用力扯开他的手，一脸嫌弃。

接下来的半年时间，陆嫣时常收到来自世界各地的明信片和信——

“我们在墨尔本暂住了一段时间，简瑶很喜欢这里，楼下有小酒馆，她在里面唱歌，大受欢迎，她说相比聚光灯和万众瞩目，其实她更喜欢这样的生活。同时我们还挣够了后面的旅费。”

“简瑶说北海道的风很温柔，带着海盐的味道，但我总觉得是鱼腥气，为此和她争辩了很久。”

“帕米尔高原的杏花开了，但我们的车在荒无人烟的荒漠里抛锚了，幸好遇到了当地的牧人，不然以后你就是没爸妈的小孩了！”

陆嫣收到的最后一封信，是简瑶写给她的，配了一张她在天山脚下的自拍照，照片里的女孩戴着墨镜，披风四散，她的脸上似又恢复了她们初见时的笑容，自由自在，宛若山巅刮来的风。

信的内容是——

“小嫣，你是这个世界送给我的最好的礼物，我永远舍不得离开你。”

看着这行字，陆嫣感觉她一定知道了。

她是自己从未谋面的妈妈，回来后，她陪伴了自己整个青春，她们是母女，也是闺蜜，她们彼此分享女孩子之间最私密的事，相互照顾。

陆嫣抬头，看着那个盘腿坐在茶几前的地毯上，拿着螺丝刀，专注修理电视遥控器的沈括。

她觉得人生从来没有一刻如此时般圆满。

那段时间，陆嫣总感觉轻飘飘的，浑身都很轻，仿佛要飘起来了似的。她预感，或许自己离开的时候到了。

她舍不得离开沈括，舍不得让他一个人在这个世界生活，如果有可能，她愿意永远这样陪着他。可是她终究不属于这个世界。

那天晚上，沈括因为工作的事情有些烦躁，两个人因为一些鸡毛蒜皮的小事拌了嘴，沈括很生气，那晚不太温柔。

那晚沈括睡得极沉，沉到了谷底，丝毫没有察觉到女孩坐起身，打开了书桌上的小夜灯。

她给他留了一行字，然后撩起发丝，俯身吻住了他的眉头。

第二天早上，沈括难得一觉睡到了十点，醒过来的时候，满室旖旎还未散去。

陆嫣已经离开了。他并没有多想，她的工作很忙，这个时间应该早就出门了。

桌上放着热气腾腾的早饭，沈括看了看时间，也来不及吃东西，抓起一个馒头放在嘴里，匆匆出了门。

走出小区的时候，门卫处有一封陆臻寄来的信，沈括随手将它放在副驾驶的位置上，然后驱车去了公司。

中午，他回想到昨晚的“不温柔”，有些忐忑，心虚地给陆嫣打了一个电话，想问她有没有乖乖吃午餐，但是陆嫣没有接听。

她工作很忙，有时候接不到电话也很正常。

沈括没有多想，放下电话，顺手拿起了陆臻寄来的那封信，缓缓拆开。

按照往常惯例，陆臻会寄来一张明信片和一封信，不过这一次，信中只有一张明信片。

沈括走到落地窗边，迎着明朗的日光，看到明信片后面写着一行字：“闺女，发生意外情况，嘿嘿，环游世界旅程中止，我们要回来了！在家里乖乖等我们吧！”

明信片上还画着三个小人手牵手的简笔画，是幸福温馨的一家人。

沈括当时并没有多想，顺手将明信片夹入书页内，准备晚上带给陆嫣。

下午开会的时候，他忽然有些心不在焉，也有些烦躁，一直在想陆臻说的意外情况。

他们能有什么意外情况中止旅途，莫非是简瑶怀孕了？

念及此，沈括蓦然站起身，将正在做季度汇报的员工吓了一跳。

不等众人反应，沈括大步流星地走出了办公室，摸出手机给陆嫣打电话，无人接听……一直都无人接听。

沈括仿佛疯了般开车找遍了所有她有可能出现的地方，公司、录音棚，甚至连她常去的便利店都找了，结果一无所获。

晚上，沈括迈着虚浮的步伐回到家，家里黑漆漆的没有开灯，他心里的最后一丝期望也破灭了。

沈括最后一次给她打电话，发现手机竟然就在家里，屏幕上显示有三十个未接来电，都是他打给她的。

桌上还放着今天的早餐。

沈括注意到早餐盘下面似乎压着一张信纸，他的心蓦然一颤，他忽然不敢去看那封信。

原地站了十分钟之久，沈括颤抖的手终于伸到信纸上，将它拿了起来——

"沈括，你这个浑蛋！作为惩罚，我就先离开一段时间吧，但是、但是我们很快会再见面！这段时间，你要保持规律的生活，好好健身，不可以熬夜晚睡。我可不想再见到你的时候，你已经变成了油腻大叔，那样我就不要你啦！还有，不可以随便勾搭女孩子，让我知道你就完蛋了。我们约定吧，你就到学校的高三教学楼前等我，我答应你，一定会来。还有啊，沈括，虽然你知道，但我还是要说，我真的真的……真的很喜欢你。"

最后一行字，看得出来有泪水浸染的痕迹，第一笔落笔很久，留下来一个墨水浸染的小圆点——

"沈括，一个人好好照顾自己，千万勿念啊……"

仿佛胸腔里所有的氧气都被抽空了，沈括踉跄着退后了两步，紧攥着信纸，靠墙坐了下来。

每一次呼吸，心脏都疼得无法自抑。

十九年后。

陆嫣猛地睁开眼睛，脑子里忽然一片空白，头顶的白炽灯刺得她的眼睛生疼。全身的痛觉一瞬间开启，她不禁皱了皱眉。

"妈呀，好痛！"

“醒了！嫣嫣醒了！瑶瑶你快来，闺女醒了！”

陆嫣一听就知道是自家老爸的粗嗓门。

她视线往身侧看了看，看到病房的门打开，简瑶提着保温饭盒跑进来，扑到她的病床边。

“宝宝，感觉怎么样？”

“嗯……妈妈？”

真的是妈妈！

她整大了眼睛，难以置信地看着眼前的女人。

她身材高挑又瘦削，一双漂亮的丹凤眼，虽然皮肤不再如少女时那样饱满，但是也并没有松弛，依旧保持着紧致，仅看容颜，也不过三十出头罢了。

陆嫣一看到她就知道，是妈妈，她是妈妈！她伸手想要去摸简瑶的脸，可是一动弹，就感觉全身的关节都在疼。

简瑶握住她的手，安放于身侧，又轻轻抚了抚她的头发，温柔地说：“医生叮嘱了，不要乱动，你好好休息吧。”

“妈……妈妈。”

陆嫣贪婪地看着她，眼角落下一滴眼泪，她喊不出声，可是她一直在叫妈妈。

你没有离开，你没有死，真的太好了……

陆臻一张大脸凑过来：“只叫妈妈不叫爸爸，我平时白疼你了。”

“爸……”

简瑶推开陆臻：“你别弄她，让她好好休息。”

陆臻不敢不听简瑶的话，给陆嫣掖好了被子，然后坐在床边守着她：“醒过来就好，你可吓死我们了。”

“到……到底怎么回事？”

“你出车祸了。”陆臻摇摇头，“跨年夜，你和你叶叔叔出去买烟花，一个酒驾的人把车开到了人行道上……”

“车祸吗？”

陆嫣皱皱眉，不对，这和她记忆里的画面对不上，她记得自己是从沈宅出来之后，被汽车撞了。

沈宅，沈括！

陆嫣一想到他，脑袋就疼得厉害：“爸，沈括……沈括他……”

她一提到沈括，陆臻和简瑶同时对视一眼，眸子里意味深长。

“嫣嫣，你……想起他了吗？”

“想起谁？”

“过去的一切，沈括，还有我们……”我们的青春年少。

陆嫣眨巴眨巴眼睛：“我记得，沈括让你破产了。”

陆臻愣了愣：“这、这都哪年的老皇历了，你只记得这个？”

陆嫣不解地望着他，面露困惑之色：“我听不懂你的话，什么老皇历？”

“你难道不记得我们小时候……”

陆臻还要说话，被简瑶一把拉住了手：“嫣嫣，你先不要想那么多，好好休息。”说着她将陆臻拉出了病房，来到走廊边，“你不要总提醒她，让她自己想起来最好。”

陆臻挠挠后脑勺：“当年你刚怀上，她就消失了，为这件事沈括恨了我们多少年，我不想让他再这样等下去了……”

“嫣嫣想不起来，能有什么办法，你这样去提醒她，很奇怪。”

陆臻说到底，还是于心有愧，当初陆嫣的离开，让所有人都心碎了。

沈括整整颓了半年，终日把自己关在陆嫣的房间里，不见人，也不上班，整个人都垮了。

梁庭和叶迦淇三天两头往陆臻家跑，守着简瑶日益见大的肚子。后来闺女出生以后，这俩人成天守着这个小家伙，盼着她一天天长大。而沈括再也没有露过面，也没有见过她。

她后来念幼儿园、读小学、初中、高中……沈括都没有参与她的生活，仿佛成了她人生的局外人。

陆嫣跟梁庭、叶迦淇的关系好极了，一直管他们叫梁爸爸、叶爸爸，这俩男人慢慢就懂了——沈括从不露脸绝对是明智的选择。这一露面，他也是要当爸爸的节奏啊！

虽然俩人心里苦，但小丫头既然拿他们当爸爸，他们也只能认了，当爸爸也行吧，反正只要陪在她身边，怎样都行。

陆嫣被家里三个老爸宠得简直无法无天，上学以后成了学校里的霸王花，没人敢惹她。

星辰集团的三大巨头都是她爸，这种宛如开挂一般的人生，谁惹得起。

久而久之，陆嫣离开的伤痛渐渐地淡了，小小嫣的出现让他们重新振作起来，把自己所有的疼爱都倾注在了她的身上。

这次车祸，陆嫣倒是没有大碍，一点儿皮外伤外加轻微的脑震荡。

陆嫣只想起了以前的事情，想起了以前沈括对陆臻所做的一切。

他蛰伏隐忍，一朝出手，将陆臻十年经营与心血，尽数毁于一旦。而这些事情就宛如南柯一梦，在现在这个世界，根本就没有发生过。

她不知道，自己改变了所有人的命运轨迹，陆臻没有和陆简闹崩，沈括和陆臻重归于好，简瑶也没有死……可是她独独失去了这一段记忆。

孟知宁和陆简各自都没有再婚，晚年的时候竟然复婚了，吵了一辈子，闹了一辈子，晚年时期终究还是重新走到了一起。

倒没有别的原因，一则为了整合两姓集团，把他们辛苦打拼的半壁江山都留给自家的儿女，二则，也是为了老年时相互有个照应。

前尘往事，尽数付诸一笑。

陆嫣醒过来之后，发现很多事情都变了，好像以前所有的遗憾，醒过来之后，都已经被尽数填补了。为什么会这样，她百思不得其解。

这几天，梁庭和叶迦淇都来看过她，给她带了不少营养品，还陪她打游戏。

虽然一切好像都很完美，可是有时候，陆嫣还是会感觉心里空荡荡的，好像……丢了特别重要的东西，可是她想不起来丢了什么，现在的生活已经非常幸福了。

她十九年的人生都是无比幸福的，有疼她宠她的父母，还有两个视她如己出的“干爸爸”。

陆嫣出院的那天，热热闹闹，几个爸爸保驾护航，将她从住院部接出来。

陆臻一边开车一边打电话，简瑶提醒了他好几次，开车不要打电话，陆臻挂掉电话之后，踌躇地说：“他来了。”

车后座，简瑶挽着闺女的手，漫不经心地问：“谁来了？”

陆臻犹豫片刻，还是没有回应，只调了调后视镜，陆嫣注意到，后面跟着一辆黑色的宾利。

简瑶回头望了望，忽然有些忐忑。

陆嫣当时并没有在意，直到轿车驶入花园车库，她从车上下来，看到后面那辆宾利车停靠在家门口的街道边。

车上的人没有下来，隔着黑漆漆的车窗，陆嫣感觉车里的人似乎在看她。

她回头问陆臻：“爸，那辆车一直跟着我们。”

“嗯……”

陆臻知道，沈括应该不会下车，毕竟这么多年，他从来没在小丫头面前露过面。

或许，他只想看她一眼吧。

叶迦淇下车，揽着陆嫣的肩膀回屋，笑着说：“不用管他，咱们回屋，咱们的生化危机还没有通关，你陪我打完。”

听到说要打游戏，陆嫣立刻兴致高涨起来，回头冲梁庭招招手：“梁爸也来啊！”

“好，你们先玩。”

等叶迦淇带着陆嫣进屋以后，梁庭走到宾利车边，敲了敲车窗。

车窗落下来几厘米，只能看到车里男人一双深邃的眸子。

这么多年以来，沈括的容貌几乎没怎么变过，这双眼睛却越发深邃凌厉，宛如深不见底的寒潭，被他扫一眼，都能感觉到阵阵寒意袭人。

失去至爱的这些年，他太孤独了。

“你要不要进屋？”梁庭问他，“和她聊聊？”

沈括摇了摇头。

陆臻走过来，很无奈地说：“沈括，这么多年，你该放下了，还要等到什么时候啊？”

如果陆嫣一直想不起过去的事情，陆臻也绝对不会把她强行带到沈括身边的，哪怕她是那样地深爱过他。

作为父亲，陆臻绝对以女儿的幸福为主。

她喜欢谁，爱上谁，都是她的自由。

沈括望着那栋两层的小洋楼，平静地说：“看着她，不要再让她出现任何意外，否则，我不会对你客气。”说完，他关上车窗，启动了引擎。

“你还威胁我了！”陆臻冲着宾利车远去的影子，吼道，“沈括，这么多年，你才是最尿的那一个好吧！”

那天下午，陆嫣和闺蜜约好了去看电影，不过电影上映前，闺蜜男朋友忽然和她闹起了分手。

闺蜜在电话里冲陆嫣哭诉了好一阵，最后说要去找男朋友问清楚，终于挂了电话。

陆嫣站在电影院门口，手里拿着两张票，无可奈何。

回家的途中，经过北城三中的校门，她忽然顿住了脚步。这里是她毕业的高中，如今的校门经过几次翻修，气势恢宏。

陆嫣脑子里忽然浮现了一幅泛黄的画面，画面里北城三中的校门还是生锈的铁门，一个穿着黑 T 恤和旧球鞋的高瘦男孩，背着斜挎包，从校门外走来。

他的容颜和陆嫣记忆里那个“大魔王”沈括的容颜重合了。他对她淡淡地微笑，宛如夏天的风，那样温柔。

陆嫣鬼使神差地走进了校园，教学楼经过几次翻修，又加高了好几层。可是在陆嫣脑子里却依稀还是老旧的样子。

奇怪，她怎么会有这样的记忆……

香樟林尽头，那栋据说风水极好的高三教学楼还保持着 2000 年年初的样子。

这栋教学楼已经没有学生了，作为校史展览馆而保留了下来，成了整个北城三中最古老的建筑。

陆嫣走到教学楼前，楼壁上已经爬满了绿油油的藤蔓，她依稀间能看到这样一幅画面——穿白裙子的女孩站在阶梯上，男孩蹲在她身边，帮她仔仔细细地系好鞋带，她伸手去摸了摸他的头。

男孩严肃地对她说：“不要摸我的头。”于是女孩使劲摸使劲摸，边摸边笑。

男孩无可奈何，抓住她的手腕。

画面宛若泛黄的旧照片，一帧一帧在她的脑海中回放。

陆嫣顺着爬满绿色藤蔓的墙壁小径一直走，来到教学楼的后方，这里有一个小池子，池子里漂满了浮萍，还有金色和红色的鲤鱼在游动。

一个熟悉的身影站在池边，望着池子里的锦鲤。陆嫣一眼就认出了那道背影——沈括。

她记忆里的沈括是个大坏蛋，他让老爸破产，还把她留在了沈宅。但……他后来又放她回家了，还放烟花给她看。

陆嫣感觉脑子很乱，很想讨厌这个男人，可是又讨厌不起来。

不，不仅不讨厌，看着他挺拔颀长的背影，陆嫣莫名还会感觉脸红和心跳加速。

这太奇怪了！她怎么会对一个跟老爸同龄的男人脸红？

就在她踮起脚尖，想要悄悄离开的时候，沈括忽然开口："小嫣，过来。"

"哦……"

他开口就叫小嫣，他们有这么亲密吗？

梦里他和老爸是死对头，现实中，他是老爸的上司，无论是梦里还是现实，她和这位大佬根本不熟啊！

陆嫣挪着步子，走到他身边，乖乖唤了声："沈叔叔好。"

沈括轻轻"嗯"了声，不再言语。

陆嫣鼓起勇气抬头看他。那一秒她差点眩晕。

柔和的暮霭映照着他的脸，英俊的五官宛如造物主细细雕刻的一般，眉骨挺正，眼廓深邃，薄薄的唇如刀如锋。

他明明跟老爸一样的年纪了，为什么他还这么帅啊！

陆嫣一直觉得自家老爸已经很帅了，可是和沈括比起来，老爸简直黯然失色！

"沈叔叔，你在这里做什么呀？"

沈括柔声说："等一个人。"

"等人？"

"嗯。"

陆嫣不由得再度望向他，他那深邃的眸子正望着平静无澜的池面。

"沈叔叔，你在等谁啊？"

"一个可能永远都不会来的人。"他说这话的时候，表情似乎有些伤感。

陆嫣的心忽然被刺痛了，巨大的悲伤喷涌而出，喉咙酸涩，眼睛都有些红了。

"如果那个人永远不来，你为什么还要等呢？"

沈括坐在池边，身形终于与她一般高了，他望着女孩，认真地说："因为我答应过她。”

“那你每天下班都来吗？”

“嗯。”

他在这里等了快二十年，无论风霜雨雪，他每天都来。

陆嫣忽然觉得他一点儿都不可怕了，恰恰相反，他好可怜。

“沈叔叔，今天我陪你等，好不好？”

“好啊……”他的喉结明显滚了滚，咽下喉咙里的酸涩。

陆嫣坐在他身边，自顾自地说：“我刚刚本来是去看电影的，结果闺蜜放我鸽子了。”

沈括温柔地问：“小嫣，你喜欢看什么电影？”

陆嫣毫不犹豫地说：“我喜欢看周星驰的电影。”

沈括嘴角抿了抿：“是吗？”

陆嫣的鞋后跟有一搭没一搭地磕着花岗岩墙面，她漫不经心地问：“沈叔叔你呢？”

“我也喜欢周星驰，他的《喜剧之王》，我最喜欢。”

“哇，那下次我们一起看。”

“好。”

女孩安安静静地坐在他身边，他温柔地看着她。

她的容颜一如当初，未曾改变，还是他记忆中的样子，可是他却已经阅尽风霜了。但是无论他这双眸子见过多少人世浮沉，无论他的心已然如何孤冷，只要一看到她，满腔柔情就刹那间涌上心头。

他和她一起坐在小池边，看着远处的夕阳渐渐沉落。

“小嫣，你喜欢过别人吗？”

“没有，我爸不让我早恋。”

“我喜欢过。”

陆嫣好奇地看向他，他的嘴角浅浅地抿了起来：“喜欢她，是我一生的幸事。”

第八章

唯有不相忘

那段时间，陆嫣一直在家里养病。

其实她自己感觉因为车祸受的伤早好了，但是陆臻很小心，坚持要她按照医生的嘱托，养够至少三个月，才让她去学校。

陆嫣待在家里无所事事，便撸起袖子做家务，把家里里里外外打扫了一遍。

阳光斜入阁楼小窗里，她翻出了一个旧纸箱，发现箱子里装着好多电影碟片。

这些都是自家老爸过去攒的碟片，老爸年轻的时候，电脑上没有网络资源，看电影要么去电影院，要么就租碟子放 DVD。

陆嫣取出这些碟片，吹了吹封面的灰尘。

灰尘漫入阳光里，尘埃翩飞。

这是一整套很有年代感的周星驰电影合集。

“哇！”陆嫣发出一声惊叹，这是很珍贵的旧物啊。

她翻出几张碟片，用湿布擦拭干净，把碟片放进台式电脑里播放，居然还能放，画质也很清晰。不过一个人看电影好像有点儿寂寞。

陆嫣鬼使神差地想到了一个人。

半个小时后，陆嫣站在星辰公司总部的楼下，手里提着装了薯片虾条和两罐可乐的塑料袋。

星辰的写字楼位于北城最繁华的金融商务区，这里极具现代感的商务高楼鳞次栉比，是这一整个城市的经济核心动力区。而面前这栋五十二层的写字楼在这一片商务区里不算最气派的，但一定是所有有理想、有冲劲儿的年轻人做梦都想进的地方。

陆嫣站在这栋楼前，看着出入大门的这些西装革履的商务人士，又低头看看自己，穿着兔耳朵白色棉服，脚上也是杏色雪地靴，还挂了两个毛茸茸的小球。她忽然有点儿怵，也有点儿紧张。

那日见过沈括之后，她做什么都不舒服，干什么脑子里都能浮现他的面孔。

是啊，他那样优秀，站在那里什么都不做，甚至都不用出声，就能轻易地吸引女孩子的目光吧。

陆嫣也不知道自己怎么回事，以前可从来没有对谁一见钟情过，这也太奇怪了。

反正她就是挺想再见到他的，之前也约了要一起看电影，虽然只是口头约定，他应该不会食言吧。

陆嫣一个人坐在大楼外的街椅上玩游戏，一直等到六点，公司里陆陆续续有员工下班了，她这才鼓起勇气，起身走进了大楼。

“您好，请问您找谁？”前台小姐注意到了站在门边手足无措的陆嫣，开口询问。

陆嫣走过去，对她说道：“请问是下班了吗？”

“是，下班了。”

“那……我找沈括？”

“您说找谁？”前台小姐还以为听岔了，面露诧异之色。

“沈括，”陆嫣咬清了字，“就……他应该是星辰的老板。”

前台小姐眉心皱了皱，面前这个十七八岁的小丫头，一来就要见老板，而这个老板是连前台都不一定有机会见到的人。

她还是礼貌地问：“您有预约吗？”

“呃……”没有，她连沈括的电话都没有，怎么可能有预约。

“那我现在预约，能见他吗？”

“这个……”前台小姐犹豫地说，“我说不准，也不能给您一个具体时间，但如果沈总愿意见您，我会给您打电话。”

“哦，好吧。”

“您的电话是……”

陆嫣赶紧报了自己的电话。

“您是有什么事呢？”

前台小姐修长的手指噼里啪啦地敲着键盘。

陆嫣低头看了看手里的碟片，小声说：“我想约他看电影。”

前台小姐敲键盘的手蓦然顿住：“您……您说什么？”

“看电影，”陆嫣一字一顿，很认真地说，“周星驰的电影。”说完，她还扬了扬手里的碟片。

前台小姐眉头蹙了起来，都有点怀疑这位小姑娘是来寻开心的。

沈总单身这些年，多少女人前赴后继地往他身上贴，可是从来没有人直接找到公司来约沈总看电影。

这女孩是脑子有问题吗？

“能预约吗？”她问前台小姐。

“能是能，但是沈总不一定会见您。”

陆嫣趴在台边，说道：“没关系，您帮我预约吧，他不见就算了。”

前台小姐无奈地摇摇头，心说又是一个痴情姑娘，沈总这一把年纪了总不结婚，偏偏还这么帅、这么有气质、这么有钱，这不是专门祸害这些年轻的小姑娘吗？

“您贵姓？”

“姓陆，单名嫣。”

前台小姐打量她一番，诧异地问：“咦，您和我们陆总是什么关系呀？”

他们长得好像啊！

她说完这话，电梯门“叮”的一声开了，几个西装革履的男人走出来，沈括恰好在其中。

他穿着一件白衬衫配黑西裤，衬衫扎在腰间，更显得笔直挺拔，灯光下，白皙的肤色更衬得他五官深邃立体。他和周围几个穿西装的男人说着话，气质清冷稳重，优雅而斯文。

现在的沈括正处于男人的黄金时期，没有了少年的青涩和莽撞，浑身上下都散发着成熟男人的魅力，不再如过往那般锋芒毕露。

陆嫣感觉呼吸都停滞了，呆呆地望着他，妈呀，他好帅啊……

前台小姐担忧地望着陆嫣这一脸花痴相，生怕她忽然冲过去，那样就太失礼了，自己也会被责备，于是对她小声说：“沈总和客户待会儿有饭局。”

陆嫣当然不会这么冒冒失失地跑过去，她知道沈括是什么身份，至少，基本的礼貌她还是懂得的。

“嗯，您帮我预约就行了。”陆嫣回头微笑着对她说，“麻烦你了。”

前台小姐松了口气，相比过去那些为了靠近沈括而不择手段的女人，这个女孩倒是很懂礼貌。

沈括出门的时候，侧过脸忽然看到了站在前台边的陆嫣。他愣了愣，顿住了脚步。

周围几个穿西装的男人见沈括停下来，也顺着他的目光，望向了陆嫣。

陆嫣将手抬到胸前，冲沈括小幅度地挥了挥，矜持而礼貌地打招呼：“嗨。”

沈括低声对身边几个男人说了几句，然后大步流星地朝陆嫣走过来，柔声问：“小嫣，你怎么在这里？”

“我……你不是说喜欢周星驰的电影吗？我在老爸的箱子里找到几张碟片。”她又晃了晃零食口袋，“想找你一起看来着，不过你先忙，不用管我！”

沈括眼底似乎有了光芒，嘴角扬了扬：“看电影啊。”

“嗯。”

前台小姐诧异地望着沈括。

她从来没有在老板脸上看到过这种表情——明明很开心却还要极力忍住的表情。

沈括回头对几位穿西装的男人说道：“抱歉，我这边临时有点儿事情，饭局取消。”

“沈总您忙。”

“我们下次再约。”

几个男人望向陆嫣的表情也变了，沈括居然为了女人爽约，这还是开天辟地头一遭啊！

这小女孩是什么人啊！

陆嫣见沈括这么爽快就答应了，心里不安，连忙说：“沈叔叔，您要是有重要的事的话……”

她话没说完，直接被沈括打断了：“不重要，我不忙。”

前台小姐嘴张得老大，惊呆了，这几位客户可是星辰的重要客户，他居然就当着所有人的面来一句“不重要”，这是闹哪样啊！

陆嫣终于放松了，对他说：“那我们看电影吧，去哪里看呢？”

“来我办公室的起居间，有投影仪。”

“好！”

所有人眼睁睁地看着沈括带着这个年轻的小姑娘去了办公室，电梯门口，他殷勤地给她挡着电梯门，让她先进去。

这在过去根本就是不可能发生的事，无论是在公司还是其他任何地方，都只有别人为沈总服务，他怎么可能亲自做这些事情？

直到电梯门关上，众人惊诧的视线都没能收回来。

这真是不可思议啊！

陆嫣跟着沈括来到顶层办公室，办公室的侧门打开，是一个半弧形的开阔起居间，有一百平方米，全封闭落地窗，视野相当开阔，可以一眼望尽半个城市。

陆嫣走到窗边，探头探脑地往外望，她还从来没有在这个角度俯瞰过整个城市。

现在天色将晚，城市已经亮起了霓虹，灯火辉煌。

沈括去咖啡间做饮品，陆嫣怎么敢让这位大佬亲自给她倒水，连忙从塑料袋里取出可乐：“沈叔叔，我带了饮料！”

沈括还是用榨汁机榨了一杯番茄汁，递到陆嫣面前：“喝吧。”

陆嫣接过番茄汁：“沈叔叔怎么知道我爱喝番茄汁？”

沈括淡淡地笑道：“我知道的事情，多了。”

“是我爸告诉你的吧？”

沈括不置可否。

陆嫣耸耸肩：“我爸嘴巴很大，特别喜欢在外面说我的事，根本不管别人想不想听。”

“他很爱你，而且，以他现在的身份，别人都会乐于倾听他所说的每一个字。”

“那可不一定。”陆嫣坐到沙发上，望向沈括，“像沈叔叔，你是我爸的上司，肯定不会有耐心听他说我的事吧。”

沈括眼神变得非常温柔:“不，我喜欢听。”

“哎?”

他扯下黑色的领带，挂在衣帽间，解释道:“家里有女儿，是很幸福的一件事，我很羡慕。”

陆嫣笑了起来:“那你也生一个呀。”

“嗯，以后再说吧。”

就在这时，秦助理敲门，得到允许之后，他走了进来:“沈总，您这边有什么需要吗?”

秦助理本来都准备要下班了，结果看到同事群都闹翻了，说沈总带着个女孩进了办公室，一直没出来。

作为一直待在沈括身边的得力助手，秦助理第一反应就是跟工作有关。

当然是工作啊，除了工作，洁身自好的沈总怎么可能把女孩带进办公室！所以他火急火燎地赶了过来，可是没想到进来之后，却看到了满茶几的零食以及沈括手里端着的可乐。

沈总居然在喝可乐?还有这个女孩，居然脱了鞋子蹲在沈总平日里睡觉的沙发上!

我的妈呀，这是什么情况?

沈括见秦助理过来，索性问陆嫣道:“饿吗?”

“还好。”

“我们边吃饭边看电影，你想吃什么?”

秦助理以为自己听岔了，什么?什么?沈总要和这个女孩看电影?他们还要一边吃饭一边看电影?

陆嫣揉揉鼻子，笑着说:“其实想吃火锅。”

这几天爸妈都不让她吃辛辣的东西，把她馋死了。

沈括毫不犹豫地回头对秦助理道:“去买菜，还有，找个锅。”

秦助理竟一时没反应过来。

他们要在……这里，这个干净得一尘不染的商务起居室吃火锅?

这也太纵容了吧!

陆嫣也觉得这里太干净了，不太适合吃火锅，连忙摆手说:“不用这么麻烦，我们看完电影再去吃饭吧，反正我带了零食。”

沈括点点头，同意了陆嫣的提议。

秦助理见沈总是真的要和这个女孩看电影了，连忙去摆弄房间里的投影设备。

这个投影设备从安装那天起基本就闲置了，沈括不会看电影或者电视剧，绝大部分时间他就是在工作，到起居室就是休息。

沈括对秦助理说："你出去吧，我来。"

秦助理知道，沈总是嫌他碍事了，连忙退出了起居室，并且关上了门。

办公室外早已经聚集了一大帮八卦的同事，见秦助理出来，他们连忙拥上前，好奇地问："什么情况啊？"

秦助理擦了擦额间的汗水，深沉地说："沈总他可能真的在约会。"

电影开始了，为了保证播放的清晰度，沈括关掉了房间里所有的灯，然后坐到沙发上。

不过，他并没有跟陆嫣坐一张沙发，而是坐到了另一边的单人沙发上。他不想让这丫头感到不安。

陆嫣本来还有些紧张，紧张中又有点儿兴奋，但她察觉到沈括的行为举止非常绅士。所以，年龄大有年龄大的好处啊，很能为别人着想，不像同龄男孩那样笨拙、莽撞。

其实她不知道的是，年轻的沈括刚谈恋爱那会儿，笨得连走路都不会放慢速度等她。

很多事情，都是后来一点点学会的……

周星驰电影的情节都是非常熟悉的，她也看过好多遍，于是陆嫣一边看，一边跟他聊天。

"沈叔叔，你等的那个人，是什么人啊？"

"是我的高中同学。"沈括喝了口饮料，回答道，"那时候我很穷，她很有钱，总喜欢给我买可乐。"

后来可乐的味道就一直留在他的记忆中，带着一整个夏天的气息。

陆嫣露出狡黠的神情："哦，我知道了，是沈叔叔你的初恋吧！"

"你很聪明。"

陆嫣煞有介事地说："初恋总是会让人念念不忘的，不过，她现在在哪里呢？”

“走丢了。”沈括手里把玩着一枚老旧的钢质打火机：“这是她送给我的十八岁生日礼物。”

陆嫣接过打火机，迎着阳光看了看，打火机机身有蒸汽机浮雕，相当精致，不过因为时间太长了，已经有些泛黄了。

“十八岁啊。”她感叹，“那好久了啊！”

“是啊，好久了。”

“沈叔叔你一定特别爱她。”陆嫣羡慕地说，“我听老爸说，这么多年你都没有结婚，一定很孤独。”

沈括淡淡地笑了：“其实不是，她就在我身边。”

“啊？”

“我时常去看看她，但是她并不知道。”

“哦，我知道了，你一定偷偷躲在暗处看过她很多次吧！”

沈括点了点头。

“那为什么不现身呢？让她知道你在等她。”

沈括敛了敛眸，看着手里那枚年岁久远的打火机，说道：“现阶段，我对于她来说，可能并非适合的伴侣。”

陆嫣蹲在沙发上，惊呼道：“你都不算适合的伴侣？开玩笑！”

沈括挑挑眉：“你觉得我很好吗？”

“当然啊，有好多女孩子想嫁给你吧！”

他英俊又多金，气质还这么迷人，就算什么都不说不做，光是站在那里，都足以秒杀全世界了。

陆嫣是真的觉得他好，能得到他青睐的女孩，那得美成什么样啊！不过陆嫣心里暗自琢磨着，沈括的说法多半是借口，他这个年龄了，初恋不可能还没有结婚。

如果没有结婚，两个人早就在一起了。所以陆嫣断定，沈括求而不得的原因，肯定是对方已婚。

不知道为什么，念及此，她竟莫名地松了一口气。

电影已经放到三分之一了，两个人忙着聊天都没怎么看，陆嫣见他坐在旁边的沙发上，侧着身子看她，索性对他说：“沈叔叔，要不你坐过来吧？”

他歪着脖子看电影，怪累的。

沈括没有拒绝，坐到了陆嫣身边，陆嫣将自己的薯片分给他，沈括拒绝："我不吃零食，我……"

话音未落，陆嫣已经抓起薯片，塞进了他的嘴里。

"试试嘛，很好吃。"陆嫣对他眯眼笑了笑，"就着可乐，满满都是幸福感！"

"咯吱"一声，沈括咬碎了薯片。

的确，很幸福。

"小嫣，我……"

"嗯？"

看着女孩年轻美好的脸庞，沈括欲言又止，满眼的情愫又敛了回去。

"没事，有些话，以后再跟你说。"

电影看到三分之二，老爸的电话忽然打了进来，陆嫣跑到角落边小声接起了电话。

"爸……"

"你在哪里？"

"我在看电影，和……朋友。"

"在哪里看电影？"

"电……电影院。"

"胡扯！"陆臻放大声音，连沙发上的沈括都听到了。

"你还会撒谎了是吧！我都知道了，我知道你跟谁在一起！"

集团内部的几个大群都传遍了，现在全公司的员工都知道了，沈括带着一个小姑娘进了办公室一起看电影！

陆臻作为公司的董事，自然也在群里。

能让沈括那家伙带进办公室的，除了他家的小姑娘，还有谁？

陆嫣吓得一个哆嗦："爸……"

"说实话。"

"我在……我……"陆嫣被吓得都要哭了。

这时，沈括拿走了电话，沉声说道："和我在一起，陆臻，你有什么意见？"

办公室门口，陆臻来回踱着步子，时不时抬头朝紧闭的大门望望，焦心不已。

虽然着急，但他还是没胆子冲进沈括的办公室。

他们看的什么电影，这么长时间怎么还没看完呢！

周围的同事瞅着陆臻这着急上火的样子，于心不忍，递给他一杯茶水：“陆总，您别急啊，沈总是正人君子。”

“正什么！”

沈括对别的女人是正人君子，但是对他家闺女那还真说不定。

陆臻揉揉鼻子，烦躁地走到窗边，吹吹冷风。

虽然当初沈括和陆嫣相互倾心，也是轰轰烈烈地爱了一场，但现在的陆嫣没有记忆，本质上来说，她就是陆臻的小闺女，沈括就是她叔！

过去的事，她若想起来，陆臻自然不会干涉她的感情，但她若想不起来，陆臻也绝不愿意让沈括那个老狐狸把他宝贝闺女给拐走！

说到底，陆嫣今年也才刚满十八岁，美好的青春刚刚开始，相比于沈括，年轻的男孩可能更适合她。

半个小时后，办公室的门终于打开了，沈括领着陆嫣走了出来。

陆嫣躲在他身后，战战兢兢地望了陆臻一眼，小声唤他：“爸。”眼神里透着心虚。

陆臻看了看周围的同事，终究还是按捺住了脾气，抓过了小丫头的衣领：“回家再跟你算账！”

陆嫣回头望向沈括：“沈叔叔，再见，下次我们再约……”

“嗯，下次找我直接上楼，不用预约。”

陆臻扯着她进了电梯：“约什么，想都别想，没有下次了！”

陆嫣还没忘把手伸出电梯，冲沈括挥手道别。

沈括嘴角浅浅地抿了起来，也扬了扬手。

周围这些同事一个个目瞪口呆，看着他嘴角浮现的微笑。

这一脸傻乎乎的少年笑……沈总这是跟陆总的宝贝闺女谈恋爱了？

回去的路上，陆臻开车，陆嫣坐在副驾驶座，望着窗外飞速闪过的夜景，脑子里还回想着刚刚和沈括看电影的情形，她一边想，一边傻笑。

陆臻皱眉，打断她："哎哎，你这丫头，你怎么回事？"

"什么怎么回事？"

"你和沈括怎么回事？"

陆嫣撇嘴："我……就跟他看个电影嘛，大惊小怪，刚刚外面那么多人，你也不嫌丢人。"

"还教训起我来了。"陆臻单手伸过去拍了拍她的脑袋，"你跟他看什么电影，你们很熟吗？"

"以前不熟，现在就熟了嘛，他是我的新朋友啊。"

"他是你沈叔叔，他年龄跟我一样大！你怎么和他当朋友？"

"我知道啊，谁规定不能和叔叔看电影啊，我还和叶爸爸打游戏呢！"

她从小到大，最好的玩伴就是她的这几个叔叔。

陆臻气呼呼地说："那不一样，叶迦淇已经结婚了。"

陆嫣离开之后的第三年，叶迦淇就已经断了念想，所以陆臻不担心他们和自家女儿的正常接触，但是沈括对他闺女可是十九年来都念念不忘的。

"爸，你想到哪儿去了？"陆嫣的脸颊泛起几缕嫣红，"我又没有对沈叔叔有什么想法。"

"你最好没有，不然我打断你的腿！"陆臻凶巴巴地威胁她。

陆嫣埋头玩手机，才不理他呢。

回到家，香喷喷的饺子已经上桌，陆嫣连忙跑过去，拿起筷子就要吃："饿死我了。"

简瑶笑着拍了拍她的手："洗手去。"

陆嫣赶紧洗了手跑回来，夹起热腾腾的蒸饺塞进嘴里："烫……烫！"

简瑶把她的碗放到一边晾着，随意地问："沈括带你玩，不管饭？"

"管的，但是还没来得及吃呢，就被爸带回来了。"陆嫣吐吐舌头。

陆臻换了鞋进屋，激动地对简瑶说："你别这样轻飘飘的，这是很严重的事情！"

简瑶似乎并不在意："怎么严重了？"

"这丫头一声不吭就去找沈括，还跟我撒谎说在电影院！他俩肯定有事情！”

陆嫣也是个暴脾气，直接喊道：“没有！就算有，那也是我的自由！”

简瑶看出小丫头有点儿心思，说道：“小嫣，你知道吗？沈括曾经有一段刻骨铭心的感情，你……”

她还没有想起过去的事情。

“你不介意吗？”

陆嫣放下筷子，不耐烦地说道：“你们干吗呀，我又没说我喜欢他！”

陆臻气呼呼地说：“那你还跟他两个人单独看电影，也不注意影响，我也在星辰上班，你让同事们以后怎么想？”

陆嫣撇撇嘴：“你今天要是不过来，没人知道我是你女儿！”

那段时间，陆臻看陆嫣看得很紧，时不时要打电话过去查岗，像老母鸡护鸡崽似的。

对于这件事，简瑶倒是比较看得开，劝陆臻：“没必要这样。”

“你倒是不着急，要是那沈狐狸真把我闺女给拐走了，那我岂不是成傻子了。”

简瑶被他逗笑：“你怎么成傻子了？”

“女婿和我一样大，这不是傻子吗？”

“年轻那会儿也没见你这么介意。”

陆臻气呼呼地说：“当然不一样，那时候陆嫣和他年纪一样，现在不是，陆嫣比他小这么多。”

“要是嫣嫣喜欢，你介意也没用啊。”简瑶倒是毫不在意，“而且沈括看着比你年轻多了，当你女婿，哈哈，其实不违和。”

陆臻用胳膊揽住简瑶：“说什么呢！”

“我每次去健身房都能看见他，人家可比你自律，那一身肌肉，健身房里的小姑娘见了他，个个眼睛放光呢！”

这点陆臻倒是不能否认，沈括的确自律，每天都去健身房，身体好着呢，完全不显老，看着也就三十出头的样子，但年龄摆在那里啊！

他怎么能让自家的宝贝闺女嫁给一个和自己一样大的男人！

简瑶无可奈何地说：“我相信，嫣嫣潜意识里记得他，总有一天会想起来，那时候，她会怪你阻拦她。”

“你怎么知道？”

“我就是知道啊！”

“这话没有根据，谁都不知道未来会怎样。”

简瑶转过身，搂着他的脖子，认真地望着他：“因为爱是不能忘记的啊。”

又休养了一个多月，陆臻终于同意陆嫣重新返校，很大一部分原因是不想让她再和沈括接触了。他们再接触下去，只怕沈括真的要给他当女婿了！

陆嫣今年刚刚大一，念艺术学院的声乐系。

她刚到学校，就听同寝室的妹子说林栎学长和吴钰琪重新在一起了。

她们一边讨论吴钰琪和林栎学长怎样重归于好，还一边观察着陆嫣的表情，不过让她们失望的是，陆嫣并没有什么表情。

的确，林栎学长很帅，上学期刚入校的陆嫣，看到林栎学长第一眼就被他的颜值惊艳了。

后来林栎学长的确追了她很长一段时间，陆嫣也试着和他接触，认真去了解他的为人。但后来听周围小姐妹八卦，说林栎学长追她，是因为刚和前女友吴钰琪闹分手。

陆嫣心里硌硬，就和他断了来往。

后来吴钰琪也几次三番在陆嫣面前露过面，含沙射影地嘲讽过她，说她捡人家吃剩不要的。

大家也都说林栎学长不过是利用陆嫣让吴钰琪吃醋罢了，哪能真的和她在一起。

吴钰琪出身比较好，全身上下都是名牌，陆嫣比她低调许多。主要是上大学前，陆臻对她千叮万嘱，不准炫富，不准坑爹。

她这样的富三代，又是念艺术系，将来要出道，一点儿不当举止都会成为日后的黑料。所以在学校里，陆嫣还是相当朴素低调的，和周围普通家庭的同学没什么区别。她又是很佛系的一个人，不怎么爱出风头。

纵然她颜值高，但也属于空谷幽兰安安静静的那种，相比于艺术系那些性格外放又张扬的女孩，她的确很容易被人忽视。

晚上，陆嫣在食堂吃饭，正好撞上吴钰琪和林栎一起过来吃晚饭，不知道是有意还是无意，吴钰琪坐在了陆嫣对面，将手里的名牌包搁在桌上，笑着跟她打招呼。

陆嫣也对她礼貌地笑笑，饭都没吃完，就端着盘子离开了。

吴钰琪和林栎全程秀恩爱，让她有点儿吃不下饭。

其实林栎眼角眉梢，长得有点儿像沈括。所以学校里的男孩们总是叫他“小沈括”。

陆嫣真正近距离接触沈括之后再看林栎学长，就觉得他怎么看都是沈括的仿造版，而且是粗制滥造的那种。

她现在对林栎学长已经完全无感了，而林栎对吴钰琪一贯的讨好姿态更让陆嫣觉得自己以前瞎了眼。

男人可以穷，但绝不能卑微。所以，再一次证明，沈括那种长相才是令她一见钟情的长相啊，只不过因为两个人年龄差距大，沈括又从来不来他们家玩，所以过去陆嫣从来没往这方面想过。

现在她心里的种子，好像已经开始抽芽了。

这事过了没两天，学校里就有人在传陆嫣吃吴钰琪的醋了，因为对林栎求而不得，她整天茶不思、饭不想，甚至都不想出门见人了。

陆嫣那几天的确没出寝室，但不是因为思慕林栎，而是因为每个月总有那么几天，“亲戚造访”，她瘫在床上，像死猪一样动弹不得。

晚上，室友乔笙笙走进来，见陆嫣还躺在床上，爬上梯子，关切地问：“肚子还疼啊？”

陆嫣有气无力地说：“比昨天好一些。”

“你要再不出门，可就坐实了。”

“坐实什么？”

“坐实你吃吴钰琪的醋，对林栎求而不得，得相思病了。”

陆嫣连坐起来的力气都没有了，哪里还有力气得相思病啊。

她摸出手机，翻了翻校园论坛，果然看到了讨论陆嫣、林栎、吴钰琪的三角恋故事的标 hot（热）的帖子。

听说陆嫣每天都在宿舍哭呢。

太可怜了吧，被人玩弄了一通。

吴钰琪长得漂亮，家境又好，妥妥的女神啊！

平心而论，抛开有钱人光环，我觉得陆嫣长得更好看。

……

陆嫣放下手机，朝着天花板嚎了一声：“我太难了！”

她招谁惹谁了啊！她来例假招谁惹谁了啊！

乔笙笙同情地揉揉陆嫣的头发：“你还是去人前露个面吧，好好打扮打扮。”

“呜。”

“明天学校正好有大人物要来，我要去当迎宾礼仪，但是……”乔笙笙不好意思地吐吐舌头，“我男友来找我了，我得陪他逛逛校园，要不嫣嫣你代我去站台？”

陆嫣皱眉，怨念地望着她：“我都这样了，你还让我去站台啊？”

“明天看情况吧，如果好些了，你就去，如果还是不舒服，我就找别人。”

“行吧。”

乔笙笙摸了摸陆嫣的头，霎时间，陆嫣脑子里忽然闪过一个片段。

简瑶站在床梯上摸她头的场景，年轻的简瑶……可是，简瑶是她妈妈啊。

晚上，陆嫣做了一个梦，梦境里，她居然和父母坐在同一间教室里，念书学习。

虽然以前不是没有梦到过可怕的高中生涯，可是……今天的梦好诡异啊，她居然能在梦境里还原父母年轻时候的容貌。

场景一转，大片香樟叶笼罩的步道边，那个拿着篮球冲她微笑扬手的黑T恤少年，是……

陆嫣猛地睁开眼，泪流满面，枕头湿了一大片。

脑子里多了好多不属于自己记忆的画面，那些画面，那个黑衣服的男孩子，让她好想痛哭一场，就像丢失了最珍贵的宝贝。

陆嫣烦躁地甩甩头，把这些情绪收起来，起床梳洗化妆。

肚子已经不疼了，陆嫣决定去帮乔笙笙站台，让她和异地恋的男友好好约会。

学校对这次的来宾相当重视，校园展览厅大门口还铺了红地毯，陆嫣听乔笙笙说，这次来的是互联网领域的大佬，据说是要给学校捐赠一套智能网络系统。

陆嫣化好清淡的妆，穿上学校派发的旗袍小礼服。

“哇，这衣服……”陆嫣站在镜子前，嘴角抽搐地对乔笙笙说，“太丑了吧！”

大红大绿的镶金线旗袍，这……完全是中老年领导的奇葩审美啊！

“没办法，统一着装，大家都穿这个，领导喜欢嘛。”乔笙笙哄着她，“就坚持一上午，反正又不是去比美，大家都穿一样的，谁也不会笑话谁。”

陆嫣踩着高跟鞋走到展览厅门前，和一众礼仪小姐一字排开站好，等待来宾。

等待的过程中，她从这些女孩的讨论中听到了沈括的名字，不禁竖起了耳朵。

“来的是沈括啊！”

“他不是没时间吗？怎么会亲自过来！”

“听说是临时改变主意决定过来，妈呀！以前都是在电视上看到，这次能看到真人了！”

“不管，我要给他当女儿！”

“Hello？这么帅的男人你只想给他当女儿？”

“我倒是想当别的，但是人家看不上啊！”

“不管，补个妆先！说不定呢……”

陆嫣听说沈括要来，一颗心忽然开始狂跳，肾上腺素激增，肚子好像又有点儿隐隐作痛了。她揉了揉肚子。

周围有人注意到了陆嫣，又把话题转到了她的身上，开始小声八卦她和吴钰琪、林栎之间的事情。

吴钰琪也在这些礼仪小姐之中，正好站在陆嫣对面，抬抬下颌望向她，眼神颇为挑衅。

陆嫣懒得理这些人。

二十分钟之后，几辆黑色轿车驶入了正门，在校门边的车道旁停下来，几位西装革履的男士下了车，校领导陪着从宾利车上下来的沈括，全程殷勤地为他引路。

他西装笔挺，阳光打在脸上，五官英俊，深咖色的眸子被照得通透。

车道两旁围观的女同学都兴奋地叫了起来，不住地向沈括挥手。

沈括的名气家喻户晓，他是少有的不混娱乐圈却总上热搜的男人。

校领导们拥着他，朝展览厅走来。

陆嫣的眸子却垂了下来，不敢看他，也生怕他看见自己，主要是她这身衣服，太丑了！

经过陆嫣身边的时候，沈括停下了脚步，望向她，粲然一笑。

女孩们捂住了嘴，心都要化了。他笑起来，可真好看啊！

陆嫣感觉如芒在背，压根儿不敢和他对视，现在同学以及校领导的目光都顺着沈括的视线望向了陆嫣。

陆嫣的耳根都红透了，心脏怦怦直跳。

他、他在搞什么，假装不认识不好吗？冲她笑什么笑啊！关键，他还笑得那么帅。

校领导诧异地问沈括："沈总，您遇到熟人了吗？"

沈括轻轻地"嗯"了声，温柔地望着她："她是我的……"

后面几个字他顿了几秒，陆嫣的心也被他勾了起来。

随即，他说道："她是我的小妹妹。"

女孩子们再一次捂住了嘴，天啊，他那么温柔的表情，简直要把少女的一颗心都融化了。

这宠溺的眼神，哪里像是在看小妹妹，明明就是在看小宝贝好吧……

女孩们看陆嫣的表情完全变了。

陆嫣认识沈括，甚至是他的小妹妹，说明她绝对有背景啊，之前疯传的谣言就显得相当可笑了。

吴钰琪揪着自己的衣角，怨念地看着陆嫣，下唇都咬出了粉白色。

上午的参观结束。下午，沈括在大礼堂开设讲座，学校里绝大部分女生拥堵在大礼堂门口，连窗户边都站了不少人。

陆嫣因为身体不太舒服，所以请了假，准备回寝室继续瘫着，没承想收到了沈括的短信："结束之后，等我。"

陆嫣看到这条信息，心脏又跳了跳，揉揉肚子，感觉还是可以再坚持一下的。毕竟开学以后，她和沈括见面的机会实在不多。

下午四点，讲座结束，沈括在校领导的簇拥下走出了礼堂。

陆嫣坐在礼堂对面香樟树下的小椅子上，见他出来，她捂着保温杯，站起了身。

人群之中，沈括一眼就望见了她，低声跟校领导说了几句话之后，便朝陆嫣大步流星地走过来。

陆嫣忽然有些手足无措，礼貌地唤了他一声："沈括……哥？"

沈括笑了笑："怎么不叫叔叔了？"

陆嫣想到刚刚他跟别人介绍的时候，说她是他的小妹妹，既然如此，她就不该叫他叔叔了。但转念一想，沈括和她爸是朋友，她这样岂不是让沈括降了一辈吗？

陆嫣有点儿凌乱了，望望沈括："那我该怎么叫你呢？"

沈括嘴角抿了抿："叫哥吧。"

陆嫣甜甜地笑了笑："好啊，沈括哥哥。"

沈括看着她嘴角漾起的小酒窝，感觉自己的心都快被她给融化了。

"走吧，我带你去吃饭。"沈括顺手接过了她的包，"你上次说想吃火锅。"

"呃。"

陆嫣很想跟沈括一起去吃火锅，非常想，倒不是为了吃火锅，而是想和他吃饭。

只是……她捂捂肚子，还是有点儿难受。

"怎么了？"

"没事，走吧。"

陆嫣觉得，忍忍也是完全没问题的！

沈括的宾利车已经让司机开走了，两人来到学校的梧桐步道边，他扫码开了一辆共享单车，对陆嫣说："我们骑车？"

"好啊。"

陆嫣摸出手机正要扫码，沈括立刻说："我这辆可以载人。"

陆嫣望望他，又望望他那辆安装了后座的单车，愣了愣。

啥？沈括要载她吗？

她紧攥着手机，又怕自作多情，有些不知所措。

“我想载你。”沈括已经骑上了车，对她说，“如果你不介意被同学看见的话。”

“不介意不介意，完全不介意！”陆嫣连连摆手，耳根不自觉地红起来。

他说，想载她！

陆嫣磨磨蹭蹭地走到沈括身后，很淑女地侧坐了上去。

沈括踩着单车，轻快地驶了出去。

陆嫣攥着沈括的衬衣衣角，能明显感觉到他腰间紧致的肌肉。

三月里的微风轻轻吹拂着脸颊，吹散了陆嫣脸上的红晕。

校园里种了不少樱花，此刻正是花开的季节，有浅粉色的樱花随风飘落，落到了沈括的肩头。

陆嫣看着他的背影，脑子里忽然闪过了一些画面，面前这个男人的背影仿佛与梦境中那个少年的背影重合了。

那个总是穿黑色衣服的少年，骑着自行车载着她在校园里兜风，载着她走遍了北城的大街小巷，那些陈年的录像厅、歌舞厅，还有桌球室……到处都有他们的足迹。后来，后来好像只剩他一个人，孤零零地站在原地，望着她渐行渐远的背影……胸腔里涌上一股莫名的悲伤，刺疼了她的心，让她有点儿想哭。

“小嫣？”

听到她抽气，沈括侧过脸望了望她。

陆嫣连忙用手背擦了擦眼睛，解释道：“风吹眼睛了。”

“你躲在我身后，就不会被吹到。”

“嗯。”

陆嫣朝他靠近了些，他身上的气息也是那样的熟悉。她更想哭了。

她今天到底是怎么回事啊，为什么情绪变得这么糟糕，真是太丢脸了。

沈括感觉到身后女孩的异常，立刻按下刹车，停了下来，皱眉道：“小嫣，怎么了？”

陆嫣紧紧地攥着他的衣角，将脸埋进了他的衣服里面，无声无息地哭了。

道旁有不少同学望见他们，惊讶地停了下来，看着眼前这一幕。

陆嫣已经全然顾不得旁人的眼光了，她好伤心，好像丢失了一生挚爱的珍宝。

沈括素来沉稳淡定，这时候也有些心慌："小嫣，是不是我太唐突了？"

毕竟，他这个年龄，的确不适合和她这样，而且周围还有这么多同学……

陆嫣用力地摇头，带着哭腔解释道："不、不是的，就是今天生理期有点儿不舒服，情绪不太好，跟沈括哥哥没关系……"

她也不知道该怎么解释，语无伦次，好傻，好蠢，好丢人啊！

"为什么不早点儿告诉我？"沈括无可奈何地道，"那就不可以吃火锅了。"

她擦擦眼泪："不是，可以吃，没关系的。"

沈括看出了陆嫣的心思，知道她想跟自己一起吃饭，否则也不会明明不舒服，还坚持在礼堂外面等他一下午。

沈括摸出纸巾，认真地替陆嫣擦干净了眼泪，然后说道："我们吃点儿清淡的吧。"

"好。"

对于陆嫣来说，吃什么都没有问题！

"上车，不要再哭了，你要是哭，我会……"很难受。

剩下的话哽在喉咙里，他没有说出来。

"你会怎么样？"陆嫣问他。

沈括摇了摇头，将自己的西服外套搭在陆嫣的身上，裹住了她单薄的身子，责备地说："怎么穿这么少？"

三月倒春寒，还是有点儿冷的。

"还不是为了迎接你嘛！"

沈括替她拢衣领的手顿了顿，他问道："是特意为了我？"

"呃。"

其实她是帮室友来的，不过……

她心虚地点了点头。

沈括一时竟有些不知道说什么好，看得出来，他居然有些不好意思。

"以后，我可能会经常来你们学校。"沈括骑上车，边走边说道，"星辰和你们学校有合作。”

陆嫣满眼期待地望向他：“那你会常来找我玩吗？”

“只要你愿意。”

“愿意的！”

沈括不再言语，只觉清风拂面，心情忽然很舒畅，一天的倦怠也烟消云散了。

考虑到陆嫣今天的特殊情况，很多东西不能吃了，所以沈括带陆嫣回了家，准备给她熬粥。

这是陆嫣的提议，她想去沈括的家里看看，是不是和她梦里面一样。

梦里面，沈括和陆臻是死对头，她还被沈括带回了家，住了好几个月。

一开始她特别害怕沈括，可是几个月相处下来，她渐渐放下了对沈括的戒备，他虽然对陆臻做了不好的事情，但从来没有伤害过她。所以醒过来之后，陆嫣对沈括完全不厌恶了。

恰恰相反，她对他总抱有某种特殊的悸动和期待。

半个小时之后，陆嫣来到了沈括的家。

令她失望的是，沈括的家并不是她梦里面那个豪华而冰冷的临江别墅。

沈括住在一个高端小区里，小区的年代似乎有些久远了，但是因为维护得当，所以并没有显得特别陈旧，周围的小洋楼都是现代欧式风格。

陆嫣很诧异，连她爸早些年都搬进了别墅，而沈括这样的人物，却还住在这样的小区里，而且还是这么老旧的房子。这房子看着少说有十多年历史了，说不定更久。

沈括迎着陆嫣进了屋，说道：“随便坐。”

陆嫣坐到沙发上，打量着客厅的装修和家具，发自内心地感叹道：“沈括哥哥，你的家跟你的办公室很不一样啊！”

他的办公室是全现代智能的，看上去也是冷色调，现代气息十足，低调又奢华。

“这是老房子了，”沈括回答，“快二十年了，有点儿旧。”

“为什么不搬家呢？”陆嫣问他。

沈括坐到她身边，说道：“这里有回忆。”

这些年，他就是靠这些回忆活着的。

陆嫣没有再多问，怕触及他的伤心事。

沈括卷起了白衬衣的袖子，系上围裙，去厨房熬粥。

陆嫣跟上去，靠在门边看他，他洗手做羹汤的样子很有生活气息，和平日里见到的那个西装革履的男人完全不同。

陆嫣看着他的背影，感觉距离一下子拉近了不少。

“沈括哥哥，我可以参观你家吗？”

“随意，房间都可以进。”

“嗯！”

他说这里有回忆，陆嫣再看家里的每一件物品，都是旧物，每一件都好像有故事似的。

他的家，生活气息很浓，同时，扑面而来的熟悉感让陆嫣感觉好像来过这里，好像她在这里生活过。可这明明就是她第一次来这里啊！这里甚至都不是她梦里面的那个大别墅。这种感觉好奇怪。

陆嫣来到阳台准备看看夜景，却发现阳台上有一辆褪色的自行车。她看到这辆车的一刹那，那种熟悉的感觉又来了！

自行车的造型看着也很古老了，颜色都已经褪去了不少，但是很干净，一尘不染。

陆嫣猜测，他一定是天天擦拭，车子才会这么干净。

她走到车前，轻轻地触了触车把，又按了按车铃。

叮叮叮——铃声依旧清脆。

她脑海里浮现出狭窄的筒子楼、小巷，夏天的阳光照耀着梧桐树，茂密的枝叶间投下斑驳的阳光……

她有种强烈的感觉，这辆车……这辆车她骑过！可这个想法本身就很荒诞。

很快，沈括熬的香菇鸡肉粥就好了，鸡肉被炖烂了，色香味俱全，很好吃！

“沈括哥哥，你的厨艺太好了吧！”

“是吗？”

“比我爸好多了！”

“那你多吃一点儿。”沈括替她展开了餐巾，放在面前。

陆嫣拿着勺子，小口小口地吃着入口即化的香菇粥：“哦对了，沈括哥哥，我看到阳台上有一辆自行车。”

闻言，沈括拿勺子的手放下，他漫不经心地说：“那辆车可能不能骑了，年代很久了，下次我给你买辆新的。”

陆嫣的脸颊微微发烫，她不是想占便宜啊！

“那辆车，是你的吗？”

“算是我的。”

这辆车当初陆臻和他争了好久，还是让他留下了。陆臻很快就会有小陆嫣，可他……只有这些回忆。

陆嫣又试探性地问：“那辆车，像是女孩子用的？”

“嗯。”

“是你的初恋吗？”

“是。”

陆嫣终于闭嘴了，她有点儿回避这个话题，心里也有些不是滋味。

沈括还保留着初恋女孩的旧物，甚至连家都不搬，因为家里有回忆……这是多么刻骨铭心的感情。

她满怀心事，惆怅地吃完了晚饭，坐在沙发上和沈括一起看了会儿电视。

她时不时地偷看他，他眼眸深邃，专注地望着电视屏幕，也不知道是真的在看电视还是在想事情。

陆嫣看着他的脸，愣愣地出神。他的侧脸，真好看啊。

倏地，沈括薄唇轻启：“陆嫣，你这样盯着我，我会很不好意思。”

“啊！”

她居然被抓包了！

陆嫣连忙侧过头，笨拙地解释：“我……我没看你，我在看你后面的灯，很别致啊。”

两个人都沉默了片刻，陆嫣红着脸，抠着自己的衣角。

她尴尬死了，还是走吧。

她穿上拖鞋，站起身说：“不早了，沈括哥哥，我就回去了。”

“我送你。”

其实陆嫣挺不想回去的，她还想多和沈括待一会儿，哪怕只是单纯地聊聊天，都感觉很惬意。

她真想一直一直和他待在一起啊。陆嫣很喜欢和沈括聊天，这个男人说话机智又有分寸，而且还很睿智，这些都是同龄男孩子所没有的。

她如果不主动提离开，沈括肯定不会赶她走。

夜渐渐深了，似乎不太合适再久留，她只能告辞离开。

沈括将宾利车开到楼下，陆嫣刚坐进去，便接到了室友乔笙笙打来的电话："小嫣，你在哪里呀？还没回来吧？"

"就回了。"

"那你别回来了，寝室线路维修，停水停电，现在连澡都洗不了呢。"

挂了电话，陆嫣为难地望了沈括一眼："沈括哥哥，我不回学校了。"

"嗯？"

"宿舍停水停电了。"

"那回家吗？"

"我妈正全国巡演呢，我爸追着去给她应援了，我……我没带钥匙。"以及身份证。

两个人同时沉默了。

回去的路上，沈括走在前面，陆嫣跟在他身后，踩着他修长的影子。

从始至终，沈括一句话都没有讲。

陆嫣心里有些忐忑，他是不是不太高兴、不太欢迎她留宿？

走到小洋楼下，陆嫣停住了脚步，沈括余光注意到她没跟上来，回身问道："怎么了？"

陆嫣指了指楼牌号："沈括哥哥，如果我没有记错，你家应该是旁边那一栋。"

沈括望了望楼牌，又看了看一路走来的花园步道，脸上忽然浮现出一丝尴尬。

他居然走错了。

陆嫣捂嘴笑了起来，所以沈括不是不欢迎她留宿，而是紧张？

沈括觉得这个时候承认自己紧张得走错了，未免太丢脸了，他可不是二十岁出头的小伙子了，在这丫头面前，怎么能露怯？

沈括硬着头皮说："就是这栋。"

"我记得应该是旁边那栋。"

"你记错了。"

陆嫣确定自己没记错，停下脚步，笑着对他说："那你上去吧。"

沈括硬着头皮走了两步，终于还是硬着头皮折回来，不由分说地拎过了小丫头的衣领，带着她大步流星地往回走。

陆嫣笑得都快直不起身子了。

沈括沉着脸，凶巴巴地说："不准笑。"

"你好可爱啊！"

"不准说我可爱。"

明亮的客厅里，沈括已经在沙发上铺好了柔软的棉毯。

这个房子是沈括当初买了准备和陆嫣结婚用的，可他甚至没来得及向她求婚，她就离开了。

十九年过去了，房子几次面临拆迁的危机，沈括索性通过竞标将这片土地都买了下来，保住了这个小区，同时他自己请了建筑商过来，将小区的小洋楼重新翻修加固。

陆嫣临走前的小半年是住在这里的，这里有她生活的气息，这里是他的家，是他和陆嫣的家，他舍不得也离不开。就算知道困守回忆没有意义，他也走不出来，或许这辈子都走不出来了。

他看着陆臻家里的小姑娘呱呱坠地，看着她上幼儿园，看着她进入高中，甚至还看到她偶尔会偷偷跟同龄的高中男生约会……她已经完全不记得他了啊。

沈括没有打扰她的生活，他没有立场，也没有勇气……

小姑娘长大了，他却老了。

他不敢想象，有朝一日她想起了所有的事情，看到他已经迟暮，将会是怎样的失望。

沈括唯一能做的就是不打扰，他十多年都未曾打扰过她。可是……那天校园的偶遇，让他平静的心湖波澜再起。

看着那张曾经如此深爱的面容重新对他展露笑意，他无论如何也无法保持平静。

她是他心之所向、温暖所在。

爱是不能忘记的。

陆嫣洗了澡，擦拭着头发走出浴室，发现沈括不在家，不知道去哪儿了。

陆嫣给他打电话，电话里，他解释道："我出去买点儿东西，你洗完了吗？"

"嗯，洗完了。"

"头发要赶快吹干，吹风机在进门第二个柜子第三层的壁橱里……"

"嗯，我已经找到了。"陆嫣早已经将吹风机拿了出来，插上了电源。

电话那端，沈括忽然沉默了几秒钟："陆嫣，你怎么找到的？"

"啊？"

陆嫣拿着吹风机，愣在了镜子前。

对啊，她怎么会知道？她甚至都没有翻找，几乎是下意识地就在入门第二个柜子的第三层取出了吹风机。

陆嫣只能胡乱地解释说："女人的第六感都很准。"

沈括挂掉了电话，重新捡起地上散落的塑料袋，手有些颤抖，控制不住地激动。

是她，她回来了。

很快，沈括提着塑料袋回了家，房间里吹风机嗡嗡响着，弥漫着暖暖的热气以及洗发水的清新味道。

他将袋子放在柜子上，然后走到她身后，顺手接过了吹风机，一缕一缕地帮她梳理着头发。

她的头发一如既往地柔顺，每一根都很细很软，摸着特别舒服。

陆嫣的心跳都快停止了，一天前她根本不敢想能住到沈括家里，甚至还让他帮她吹头发！他的动作好温柔。

这么温柔又绅士的男人，浑身上下都散发着致命的魅力。

陆嫣毫不怀疑，再和他接触下去，她一定会沦陷，深深沦陷！

她连忙说："沈括哥哥，我自己来。"

沈括没有将吹风机给她，皱眉说道："今天不应该洗头，洗了，就要吹干。"

陆嫣当然知道他为什么说不应该洗头，但是不洗是不可能的！

她看见了沈括提回来的塑料袋，抓过来好奇地问："你买的什么呀？"

"我建议你等会儿再打开……"他话还没说完，陆嫣已经摸出了一包卫生巾。

她愣住了，然后脸颊刷地红透了，默默地将它塞了回去。

他无奈地道："让你待会儿再打开。"

她怎么知道啊！

虽然有点儿尴尬，但陆嫣也的确需要，她包里只剩一片了，还在担心今天晚上坚持不过去呢。

吹过头发之后，沈括领着她来到自己的房间。

房间的摆设非常整洁，几乎可以说是一尘不染，看得出来，他是个相当爱干净的人。

他的床用的是深蓝色的被罩，薄薄的一层，平铺在床上，几乎一丝褶皱都没有。

"床单我已经换过了。"他倚在门边，说，"很干净，你放心用。"

"嗯，谢谢你收留我。"

沈括关掉了顶灯，然后打开夜灯："以后只要你想，随时都可以过来。"

这里就是你的家。

房间门关上，陆嫣听着沈括的脚步声渐渐远了，她舒舒服服地躺了下来，被子的确是新换的，一点儿味道都没有。

不得不说，沈括真是太体贴了，陆嫣过去接触的男孩子，没一个比得上他。

年轻的男孩懵懵懂懂，蠢得跟猪似的，完全觉察不到女孩的心思，而跟沈括相处的过程中，他什么都懂，总能照顾到她所有的需求。

陆嫣将脸埋进枕头里，揉着自己的头发。完蛋了，再这样下去，她真的要爱上这个叔叔辈的男人了。

明明知道不应该，且不说爸妈知道了会有什么反应，单凭沈括心有所属这一点，陆嫣就知道不该泥足深陷。可是这个世界上最不能控制的事，就是人的感情啊！

陆嫣失眠到半夜，实在睡不着，起身蹑手蹑脚地出了房间，来到客厅。

客厅里只亮着一盏光线昏暗的小台灯，沈括睡在沙发上，因为身形修长，脚超出了沙发边缘。

陆嫣见他睡熟了，于是壮着胆子走过来，半蹲在了沙发边的地毯上，看着他的睡颜。

柔和的灯光笼罩着他英俊的脸庞，浓密的睫毛在他的眼睑处投下阴影，他已经不是少年了，眼角下也有了些微纹路，但若不细看，压根儿看不出来。

单论容貌来讲，即便两个人挽着手走在大街上，也绝不会引人注目，更看不出来他是她父辈那一代人。就连陆臻这两年都显出了力不从心的老态，为什么沈括看起来还这么年轻啊。

陆嫣伸手，摸了摸他硬邦邦的手臂肌肉。

她恍然想起老妈说过他一直在锻炼，每天都去健身房，所以皮肤比她这个不满二十的小丫头还紧致，满身肌肉。他真是自律到了可怕的程度。

陆嫣盯着他看了好久好久，几乎快把他露在外面的每一寸肌肤都打量一遍了。他的颈边似乎有文身，不过很淡很淡了，不细看，根本看不出来。他的眼睛、眉毛、鼻子、喉结……每个部位都很性感，越看越叫人喜欢……

陆嫣揉揉头发，身子往边上一歪，拍拍脑子，感觉自己快要原地晕厥了。

“哐”的一声，小柜子上的台灯差点儿让她撞翻，陆嫣惊惶失措地扑过去，护住台灯，全身汗毛都快竖起来了。

她回头，惊悚地望向沈括。

沈括闭着眼睛，似乎还在熟睡，幸好没被发现。看来他也是睡觉雷打不动的人啊。

陆嫣轻轻站起身，蹑手蹑脚地回了房间，不过只走了几步，又折返回来，伸手摸了摸他的手。

她只摸了一下，便宛如做贼般快速抽了回来，然后逃命似的跑回房间，路上还绊到了智能扫地机，扫地机嗡嗡叫了一下。

待她重新关上房门，黑暗中，沈括睁开了眼睛。在这么个冒冒失失的小丫头面前装睡，真是考验他的演技。

他重新坐起身，低头望了望自己的左手，刚刚被她摸了一下，掌腹的位置似乎还残留着余温。

沈括不瞎，看得出来陆嫣喜欢自己。

现在的他，要得到任何女人的芳心都不是难事。更何况，他对她没用任何手段，所有的关心都是发自内心，他就是控制不住地想要对她好。

哪怕心知肚明，眼下以自己的年龄，并不适合成为她相伴终身的伴侣，他甚至可能都无法陪她到老。

沈括闭上眼睛，吻了吻手掌被她碰过的位置。

他该怎么办？

第二天早上，陆嫣回学校，看到吴钰琪站在宿舍楼边和一个化着浓妆的中年女人讲话。

那女人穿着貂皮大衣，老远便能嗅到她身上的香味儿。

陆嫣经过她们身边的时候，听到吴钰琪叫她妈妈。

她本来也没在意，甚至都没有看那个女人，径直朝着宿舍楼走去。这时，她忽然听到吴钰琪的妈妈惊呼一声：“是你！你……你……”

陆嫣回头，见吴钰琪妈妈的脸上浮现出惊诧的神情，一双打着厚眼影的眸子死死地盯着陆嫣。

陆嫣望望四周，指着自己问：“您是……在叫我？”

那个女人难以置信地望着陆嫣，冲过来抓住她的肩膀：“怎么可能？怎么是你？你明明已经死了，你怎么会……还活着？”

陆嫣皱眉，不解地问：“抱歉，您是不是认错人了？”

“不可能，不可能认错。”施雅伸手捏住她的脸，“你就算化成灰，我也认得你。”

吴钰琪见状，连忙跑过来抓住母亲的手：“妈，你在干什么啊？这、这是我同学。”

周围已经有不少同学围观了，吴钰琪感觉有点儿丢脸。

这时候，宿管阿姨也匆匆地跑出来，拉开了施雅：“你说话就说话，干什么对同学动手动脚的？”

施雅指着陆嫣，手不住地颤抖，情绪有些崩溃："你死了，你明明已经死了，你怎么活过来的？"

"我真的不认识你。"

"不认识，我是施雅啊！你怎么可能不认识我，当初我妈妈和舅舅进监狱，不都是你和你哥害的吗？啊，你现在说不认识我？"

陆嫣咧咧嘴，望向吴钰琪："你妈妈……是不是精神方面……"

吴钰琪的脸颊都已经红透了，她知道自己的父亲在外面拈花惹草，母亲每天神经兮兮地到处去找父亲，可是没有想到她的精神状态已经糟糕到这种地步了。

"妈，走了！"她摸出手机威胁道，"你再不走，我就打电话给我爸了。"

施雅情绪激动，冲吴钰琪发了一通火："打给他？他一心只想要儿子，你觉得他会管你这个没用的东西吗？"

吴钰琪又羞又气，含着眼泪，转身跑回了寝室，太丢脸了！

宿管阿姨将陆嫣护在身后，对施雅道："你要是再不走，我叫保安了啊。"

陆嫣回了宿舍，中午又和乔笙笙她们出去吃牛排，不过她没什么胃口，满脑子想的都是那个女人说的话。

乔笙笙安慰陆嫣："哎哟，你别想了，肯定是认错人啦！"

"她好像很笃定的样子。"

"但你怎么可能认识吴钰琪的妈妈呢？"乔笙笙说，"你跟她妈妈根本就不是一个时代的人啊！"

"是啊。"

陆嫣也觉得很奇怪，自从她车祸苏醒之后，好多事情都变得奇奇怪怪的，她忽然多了一些荒唐的记忆，记忆里爸爸和沈括是死对头，妈妈也死了……那么真实，好像真正发生过一样。

可是现在的她这么幸福，大家都陪在她身边，一定有哪里不对劲！

回家跟陆臻和简瑶吃饭的时候，陆嫣顺嘴就提了这件事。

一开始，陆臻和简瑶也没有特别在意，简瑶漫不经心地说："是认错人了吧，老公，我要吃牛腩。"

陆臻给简瑶夹了牛腩，又问陆嫣："她还说什么了？"

陆嫣想了想，说道："还说我和我哥害她妈妈坐牢什么的，我又没哥，再说，她妈妈算起来，那得是奶奶辈了吧，我怎么害她……真是怪事。"

闻言，陆臻和简瑶同时放下了手中的筷子，异口同声地问："你同学的妈妈叫什么？"

陆嫣眨眨眼睛，说道："我不知道她妈妈叫什么，不过她经常跟室友吹嘘她爸是吴氏集团的吴天翰。"

陆臻和简瑶对视了一眼，心里已经有数了。

良久，陆臻说："小嫣，下次要是再见到那个同学的妈妈，就说你是我女儿。"

"可是爸，你认识她妈妈吗？"

"嗯，认识，我爸，也就是你爷爷，以前娶过一个妻子，就是你同学的外婆。"

陆嫣被惊到了："啊？"

简瑶好几次想开口说话，都被陆臻给按住了。

"总之，以前我有一个妹妹，后来她去世了，你和那个妹妹长得很像。"

陆嫣诧异地问："不是小姑吗？"

"不是她，是另外一个妹妹。"

"啊？"

爸爸还有个妹妹，她怎么不知道？她从来没听说过啊。

简瑶已经用手扶住了额头，仿佛在说，你就瞎编，看你能怎么圆这件事。

"所以，吴钰琪的外婆，也就是爷爷的前妻，坐牢了，是被你和你的另一个妹妹弄进去的？"

陆嫣终于弄清楚了这复杂的关系。

陆臻说："不是你爷爷的前妻，我妈才是你爷爷的前妻。"

"哦。"

陆嫣记得，爷爷和奶奶是老年的时候才举办的夕阳婚礼。

"爸，给我讲讲爷爷年轻时候的……嗯，风流债？"

她八卦的兴趣立刻转移到了陆简和孟知宁身上："爷爷怎么和奶奶离婚了又复婚，吴钰琪的外婆又是怎么坐牢的呀？"

“这个嘛，说来话长……”

陆臻把事情简单地跟陆嫣讲述了一遍，因为事情太过曲折，他讲一半瞒一半，就说那个离世的女孩是他的另一个妹妹，然而陆嫣听完之后却沉默了。

陆臻把讲述的重点全放在了那位去世的妹妹和沈括之间的爱情故事上，并且有意无意地暗示陆嫣，你和那位妹妹长得很像，不只施雅会认错，甚至可能连沈括都会感到困惑，知道了吧。所以沈括对她这么好，真的是有原因的。仅仅是因为，她长得像沈括曾经的恋人。

简瑶看到陆嫣的眼睛都红了，起身走回房间，冷冷地道：“陆臻，你给我进来。”

房间里，两人关上门，陆臻有些忐忑地问：“瑶瑶，干吗忽然这么严肃？”

“怎么不跟她讲实话，把她忘记的事情全告诉她，她有权利知道！”

陆臻摇头：“小嫣是我们的女儿，是我们看着长大的，她本来就不应该有那些回忆。”

“但那是她切切实实地经历过的！而且我也不觉得那是不好的回忆。”

“当然不是不好的回忆，那是我们最美好的青春，但是……”陆臻为难地说，“她现在的生活也很好不是吗？说不定她很快就会有喜欢的男孩，可以谈恋爱，这也是美好的青春啊！”

“可她爱的人是沈括！”

“不是，她不爱沈括，她甚至连他是谁都不记得！”

“难道你不觉得这样做很自私吗？沈括等了她十九年！”

陆臻喘息着，双手叉腰在房间里走了一圈，气急败坏地说：“我也知道沈括很不容易，可嫣嫣是我女儿，就当我自私，现在的沈括已经不适合她了。”

简瑶红着眼睛望着陆臻：“陆臻，你知道吗？你现在说这话的样子，跟当初你的父母要拆散沈括和陆嫣时的样子一模一样。”

陆臻忽然停下了脚步，诧异地望向她。

简瑶沉声说：“你向她保证过，绝对不做那种‘我是为你好’的父亲，为什么当初能做到，现在就不能？”

陆臻几乎要被简瑶说服了，一个人在阳台上吹了两个小时的冷风，想了很久。终于，他迈着沉重的步子上了楼，去看看陆嫣睡没睡。

他要赌一把，如果此刻她没睡，他就把全部真相告诉她；如果睡了，这一切，他这辈子都不会再提了。因为如果此时不说，或许陆臻这辈子都不会有勇气再说了。

陆嫣的房间门没有关，柔和暗淡的光从门缝里透出来。

陆臻正要抬手敲门，忽然听到小丫头的抽泣声，还有细细碎碎的声音传出来。

“原来……只是因为像啊。”

“陆嫣，你真是个大傻蛋。”

“笨死了！”

她有时候会对着镜子讲话，从小到大都是这样，门口的陆臻也听不出来她究竟是不是哭了，但他准备要敲门的手还是放下来了，理智终究战胜了情感。

是，很多年前，他的确说过不做那种“我是为你好”的父亲，但那个时候，他自己都是个不成熟的人。

简瑶说他越来越像自己的父母，其实不是，他只是在这些年里、在学着真正做父亲的过程中，慢慢地理解了自己的父母而已。

小孩子总觉得自己是对的，父母和全世界都错了。

事实上，直到现在他才真正理解了陆简，陆简不是不爱他，只是在用自己的方式爱着他，而陆臻也承认，自己年少轻狂那几年确实很混账。

至于陆嫣，若她能够想起一切，他绝不会干涉她的任何决定，但如若她想不起来，他也绝不会把这些沉甸甸的记忆强加给她。他希望她像正常的女孩那样去生活、去恋爱。

清早，沈括骑着自行车出现在校门口。他还没来得及进去，便撞见了在门口等候多时的陆臻。

他单腿点地，迎着阳光，眯眼望向陆臻。

陆臻也扬了扬手，跟他打招呼：“嗨。”

见他这难看至极的笑容，沈括不用想也能猜到他的来意。

“哇，很少看你骑自行车啊，怎么，司机今天休假？”

沈括淡淡地道：“锻炼身体。”

“那不错啊，还来校园里锻炼啊。”

“我来找陆嫣。”沈括坦坦荡荡地迎上他怀疑的目光，“昨天晚上她给我打过电话，我没接到，再回拨过去，她就关机了，我有点儿担心。”

“这样……”陆臻揉揉后脑勺，“她昨晚在家里睡的，没什么事，一早就回学校了，好像有早课。”

“嗯。”

两人沉默了十多秒，终于，沈括率先开口：“陆臻，有话直说。”

陆臻也知道，这么多年的交情，没必要遮遮掩掩，索性说道：“沈括，我们家小嫣最近和你走得很近。”

“嗯。”

“听说她还叫你沈括哥哥？”

沈括嘴角扬了扬，抿出柔和的弧度：“对。”

陆臻无奈地说：“这不是乱辈分了吗？”

“你不是早就让我叫过‘爸’吗？”

陆臻无奈：“那不是年轻不懂事吗？”

“所以，你到底想说什么？”

陆臻清了清嗓子，终于道：“陆嫣没有想起过去的事情，所以她现在是我的女儿，是你的侄女。”

沈括没有回应他。

“她不是那个陆嫣啊！”陆臻有些急了，“她只是个什么都不知道的小丫头，不是那个曾经和你共患难的陆嫣！那个陆嫣已经走了！可能再也不会回来了。”

“不要再说了。”沈括打断了他，感觉胸腔仿佛被割裂了一般，呼呼地漏着风。

他又何尝不知道，不记得一切的小陆嫣，不是他的陆嫣。

他深爱的，是那个曾经将他救出泥沼、让他重新开始喜欢这个世界的女孩，是曾经与他患难与共，在他最落魄的时候也不曾离去的爱人。小陆嫣不是。

陆臻继续说：“你条件一直很好，沈括，不是我奉承你，以你眼下的情况，哪怕站在那里什么都不做，那丫头也会轻而易举地爱上你，她心思很单纯，而且也是很容易喜欢上别人的年纪。”

的确，沈括看得出来，陆嫣已经喜欢他了，发自内心的喜欢，看见他，眼睛里都会有星星。

“但是，你自己知道，这不合适。”陆臻恳切地说，“算我求你了，沈括，你放过她行不行？”

“放过她？”沈括忽然笑了，像秋天的枯叶，他后退两步，用深邃的眸子望着陆臻，“苦等这十多年，等一个可能永远不会回来的女人，谁放过我？”

“这十多年，你从来没有打扰过小嫣，我谢谢你，我这辈子都谢谢你……”

但你能不能就永远不打扰。

这句话，陆臻哽在喉咙里，说不出口了。他不能这般欺负沈括。这是陆嫣对他说过的话——陆臻，你永远不能欺负沈括，这是我们家欠他的。

在陆臻恍惚之际，沈括已经转身，推着自行车离开了。

陆臻看着他挺拔、孤独的背影消失在春日晨曦的白雾中。

他知道，沈括不会再来了。

在这个世界上，没有任何人比沈括更希望她好。

那段时间，陆嫣发现沈括和她疏远了，明明说好会经常来学校找她玩的，但他再也没来过。

这样也好，陆嫣也没有办法放下自己和沈括喜欢的人长得很像这件事。难怪沈括会对她那么好，难怪沈括会说她是他的妹妹。一切让她目眩神迷的恋爱感觉，那些美好的粉红泡泡原来都是虚假的泡沫。她只是他所爱之人的代替品罢了。

陆嫣是个有气性的女孩，是被她的总裁爸爸和明星妈妈宠爱着长大的，哪里甘心成为别人的代替品。

有时候想起来，她还会忍不住委屈地抹眼泪呢。她决定再也不理沈括了。

周末早上，陆嫣在家里睡懒觉，不过很快就让简瑶给叫了起来，简瑶煲了汤，让陆嫣带到公司，给陆臻送过去。

陆嫣打着哈欠，睡眼惺忪地看着简瑶在厨房里手忙脚乱地煲汤。她这个誓死不进厨房的妈妈，竟然在做汤？

陆嫣斜倚在厨房门边，看着简瑶拿锅铲的生硬姿势，深深感觉简瑶还是更适合当模特摆造型，厨房不适合她。

简瑶忙了一早上，将汤装进了保温饭盒里。

“给你爸送公司去。”

“干吗要特意给他送汤啊，公司又不是没有食堂。”

简瑶搂着陆嫣：“让你去就去，哪那么多废话。”

“我……不想去，”陆嫣背过身，低声道，“不想去他们公司。”

她不想见到那个人。

简瑶漫不经心地修着指甲：“好可惜啊，前阵子某人看中了一款手链，国内还没上市，我本来想让你爸下次出差给你带回来，可是某人连汤都不想给他送，我看手链……”

“去去去！”陆嫣抓起饭盒出了门，推着自行车朝星辰公司的方向飞驰而去。

公司里的人都已经认识陆嫣了，她刚迈入大门，前台小姐立刻迎上来：“陆小姐，您是来找沈总的吧？”

“不是，我来找我……”

“爸”字还没说完，前台小姐说：“沈总病了，这两天都没来上班。”

“病了？”

“嗯，好像是前天喝多了，奇怪，沈总从来不喝酒，可能是陪客户多喝了几杯吧，他本来酒量也不好的。”

前台小姐是个很有眼力见的人，一边说一边观察陆嫣的神情：“秦助理去他家里看过，说是发烧了，这两天一直没来公司。”

“哦……”

陆嫣拎着保温盒的手紧了紧，这时候，陆臻和几个男人从电梯里出来，看样子是要去吃饭。

看到陆嫣站在前台，陆臻立刻走过来，问道：“你来这里做什么？”

简瑶还没有告诉他。

“我来给你送汤，我妈做的。”

陆臻的神色稍缓，他以为她又是来找沈括呢。

陆嫣将保温饭盒塞给陆臻，什么话也不说，转身朝外走去，不过走了两步，又硬着头皮折返回来。

陆臻正和同事炫耀：“这是我老婆给我煲的爱心汤。”

结果陆嫣不由分说地将汤夺了回去，转身就跑。

“哎，你这丫头，你干吗！”

“爸，我妈做的黑暗料理你也敢吃啊！吃坏了肚子今天下午就没法工作了，我……我帮你处理掉，回头跟我妈说你都吃了，一口没剩下！”

陆臻追出来，小丫头骑上自行车，背影消失在了梧桐车道尽头。

“臭丫头，晚上回家跟你算账！”

陆嫣骑着车，转过几条街道，来到沈括所在的小区。

她抱着保温饭盒站在他家门口，踌躇了很久，手好几次落到门边，都没有勇气敲下去。

她要烦死了！

明明知道自己不应该过来，不应该再搭理他了，可她就是控制不住自己，控制不住地想他是不是病得很严重，家里又没人照顾他，一个人肯定很可怜。

就在这时，电梯“叮”的一声响了，做贼心虚的陆嫣赶紧跑到楼梯间躲起来。

电梯里走出一个三十多岁的女人，穿着高跟长靴，一身一字裙职业套装，鬈发垂肩，很有气质。

陆嫣认得她，她是星辰公司市场部的主管欧阳月，也是他们星辰公司公认的最漂亮、最有气质的女人。

虽然她的年龄比新进公司的小姑娘大很多，但她这一身成熟知性的气质，将公司里刚毕业的年轻女孩都给比下去了。因为自己条件好，眼光也很高，当然，她挣钱也多，所以至今仍旧单身。

陆嫣认得她，是因为工作上的事情她来家里找过陆臻，那个时候，她得体的言谈举止给陆嫣留下了很深刻的印象。

她走到沈括门前，深呼吸，做了好久的心理建设，终于鼓起勇气敲门了。

陆嫣心里咯噔一下——被人捷足先登了。

陆嫣不傻，看得出欧阳月的这些小动作都是因为紧张。女人只有面对自己在乎的人，才会表现出紧张的情绪。欧阳月暗恋沈括的意思很明显了。

很快，房门打开了。

欧阳月那张漂亮精致的脸上立刻挂上了春风和煦的微笑：“沈总，听说您病了，我来看看，能进去吗？”

陆嫣躲在楼梯间，这个角度只能看见欧阳月的侧影，看不见沈括，不过她能听到沈括的声音：“工作的事一律找陆臻，这两天我休假。”

他嗓音听着沉闷了许多，带着浓浓的鼻音。

欧阳月晃了晃手里的塑料袋，笑着说：“猜错啦，我是来探病的。”

她虽然不老，但学着小姑娘卖萌的调子，还是有一点儿违和的，反正在陆嫣这个十八线情敌看来，就是装可爱！她都不会这样说话！

沈括平静地说：“谢谢你的好意，但是家里很乱，不方便让你进来。”

欧阳月知道会碰壁，但她还是不想放弃：“沈总，您的脸色看着不太好，我很担心。”

“小感冒，没那么严重。”

“您还没吃饭吧，生病了可不能吃外卖，我买了鸭子，想给您炖一锅老鸭汤。”

陆嫣有些不高兴了，沈括拒绝的意思都这么明显了，她还听不出来吗？

不，她不是听不懂，而是假装听不懂。

沈括这样的钻石王老五，别说欧阳月了，公司里哪个单身女人不曾肖想他。

陆嫣撇撇嘴，不听话的脚踢了踢墙壁，却没想到，脚下一个易拉罐居然让她踢飞了出去。

“哐”的一声，易拉罐滚出了楼梯间，撞在墙壁上又反弹回来，正好落到了欧阳月和沈括面前。

陆嫣尴尬不已。

欧阳月皱眉望向楼梯间：“谁在那里？”

陆嫣躲在门后，后背紧紧地贴着墙壁，紧闭着眼睛装死。

妈呀，她不要过来，不要过来！

要是让欧阳月发现她，回去跟陆臻一告状，她就完蛋了。不过这还是其次，最主要的是她不想在情敌面前露怯。

沈括漆黑的眸子扫了楼梯间一眼，似乎猜到了什么，对正要过去查看情况的欧阳月说："你该回去了。"

"可是沈总……"

"现在是上班时间吧？打卡了吗？"

陆嫣在心里默默地给沈括竖了个大拇指，人家好心来探视你，你质问人家是不是上班溜号？

"快回去，探视我不计入工作时间，照样扣工资。"

欧阳月整张脸都涨红了，她何尝听不出沈括话里明明白白的拒绝。

"难、难道公司的传言都是真的吗？"欧阳月的情绪有些绷不住了，"我……我进公司都快十年了，您知道这么多年我一直对您……"

"欧阳，该说的话，几年前我就已经说过了。"

"可……我知道您一直有喜欢的人，也知道那个人去世了，活着的人永远比不过死去的人……"

"欧阳，你错了，不管是活着的人还是死去的人，都比不过她在我心中的位置。"

欧阳月的肩胛骨颤抖着，嗓音也带了哭腔："我不和她比，真的，我愿意等，我……我真的喜欢您。可……您现在却喜欢上了别人。"

沈括未置一词。

"是……是因为她比我年轻吗？"

沈括摇了摇头："我并没有喜欢上别人，我的爱人从始至终都只有她。"

他答应过陆嫣——她是唯一，此生的唯一。

欧阳月那水光点点的眼中渐渐有了希望："所以，公司的传言都……都是假的？您不喜欢陆总家里的小女儿，对吗？"

陆嫣背靠着墙壁，漆黑的眸子已经渐渐黯淡了，手揪紧了衣角，手背泛起了淡青色的筋脉。

两个女人都在等沈括的回答。

沈括喑哑的嗓音传来："欧阳，不要等我。"

"你还没有回答我的话！"欧阳月已经完全不要形象了，哭得像个刚刚失恋的小姑娘，"你说啊，你到底喜不喜欢陆家的那个小姑娘？"

“我一直相信，总有一天她会回来，这是我活下去的唯一信念。”沈括的声音很苦、很涩。

“你不要自欺欺人了。”欧阳月抱着膝盖蹲了下去，埋头哭泣，“死去的人，死去的人怎么可能再回来，她再也不会回来了。”

“会回来。”沈括像个孩子一样坚持，“她会回来。”

“那如果她不回来呢，你要怎么办？你就这样过一辈子吗？”

沈括垂眸睨着崩溃大哭的女人，晦涩的眸子黯淡无光：“如果她永远不回来，那我就去死。”

陆嫣闻言，如遭雷击。

这句话他说得那样平静，那样理所当然。

若是换任何一个人说这样的话，她都会觉得可笑，这都二十一世纪了，为了爱去死这种话，怎么听都很矫情。可是沈括说出这样的话，却听不出矫情，因为他是认真的。

一个与孤独为伴、枯等十九年的男人，他会说出这样的话，毫不意外。

终于，欧阳月不哭了。

沈括这句话终于让她意识到，自己永远不可能取代他心里的那个人，即便她可能永远都回不来了。

沈括不是虚伪的男人，不是那种心里装着白月光却还是要结婚成家的男人。尽管欧阳月想过，甚至希望他能成为那样的男人，这样自己总算还有点儿希望，可他不是。

沈括很多年前就已经拒绝过她了，只是她不信邪，她想试试，想感动他。

事到如今，是她错了，错得离谱。

“沈总，这么多年，打扰了。”欧阳月向他深深地鞠了一躬，然后转身跑进了电梯。

陆嫣站在门后面，捂着嘴，不让自己哭出声。她能真真切切地感受到欧阳月的悲伤。

爱别离、求不得，人生至苦。

天知道，陆嫣才认识他几个月啊。她为什么会这样难受？

她的心疼得都快抽搐了，她以前不是没有谈过恋爱，可是从来没有这样刻骨铭心过，就好像心脏被剜了一刀。

沉甸甸的脚步声传来，陆嫣心里一慌，夺路而逃，结果被一双大掌用力地拎了回来。她的后背整个撞进了沈括硬邦邦的怀中，她脑子都被撞昏了。

“你躲在这里干什么？”

陆嫣埋着脸，死命摇头：“路、路过，我这就走！”

她想跑，但是沈括不松手，还拎着她的后衣领：“路过我家六楼的楼梯间？”

陆嫣还在挣扎：“你……你先松开我。”

沈括松开了陆嫣，手却又落到她的下颌，轻轻一抬，将她绯红的脸抬了起来。

细密的睫毛上还缀着泪花，眼角泛着红，尽管她努力抑制着，但还是忍不住地抽泣，可怜极了。

沈括眉心蹙了起来，放开了她：“哭了？”

陆嫣固执又倔强地别开了脸，用衣袖揉揉眼睛：“才没有，被风吹的。”

沈括没有说话，深邃的眸子望着她，望得她心里发毛，仿佛自己心里想的都逃不过他的眼睛，他一眼就能把她给看透。

“为什么哭？”

“才……才不告诉你呢。”

沈括忽然握住她的肩膀：“你是不是想起什么了？”

“想起什么？想起你言而无信都不来找我吗？”

她这话说得有些怨怼，委屈巴巴的。

沈括眼底的光芒散了，她没有想起来。

他没说话，因为不知道该如何接她的话。

陆嫣也恨不得掐死自己，真没出息，明明是自己不理他的，怎么倒像是他对不起她了。

“对不起，小嫣……”

“我知道，你忙，沈总是大忙人。”

陆嫣不知道自己是怎么回事，语气里酸溜溜的调子简直不要太明显了啊。

沈括的情绪舒缓了很多，只要一看到她，他就忍不住高兴，哪怕这个时候的她什么都不记得。

“我们要一直站在楼梯间讲话到晚上吗？”他问。

“我……就要走了。”她话还没说完，就被沈括给拉进了屋，“哎，你这人，怎么这样……”

“我生病了。”沈括理所当然地说，“我很饿，没力气做饭，你想办法。”

陆嫣感受到他紧攥着自己的手，这还叫没力气？

“刚刚明明有人来给你做饭的。”陆嫣站在门边咕哝道，“为什么不让她进屋啊？”

“因为我让她进屋，某人就只能站在外面哭了。”

陆嫣知道他在讽刺自己，跺跺脚：“谁要哭了！你别看不起人，我才不会呢！”

她是拿得起、放得下的人，才不会为了男人伤心落泪，把自己搞得狼狈不堪。

沈括往沙发上一躺，软绵绵地抱着靠枕：“小嫣，我真的好累，一整天都没吃东西了。”

陆嫣打量着沈括，他穿着一件类似黑毛衣的居家服，看上去浑身上下都很日常，和他平日里在公司西装革履的形象完全不一样。

这时候的沈括更有生活气息，相对来说也更柔和，尤其是他说话的调子，跟撒娇似的，一下子就把陆嫣的心给融化了。

有时候，陆嫣真觉得就沈括是她的克星，遇到他，自己被养了十几年的骄纵脾性就全没了。

她开始卑微、开始小心翼翼，甚至开始逃避，都不敢谈及一星半点儿他过去的恋人。

她生怕像欧阳月一样被他拒绝，连当朋友的机会都没有了。

喜欢一个人，本就是卑微到骨子里的事啊。

陆嫣叹了一声，走过去，伸手探了探他的额头，很烫。

“都烧成这样了！”她惊呼，“你吃退烧药了没？”

沈括指了指桌上的一堆药：“那儿，看不清字了，你帮我看看。”

医生开的退烧处方药，他都还没有开封，陆嫣赶紧按照医嘱，给他喂了药，又打开了保温饭盒的盖子。

热气腾腾的黄豆蹄花汤泛着亮晶晶的油星子，香味扑鼻而来。

陆嫣用小勺蘸着汤尝了尝，发现没有想象中那么难吃，自家老妈的厨艺总算有进步了啊。

沈括嗅到了香味，睁开眼，坐起身来：“你果然是来看我的。”

陆嫣立刻辩解：“才不是呢！我是去给我爸送饭的，路、路过你这里罢了。”

这话说得也没底气。

沈括不为难她，只是浅浅地笑道：“你做的？”

“才不是，我妈的手艺。”

“你想毒死我？”

“喂！”陆嫣笑着打了他一下，“嘴巴不要这么损。”

“我记得几年前陆臻得肠炎进过医院，就因为吃了你妈做的便当。”

“那次是意外。”陆嫣将勺子递给他，“我尝过，没问题的。”

沈括没有接勺子，说道：“没力气。”

“吃饭的力气都没有啊？”

“嗯，”他挑眉望着她，“没力气。”

“没力气就别吃了。”

沈括立刻拉住她，说道：“一般这种情况，女孩子不应该软软地说‘那我喂你’吗？”

“你想得美！”

沈括笑了笑，盘腿坐起来，拿起勺子喝了一小口，皱眉道：“难吃。”

“有你吃的就不错了，还嫌弃。”

他真难伺候。

沈括看着的确是饿了，把汤喝得干干净净，陆嫣让他赶紧躺回沙发上。

这会儿吃了饭，药效上来，沈括脑子昏昏沉沉的，眼睛也快要睁不开了。

陆嫣走到窗边，将遮光窗帘全部拉上，屋子顿时陷入暗沉的暖色调里，很适合入眠。

沈括身上搭着一条小毯子，遮住了腹部，他眼睛半睁着，问陆嫣：“你要走了？”

“嗯，你好好休息吧，希望醒过来烧就能退了。”

“如果退不了，怎么办？”

“那你就继续吃药啊！”

生病的沈括似乎变成了小孩子，任性地对陆嫣说："可能会弄错。"

陆嫣坐在茶几边的地毯上，将小药包区分好，说道："你每次就吃这一包就好了，不会弄错。"

"那也可能会忘掉。"

陆嫣皱眉望向他："故意找碴是吧。"

沈括枕着沙发靠枕，眯着狭长的眼睛，慵懒地睨着她："嗯。"

"快睡觉。"

"不睡。"

陆嫣走过去，用手指覆上他的眼皮，逼他闭上眼睛："快睡！"

"不！"他倒真闹起了脾气，"我睡着了你就走了。"

"我总是要走的啊，我又不可能一直留在你家。"

沈括的心像是被尖刺戳中了似的，那一瞬间，排山倒海的悲伤一齐涌到他的胸腔里。他攥着她的手蓦然松开了。

她总是要走的……

她就是在他睡着之后，离开了他。

从那天起的整整半年时间里，沈括一直失眠，每晚睁着眼睛到天明。后来依靠药物他才能勉强小睡一会儿，这样的失眠症持续了好几年。

陆嫣见他脸色不对劲，问道："你怎么了？"

沈括再度攥住了她的手，沉声道："不准走。"

"啊？"

"我不准你走。"

"你这……"

他好霸道啊。

"陆嫣，留在我身边。"他使劲儿握着她纤细的手腕，很用力很用力，捏得她皮肤都泛白了。

陆嫣觉得沈括多半是烧坏脑子了，不过看着他这般没有安全感的模样，她纵使心里还介意，此刻也舍不得放开他了。

喜欢一个人就是这样啊，明明知道他心里有别人，可还是会忍不住想对他好，看见他还是会开心，看见他伤心，自己也会掉眼泪，看见他笑起来，满天的繁星都会闪烁。

她真没出息。

陆嫣软软地说："沈括哥哥，你放心睡吧，我不会离开。"

沈括终于放心地闭上了眼睛，但还是没有松开握着她的手。

陆嫣便任由他握着。

她知道只是因为自己和他喜欢的人长得像，他才会对自己格外不同，陆嫣感到心酸，但也为此庆幸。如果不是因为如此，恐怕自己也会和欧阳月一样，被他赶走吧。

不知过了多久，他的呼吸渐渐变得平稳绵长，似乎是睡熟了。

陆嫣看着他英俊的脸，硬挺的五官，一颗心也变得如棉布般柔软。她凑近了他的脸，看着那薄削的唇，舔了舔自己的唇。

以前她背着老爸谈恋爱的时候，对男朋友从来没有想亲吻的冲动，简瑶说你那根本不是谈情说爱，顶多就是想找个男孩陪你玩儿罢了。

喜欢一个人啊，就是时时刻刻想碰他，亲他。

陆嫣现在就好想吻沈括，慢慢地将脸凑过去，像是偷吃禁果似的，在他唇上停了片刻。

心脏怦怦直跳，她终究还是不敢吻唇，于是这个吻落在他嘴唇旁边的皮肤上。可是她并不知道，长年的失眠让沈括的神经很脆弱，她一碰到他的肌肤，他立刻被惊醒，睁开了眼睛。

他眸光下敛，看到陆嫣紧闭着眼睛，贴着他的脸，正在专注地吻他。

沈括的手顺势按住了她的后脑勺，脑袋微移，然后用力一压。

陆嫣猝不及防，已经被他撬开了唇。

沈括的吻无比熟练，熟练地纠缠……

"菜鸟嫣"哪里受过这种强度的训练，整个脑子轰的一声炸了。

沈括的手落到了她的腰间，陆嫣的神志终于清醒，她一把推开了沈括，因为惯性，自己也跌坐在了地毯上。

"你……你流氓！"她用手背捂着嘴，愤怒地看着沈括，又生气又委屈，"流氓！"

沈括深深地望着她，一把又将她抓了过来，直接按在了沙发上。

这下陆嫣是真的害怕了："你做什么呀，你要做什么？！"

沈括捧着她的脸，痴迷地望着她，一声声唤着她的名字："小嫣，你终于回来了……”

陆嫣使劲儿挣扎，大喊道：“你看清楚，我是陆嫣，我……我不是你等的那个人！”

沈括抓着她的手，摸到自己的侧颈，陆嫣第一次这么近距离地看到他的侧颈的文身，虽然墨水已经淡了，但是隐约能看出来，是一朵玫瑰花。

“你也有，这是证据。”

“什么证据啊？”

“你爱我的证据。”

他说完这话，“刺啦”一声撕开了她的领口。

“喂，你……”陆嫣伸手去遮，沈括也不再有进一步的动作，只是死死地盯着她白皙的锁骨。

锁骨之下是白皙的肌肤，一无所有。

沈括看着她的锁骨，脸上露出了困惑的神情：“怎么会没有……”

陆嫣的眼泪流了出来，顺着眼角落入头发里：“我本来就不是她，你……欺负人。”

他欺负她了。

沈括如遭雷击，立刻从她身上起来，从来未曾这般心慌意乱，他烧糊涂了。

陆嫣委屈极了，不是因为被他欺负，而是因为喜欢一个人却被辜负的委屈，小声的啜泣变成了大声的哭泣。

“我要回家。”

她哭着胡乱系上纽扣，转身朝门边跑去。

沈括立刻追上来，从后面抱住了她：“对不起，对不起，陆嫣，对不起……”他心慌意乱，一连说了十多个“对不起”。

“不要离开。”他将脸埋进她后颈的发丝间，深呼吸，“小嫣，不要离开我。”

陆嫣感受着他的颤抖，睁大了眼睛：“沈括，我不是欧阳月，我眼里揉不得沙子，你要是给不了我完完整整的爱，我是不会……”

“我给你。”

陆嫣以为自己听错了，全身僵硬。

他附在她的耳畔，认真地说：“我会忘了过去。我们重新开始。”

夜色渐晚，房间里的智控设备将灯光稍稍调亮。

陆嫣乖乖坐在茶几边的蒲团上，任由沈括用柔软的纸巾给她擦干脸上的泪。

小丫头眼睛都哭红了，湿润的睫毛粘在一起，泛着星星点点的水光，可怜兮兮地望着沈括。

“如果你不介意我现在的情况，我们可以在一起，我会很疼你，好吗？”他语调格外温柔。

陆嫣怕他说胡话，伸手摸了摸他的额头，似乎烧退了些，她总算放心了。

“我比你大。”他替她擦掉眼泪以后，顺手摸了摸她的脸颊，“以后，让我来照顾你，好吗？”

陆嫣乖巧地点头。

“可能会有人说闲话，不要介意，好吗？”

陆嫣继续点头。

“你爸爸那边不用管，我去说。如果你害怕，就待在学校，或者你也可以搬到我家。”

陆嫣立刻摇头：“我还是住学校吧，我……还要上课呢。”

沈括看出小丫头闪躲的眼神，笑了笑，轻松地说：“怎么，怕我？”

“你刚刚就……”陆嫣忐忑地望他一眼，“吓坏我了。”

刚刚他的确失控了，但是以后绝对不会发生第二次。

沈括轻轻地将她拥入怀中，柔声安抚：“以后不会了，好吗？”

这男人凶起来是真让人害怕，但温柔起来，也可以融化冰雪啊。

陆嫣根本控制不住地为他着迷。

“沈括，你真的能忘掉过去吗？”

忘掉陆臻曾经跟她说的那些刻骨铭心的经历，忘掉那个曾经深爱的“唯一”。

沈括沉默片刻，望向陆嫣：“你才是我全部的意义。”

只要她好好地待在他的身边，回忆对他而言就不再有意义。

陆嫣根本不信他这句话，但是她喜欢听他说这样的话，哪怕他是在骗她。

果然，女人都是自欺欺人的。

陆嫣坠入了无比甜蜜的恋爱旋涡中，身边的朋友几乎都能感觉到她身上随时随地冒出来的粉红泡泡。

恋爱中的女人，尤其是被宠爱的女人，身上都有股特别的幸福气息，眼角眉梢都是爱，十里八街都嗅到了。

沈括绝对是个无可挑剔的完美恋人，能照顾到她的方方面面。

陆嫣年纪小，第一次感受到恋爱的滋味，真是恨不得告诉全天下，她有男朋友了。

她买了十多套情侣装，包括春夏秋冬，逼沈括跟她一起穿，穿了还要自拍，自拍了还要发朋友圈，当然屏蔽她父母了。

情侣装就算了，她还拉着沈括去打了耳洞，戴情侣耳钉。

沈括这样一个严肃正经的霸道总裁戴上耳钉，严肃中竟透出了一股邪气。

陆嫣时常感叹，所以这就是“颜值即正义”，沈括长得好看，不管穿什么戴什么，都有自己的气质。

某次约会之后，他被一个电话叫进了公司，说是来了几位重要的外国客户，需要沈括出面相迎。

沈括赶到公司，忘了摘耳钉，直接与外宾见了面，秦助理作陪，一开始还以为是自己眼花了，直到他走近了给沈括倒咖啡，才看清沈括的左耳垂上居然真的缀着一颗黑色小星星的耳钉！

秦助理倒咖啡的手一歪，咖啡都差点儿洒出来。

沈总是发烧烧坏脑子了吗？他居然打耳洞，居然还把耳钉戴到公司里来！他居然还若无其事！

大龄单身男人，真的是惹不起啊！

沈括拉了拉衣领，摆出一副从容的总裁范儿，继续和外宾聊合作的事情。

秦助理无数次地摸耳朵，暗示沈括，沈括都没注意到，还问他有什么毛病。

秦助理都快绝望了。

沈括送外宾离开的时候，外宾还说，沈总很有个性，他们喜欢和不拘一格的人合作。

沈括还纳闷自己哪里“不拘一格”了，直到等电梯的时候遇到陆臻，陆臻看到他耳朵上那枚耳钉，捂着胸高喊了声：“沈括你疯了吧！”

沈括皱眉，睨了他一眼，对秦助理说：“他又粗鲁了，记下来，扣年终奖。”

秦助理乖乖记下。

公司有一条专门的管理条例，只针对陆臻一个人——一个季度在公司大喊大叫三次，年终奖扣光。

陆臻顾不得扣年终奖的事，指着沈括说：“你你你……你受什么刺激了，戴耳钉？”

沈括这才反应过来，摸到自己的左耳朵，脸色顷刻变了，凌厉地望向秦助理。

秦助理都要哭了。

我提醒了您不下一百次啊，沈总……

面对这一电梯的员工，沈括立刻淡定下来，摸着耳钉漫不经心地说：“偶尔改变一下风格，你们有意见吗？”

员工们立刻送上“彩虹屁”。

“绝对没有！”

“沈总这风格简直低调奢华！”

“这耳钉看着像卡地亚新款，很衬沈总您的气质。”

“对对对，我最近看到一个欧美明星戴过一模一样的！”

“沈总您走好！”

电梯门打开，沈括走了出去，陆臻眯着眼睛，极其鄙夷地望向那些员工。就这种劣质地摊货还能让他们夸出花来，还卡地亚。

沈括回到办公室，摘下耳钉，放在桌上。

这对星星耳钉是陆嫣网购的，女款白色，男款黑色，瞅着材质就是不超过三十五还包邮的那种，不过陆嫣年纪小觉得好玩，沈括虽然嘴上说不要不要……最后还是被她扯着耳朵戴了上去。

年轻时的沈括会坚持自己的想法，有时候两人会因为意见不合争得面红耳赤，沈括以为如今的自己成熟了，也会更有耐心，然而，并没有。

和陆嫣在一起的每一天，他都感觉自己仿佛回到了年轻时的状态，充满活力。

他摘下耳钉，立马给陆嫣打了一个电话过去，怒道："我绝对不会再戴你那些花里胡哨的玩意儿！等着晚上我来收拾你！"

沈括："死丫头说话啊。"

随即他听到他未来丈母娘的声音："沈总，您晚上要收拾谁？"

"简女士您炖的蹄花汤味道一绝，希望下次有幸还能品尝到。"

沈括说完这句话，立马心虚地挂断了电话，用手机敲了敲脑袋，眉头皱了起来。

陆嫣从浴室里探出湿漉漉的小脑袋，瞪大眼睛望着正在给她换薄被的老妈："你接我电话！"

简瑶皱眉："接你电话怎么了？"

陆嫣撇撇嘴。

简瑶轻咳一声，用她的手机敲敲桌面："言归正传，我就说这段时间你这丫头不对劲，敢情你还真跟你沈叔叔在一起了啊！"

"妈你说什么啊！"陆嫣穿着睡袍出来，擦拭着湿润的头发。

简瑶接过浴巾帮陆嫣擦头发，无奈地问道："什么时候的事？"

"就上次你让我给老爸送汤，这汤我送沈括家里去了。"

陆嫣也不瞒简瑶，因为她知道，简瑶一定是站在她这边的。从小到大都是这样，相比于母亲来说，简瑶更像她的闺蜜，陪伴着她成长。

简瑶回想那一次她心血来潮，照着食谱炖了一锅蹄花汤让陆嫣给陆臻送去，结果陆臻回来跟她抱怨，一口没喝着，全让小丫头扔了。她没想到这丫头居然拿去借花献佛了。

简瑶伤脑筋地揉揉头。

陆嫣忐忑地望着她："妈，你不会反对吧？"

"我怎么不反对！"简瑶严肃地望着她，"我永远跟你爸站在一边，你知道你爸多反对你和沈括……"

"得了吧。"陆嫣嬉皮笑脸地抱着简瑶细瘦的胳膊，"我妈对我爸的支持……那就是嘴皮子上说说罢了，你什么都支持他，那他不得上天啊！"

简瑶眯着眼睛望着她："你抖什么机灵……"

"所以妈，你不要跟爸讲，好不好？"她开始冲着简瑶卖萌撒娇，"好不好？"

“哎哟！我怎么生出你这样的撒娇怪……”简瑶抖了抖鸡皮疙瘩，“这招对你爸管用，对我没用。”

陆嫣苦着脸，委屈地叫着她：“妈——”

“你和沈括的年龄差距太大了，你爸也是这个意思，他已经不适合你了。”

“沈括哥哥一点儿都看不出年龄的，我们走在街上，从来没人指指点点，他看着比我大不了几岁。”

“沈括……哥哥？”简瑶嘴角咧了咧，“他还真有脸让你这么喊啊。”

“妈，这次我真的需要你的支持。”陆嫣望着她，“我一生的幸福，就看你这次给不给力了。”

“你才几岁，就知道自己一生的幸福在哪里了？”

“我知道。”

“你怎么知道？”

“从我见到他的第一眼，我就知道！就像你说我老爸当初就是个蠢到家的傻大个，但你知道，这辈子就是他了。”

简瑶忽然失语，她不知道该怎么反驳陆嫣的话。

是，当初在酒吧，陆臻冒着挨打的风险从她手里夺过酒杯的那一刻起，简瑶就知道，这辈子，就是他了。

她的生活就像风一样无处捕捉，但是陆臻就像一棵无法撼动的大树，虽然粗糙，但是安定。

那晚之后，简瑶就知道，自己可以停下来了。

“小嫣，你是认真的吗？”

简瑶不太确信，毕竟陆嫣过去也谈过恋爱，虽然陆臻不允许，不过谁也挡不住青春的光和热，追她的男生都排长队了。

简瑶还是有些担忧：“沈括可不是校园里的那些小男生，可以随随便便开玩笑。”

“妈，我没有开玩笑，遇到他以后我才知道真正喜欢一个人是什么感觉，从来没有过的感觉……”陆嫣真诚地握住了简瑶的手，“我上辈子一定认识他，见他第一眼我就知道，我一定会喜欢他的！”

简瑶难以置信地看着陆嫣：“小嫣，你是不是想起什么了？”

陆嫣有些困惑：“为什么你和他……你们都这样问，我忘了什么吗？”

简瑶立刻摇头："没有，没什么，这件事我可以不反对，但我也不会支持，你爸爸不同意的事情，我不能和他唱反调。"

陆嫣松了一口气，笑着说："得了吧，你跟我爸唱反调的时候还少啊。"

"死丫头。"简瑶抓起松软的枕头砸向陆嫣，"信不信我立刻跟你爸汇报这件事！"

"你才不会呢！咱们永远是一伙儿的！"

从小到大，她和简瑶都是一伙儿的，简瑶对于陆嫣而言，就像成长路上陪伴她长大的闺蜜，爱她、关心她，同时也理解她，陆嫣甚至感觉，她和简瑶上辈子一定是好姐妹。

沈括时常会骑自行车来学校找陆嫣。

其实前几次他是直接开车过来的，不过后来听到周围女孩小声说艺术学院谁谁谁又被大老板包养了之类的话，自那以后，沈括的座驾便从宾利车变成了单车。

陆嫣远远地望见沈括站在香樟树下，穿着一件黑色的外套，骑着山地车，戴着黑色鸭舌帽，还戴着口罩，看上去年轻又清爽。

即便口罩遮住了他半张脸，他浑身上下散发出来的那股偶像般的气质也会让周围的年轻女孩频频回头，不用看脸就知道，他肯定很帅。

"你等了多久啊？"

"半个小时。"沈括看了看手表。

"抱歉。"小丫头吐吐舌头，"沈总每一秒都值好多好多钱吧。"

沈括顺势揽住了陆嫣纤细的腰，看着她清淡而精巧的妆容，嘴角扬了扬："怎么赔我？"

"怎么赔你啊……"陆嫣趁其不备，扬手去摘他口罩，但是沈括反应迅速，脑袋一偏，没让她碰到。

"你还偷袭？"

他搂紧了她的腰，让她紧紧地贴着自己。

陆嫣的手挡在他的胸前，她无奈地说："你干吗总戴口罩，我室友她们……还以为你见不得人呢。"

沈括松开了她，眼神淡了淡。

其实，他和“见不得人”也差不太远了。

他的年龄在这里，即便身上有无数年轻男人向往的成功光环，但这也改变不了他和陆嫣年龄差距过大的事实。

他可以预见，如果学校里这些八卦的同学知道陆嫣和他在一起了，会说什么。

沈括绝对不愿意让这些事情给她带来伤害，因此每次来学校，他都会乔装一番，尽可能地避免给她造成任何困扰。

沈括不愿意露面，陆嫣自然也没有勉强他，毕竟他是随便一个举动都会上热搜的男人，谨言慎行是应该的。

沈括载着陆嫣在学校里兜风，陆嫣抱着他的腰，将额头放在他的后背上，抬头望他。他背影挺拔而硬朗，看上去依旧少年气十足，不过他的确已经不年轻了，这是事实。

她情不自禁地抱紧了沈括的腰，将脑袋深深埋进他柔软的衣服里。

沈括微微侧头，倏地，重新平视远方：“小嫣，你看那朵云。”

陆嫣抬头，看到远处天空中，一朵小白云孤零零地飘浮在湛蓝的天际。

“你看它，像不像你？”

“哪里像我了？”陆嫣不懂沈括的脑回路。

“像你一样可爱。”

陆嫣的嘴角翘了起来，沈括不太会说情话，有点儿笨拙，但是陆嫣能感受到他的真心。

至少，过去从来没有任何一个人说她像云，这种土掉牙的情话，他还能一本正经地说出来。因为在他眼中所看到的一切美好，都是她。

那天晚上，陆嫣有一场话剧演出，她饰演曹禺话剧《日出》里的陈白露。

空荡荡的大礼堂里，沈括站在最后排的暗处，抱着手臂远远地望着她。

她穿着一件民国时期的深蓝色时装洋裙，头发卷起来盘成发髻，脸上带着成熟复古的妆容，阴影打得特别立体，因此显得尤为性感。

舞台上的陆嫣和生活中的她全然是两种风格，尤其是入戏以后的她，仿佛真的穿越时空，回到了民国时期，成了住在上海公寓里的交际花陈白露。

沈括所有的目光都凝在陆嫣身上，丝毫没有察觉到观众席的好几个女生都在偷偷观察他。

“那谁啊？”

“陆嫣的男朋友，经常骑车过来接她。”

“怎么总戴口罩？”

“谁知道。”

吴钰琪冷冷地说：“多半是见不得人。”

“我看着他这体形有点儿像一个人。”

“像谁啊？”

“星辰那位啊！”

女孩们倒吸一口气：“天啊，不会吧！那位……怎么可能？”

“怎么不可能，他们不是认识吗？”

“认识是一回事，当男朋友又是另一回事好吧！那位想都别想！”

吴钰琪也说：“做梦吧，怎么可能？”

不过她嘴上这么说，目光还是情不自禁地侧移，打量着后排戴口罩的男人，光线昏暗，看不清他的脸，但是他那双深邃的眼睛的确和那位有点儿神似。

吴钰琪不爽地别开了头，心里涩涩的，很不是滋味。

排练结束，陆嫣回到幕后的化妆间，被男人堵在了狭窄昏暗的通道里。这里光线不足，只有高耸的天窗透进来四四方方的白光，铺在地上。

沈括拉着陆嫣的手，将她抵在墙边。

陆嫣抬头望他，白光从天顶落下来，他的额间被黑发挡下细碎的阴影，皮肤白得出奇。

“怎么了？”她笑着问道。

沈括的手伸进了她的鬈发里，紧紧地攥着，他痴迷地看着她。

陆嫣被他盯得有些不好意思，脸颊泛红，低着脑袋望着自己的高跟鞋：“看什么呀？”

沈括依旧不发一言，俯下身，将脸埋进了她的耳鬓间，缓慢地蹭着。

他还戴着口罩，温热的气息烘着陆嫣的耳垂，激得她一个激灵。

“你好美。”他在她的耳边轻轻说道。

陆嫣的耳朵越发红了，她抬起颤抖的手，一点点将沈括的口罩拉下来，然后踮起脚，主动吻了吻他的下唇。

下一秒，沈括的手落到她的腰间，往上一抬，她整个人扑入他的怀中，被他深深地吻住。

第九章

可抵岁月长

晚上，陆嫣将沈括送到学校对面商城的地下停车场，他马上就要去出差，但是两个人磨磨蹭蹭的，谁都没有先说再见。

今天沈括看她的眼神和平常不一样，陆嫣知道自己陈白露的扮相惊艳到他了，哪个成熟男人不喜欢陈白露，那个千般妖娆、万种风情的女人。

她心里也清楚，沈括看她的眼神里掺杂着某种念头。

沈括上车之后，直接将她也拉进了车里，又是一阵铺天盖地的亲吻，他急促地呼吸着，问她："你今年多大了？"

"我多大你不知道吗？"陆嫣紧紧抓着他的衣角，都不敢看他的脸，呼吸也有些急促，"我十九岁……"

"十九岁零六个月十八天。"

"你知道啊……"

"每一天，"他抓起她的手，落到自己的胸口，"都记着。"

隔着单薄的衬衣，陆嫣感受到了他滚烫的心跳，脸颊羞红："那……你还问我。"

"不知道。"沈括也已经快语无伦次了，最后的理智还让他保持着一丝清醒。

"沈哥，"她紧张地说，"我是大人了。"

沈括低头吻了吻她的手掌心，柔声说："你是什么大人，下车吧。"

陆嫣没有动。

"下车，别考验我。"

"好吧，那我等你回来。"陆嫣下车，对着车里的男人招了招手，"每天都给我打电话！"

"嗯。"

陆嫣离开了停车场，沈括目送她的背影消失在街道尽头，这才启动引擎离开。

阴影里，吴钰琪冷冷地看着那辆奔驰车，眼神晦暗而恶毒。

我终于逮到你了。

几天之后，学校论坛发了一张照片，照片是陆嫣和一个男人坐在奔驰豪车里接吻的画面，角度也刁钻得很，沈括没有正脸，不过鬓间的几缕白发却清晰可见。

沈括鬓间确实有白发，不过不是这些年白的，而是当年陆嫣离开之后，不过二十三岁的他，一夜之间，鬓染霜白。

这张照片一出来，全校顷刻间炸开了锅，那个帖子瞬间被顶成了热帖，热度持续不降。

天哪，陆嫣居然做这种事？

那男人不是她男朋友吧！

当然不是啊，她男朋友不是很穷吗？每次来都只骑自行车。

所以，陆嫣是在劈腿吗？

不硌硬吗？好恶心啊。

她男朋友也挺帅的啊，虽然总是戴口罩。

哈哈哈，换我也愿意养啊。

我说你们带带脑子好吧，陆嫣的家境本来就不差。

楼上你是陆嫣本人吗？这么忙着洗白？

……

乔笙笙愤怒地敲击着键盘，跟论坛上这帮键盘侠“激战”，因为学校的论坛是匿名的，什么“妖魔鬼怪”都有，平日里看着平和无害的同学，在论坛上披上匿名马甲，立刻露出狰狞的面目，眼红的、嫉妒的……什么人都有。

“啊啊啊！气死我了！”乔笙笙大叫着，恨不得把这些键盘侠揪出来暴揍一顿。

陆嫣走过来，滑动鼠标看了看评论，倒是没有特别在意，但是那些家伙一口一个“老头子”，让她心里有点儿硌硬。

乔笙笙问陆嫣："所以照片上这个男人到底是谁啊？"

"我男朋友啊。"

"不是吧，他头发怎么白了？"

"我让他别用染发膏了，"陆嫣漫不经心地说，"对发质不好。"

"他是……少年白吗？"

"不啊，他就是年纪大而已。"陆嫣淡定地喝了口水。

乔笙笙大叫起来："你开玩笑的吧！你男朋友多大了？"

"四十出头的样子，具体我没问，应该跟我爸一样。"

"天啊！我是瞎了吗？"乔笙笙难以置信地说，"我平时看到他，还以为他和咱们差不多大呢！"

陆嫣笑了："你真是瞎了，他就是个爱装嫩的中年男人。"

乔笙笙看着陆嫣这宠溺的微笑，咽了口唾沫："你怎么、你怎么跟这么大的男人谈恋爱！"

"我喜欢他啊。"

"真的假的？"

"是啊，等毕业了，我要嫁给他。"

乔笙笙差点让自己的口水给呛着，推了推陆嫣的脑袋："没毛病吧你，放着咱们学校的帅哥不要，和这个跟你爸一样大的男人……"

"乔笙笙，等你看到他的样子，就不会说这样的话了。"

"所以他到底是谁？"

"他……"

陆嫣差点儿说出来，不过还是及时刹车，被偷拍到照片本质上已经算丑闻了，好在她现在还没什么名气，但是沈括不一样，这件事会连累他，甚至连累星辰集团。

幸好这段时间沈括在国外出差，不知道这些事情，等他回来的时候，风波肯定已经平息了。

两天后，梁庭给她打了电话，让她立刻来学校外面的"偶遇"咖啡厅见面。

关于他来的原因，陆嫣心里有数，忐忑地来到咖啡厅包间。

梁庭坐在茶几边，正在做工夫茶，见她进来，指了指旁侧的沙发，让她坐。

陆嫣轻手轻脚地走进来，将书包放在膝盖边，端端正正地坐好，一副等待挨骂的乖巧姿态。

梁庭纤长秀气的手指拎着茶壶，他用泡茶水浇了紫砂茶具，然后给陆嫣倒了一碗茶："尝尝。"

陆嫣乖乖地拿起茶碗，浅浅地抿了一口："好喝。"

醇香扑鼻，余味悠长。

梁庭叔跟她爸和叶迦淇不同，他性子沉静温润，陆嫣喜欢和他坐在一起喝茶，感觉好像时间都变慢了。

两个人你一口我一口，喝了小半壶，梁庭才缓缓开口："感觉沈括怎么样？"

"啊？"

她差点儿拿不稳茶碗。

"当心，我这套茶具是极品中的极品，缺一不可。"

陆嫣小心翼翼地放下了茶具，忐忑地问："梁叔，您知道了？"

"你们学校电脑智控系统的服务器用的是我们星辰的，你觉得呢？"

"哦！"陆嫣恍然大悟，"难怪那条帖子发出来不过一天就被删掉了，所有讲我坏话的人都被禁言，原来是你在帮我啊！"

"不然呢，难不成还是你大洋彼岸的男朋友在帮你吗？"

陆嫣吐吐舌头："他不知道，我瞒着呢。"

"什么时候的事？"

"就……最近一两个……"她看着梁庭漆黑的眸子，又改口，"三四五六……个月吧……"

梁庭微微颔首，指尖拨弄着茶碗，沉声说："你终究还是……还是喜欢他。"

陆嫣不明所以地望着他，有些看不懂梁庭脸上浮现的复杂神情。

"我爸他……还不知道吧？"

"这半年来，沈括在公司简直跟变了个人似的，精神面貌焕然一新，你爸又不是傻的……"

陆嫣呼吸一紧。

梁庭顿了顿，扶额道："好吧，他就是个傻子，反正……瞒不了多久了。"

陆嫣抓住他的手臂："梁叔，您这次站我这边吧？"

梁庭无奈地伸手捏了捏她的鼻子："我什么时候不站你这边？

"我就知道！您对我太好了！"她一把揽住了梁庭的脖子，"咱们要是一样大，我就认你当兄弟！"

梁庭推开小丫头："没大没小。"

"嘿，那就要麻烦梁庭叔千万别让我爸知道这件事，还有，照片的事，千万别跟沈括说。"

"让他们中任何一个知道，这事还能消停？"梁庭从包里摸出了笔记本电脑，噼里啪啦地敲了几下，然后对陆嫣说，"发帖的人我已经查到了，是你们学校的，叫吴钰琪。"

"我就知道是她！"陆嫣愤愤地说，"上次见过她妈之后，她就一直针对我，讨厌死了。"

"她爸是吴氏集团的吴天翰，她妈跟我们可是老交情了。"梁庭冷冷地说道，"这些事你就不用管了，交给我来处理。"

"梁庭叔你要怎么处理？"

"别管了，回去好好上你的课，这件事，瞒你爸不难，但你最好还是花花心思，看怎么瞒住你男朋友。"

陆嫣眨眨眼睛，茫然地看着他："啊？"

"你永远不知道他生起气来有多可怕。"

那段时间，学校的电路一直不太稳定，尤其是女生寝室这边，时不时会断电。但是这个断电说来也巧，别的寝室都不断，偏偏吴钰琪她们寝室几乎每天晚上都停电，而且每次都是前半夜好好的，到后半夜大家都睡着以后，空调便停止了运转。

这会儿已经入夏了，天气炎热，每到后半夜，吴钰琪她们寝室总是被热醒，都没办法入睡。

她们也去找过学校，可就是查不出原因，学校的寝室设备都是智控系统，要调查原因必须要请专业的程序员，所以这样断断续续地磨了半个多月。

每天吴钰琪都挂黑眼圈，看着憔悴不已，最后索性直接搬回家里住了。

陆嫣已经猜到了，背后肯定是她梁庭叔在帮她出气呢。

陆嫣给梁庭发了一条信息："叔，可以啦，我已经解气了！"

他再这样搞，说不定会被人发现，到时候梁庭这谦谦君子的一世美名就毁于一旦了。

梁庭回了一个："好的。"

两天后的傍晚，沈括的飞机落地于北城机场，陆嫣跟个应援接机的小粉丝似的，花了一整个下午的时间梳妆打扮，然后美美地出了门。

飞机落地之后，沈括给陆嫣发了微信："宝贝，我到了。"

"我也到了，就在国内到达 B 口。"

"嗯。"

"沈哥，我想你，迫不及待地想见到你。"陆嫣面红耳赤地发完这条消息，赶紧关掉了微信。

沈括看着微信，嘴角扬了扬，他也是，迫不及待……

恰在这时，陆臻的微信进来了："我来接你了！就在B口，出门就能看见，一会儿吃饭去啊，给你接风洗尘！"

陆嫣站在 B 口的不锈钢栏杆边，兴奋又忐忑地等待着，沈括很快回了她那条微信，只有一个字——"跑"。

陆嫣一个激灵，猛然抬头环顾四周，看到她爸和梁庭两人有说有笑地走进了候机厅，朝着她迎面走来。

"我的天！"陆嫣连忙用包包挡住脸，拔腿开溜，敏捷地躲进了边上的女厕所。

好险……

她靠着墙深呼吸，低头哆哆嗦嗦地发短信："沈哥，安全了，我躲在女厕所……"然而她消息刚发出去，忽然回头，看到旁边居然是男人的尿槽！

这什么鬼？

隔间里传来冲水的声音，陆嫣睁大了眼睛，在男人开门出来的瞬间，陆嫣像只松鼠似的，嗖的一下，狼狈地冲出了男厕所。

男厕所大门正对的就是国内到达的 B 口，这时候，正好有一大帮刚下飞机的男人拥入厕所，她在一帮男人惊悚的目光下，狼狈地跑出了男厕。然而迎面便撞上了梁庭、沈括以及正在给沈括拎行李的陆臻。

陆臻看到他的宝贝闺女冒冒失失地从男厕所冲出来，下巴都快掉地上了：

“你！你在这里干什么！”

陆嫣灵魂出窍：“我……在这里干什么？”

沈括揉了揉额角，正要开口，梁庭忽然道：“是我叫小嫣来的，不是说晚上一起吃饭吗？好吃的哪能少得了她啊。”

“对对对！”陆嫣连连点头，“梁叔叫我来接沈叔叔。”

陆臻指着男厕所：“我问的是，你为什么从那里面跑出来？”

陆嫣都快哭了：“因、因为女厕所人太多，我……我憋不住了。”

西餐厅里，四人各自一份牛排，他们仨一直在聊工作上的事情，陆嫣听不懂，索性默默地吃饭，盘中的牛排让她吃得干干净净。

陆臻和陆嫣坐一排，沈括和梁庭坐一排，沈括说话的时候，目光有意无意地落到陆嫣的身上，看了好几次。

小丫头压根儿不敢抬头看他，闷头吃东西，牛肉吃光了就用叉子蘸着酱料舔。

陆臻偏头，嫌弃地对陆嫣说：“你饿几天了？”

陆嫣撇嘴：“还不让人吃饭了？”

“吃这么多，让你叔叔们看笑话。”

他刻意加重了“叔叔”两个字，然后意味深长地看了沈括一眼。

沈括压根儿没接陆臻的眼风，仔仔细细地将自己盘子里的牛肉切成了牛肉粒，也不吃，倒像是好玩儿似的。

趁着陆臻起身去洗手间的时候，沈括立刻将自己盘子里的牛肉粒全部给了陆嫣，低声说：“快吃！”

陆嫣冲他抿嘴一笑，趁着陆臻还没有回来，赶紧将盘子里的牛肉吃光了。

陆臻回来，看到沈括盘子里也空了，还有些奇怪，刚刚不吃，这会儿又一点儿不剩了。

只有梁庭翻着白眼，假装什么都没看到。

晚上回家，陆臻坐前排开车，梁庭知道陆嫣这小丫头的心思，于是主动坐在了副驾驶的位置。

陆臻还嫌弃他，说道：“你坐后面去，让我闺女坐副驾。”

梁庭揉了揉脑袋，说道：“刚刚喝酒了，坐后排晕车。”

陆臻露出狐疑之色："你喝酒了吗？"

"他喝了！"陆嫣连忙坐进后座，"我看见梁庭叔喝酒了。"

陆臻没再多问，也没有多想，启动了引擎，然后打开地图准备导航，先导沈括的家。

梁庭说："先送我回去吧。"

"他家近。"

"我头晕，待会儿吐你车上。"

"得，惹不起。"陆臻先导到了梁庭的家，将车驶了出去。

陆嫣和沈括两人坐在后排，中间隔着一个人的位置。

沈括松了松领带，解开了衬衣的一颗纽扣，顺势也脱下了西服外套，随手搭在了两个人中间的座位上。

陆嫣注意到他这个无比刻意的动作，望了望他。

车窗外的霓虹光影打在他英俊的脸上，他眼角挑了起来，似笑非笑。

陆嫣领会了他眼神中的意思，两个人的手在这件价值不菲的高定西服下紧紧地交握着。

陆嫣能感受到他的力度以及他传达出来的思念……她心脏怦怦怦都快跳出胸腔了。

沈括紧紧地握了一会儿，然后松开，指尖轻轻地扫过她的手背，宛若羽毛一般……

陆嫣的脸蛋越发红润。

这时，陆臻漫不经心地开口道："沈括，欧阳月最近一直在问你什么时候回来。"

梁庭望了陆臻一眼，琢磨着他是不是故意在这个时候提欧阳月。

沈括漫不经心地问："她有事吗？"

"她有什么事，你能不知道吗？"陆臻笑了起来，对后视镜里的陆嫣说道，"欧阳月阿姨，我们公司的，大美女，追你沈叔叔好多年了。"

陆嫣没回应，视线投向了窗外。

陆臻继续道："你沈叔叔心高气傲，一般的女孩哪能入得了他的眼，是吧，梁庭？"

梁庭没回应他。

“沈括，我建议你还是考虑考虑欧阳月，她挺不错的，条件也很配你，你看你单身这么多年，祸害了我们公司多少年轻小姑娘……”

话音未落，沈括冷冷地道：“我建议你闭嘴。”

陆臻终于讪讪地闭嘴了。

不过几分钟后，陆臻又忍不住问道：“沈括，要不你说说喜欢什么类型的，我帮你留意？”

陆嫣也望向了他。

西服之下，沈括揪住了她的手，掰开了她紧握的手掌，然后轻轻地在她的掌心里写字：“你”。

陆嫣又要把手缩回来，沈括紧攥着她，继续写字：“你”。

陆嫣没好气地冲他比嘴型：“你什么你？”

沈括的手轻轻敲了敲她的手背，然后他用嘴型对她说：“我喜欢你这样的。”他还在她的掌心画了颗心。

陆嫣的手颤了颤，她垂下了头，脸颊发烫……

这都什么年代了，还有人这么老土，画什么心。不过她的嘴角却情不自禁地上翘，尽管很想装严肃，不过装不下去。

梁庭望着后视镜里的陆嫣，她心思单纯，心里想什么都是挂在脸上的，也就陆臻那傻子，还没看出两个人之间暗暗涌动的情愫。

车里都快甜得冒泡泡了好吗？

次日下午，陆嫣提着她妈精心研究制作的小甜点，送去公司给陆臻尝尝。

办公室里，陆臻满心期待地打开餐盒，发现里面就只剩了一块马卡龙小饼干。他拿起那块抹茶色的小饼干，嘴角咧了咧：“你妈就让你带这个？”

“就这一个，我妈已经……已经做得很不容易了好吗？”

陆臻无语地望着她：“那你嘴巴上的饼干屑要不要擦一擦啊？”

“啊……”被抓包的陆嫣盖上餐盒拔腿开溜，“走啦。”

身后陆臻气呼呼地说：“下次再偷吃我老婆给我做的任何食物，打断你的腿，臭丫头！”

陆嫣并没有马上离开，而是一个人在公司漫不经心地溜达着，经过满面落地窗的全开式会议厅，她望见了沈括。

他坐在长桌尽头，慵懒地靠在椅背上，西服剪裁得体，衬衣系到了颈上，被工整的领带束缚着，阳光打在他精致的脸上，深色的眸子被照得通透。

沈括垂着眸子，看着手里的一份文件，前面有男人站着，正紧张地做汇报。

他认真地听着，时不时蹙眉，从陆嫣的角度可以看到，那个做报告的员工的背都被汗水浸湿了。

就算是混迹职场多年的“老人”，面对沈括恐怕也没有不紧张的，他的气场太强了。

陆嫣站在落地窗边，心里想着，她怎么会喜欢这样一个男人呀。

有时候她甚至会想，幸好她的爸爸是陆臻，要是沈括这样的男人成为她的老爸，成天管着她，肯定是世界末日。可是偏偏，这男人居然成了她的男朋友。

直到现在陆嫣都想不明白自己到底是怎么喜欢上他的，还这么喜欢，成天满脑子都是他。

仿佛，出自本能。

倏地，沈括抬头望见了她。

他眼底的严肃顷刻间一扫而空，取而代之的是微微上扬的眼角和浅抿的唇，嘴角勾出一个旋儿。

沈总居然在开会的时候笑了，还笑得这么甜！

全会议厅的人都不约而同地回头，望向沈括目光盯着的地方。

陆嫣那小丫头早已经跑得没影了。

接下来，会议开得相当迅速，沈括简单地把问题指出来，分派任务，然后火速散会，大步流星地走出了会议厅。

走廊边，他环顾四周，早已经不见了陆嫣的身影。

有路过的女同事见状，非常贴心地指了指走廊右边，温馨提示：“沈总，陆小姐在休息室吃点心。”

沈括朝着走廊右侧走去，忽然想起什么，回头看了一眼。

女同事立刻道："国际机密！我不会告诉陆总的！"

沈括满意地点头："嗯，去人事部领二十天带薪假。"

女同事兴奋得都要跳起来了："谢谢沈总！"

陆嫣百无聊赖地在休息室坐了会儿，也不知道沈括的会开完了没有。

本来她刚刚都要离开了，走到电梯口，有员工低声对她说："沈总的会马上就开完了。"

她假装没听见，进了电梯。刚出去，又有员工凑过来小声讲："休息室有新做的小点心，建议陆小姐再坐一会儿。"

她这一路走到大门口，这些员工个个都像地下组织接头似的，在她耳边低声絮语："陆小姐，请您再等等。"

"陆小姐，要不我给您泡杯咖啡？"

沈括到底是怎么训练他手下这帮员工的，一个个都跟成精了似的。

全公司都知道他们的事，偏她老爸还傻乎乎地被蒙在鼓里。

陆嫣还是去了休息室，很快，有漂亮小姐姐送来了各式各样的甜品点心，全都是她喜欢吃的，而且都是刚做出来的。

陆嫣刚刚已经吃了不少，现在蠢蠢欲动的小手伸出去又立刻缩了回来。

她不能吃了，再吃就变成大胖妞了！

一偏头，她望见沈括倚在门边，嘴角含着清浅的笑意，望着她。

他什么时候来的！

沈括走进来，靠在茶柜边，笑着说："你怎么那么馋啊？"

陆嫣讪讪地说："我才不吃呢。"

她就看看而已。

沈括随手剥了一颗酸酸的陈皮糖，放到她的嘴边："真不吃？"

"不吃。"陆嫣别过头。

沈括将陈皮糖扔进自己嘴里，左边腮帮子被撑得鼓了起来。

"咦，你不是不吃甜食吗？"

"给你吃啊。"

陆嫣还没反应过来，沈括已扣住她的后脑勺，将她拉过来，吻住了她的唇。

他逼迫她张开了嘴，将那枚温热的陈皮硬糖塞到她的嘴里。

唇齿间，是陈皮糖微微酸涩的味道，这颗糖，在两个人的“游戏”中被送来送去，持续了很长时间，直到最后一点儿甜腻被彻底融化。

陆嫣的嘴唇都泛红了。

两个人的“交流”中，他占有绝对的主动权，陆嫣这株“小白花”压根儿招架不住，每次都被他弄得面红耳赤，全身没力。

晚上，陆嫣回到家，听陆臻说周末公司这边有一个温泉旅行，他准备带着全家人一起去，问简瑶有没有时间。

简瑶问：“哪些人去啊？”

陆臻回答：“是我们公司和阳华科技搞的一个类似单身联谊的活动，你也知道，我们公司单身的人太多了，上至沈括、梁庭，都四十了还单着，更别提欧阳月她们这一众优质单身女了。所以，我们也得给员工提供脱单机会嘛。”

简瑶还没说话，转头就看到陆嫣这丫头紧张又期待地望着她。

她无可奈何地问：“那沈括也要去？”

“沈括说，我去，他就去。”

简瑶笑了起来：“你跟他关系挺好啊。”

“是啊，他最近越来越依赖我了。”

简瑶的手臂撑着他的肩膀，她顺手揉了揉他的脑袋，满眼慈爱地望着他——真是个小傻子。

“我怎么可能跟他去泡温泉，要去我也得带我老婆闺女去啊！”陆臻温顺地蹭了蹭简瑶的手，“你有时间吗？”

陆嫣一把握住了简瑶的手，克制着什么都没说，但是眼睛已经开始冒小星星了。

“那就……去呗。”

虽然她周末确实有安排，不过简瑶终究还是疼她闺女的。

周末，公司的同事们在大门口集合，大伙儿聊着天，很开心，兴致也格外高涨。

他们陆陆续续地上了大巴车，当然，陆臻他们几个高层是自己开车的，排头的第一辆就是沈括的黑色宾利。他穿着一件日常白 T 恤，戴着鸭舌帽，看上去运动又休闲。

他回头，清浅的视线扫了陆嫣一眼，陆嫣就跟被勾了魂似的，径直朝他走过去了。

简瑶眼疾手快，一把将她拉住了。

她望沈括的眼神都直了，要不要这么迷恋啊？

恰在这时，陆臻将车开了过来，说道：“老婆，上车。”

简瑶犹豫了一下，对陆嫣说：“闺女，咱们去坐你沈叔叔两千万的宾利车好不好？”

陆嫣感激又感动地望了她妈一眼。这是亲妈，绝对的！

陆臻看着俩人的背影，喊了声：“喂，你们俩过分了啊！”

沈括的车上早已经准备好了零食，陆嫣自觉地坐到了副驾驶，简瑶坐在后排。

沈括侧过身，给陆嫣系好了安全带，回头对简瑶笑了笑：“谢谢妈。”

简瑶嘴角抽了抽：“平白冒出这么大个女婿，我也是有福气啊！”

陆嫣赶紧说：“我们会好好孝顺您的！”

简瑶捂着额头：“得，你们还是闭嘴吧，我怕我得高血压。”

沈括启动引擎，将车驶了出去，同时把自己买的零食拿出来，塞到陆嫣怀中：“慢慢吃。”

“嗯！”

简瑶皱眉：“你别太宠她，这丫头给点儿颜色就上天，回头够你招架的。”

沈括笑了笑，扔了一包薯条给简瑶：“妈，放心，我能收拾她。”

简瑶一脸无奈：“你这声妈叫得真是顺口啊。”

“我等了十九年。”沈括开着车，漫不经心地说，“早就准备好了。”

简瑶轻轻地叹了一声。

她心里其实偏向于沈括，哪怕陆臻一万个反对，她都会心软帮他。因为当初是简瑶把沈括从自杀的边缘拉回来的，她给了他一个渺茫的希望，那个希望支撑他活到了现在。

陆嫣离开之后有一段时间，沈括失踪了，陆臻和叶迦淇他们找遍了北城的大街小巷，毫无踪迹。

简瑶怀孕七个月，也在帮忙寻找他。

后来，她想起陆嫣跟她说过，沈括喜欢去江边看日落，那里也是他们经常约会的地方。

简瑶赶到的时候，沈括已经坐在了堤坝上。

简瑶被吓得魂飞魄散，大着肚子艰难地爬上堤坝。

“沈括，你在这里干什么！快跟我回去！大家都在找你，别像个小孩子一样。”

她的声音被江风吹散了。

沈括漫不经心地回头睨了她一眼：“你来干什么？”

“我不来，你就死了！”

他笑了笑，站起身来，身形已经消瘦了大半，满眼血丝：“你以为我会自杀吗？”

“我知道那种感觉。”简瑶走到他身边，用力抓住了他的衣袖，生怕他真的跳下去，“相信我，我真的知道。”

她就曾经在生死的边缘走了一圈，体会过那种长夜无眠、暗无天日的绝望，然而沈括扯走了自己的袖子，嘲讽地说：“你怎么可能知道？”

你失去过吗？

我的生命之光，承载了全部的意义和爱的那个人。

“你没有失去过，怎么可能懂？”

简瑶知道他有心结，如果解不开，这个男人可能下一秒就会从这里跳下去。她的离开，带走了他的全部信仰。

简瑶走到他身边，摸着自己凸起的腹部，柔声说：“你要不要和她打个招呼啊，她偶尔会踹我，是个调皮的丫头，应该会像她爸。”

沈括背过身，嗓音有些哑：“简瑶，我不会自欺欺人。”

她已经离开了这个世界，并且永远离开了他。

“为什么不试试看呢？”简瑶望着他，固执地说，“给自己一个机会，沈括，你等她长大，说不定她真的会回来。”

沈括的手攥成了拳头，却被她拉了起来，放在自己的肚子上。

“你摸摸她，她每天都吃得很多，也在拼命努力长大，她也想快些见到你啊。”

沈括碰到她肚子的那一刹那，情绪终于绷不住了。

简瑶可能这辈子都忘不了，大风呼啸的江边，那个心若磐石、遇到任何挫折都可以咬牙挺过去的沉默男人，跪在地上，哭得像个找不到家的孩子。

那天之后，沈括不再自暴自弃，开始健身，开始规律地饮食和作息，自律性强大到简直丧心病狂。

所有人都以为他已经走出了失去挚爱的阴霾，甚至连陆臻都这样以为，但是只有简瑶知道，沈括不是走出来了，而是陷得更深了。

支撑他活下去的唯一的希望，就是年幼的陆嫣长大以后，还能回到他的身边。

十九年啊，太漫长了，如果没有强大的信念支撑，他可能真的坚持不住。所以沈括努力健身，努力生活，努力去做这一切，都只是为了以最好的状态迎接未来的挚爱。

在她成年之前，他绝不打扰，这也是为了让简瑶放心。

简瑶太清楚自家女儿的性格，和陆臻一样，她就是个傻白甜，不可能抵挡得住沈括的魅力。

只要他出手，她一定会不可自拔地爱上他。

沈括谨守约定，在她成年之前，没有露面。如今，简瑶自然也不会反对。

毕竟是她把他从生死一线拉了回来，给了他希望。

简瑶从沉思中回过神来，对沈括道："我不反对你们，但是约法三章，这次温泉之行，你们给我乖一点儿。"

陆嫣连连点头："我会乖的。"

"陆臻一时接受不了，我慢慢给他做思想工作，你俩可别刺激他。"

沈括道："放心。"

无论如何，简瑶的心终究还是向着陆臻，她也不愿意和陆臻唱对台戏，更不愿意让他伤心。

温泉山庄修在半山腰，开车五个小时才到，山上的温度很低，非常适合泡温泉。

陆臻订了一个家庭套房，房间里有一个很大的温泉池，位于走廊一侧，木质的地板湿漉漉的，绿植掩映、山雾缭绕。

陆嫣换上了简瑶给她准备的泳装，连体式小碎花，比较保守，很适合跟父母长辈们一起泡温泉。

虽然陆嫣已经成年了，但是在陆臻看来，她还是个儿童，完全没有长大。

全天下的父母好像都喜欢自欺欺人，觉得自家小孩永远不会长大。

陆嫣看着全身镜里的自己，无论是腰身还是臀，都显出了流畅的线条感，不过还是差一点儿。

她回头望了望镜子前的简瑶，她只穿着一件性感比基尼，高挑纤长，凹凸有致，根本就是模特身材。

她又望了望自己。

好吧，她比不了。

她完全继承了她妈妈无论怎么吃都不胖的体质，可是这种体质必然会导致某些地方的缺失。

陆臻回头，望见陆嫣在偷看简瑶试泳装，抓起一个方形抱枕扔到她身上："不准看。"

"那是我妈，怎么不能看啊？"

"那是我老婆，我一个人的！"

"真霸道啊你！"

"你跟女儿争什么？"简瑶给自己抹了护肤膏，同时也过来，在陆嫣的胳膊和脖颈间抹了抹，"待会儿你自己下去泡温泉，我就不管你了。"

"妈，你不下去啊？"

"嗯，我就在房间泡，不下去了。"简瑶说话的时候，目光不自觉地下移，落到自己的腿上。

陆嫣知道老妈小时候被烫伤过，不过前几年陆臻带她去做过修复手术，现在她腿上的疤痕已经不明显了，不仔细看的话，根本看不出来，但简瑶还是很少在人前露腿。

"那爸也在房间陪妈？"

"你这不是废话吗？"

陆臻当然是要留下的，和简瑶两个人泡温泉。

陆嫣出门的时候，回头望了他们一眼，踌躇地问：“那你俩啥时候结束啊，我……我掐着时间回来。”

简瑶走过来，把防水袋挂小丫头脖子上，将她推出了房间：“你随时回来，我们又不做什么。”

她乖乖地“哦”了一声，披着浴巾出了房间门，来到一楼花园的温泉区。

整个温泉山庄已经被星辰公司包了，所以人不算很多，花园里有六十多个温泉池，漫布于层峦叠嶂的小树林里，有些温泉池藏于曲径通幽的白雾缭绕处，环境很好。

男人们泡在正中间最大的那个中药池里，各自聊着工作上的事情。而女人们则分布在周围的玫瑰池或者牛奶池，三五一群，聊着关于时尚或者明星的话题。

陆嫣不太认识公司里的人，除了她的几位叔叔以外。但是她也不可能跑到叶迦淇和梁庭那边的男人堆里，那样太奇怪了。

她先去了离自己最近的玫瑰池，池子里的几位漂亮小姐姐似乎不是星辰公司的，因此她们也不认识陆嫣，只对她礼貌地笑了笑。

“你们刚刚看到沈总了吗？那肌肉量，我服了！”

“他哪里像四十多岁的男人，那长相，那身材，顶多二十岁出头。”

陆嫣诧异地问：“有这么夸张啊？”

“你是星辰的人还不知道吗？”

她还真不知道脱了衣服的沈括是什么样子的。

有女孩说道：“你们公司的沈总，真的是冻龄啊！怎么会保养得那么好？”

“听说他经常健身。”

“那肯定啊，你们没看到他那一身肌肉，哪里是一年两年练出来的，肯定是长年累月健身啊。”

女孩们的话题全转移到了沈括身上，讨论他的身材、讨论他的事业、讨论他至今仍然单身的各种原因。

陆嫣泡了一会儿觉得有些热，走出玫瑰池，凉风拂面，她赶紧穿上浴袍，流连在林荫石板步径边，想找个稍微安静一点儿的池子泡温泉。

经过一间小木屋，发现是湿蒸房，陆嫣好奇地打开了门。浓郁的白雾扑面而来，看不清房间里的状况，不过里面没有说笑声，应该没有人。她索性钻了进去，关上了房门。

进去之后，她在白雾中摸索着，坐到了靠墙的木板座位上。

眼睛渐渐适应了周围的环境，才发现房间里竟然还有一个人。她看清楚了，坐在她对面的男人，正似笑非笑地望着她——沈括。

昏黄的灯光下，他靠墙坐在对面的木椅子上，白色的浴巾环在腰间，上半身肌肉线条流畅而结实，朦胧的白雾中，隐约可见他板块状的八块腹肌。

刚刚那些女孩果然没有夸张，这样的身材足以唤醒女人的浮想联翩。

陆嫣突然感觉有些热，手足无措地站在他面前，傻傻的样子。

白雾中，他似乎笑了笑，然后冲她扬手，示意她过来。

陆嫣犹豫了几秒，还是乖乖地走了过去。

沈括拉她坐在自己身边，漫不经心地说："外面太吵了。"

"哦，是。"她脑子发热，思维有些迟钝。

"你爸妈呢？"

"他们……他们在房间里。"

身边的男人似乎又笑了："是吗？"

两人坐了一会儿，沈括的手摸到了她的手背上，他轻轻地划了划："你在紧张什么？"

"我没有紧张，我哪里紧张了，乱讲。"她狡辩。

沈括摸到了她湿漉漉的掌心："还不紧张？"

"是这里太热了。"

陆嫣感觉自己的舌头都打结了。

沈括说："这里没人，你想不想吻我？"

"啊？"

"吻我。"

陆嫣涨红了脸，凑到他的唇角，快速地亲了一下。

沈括笑了："笨蛋，只有小孩子才会这样亲。"

她小声说："那……你要怎样？"

"我以前教过你，忘了吗？"他的手落到了她的下颌，抬了抬，然后他吻了上去。

这个吻，来得温柔而长久。

他睁着眼睛，一边吻她，一边看她，目光灼灼，撩得陆嫣心里越发羞涩，脸颊滚烫。

沈括松了松手："你来。"

"啊？"

"吻我。"

陆嫣的耳垂都已经火烧火燎起来，她还是个没什么经验的小白兔，哪里好意思主动回应。

他将脸凑过去，闭上了眼睛。

"我不会……"

他用鼻尖蹭了蹭她的脸："就像我刚刚那样，嗯？"

陆嫣学着他刚才的样子，生涩地吻了他一会儿，他不动声色，似乎在给她表演的空间。

陆嫣真的是要羞死了。

就在这时，门外传来了男人的声音，木门被推开了。

陆嫣赶紧松开沈括，朝边上挪了挪，进来的是公司的几个男高管，见沈括也在，他们立刻拥了上来。

"原来沈总在这里啊，外面那些女孩子找您好半天了。"

"哈哈哈，沈总在这儿躲清净呢。"

陆嫣和沈括的事，只有公司里有眼色的年轻员工知道，这些叔伯辈的当然不可能看出来。所以有时候，沈括觉得自己不管是年龄还是心态，其实还是更偏向于年轻人。

相比于这些同龄的高管，沈括更喜欢和公司那些年轻有干劲、充满朝气的年轻人共事，相处更有默契，他们也很懂沈括。

"哎？这是陆总家的丫头吧。"

"都这么大啦！"

"我小时候还抱过你呢，记得我吗？我是王叔叔。"

"那时候她才多大，哪能记得。"

陆嫣作为一个女孩，在一群叔叔辈的男人堆里有些窘迫。

沈括立刻拿起一旁的浴巾搭在她身上，严严实实地裹住了她，推了推她：

“找你爸去。”

陆嫣早已经如坐针毡，得了机会，赶紧起身离开了湿蒸房。

身后男人们还说：“沈总真是爱护晚辈啊。”

“是啊是啊，沈总对年轻人一直很关爱。”

陆嫣走出小木屋，凉凉的风驱散了她脸颊的红晕，她不想再泡了，索性去温泉浴室洗了澡，换上了舒适的棉质睡衣，回了房间。不过她不敢直接刷房卡开门，害怕进去之后撞上羞羞的场面，那样就太尴尬了。

她很乖地靠着墙壁蹲了会儿，又在走廊上来回走了几圈，磨磨蹭蹭地挨了半个小时，偷偷将耳朵贴在房门边听了会儿。

房间的隔音效果实在太好，她什么都听不到。

就在这时，梁庭拿着红酒走过来：“小嫣，你站在这里做什么？”

“我……”

“怎么不进屋？”

梁庭顺手抽走了陆嫣手里的房卡，还没等陆嫣反应，他刷卡推开了门。

陆嫣赶紧捂住了眼睛。

房间里，简瑶在走廊边弹吉他，叶迦淇和陆臻两人坐在沙发上看足球，桌上摆着下酒菜和几个红酒杯。

梁庭带着惊讶的陆嫣进屋：“你们干吗把小嫣一个人关门外？怪可怜的。”

陆臻抓起花生米扔嘴里，回头睨了陆嫣一眼：“这丫头满脑子都是歪心思，甭理她。”

第二天，员工们组织去爬山，人力部门还搞了一场有奖比赛，登顶前三名都能拿到二十天的带薪假期，第一个爬上山顶的人，还可以额外得到一台高档的按摩椅。

山底下，员工们摩拳擦掌。实物奖品不是最重要的，但是对于上班族来说，带薪假期才是最珍贵的奖品。

简瑶推了推陆臻，笑着说：“难得你们沈总心情好，肯大出血，去给我把按摩椅搬回来。”

得了老婆大人的命令，陆臻当然踌躇满志，准备要拿第一。

绝大多数穿高跟鞋、化妆的女员工就去排队坐缆车了，准备在山上等他们。

陆嫣不爱运动，本来也想跟着她妈坐缆车上去，陆臻没同意，连拉带拽地将她抓来一起爬山，说是要带她锻炼。不过路上，陆臻又嫌她动作太慢了，被拖后腿，所以也懒得带她，一个人朝山顶爬去。

陆嫣在后面唤了他好几声——

“爸，你等我啊。”

“别让我一个人啊。”

“爸……”

陆嫣是个娇气包，不过陆臻已经走得很远了，根本没搭理她。

选择爬山的绝大部分是男人，路上也没人和她聊天，没劲极了。

陆嫣破罐子破摔，磨磨蹭蹭地一个人走在最后面，基本上所有的员工都超过她了。她边走边拿周围的花花草草撒气，没承想一脚踏空，把脚给崴了。

陆嫣吃痛地皱起眉头，一蹦一跳地坐到了树荫下的石椅上，又热又委屈，想给老爸打电话哭一顿。她摸出手机才发现，这半山路前不着村、后不着店，连信号都没有。

陆嫣这下子是真的要哭了，边哭边骂陆臻，只宠着老妈，根本不爱她……

沈括快要登顶了，回头看了陆臻一眼，这家伙吭哧吭哧地追着他，就跟小时候一样，做什么都要和他较劲儿。

没看到陆嫣的身影，沈括问他：“陆嫣呢？”

“还在老远的后面呢，这丫头被养娇了，身体素质差得很。”

“你把她自己扔后面？”

陆臻见沈括忽然爹毛，擦了擦鬓间的汗，不解地问：“咋了？”

“山上有野猴子。”

“她一成年人，怕什么猴子啊。”

沈括懒得和他多费口舌，大步流星地朝山下走去。

陆臻在后面喊道：“喂！沈括，不比了？”

沈括简直想捶爆陆臻的头，她怎么摊上了这么心大的老爸？

下山的时候，沈括心里已经开始筹谋，把小丫头带到自己身边养着。

山路上，员工们看到沈括火急火燎地折返，都挺疑惑。

“沈总。”

“沈总好。”

“陆嫣呢？”

“啊，陆家那丫头啊，还在后面吧。”

四十分钟后，沈括终于在险要的山腰间望见了小丫头，她一个人靠着步道的铁栏杆，手里拿着一根小木棍，哆哆嗦嗦地冲着一帮猕猴大喊：“不要过来，你们！”

这些野猴子也是常年见惯了游客，不怕人的，最喜欢抢游客的包，在包里翻零食。

猴子和人一样，都是欺软怕硬的，人多它们不敢欺负，见陆嫣落了单，便聚了过来，想要抢她的包。

偏偏她的包里装了不少零食，猴子们刚刚看到她拆饼干，知道包里肯定有货，所以这会儿一齐拥了过来，想要抢她的包。

陆嫣淌着眼泪，又怕又急，脚还崴了跑不了，哆哆嗦嗦地胡乱挥舞着棍子：“不准过来，我真的要打你们了！”

猴子们似乎察觉到陆嫣的恐惧，并没有被她吓住，反而跃跃欲试地要上前抢包。

就在陆嫣绝望之时，沈括走过来，接过她手里的棍子，冲这帮野猴子一顿挥舞。

他一过来，猴子们立刻察觉到了危险的气息，知道面前这人不好惹。

有老猴子不信邪，跑过来冲沈括龇牙，沈括也是个心狠手辣的，一棍子打过去，吓得老猴子大叫着跑开了。

陆嫣看到沈括，终于绷不住了，扑进他的怀中，紧紧地抱住了他。

“呜，吓死我了。”

她真的被吓得不轻，从来没见过这种成群结队的猴子。

不只是她，沈括都被吓到了，看到那群猴子围着她，他脑子一麻，全身的血液都逆流了。

一刹那，他仿佛又回到了十九年前失去她的那一刻，漫天的恐惧几乎将他的灵魂吞噬。

沈括安抚着她的手都在颤抖……

陆嫣环望四周，树影摇晃，野生猴群都已经跑远了，她松了口气。

“伤到没？”

陆嫣摇摇头，倒是没受伤，就是被吓坏了，她紧紧地抱着沈括不肯撒手，鼻涕眼泪都蹭在他衣服上了。

“我……我还以为我死定了，呜……”

“我在。”沈括抱着她，“我不会再让你出事，我会保护你，以后我都会保护你。”

陆嫣察觉到沈括的情绪好像有些不对劲，泪眼模糊地望向他，他眼眸里是很深的恐惧。

“我没事了。”她反过来安慰他。

沈括紧张地检查她的身体：“伤到没？”

陆嫣摇摇头：“就是……脚扭了。”

沈括蹲下身检查了陆嫣的脚，的确是扭到了，索性对她说：“我背你。”

“啊？”

“上来，我背你。”

陆嫣看着沈括宽阔的后背，担忧地说：“我很重，我爸都背不动我了，现在……”

“你居然拿陆臻跟我比？”

陆嫣终于破涕为笑，安心地趴在了沈括的背上。

他稳稳地背起了她，转身朝山上走去，陆嫣拍了拍他的肩膀：“走错方向啦！”

“既然来了，总要上去看看风景。”

“哎？可是我真的很重，你要背着我上山，行不行啊？”

“你问我行不行？”

沈括加快了脚下的步伐，背着她健步如飞地朝山上走去。

虽然他身体真的很好，不过陆嫣知道这家伙绝对是在死撑，爬山本来就很累，更何况保持这样的速度，还要背着她。

陆嫣看到他泛红的侧脸，莫名眼睛也有些湿润。

他一直为那个女孩保持着少年气。

她是真的很羡慕呀，能得到这个男人一生最诚挚的爱。

沈括背着陆嫣到山顶的时候，太阳已经快落山了，正好是看日落的绝好时机。

沈括将陆嫣放到了开阔的观景台上，极力维持着平稳的呼吸，可是陆嫣看得出来，他都快累得不行了。

"别硬撑啊你，当心喘不上气来。"

沈括笑了笑，终于张开了嘴，大口地呼吸，山顶清凉的微风吹散了他脸颊的潮红，通体舒畅。

陆嫣从包里摸出纸巾，仔细地擦拭着他鬓间渗出的细密汗珠，微笑着说："你啊，一把年纪了，逞什么强啊。"

沈括双手从她的腋下穿过，直接将小丫头抱了起来："谁一把年纪？"

"你啊。"陆嫣咯咯地笑了起来，"你就是一把年纪！老男人！"

沈括轻而易举便将她举了起来，扛在了肩膀上，转了一圈。

陆嫣倒挂在他的肩膀上，晕得七荤八素："哎，我错了我错了，我错了，你不老，你是我哥，行吧？

"快放我下来，晕，头晕！"

沈括这才放过她，将她稳稳地放在石椅上，和她一起看日落。

陆嫣情不自禁地望向他。

夕阳暖黄的光线照着他深邃的轮廓，但他的气质并不柔和，深邃的眼底藏着深渊寒潭一般的冷寂，那是被岁月沉淀出来的孤冷。

陆嫣情不自禁地靠得更近了些，靠在他的肩膀上，用力地抱着他的胳膊。

"沈括，我忽然不介意了。"

沈括不解地望向她，她细密的睫毛轻轻颤动着，没有再继续说下去，也没有解释。

不介意他过去那段轰轰烈烈的爱，不介意他心里有别人，甚至不介意自己是不是代替品。

她只想陪着他，只想用余生最热忱、最真挚的爱去温暖他，让他的心不再那样冷。

沈括似乎懂了她未尽之言。

前半生四十年，万山险阻、荆棘遍布，仿佛都只是为了迎接这一刻，他那干枯颓败的世界终于再度有了光。

他站起身，像个意气风发的少年，冲蓝天与山河大喊一声："陆嫣！"

她的名字荡着山风，一声声地回响在山野间，他眼底盛满了青春，盛满了希望，盛满了爱……

"哎呀！"陆嫣连忙拉住他的手臂，"别喊别喊。"

她很尴尬呀。

沈括大笑起来，她从未见他笑得如此爽朗，如此开怀。

陆嫣被他感染了，也扶着他的肩膀站了起来，双手合起来放在嘴边，冲着山野大喊："沈括！"

"陆嫣！"

"沈括！"

他们的名字一声声地回荡在峡谷里。

回程的山路上，不少人抬头朝山顶上的两人望过去，确定没错，是恋爱的酸臭味。

简瑶看了看身边那个正戴着耳机摇头晃脑的傻大个，嘴角咧了咧，摸出他的手机默默调大了音量……

夜深了，被窝里的陆嫣收到沈括的短信："他们睡了？"

陆嫣悄悄地出了房门，看到对面房间门缝已经没有灯光透出来了，猜测他们应该已经睡着。她蹑手蹑脚地取了房卡，然后轻轻掩上了房门。

走廊尽头的房间门已经开了，穿着睡衣的沈括冲她招了招手。

陆嫣偷偷摸摸跟做贼似的，小跑着来到沈括的房门边，跟滑溜的游鱼似的一下子钻了进去。

沈括环望四周，却看见了正掏房卡进门的梁庭。他皱了皱眉。

沈括坦荡地望了他一眼，随即关上了房门。

陆嫣跳到了他那张充满弹性的大床上，摸出手机兴奋地说："我已经找好电影了，恐怖片，你怕不怕？"

沈括坐到床边，笑道："好怕。"

"那……那就换一部吧。"陆嫣将手机递给沈括，"你来选。"

沈括找了一部评分很高的爱情片，递给陆嫣："我要看这个。"

陆嫣发现沈括选的居然是《罗马假日》，笑了起来："你是男孩子啊，居然会喜欢看这种电影啊？"

"有问题？"

"没问题，当然没问题，我们就看这个。"

陆嫣发现，沈括内心其实并没有他平日里表现出来的那样严肃冷酷，也会像年轻男孩一样，在恋爱期间做一些幼稚的事情，追求一些小浪漫。可是恰恰是这份幼稚，让他显得可爱极了。

陆嫣拿起遥控器，准备要投屏了。

沈括手机里忽然接到一条来自梁庭的消息，没有文字，只甩了一张"猫咪暗中观察"的表情包过来。

沈括嘴角抿了抿，陆嫣见他笑了，连忙凑脑袋过来："你跟谁发消息呢，这么晚了？"

"你梁叔，"沈括把手机递给她，"刚刚他看见了。"

陆嫣惊惶失措地抓过手机，看到那个表情包，有些哭笑不得。

"梁叔，我和沈括看电影呢，您早点儿睡吧。"

陆嫣直接用沈括的手机编辑了信息，给梁庭发过去。

随后，梁庭回她："回房间的时候给我说一声，保护好自己，你还小。"

陆嫣心里暖暖的，她的两个叔叔都很好，叶迦淇叔叔宠她都快宠上天了；而梁庭叔恰恰相反，他对她很严厉，有时候比陆臻还会教训人，但是陆嫣知道，他是真的发自内心地爱她，只有爱她，才会板着脸教训她。

陆嫣放下手机，和沈括靠在一起看电影。

《罗马假日》真的是非常适合在午夜时分关了灯、舒舒服服地窝在被窝里看的电影。

陆嫣自然而然地靠在沈括的肩头，枕着他的胸膛，时而挪挪胳膊，时而蜷着脚，而整个过程，沈括都跟木头人似的，一动不动。

陆嫣好几次抬头看他，都以为他睡着了。

他眸子里映着电视屏幕的蓝光，视线下移，平静地问："看什么？"

她挪挪身子，用更舒服的姿势靠着他："没什么。"

"陆嫣，你不要动了。"

"啊？"

"不要……再乱动了。"

沈括面无表情地抓起被单，搭在了自己的腿上。

这次公司组织的温泉之行，所有人都看懂了沈括和陆臻小女儿之间的暗流涌动。但看破不说破，沈括和陆臻之间，稍微带点儿脑子的，都会选择站在沈括这边。毕竟，他才是整个星辰真正有实权的大 boss。不过，这样的状况并没有持续太久。

沈括接到了陆嫣的学校送来的邀请函，请他参加学校六月底的蓝莓音乐节。

这场音乐节办得相当盛大，演出的同学都是整个艺术学院拔尖的学生。因此，学院也请了不少对学校有过投资的商界名流过来当观众。不过绝大部分嘉宾席是空位，这些商界大佬哪有时间过来看学校的演出啊。然而让所有领导都意想不到的是，这一次，星辰集团的沈括居然答应过来看演出。

当秦助理给校长回信的时候，校长简直受宠若惊，反反复复地询问秦助理，是沈总亲口答应的吗？真的要过来吗？

沈括是真的会过来，这个消息传出去，不少商界名流也纷纷答应了学校的邀请。毕竟，不是每个人都有机会接触沈括这样的大佬啊，他都来了，这些人能不来吗？

沈括过来的原因很简单，陆嫣的钢琴独奏是第三个节目，他不可能错过。

演出开始，沈括坐在最中间的地方，凝望着舞台。

等到陆嫣上台，舞台聚光灯打在她的身上，照着她纤尘不染的白皙肌肤。她穿着一件白色的抹胸连衣裙，紧身裙子勾勒着她窈窕的身段，腰肢纤细，不堪一握，开衩的后衣领能清晰地看见一对漂亮的蝴蝶骨，蹁跹欲飞。

她坐在钢琴前，身形挺正，手指在黑白琴键上快速地敲击着。

沈括目不转睛地凝望着舞台上的女孩，深邃的眸子里暗流涌动，是根本抑制不住的喜欢和疼爱。然而，谁也没有想到，就在这时意外发生了。

舞台背后的大屏幕上，写着"蓝莓音乐节"这几个字的 PPT（演示文稿）

消失了，取而代之的是一张照片。

赫然是陆嫣和一个男人在车里拥吻的画面。

男人只有侧脸，鬓间微霜。这张照片一放出来，全场沸腾。

意外的发生令同学们兴奋起来，立刻开始交头接耳地议论。校领导惊慌失措，立刻让人去撤下这张照片！

陆嫣的脸色在某一瞬间变得无比惨白，但她并没有停下手中的弹奏，因为演出还没有结束，尽管她的手已经颤抖不已。

“就是这张照片！前段时间被撤下，怎么都找不到原图。”

“包养陆嫣的男人，据说很有钱。”

“何止有钱，还很有势力呢！不然怎么删得那么快。”

“说不定都有家庭呢，陆嫣这是给人当第三者啊！”

“那可不，你看他头发都白了，肯定有家庭啊，说不定连孙子都会打酱油了呢。”

……

尽管照片已经被快速地撤了下来，但是同学们讨论的声音丝毫没有减弱。

陆嫣用力弹完了最后一个音符，缓缓地站了起来，面向观众，全身颤抖。

她很愤怒，全身的血液都凉透了。

“当小三啊！”

“太恶心了吧！”

“不知道她男朋友看到了会怎么想？”

“换我肯定硌硬死了。”

“她真给我们学院丢脸。”

“没眼看了。”

……

“我没有，我不是！”她极力辩解，可是没有人听见她的声音。

人们永远只会相信他们愿意相信的事情。

陆嫣看到了坐在最前排的吴钰琪，她嘴角挂着笑，轻蔑地看着陆嫣。

她知道，这一切都是吴钰琪策划的。

就在这时，发生了谁都没有想到的一幕。

沈括缓缓地站起身，拿起小雏菊花束，在所有人诧异不解的目光之下，径直朝着台上的女孩走去。

“沈总要做什么？”

“不知道啊。”

陆嫣看着沈括一步一步地朝她走过来，她拼命摇头，示意他不要过来。这潭浑水，他最好不要掺和。然而沈括的脚步依旧坚定，他走到陆嫣身边，将小雏菊花束递给她。同时，他紧紧握住了她的手。

一瞬间，全场鸦雀无声。

陆嫣看着手里洁白无瑕的小雏菊，一时间不知该做何反应，愣在了原地，任由他牵着自己的手。

已经有同学回过味来，猜出了原委，不过这也只是猜测，直到沈括亲自开口：“抱歉，要用这样的方式公开，照片里的那个男人是我，我和陆嫣正在谈恋爱。”

全场安静了十秒之久，然后一瞬间炸锅。

“之所以对外隐瞒，只是担心我的身份给她造成不好的影响，但无论舆论如何评价，我对她都是真心的。对于背后那些别有用心编造谣言伤害我女朋友的人，我不会放过。”

说完这句话，他牵着陆嫣的手，大步流星地离开了礼堂，留下一众惊愕、诧异又嫉妒的同学。

谁能想到陆嫣的男朋友居然是大名鼎鼎的沈括？

嫁给这位钻石级单身男人，是多少年轻女孩梦寐以求的事情啊！不是因为他的钱，也不是因为他的地位，而是沈括这个人本身就完美到无可挑剔。

台下，吴钰琪的脸色都变了，她本来想借这个机会让陆嫣身败名裂。可是谁能想到车里与她拥吻的男人，居然是所有人梦寐以求的男神。

这下子，陆嫣不仅没有出丑，反而出尽了风头，成了所有女生羡慕嫉妒恨的对象。

网络上已经彻底炸了锅，全世界女人都想嫁的男人现在高调公开恋情，仅仅是为了给女朋友洗清污名，为她撑腰。

视频一经爆出，迅速霸占了热搜头条。

啊啊啊我枯了，这是什么偶像剧剧情！

那女孩看着不过二十岁吧！

其实看上去很登对呢，沈总一点儿也不显老。

我就直说了吧，我实名嫉妒。

不过不管怎么说，年龄差距也太大了吧！

沈总看看我，我只比你小十岁！

我我我……我二十六岁大龄单身女青年也可以！

楼上你们够了。

……

公司的危机公关团队已经开始行动，一再强调沈括是单身，他和陆嫣是自由恋爱，不带任何利益色彩。但是这么大的年龄差，还是将他们两人连带着星辰公司一起推到了舆论的风口浪尖。

这两天，陆嫣压根儿不敢看手机，只在课间的时候，用同学的手机给简瑶打了个电话，想从老妈这里试探试探陆臻的态度。

“唉。”简瑶长长地叹了一声，立马把陆嫣的心吊了起来。

“妈，爸他生气吗？”

“你觉得呢？”

“妈，你要帮我啊。”陆嫣急得不行，“我爸肯定会揍死我的！”

简瑶无可奈何地道：“这段时间你就暂时住学校里吧，我先稳住你爸，过段时间等他气消了，你再回来。”

陆嫣忐忑地说：“妈，我的小命就交给你了。”

“这段时间，你自己低调点儿。”

沈括绝对不是一个能忍气吞声吃哑巴亏的人，陆嫣被泼脏水的事情，公司里所有人都劝他，这个时候不宜再有动作。但沈括忍不下去，不过一周的时间，他就封锁了吴天翰公司的人际关系网，并且放出话去，所有和吴氏集团合作的企业，星辰都绝不会再有任何接触。

吴氏集团也是近些年由实体经济转做线上运营的公司，星辰在这方面是惹不得的大佬。他们得罪星辰集团，意味着他们公司的所有客户网都会断掉。这就很要命了。

短短几个星期，他们就丢了百分之九十的客户，每天都是亏损状态。再这样下去，不出半年，吴氏集团绝对倒闭。

吴天翰好几次找到星辰，软的硬的都试过，要见沈括，但总吃闭门羹，沈括不见他。

这也就意味着，这件事情没有任何转圜的余地。

吴钰琪干的这件事触到了沈括的底线，她伤害的是沈括放在心尖上爱了二十多年的人……就算这件事只是吴钰琪一时冲动，但是沈括已经迁怒了吴氏集团。

因为这件事，吴钰琪心态崩了，后来办理了休学。

沈括和陆嫣谈恋爱这件事在网络上的热度一直没有消退，反而愈演愈烈。他们之间的年龄差，显然是网友们热议的话题。

为了让热度赶快退下去，两人约好暂时不见面了。

有时候沈括在公司看到陆臻，都觉得这家伙憎恨他的样子居然还挺顺眼——他跟自己的心上人太像了。

两周之后，沈括终于忍受不了，主动去学校见了陆嫣。

寝室楼下，陆嫣看见了他，他应该刚刚下班，还穿着衬衣，西服被他拎在手上，衬衣领口的扣子开了两粒，隐约可见颈上浅淡的玫瑰文身。

白衬衫束着他修长的上半身，显出挺拔健硕的轮廓，在阳光的照耀下，他的皮肤越发显白。他慵懒地靠在树边，口罩也没戴。

陆嫣赶紧跑过去，急切地从包里摸出鸭舌帽，扣在他的脑袋上："不是说暂时不见面，等风头过去吗？你就这样来，被拍到怎么办？"

她话音未落，沈括俯身将她拥入怀中，紧紧地抱着："我太想你了。"

"嗯……"

他将脸深深地埋进了陆嫣的头发丝里："我看到陆臻就想起你，再不见面，要疯……"

陆嫣被感动得一塌糊涂，踮起脚，抱紧了沈括："我也好想好想你呀。"

"有多想？"

"我每天都在看你的人物访谈，把你过去的所有访谈都找出来看了一遍，还关注了你的微博。"

沈括的微博没有个人的内容，只用来发布一些企业的慈善事宜，尽管如此，他的微博粉丝量还是达到了三千万，堪比流量明星了。

楼上，有人拿起手机在拍照，陆嫣赶紧压低鸭舌帽檐，挡住沈括的脸。

“别让他们拍到了。”

毕竟沈括作为星辰公司的一把手，算是公众人物，他的影响力实在太大了，这段时间公司的股价就跟坐过山车似的，一会儿暴涨一会儿暴跌。

“戴上他们就不知道是我了吗？”

“好歹不要拍到正脸啊！”

沈括摘掉了鸭舌帽，一字一顿地说：“我不喜欢这样，不喜欢躲躲藏藏，这没什么见不得人的。”他又顿了顿，望向陆嫣，“除非你觉得我不好。”

如果陆嫣觉得不舒服，他当然也会尊重她的意见，乖乖戴上鸭舌帽和口罩。

陆嫣立刻夺走了鸭舌帽，扔得老远，连声说：“才不呢！一点儿都不！”

沈括笑了笑：“你不介意我年龄大？”

“我怎么会介意这种事情，而且你看着一点儿都不老，看着就跟我哥哥一样，比我爸年轻多了。”

“是吗？”

陆嫣低头，面颊泛起微红：“而且，是我先喜欢你的。”

沈括牵住了她的手，紧紧地握在掌心里，说道：“是我先喜欢你的。”

陆嫣诧异地望向他：“咦，真的吗？”

“嗯。”

“从什么时候开始啊？”

沈括那双淡然的眸子望向翠绿的树梢间，想了想：“从上辈子见你的第一眼开始。”

“那你就是在胡扯逗我开心了。”

“那你开心吗？”

陆嫣抱着他的手臂，嘻嘻一笑：“开心。”

两人牵着手离开了宿舍楼，姿态很亲密，陆嫣几乎是整个人贴在他的身上。

路上也有很多人拿着手机拍他们，不过他们丝毫没有在意。

他们去了甜品店，陆嫣点了一杯杨枝甘露，用小勺子舀起一勺，喂给沈括。

沈括眉心微微一蹙，陆嫣便立刻说:“我知道，你不吃甜食对不对？”

“我不吃，你就不喂了吗？”

“那……”她顿了顿，嘻嘻一笑，“不会，必须吃。”

沈括笑了笑，张嘴接过了她的投喂:“也就是你了。”

这一生的好脾气，都给她了。

“我们学校的那个吴钰琪，她休学了。”

“嗯。”沈括笑意淡了淡。

“听说你在搞她爸爸啊？”

“女孩子，用词要文明。”他又端起长辈的架势，教训她道，“什么搞不搞的。”

“听说她爸都要让你弄破产了啊？”她忐忑地说，“会不会太严重了？”

“不严重，我还嫌不够。”

“不是，这就是女孩子之间闹脾气、耍心机，真没那么严重。”陆嫣摆摆手，说道，“我不是帮吴钰琪说话，我是觉得你这样做，外面的人会对你有不好的评价。”

“我不在乎。”

一贯沉着稳重的沈括对待这件事情，竟是一种近乎偏执的态度，倒是恢复了过往的少年意气。

他要保护自己的爱人，任何人都劝不了。

梁庭在电话里跟陆嫣说，这事儿，谁劝谁滚，公司里没人敢跟他提这个事。

“那……如果是我希望你收手呢？”陆嫣小心翼翼问，“能算了吗？”

沈括的脸色渐渐沉了下去，陆嫣见他不开心了，搅动着小勺子，不安地说:“我就随便问问，不行就算了。”

沈括伸手，像摸小猫咪一样抚了抚她的下颌:“紧张什么？”

“以为你生气了呢。”

“这件事不提了。”

“好吧。”陆嫣乖巧地点点头，又舀起一勺子杨枝甘露喂给沈括，他沉默地张嘴接过。

有时候，陆嫣其实也挺怕他的，虽然他对她真的很好，但她还是会怵他，以她现在的年龄和阅历，她很难平视沈括这样的男人。

沈括觉察到气氛渐渐变得有些不对，他打开手机，给陆嫣拍了一张照片。

陆嫣正低头吃甜品，猝不及防地被他偷拍了照片，连忙放下勺子，激动地说：“啊，你偷拍我！”

他笑了：“不能拍？”

陆嫣夺过手机看了看：“太丑了！还不开美颜。”

“很真实，这就是现实中的你。”

“不，我不认，这不是我！”

她是一个活在美颜相机里的女子。

“陆嫣，我们拍一张照片吧。”沈括提议，“我没有我们的合照。”

这是他过去十多年最遗憾的一件事，他竟然没有一张和她的照片。

“那你等我补个妆。”

“补什么。”沈括一把将她拽了过来，打开了前置摄像头，两人拍了一张照片。

照片里，沈括侧脸抵住她的脸，齐齿笑，而她睁大了眼睛，一脸受惊的拒绝姿态。

“不不不，这太傻了，完全没有准备好！”

“可爱。”沈括看着照片，嘴角上扬，目光温柔，很喜欢这张照片，“能发微博吗？”

“你要干啥？”陆嫣不敢相信自己的耳朵，“发微博？”

他疯了吗？

在这个时候，他俩出门都偷偷摸摸的，他居然想发微博？而且他的微博全是公益和集团股票的内容，从来没有发过任何关于个人的内容。

“会不会不太合适啊？”

“只要你不介意，就没有不合适。”

既然他们的关系已经公开了，沈括不在意任何流言蜚语，与其千方百计地阻止别人偷拍，不如自己大大方方地承认。

陆嫣看着他诚挚的目光，用力地点了点头：“我也不怕！”

他笑了，将这张照片发了出去，朋友圈和微博各一条，微博还 @ 了陆嫣，配图内容是：我的小宝贝@小小小小小陆。

这条微博发出来后，全网都炸了。

我刷出了什么！

瞎了。

这不是沈总的日常画风，你要是被盗号了，你……你就眨眨眼睛！

一股子恋爱的酸臭味，我告辞！

踹翻狗粮，不吃！

然而不到两分钟，陆嫣也转发了沈括的微博——我的大宝贝@星辰沈括。

这俩人，锁死了。

明明年龄差这么多，可我还是觉得好甜。

怎么办，这对我想磕了！

……

当然，陆嫣微博的评论里也并非全是善意的评论，也有人质疑她和沈括在一起的动机。

网友："仗着自己年轻，想从沈括身上捞一笔吧。"

大大大大大猫："你妈掉河里了你怎么不去捞，管别人闲事吃饱了撑的？"

网友："我觉得她配不上沈括。"

大大大大大猫："你是不是瞎了？建议看眼科。"

网友："现在的年轻女孩不都是想坐在宝马车里哭吗？世风日下啊。"

大大大大大猫："Hello，搞搞清楚，是沈括倒贴好吧！"

陆嫣发现，这个叫"大大大大大猫"的粉丝在她的评论区蹦跶得厉害，几乎每一条差评都被这个战斗力爆表的“大大大大大猫”给回怼了。

没想到她还有这么铁杆的真爱粉啊。

晚上，陆嫣接到老妈的电话——

“今晚回家。”

陆嫣连忙问：“爸不生气了吗，我可以回家了吗？”

“不是，你爸还在生气……”简瑶顿了顿，“但今天是他的生日。”

陆臻对沈括的厌恶程度，似乎又回到了高中校园的那段时间。本来他都不打算再去公司了，要和沈括绝交，断绝一切往来。但在简瑶的劝说下，他还是忍着愤懑，每天照常上班，毕竟自己在公司也是身负要职，就算恨沈括，也不能牵连他一手打拼下来的星辰。

陆臻一句话都不和沈括讲，实在需要沟通的时候，就让秦助理当传声筒。

“秦助理，你告诉那个人，致远公司的高层要过来，让他今晚务必亲自迎接，这是我好不容易搞到的资源。”

“秦助理，你告诉那个人，他要是再提前下班，就不要当总裁了！”

“秦助理，你告诉那个人，让他不要在卫生间门口照镜子，怎么照都是丑！”

秦助理有苦难言：我还真没这个胆子。

后来秦助理就开始躲陆臻了，看见他就绕道走。

那天下午，沈括推开陆臻办公室的门，从容不迫地走了进来。

陆臻抬头看见他，连忙拉开门大喊一声：“秦助理！”

沈括走过来把门关上，说道：“有什么话直接跟我说。”

陆臻憎恨地看他一眼，走到办公桌边，用钢笔在纸上写下：“有话快放。”

沈括倒也不生气，慢悠悠地坐到他面前的椅子上，笑问道：“真不跟我说话了？”

陆臻抓起纸，激动地写下：“你这个老男人，离开我女儿！”

沈括深邃的眸子直视着他，一字一顿地道："不可能。"

陆臻气急败坏地将纸揉成团扔掉，重新写了一个字："滚！"

沈括将一个黑色的礼盒取出来，放在了陆臻的办公桌上。

礼盒上有暗纹浮雕，包装奢华而低调，是全球限量款领带。

"生日快乐。"说完，他起身离开办公室。

陆臻气不打一处来，抓起礼盒就想扔进垃圾桶，不过还是忍住了，他抓起一个茶杯，扔在地上摔个稀巴烂："你不要太自私了！"

沈括脚步蓦然一顿。

陆臻愤怒地说："你这样……对她不公平。"

沈括忽然回身，用力一把抓住陆臻的衣领，将他扯到自己面前："对我就公平吗？"

命运何曾公正地对待过任何人。

陆臻慑于他冷冰冰的眼眸，艰难地咽了口唾沫，但还是鼓起勇气，说："你知道外面的人怎么说她吗？你是沈括，星辰的总裁，你有钱有势，可以不在乎旁人的眼光，可是我女儿刚刚十九岁！她大好的人生才刚刚开始，她本来不用面对这一切，可是为了你，她现在顶了多少骂名？我把她养这么大，我疼她宠她这么多年，一点儿委屈都没让她受过，可是你一出现，就让她在朋友、同学面前丢尽了脸！"

陆臻全身颤抖，一句话都说不下去了，他又摔了手边的茶盏。

从始至终，沈括一言未发，沉默地忍受着他全部的控诉。

"沈括，离开她行不行，算我求你了……"

沈括手撑着桌面，闭上了眼睛，沉声说："你知道这不可能。"

陆臻猛地挥拳砸向沈括："浑蛋！"

沈括没有躲，结结实实地吃了他一拳。

"陆臻！"门口的简瑶忽然出声，喝止了陆臻。

陆臻回头望见简瑶，诧异地问："你怎么来了？"

简瑶失望地摇了摇头，让开身，身后陆嫣穿着漂亮的白裙子，提着包装精美的生日蛋糕，怔怔地望着他。

原本应笑容满面的脸上，早已经泪痕交错。

"小嫣……"

简瑶解释道："我们是来接你下班的，给你过生日。"

陆嫣扔了蛋糕，跑到沈括面前，死死地攥住了他的衣服。

沈括擦了擦嘴角，敛眸温柔地望向她："没事。"

陆嫣愤然转身，要和陆臻理论，沈括一把拉住了她的手臂，说道："不要在这里。"

公司的同事都不敢围过来看热闹，假装做着各自的事情，但是每个人都调动全身的感官神经，敏锐地留意着这边的动静。

沈括不想闹得太难堪，更不想让别人看陆臻笑话。

简瑶拉住了陆臻，也不让他再胡乱开口多说一句话。

陆臻牵着简瑶气呼呼地走出办公室，见陆嫣没有跟上来，他转身望向她："小嫣，回家。"

"我才不！"她回过头，愤愤地望向陆臻，"我不回去！"

"听话！"

"我不！"

陆臻被她气得不轻，指着她，暴躁地说："好，你不回家，那就永远不要回来了！"

"不回就不回！"

"你最好永远这么有骨气！"

陆臻拉着简瑶，愤怒地摔门而去，简瑶本来想说几句，奈何陆臻这家伙一股子蛮劲儿，直接将她扯进了电梯。

沈括关了办公室的门，回头抽纸巾给陆嫣擦眼泪："这有什么好哭的。"

陆嫣抽泣着，说道："被我爸气的……"她伸手触了触他的唇角，"你疼吗？"

"疼。"沈括直接将她抱起来放在了办公桌上，凑近她的脸庞，"好疼，亲我一下。"

陆嫣撇嘴，推开他的脸："你还开玩笑。"

"没开玩笑，真疼，亲一下。"他没皮没脸地向她索吻。

陆嫣在他嘴角的位置浅浅地啄了一下："够了吧。"

"嗯，不够。"

沈括顺手环住了她的后脑勺，还要加深，不过陆嫣脑袋后仰，避开了他：

“你不要这样轻飘飘的，我没有开玩笑，我爸爸太气人了。”

沈括淡淡地笑了，单手一撑，跟她一起坐在了桌上：“这算什么，他年轻的时候更气人。”

“是吗？”

“你想听他年轻时候的事吗？”

“不想听。”陆嫣撇撇嘴，“你就不生他的气吗？”

“我为什么要生气？”

“他这样固执，还……还打你，你不恨他吗？”

“我永远都不会恨他。”沈括的神情变得很温柔，他伸手揉了揉陆嫣的脑袋，“因为他很爱你，所以我永远不恨他。”

只有沈括知道，陆臻有多爱她。

他理解陆臻，陆臻并不是针对他，陆臻的出发点都是为了陆嫣，即便现在强烈反对，也都是为了陆嫣。沈括没办法恨他。

简瑶拉着闷闷不乐的陆臻回了家，从柜子里翻出了烛台，笑着对他说：“今晚小嫣不在也好，咱们俩来一顿浪漫的烛光晚餐啊。”

陆臻沉闷地应了一声，朝厨房走去：“那我去做饭。”

简瑶点燃了蜡烛之后，倚着门，望着他高大挺拔的背影。

他换下了西装，穿上了柔软的棉质居家服，整个人笼上一层柔和的色调。

现在的陆臻是非常居家的男人。谈恋爱那会儿，简瑶都没有想过，这傻大个结婚之后竟会这么好。

简瑶以前听陆嫣说过，在某一个交错的时空里，有一个丧妻的陆臻，独自拉扯女儿长大。陆嫣说他每天晚上都会独自坐在书房里，关上所有的灯，然后拿出简瑶的照片，有时候，一坐就是一整夜。

后来简瑶最抑郁的那段时间，紧绷的最后一根弦，便是她的不忍。她不忍让陆臻独自一个人走完余生，不忍让他在漫长的黑夜里枯坐到天明。所以简瑶奇迹般地撑过来了。

陆臻知道她在看他，一边翻炒着锅里的菜，一边回头道：“你看什么？”

简瑶走过来，从后面环住他的腰：“还生气啊？”

陆臻闷闷地应了声：“等她回来，我打断她的腿。”

简瑶笑着说："那她要是不回来了呢？"

"我明天就去把她的卡断了，没钱，我看她还能嘴硬多久。"

"行了吧。"简瑶拍了拍他宽厚的肩膀，"你女儿现在正跟星辰的老总谈恋爱，断她经济来源，你是不是傻？"

陆臻无言以对，心情更糟糕了。

简瑶也不是心思细腻的女人，本意是想安慰他，没想到好像让他的脸色越发阴沉了。

"女儿不要你，我要你啊。"她环着他的腰，说道，"今天过生日，开心一些啊。"

"嗯，幸好还有你。"陆臻卷起了她的袖子，"帮我洗菜。"

简瑶笑了："哦，幸好有我使唤是吧？"

"聪明。"

陆臻简单地做了几个小菜，端上桌，开了一瓶陈年的红酒，关了灯，柔和的烛光摇晃，倒真是很浪漫的二人世界。

简瑶给陆臻倒了一杯红酒，与他碰杯："四十三岁，生日快乐。"

"我……今年四十一，谢谢。"

简瑶一脸惊愕："啊？你居然比我还小一岁？"

"你现在才知道？！结婚的时候你都没看我的出生年月吗？"陆臻揉揉鼻子，气愤地说道，"能不能对我上点儿心？"

简瑶有点儿尴尬："这个……这个不重要，重要的是这么多年，我们一直相濡以沫、相敬如宾，干杯。"

"你揍我的时候，请你也能大言不惭地说跟我相敬如宾。"

"那你还揍我呢！"

"我什么时候揍你了？你别血口喷人啊，我一直都是很温柔的好吧！"

"温柔？"简瑶笑了，"你温柔？"

陆臻顿了一下，诧异地问："我……我不温柔吗？"

简瑶摇摇头："你是失控。"

陆臻沉思了片刻，说道："那……我今晚试试保持理智。"

简瑶嘴角咧了咧："不可能。"

陆臻对她笑了，笑得一脸促狭，脸颊还微微泛红。

“那这些年，谢谢你一如既往地包容我了。”陆臻有点儿感触，又倒了杯红酒，和简瑶碰了碰，“有时候我挺笨的，谢谢你照顾我，包容我啊。”

简瑶嘴角弯了起来，看着他泛红的英俊脸庞。

这家伙大大咧咧，很少这样感性地说些掏心窝子的话。

这些年，相敬如宾肯定是没有的，小日子吵吵闹闹地过着，但简瑶知道，不是她照顾陆臻，而是陆臻在照顾她、包容她。

“不客气啊。”她冲他没皮没脸地笑道。

“我还以为你会推辞，你好意思跟我不客气吗？”陆臻伸手弹了弹她的脑门。

简瑶握住了陆臻的手：“陆臻，这辈子能遇到你，我感觉特别幸运，少年时的感情特别珍贵，谢谢你让我把这份珍贵保留至今。”

陆臻把手抽回来，哆嗦了一下：“你这样，我有点儿慌，你到底要说什么？”

“初中高中那会儿，我是个特别没有安全感的人，谁对我好，我就喜欢谁……那时候，没人比你更疼我了。”

陆臻说：“那如果有人更疼你，你是不是就不跟我了？”

“你知不知道，你有时候真的很会破坏气氛。”简瑶甩开了他的手。

“你继续，我不打断。”陆臻不好意思地笑了笑，“我喜欢听你说这些。”

“我想说的是，人这一生，很难这么幸运地遇到彼此互相喜欢的人。”她看着他，“在这个世界上，你能为小嫣找到一个比沈括更疼她的男人吗？”

黑色的宾利车停在了陆宅门口，陆嫣诧异地望向沈括：“不是回家吗？”

“这里不是你的家？”沈括侧过身，替她解开了安全带，“回家给你爸好好过个生日。”

陆嫣撇撇嘴，掐了他的腰一下，不过这家伙腰上一点儿肉都没有，肌肉紧实，什么都掐不到。

“我还以为你要带我私奔呢。”陆嫣半开玩笑地说，“结果还是不敢，胆小鬼。”

沈括笑了起来：“你是不是爱情片看多了？”

“是啊是啊，毕竟沈总都这岁数了……”

话音未落，沈括忽然启动了引擎，将车驶了出去：“身份证带了吗？”

“带了。”陆嫣惊愕地问，“你要干吗？”

“机场。”

“啊？”

“带你私奔。”

陆嫣见沈括不像是开玩笑的样子，眼见着车都要驶出小区了，忽然有点儿慌：“真走啊？”

“嗯。”

“不是……真的啊？”

沈括平视着前方的黑夜，波澜不惊：“你说我这个岁数，做不了年轻人的事了，是这个意思吗？”

陆嫣觉得她好像说错话了。

她弱弱地说：“沈哥，还、还是回家吧，我还是想给我爸过生日的。”

沈括斜睨了她一眼：“不，我要私奔。”

轿车驶上高架之后兜了一圈，最终还是兜了回来，停在了家门口。

陆嫣看着沈括郁闷的脸色，有点儿哭笑不得。

她伸手揉了揉沈括的脸，笑着说道：“我们括括还闹脾气呢。”

“叫我什么？”

“括括……”陆嫣粲然一笑，“我能这样叫你吗？”

沈括眼神忽然敛了下去，仿佛藏着无限的温柔，他说了声：“没大没小。”

“哦，这会儿又教训我了，不是不喜欢让我把你当成长辈吗？”

沈括转身从车后座拿出领带礼盒，塞到陆嫣的怀里，说道：“记得给你爸，让他收下。”

“好，拜拜，路上开车小心。”

陆嫣正要下车，沈括忽然拉住了她的手腕：“是不是忘了什么？”

陆嫣笑了笑，伸手将鬓间的长发掖到耳后，然后吻了吻他左边的脸颊。

沈括似乎并不太满足，按住她的后脑勺，吻住了她的唇。陆嫣被他吻得都快透不过气，不能呼吸了。

这是在家门口啊！

几分钟后，沈括才放过她，捏了捏她绯红的脸颊：“别和你爸吵架。”

“听你的！”

陆嫣关上车门，目送他离开，这才转身回家。

简瑶端着热腾腾的牛奶杯，看着猫在落地窗帘后面偷看的陆臻，眉头皱了起来："你干吗？"

陆臻被气得肺都要炸了："沈括那个浑蛋！陆嫣从来没谈过恋爱，被他这家伙带的……"

简瑶咧咧嘴，像看傻子一样看他："你真以为你闺女有这么乖，没谈过恋爱吗？"

"浑蛋！老狐狸！"

简瑶去给陆嫣开了门，同时接过了她手里的蛋糕和礼物盒。

"爸呢？"她小声问简瑶。

简瑶努努嘴，望了望客厅。

陆嫣轻手轻脚地走进去，冲陆臻喊了声："爸，我回来了。"

陆臻盘腿坐在沙发上，假装看报纸，头都没抬。

"甭理他。"简瑶将蛋糕放在桌上，对陆嫣说，"小嫣，来拆礼物。"

"好。"

简瑶拿起礼物盒，拆开看了看："哇，很好看的领带，你给你爸买的？"

"我哪儿有钱啊，"陆嫣说，"这是沈括买的。"

"沈总眼光真不错。"简瑶很喜欢这条领带，取出来放在手里看了好半晌，"比你爸那些领带都好看。"

"是吧，我也觉得。"

"那边还有礼物，公司同事送的，都拿过来拆了，咱们分一分。"她睨了陆臻一眼，"反正你爸也没心情拆。"

陆嫣看见茶几上还放了一堆礼物盒，兴奋地跑过去，东挑西拣。

陆臻实在受不了这母女俩了，嚷嚷道："放下，你们别太过分了。"

"终于说话了。"简瑶笑着说，"快过来切蛋糕啊。"

陆臻别过脑袋，愤愤地说："我不过生日，某人都快把我气死了，过什么生日！"

简瑶拆开了蛋糕盒的丝带，说道："小嫣，过来点蜡烛。"

陆嫣将细长的彩色蜡烛插在巧克力蛋糕上，说道："爸今年四十一了吧，是大生日啊，咱们得好好庆祝一下。"

简瑶笑着说："你还记得你爸四十一岁啊？"

“当然记得啊，这怎么能忘。”

“是哦，刚刚我就弄错了，还以为他四十三。”

陆嫣笑了笑：“妈你也太糊涂了。”

陆臻的脸色终于缓和了下来，心里稍许欣慰，果然还是他的小棉袄知冷知热，还记得他今年多少岁。

陆嫣点了一支蜡烛，冲陆臻道：“爸，你不过来吹蜡烛，我就代你吹了。”

陆臻终于极不情愿地走了过来，坐在桌前，简瑶将生日小皇冠戴在了他的头上：“好了，我们的老寿星，可以许愿了。”

“什么老寿星，我还年轻！”

“行行，小寿星行吧。”简瑶站在他身后，环着他的肩膀，催促他道，“快许愿。”

陆臻没好气地睨了陆嫣一眼，说道：“我许愿，让沈括那老狐狸离我闺女远点儿！”

他正要吹蜡烛，陆嫣一把将蛋糕夺过来，代替他吹了蜡烛：“呸呸呸，不算数！”

陆臻指着陆嫣：“哪有你这样当女儿的！”

“哪有你这样当爸的！谁家老爸不希望女儿得到真爱？”

“你个小丫头片子，懂什么是真爱。”

“我懂！”

眼看着两人又要吵起来了，简瑶揉揉额头：“你们谁再多说一句，就都给我出去！”

此言一出，两人都不敢说话了。

简瑶给两人各自切了蛋糕，陆臻靠在椅子上，气呼呼地说：“我没胃口。”

简瑶命令道：“吃！”

他看了她一眼，还是有点儿㞞，拿过勺子，闷闷地吃了起来。

晚上，陆臻一个人躲进书房生闷气去了，陆嫣便抱着枕头跑到主卧，要跟妈妈一起睡。

简瑶将小丫头揽过来，给她铺好了枕头，说道：“给你爸留个位置。”

“嗯。”

陆嫣抱着简瑶软绵绵的身子，闭上了眼睛。

凌晨时分，陆嫣醒过来，发现老爸还没回来睡觉，迷迷糊糊地穿上拖鞋，来到书房。

书房的灯关着，但是电脑屏幕散发着微蓝的光芒，陆臻趴在电脑前睡着了。

陆嫣走过去，想叫醒老爸，让他回房间睡觉，却发现电脑屏幕竟是她的微博评论界面。

大大大大大猫：她是全世界最好的女孩，配不上沈括，你是不是瞎啊！建议看眼科。

大大大大大猫：酸味儿都溢出屏幕了好吧！

大大大大大猫：键盘侠滚！我全部举报了！

她评论区那个战斗力爆表，一直在无条件维护她的大猫，居然是陆臻。陆嫣的眼泪一下子滚了出来。

那天下午，陆嫣接到了吴钰琪的电话，让她到校门口，说要跟她当面道歉。

陆嫣收拾了书本，走出教室，问道："为什么忽然要道歉？"

电话里，吴钰琪哑着嗓子说："沈括说了，让我跟你当面道歉，如果你接受了，他……他才会放过吴氏集团，我爸就叫我来跟你道……道歉。"

"哦。"

挂掉电话，陆嫣嘴角扬了起来，心情忽然很轻松。

她还以为劝不动他呢。

沈括这家伙，就是嘴硬……其实对她还是心软的吧。

陆嫣来到校门口，找了半晌，才在街对面的小巷子边找到了吴钰琪，吴钰琪冲陆嫣招了招手："这边。"

她过了马路，小跑过去，才发现巷子里停着一辆没有牌照的黑色轿车。

陆嫣出于防备，本能地往后退了退，吴钰琪对她笑道："不用担心，这是我妈妈。"

陆嫣朝那辆黑色轿车望了望，车门打开，吴钰琪的母亲施雅穿着风衣，戴着墨镜走出来，冲她招了招手。

陆嫣稍微放心了些。

那天晚上，陆臻直接冲进了沈括的办公室，秦助理急切地追上来，连声道："沈总，我拦不住他。"

沈括正在和几个董事开会，见陆臻就这样闯进来，摆了摆手，示意秦助理可以先出去。

陆臻顾不得在场的其他人，径直走到沈括桌边，揪住了他的衣领，将他拉了起来："小嫣呢！你把她藏到哪里去了？"

闻言，沈括眉心皱了起来："她不是被你关起来了？"

从今天早上开始，沈括就一直没有联系到陆嫣，昨晚和她通过电话，她说回家了，沈括以为陆臻收缴了她的手机。

恰好上午有一个重要客户过来，他便把这件事搁置下来，准备下班以后直接去陆宅，和陆臻把话说清楚。没想到这会儿陆臻居然找他来要人了。

"她同学说，中午她就被一辆轿车接走了！下午的课她都没有去上，不是你还能有谁！"陆臻哑声说，"沈括，我没跟你开玩笑。"

沈括的脸色顷刻间变了，他推开陆臻，大步流星地走出办公室，边走边摸出手机给陆嫣打电话。

电话依旧关机，冷冰冰的人工提示音让他的一颗心都沉到了谷底。

这几乎是不可能发生的事，陆嫣不可能莫名其妙地玩失联，更不可能关机，现在已经是晚上八点了，这个时间不应该联系不到她。

沈括转身对秦助理道："联系学校，给我找！学校的每一个角落都要找！"

秦助理立刻按照沈括的吩咐去联系学校了，沈括回头对另外几个助理说："找监控，学校附近的监控录像全部给我找出来，一个小时之内。"

大伙得令之后，立刻散去。

沈括回头问陆臻："报警了吗？"

"报了，但是警察说……说这才几个小时，说不定她是和朋友出去玩，手机没电了，所以让我们再等等。”

陆臻见真的不是沈括带走了陆嫣，心下更是惶恐，就连说话的声音都在抖：“不会出现这种事！小嫣很乖，这么多年从来没有出现过这种失联的状况！”

沈括叉着腰在走廊里来回踱着步子。

等了约莫二十分钟，秦助理那边传来消息：“陆嫣确实不在学校，室友说她中午出校门了，之后就一直没有回来。”

听到这个消息，陆臻整个人都要崩溃了：“肯定出事了，我闺女肯定……”

就在这时，沈括的手机忽然响了起来，来电显示是一个陌生号码。

沈括下意识地感到不妙，接了电话。

听筒里传来的不是人的声音，而是呼啸的山风。

沈括似乎心有预感，沉声问道：“你是谁？”

“你问我是谁？”电话那边传来一个女人尖锐的嗓音，“你们……毁了我的家，毁了我的一生，现在还想毁掉我女儿，你问我是谁？”

陆臻见沈括脸色不对劲，立刻夺过了电话：“喂！你谁啊？”

“陆臻，你好啊。”

听到这个声音，陆臻险些没有拿稳手机。

“你是……是……”

“当年你们把我妈弄进监狱，害她在监狱惨死的事情，这么快就忘了吗？”

“施雅！”

“想起来了啊？”

陆臻激动地说：“小嫣在你手里？是你带走了她！”

“放心，我不像你们这些人，我不会滥杀无辜的，你要听听她的声音吗？”施雅将手机递到悬崖边的陆嫣耳畔，“来啊，叫声爸爸。”

陆嫣的手被绳子捆住了，她站在悬崖边缘，施雅用一根粗棍子抵着陆嫣的胸口，只要她稍微用力，陆嫣就会被推下去。

陆嫣被吓得脸色惨白，连哭泣都忘了，声音伴随着悬崖凛冽的寒风，哆哆嗦嗦：“爸，我好怕，救我啊，爸。”

“小嫣，别怕，爸就来救你了，不会让你有事！相信老爸，不会让你有事！”

电话被沈括夺了过去：“小嫣，冷静下来，我会找到你，好吗？”

“嗯。”

电话那边又换成了施雅的声音："陆臻，我不像你们做得这么绝，不给人留半点儿余地，我现在给你们一个救她的机会。"

"你……你不要冲动，我们好好谈谈，你不要伤害她！"

施雅笑着说："我给你们半个小时过来，不要报警，那样太浪费时间了。如果半个小时没到，你们就永远不要见她了。"

"好好，我们马上过来，你在哪里？"

"我们在哪里，你猜啊，沈括不是咱们的省状元吗？这么聪明，不会猜不到吧。"

"你……"

"只有半个小时，倒计时，开始。"

挂掉电话之后，沈括立刻开始行动："秦助理，先报警。"

"不能报警！"陆臻叫住了秦助理，"施雅已经疯了，不要刺激她。"

"先报警备案，去。"

沈括也不管陆臻的意见，转身走到落地窗边，看着窗外灯火霓虹的城市夜景，思忖了片刻，说道："陆臻，去开车，他们在苍南山。"

"你怎么知道？"

"风声，城市里不会有那样的风。"

"那……万一是在楼顶！"

"除了风声，还有树叶声，在山上。"

沈括径直下楼："从这里到苍南山至少需要五十分钟。"

陆臻连忙追上去，不忘回头道："秦助理，你……你去联系警方，想办法，一路开绿灯……"

"好！"

陆嫣站在悬崖边，根本不敢往后看。

风从悬崖底下吹起，吹着她的背，棍子宛如冰锥一般抵在她的胸口。而面前的女人，因为极度憎恨，表情变得无比狰狞。但看得出来，她也害怕，手都在抖……只要她稍稍用力，陆嫣就可能跌落悬崖。

"如果是因为吴氏集团的那件事，我们还可以谈，沈括他听我的话，没必要走到这一步……"

施雅却冷笑了一声："你真不记得了啊，当年你和你哥对我做的事情。"

“你真的认错人了，陆臻不是我哥，陆臻是我爸爸啊！”陆嫣声音颤抖。

施雅恨恨地望着陆嫣，眼睛里似乎都快喷射毒液了：“你就算化成灰，我也认得，当年你和沈括，还有陆臻，你们对我做的事情，这辈子我都不会忘！”

吴钰琪被施雅锁在车里，拼命地拍打着车窗，显然也被老妈的举动给吓坏了。她原本以为施雅只是想教训教训陆嫣，帮她出气，这才把陆嫣给骗过来，把陆嫣带走。却没想到，施雅竟然想要她的命！

吴钰琪哭着大喊：“妈，你到底在做什么啊！你……你不要这样！”

“闭嘴，没出息的东西！”施雅回头，怒声斥责，“当初……我就是这么软弱，才会被这些人一而再地欺负！”

车里，一个戴口罩的男人锁上了车窗，将吴钰琪的哭声关在了车里。他下车走到施雅面前，看了看手表的时间，说道：“夫人，时间到了。”

施雅回头望了陆嫣一眼，冷笑着说：“你看，不是我不给你机会，要怪，就怪陆臻没用吧！”

她话音未落，山道处，一辆黑色宾利车自朦胧的夜色中疾驰而来。

尖锐刺耳的刹车声之后，轿车停在了他们面前，冒着白烟。

沈括走出了轿车，望见崖边的陆嫣，悬在半空中的一颗心总算落了一半。

“沈括！”

“陆嫣，不要怕。”

纵然是死，我也会陪你，所以不用怕。

“小嫣！”陆臻也连滚带爬地跑了出来，看到陆嫣被施雅抵在万丈悬崖边，头皮一阵发麻，本能地就要扑过去，“老爸来救你了！”

“站住！”施雅尖锐地喊道，“你要是再往前走一步，我就把她推下去！”

陆臻立刻停下脚步，说道：“你别……别激动，你想怎么样都行，别伤害她。”

施雅望着这两个紧张的男人，又用棍子戳了戳陆嫣的脸：“你啊，上学的时候他们就护着你，现在还是护着你。那个时候，我多羡慕你啊。”

“我真的不知道你在说什么！”陆嫣的眼泪顺着脸颊淌下来。

“你当然知道。”施雅死死地瞪着她，“该怎样报复你们，我在脑海里预演了一千遍、一万遍，哈哈哈哈，今天终于要变成现实了啊！”

“你……你想怎么样？”

“我们来玩个小游戏啊。”

施雅转过身，悬崖的山风扬起了她的长发，她对沈括和陆臻说：“游戏规则很简单，你们选一个人站在悬崖边，另一个人开车去撞他，我不让停就不准停，好不好啊？”

陆嫣拼命摇头，冲陆臻大喊道：“她疯了，你们不要听她的！不可以……”

两个男人不动声色，望着她。

“安静。”施雅用食指抵在嫣红的唇边，笑着说，“要不要听我的，不取决于你，取决于他们。”她望向沈括和陆臻，“你们既然这么爱她，为她而死也心甘情愿，对吗？”

陆臻脸上的肌肉抽搐着：“你真的……你真的疯了。”

“我妈妈在狱中惨死，一命换一命，很公平……”

“你妈是病死的，跟我们有什么关系！一切都是她咎由自取！”

施雅摇摇头，望向沈括：“陆臻一直都很不讲理，但沈括，你是讲理的人，对吧？”

沈括的眸子深沉冷寂，沉声说：“一命换一命，我换她。”

说完这话，他迈步走到了悬崖另一边。

陆嫣拼命摇头，哭着喊道：“沈括，你要是敢过去，我……立刻跳下去。”

施雅身边戴口罩的男人立刻将陆嫣拉回来，同时摸出匕首抵住她的脖颈。

施雅冷声说：“遵守游戏规则，我让你死你才能死，我不让你死，你绝不能死，知道吗？”

陆嫣声嘶力竭地大喊：“沈括，你回去，算我求你了，好不好？”

沈括望着陆嫣，满眼柔情：“小嫣，闭上眼睛。”

陆嫣已经跪在了地上，拼命地摇头。

“啊，我忽然觉得这样没什么意思。”施雅灵机一动，“不如来玩点儿有意思的吧，让我想想，不如让开车的人蒙住眼睛，嗯，油门踩到底冲向目标，如果车能在距目标十厘米之内停下来，我就放过你们所有人。”

“十厘米，这怎么可能……”陆臻望着这里到悬崖的距离，肉眼根本难以估测究竟有多远。

人睁着眼开车都不可能把握精准，更何况是闭上眼睛！

她修改规则，并非全然死路，但生路也是渺茫。

蒙着眼睛开车，一旦失手，就会同时丢掉两个人的性命。

陆臻望着施雅，怒道："你简直疯了！"

沈括知道施雅已经疯了，她眼睛发红，太阳穴青筋暴起，已经不是正常人的状态。

现在陆嫣的命握在这个疯子手里，稍有不慎，他将悔恨余生。

不，他应该不会再有余生。

"陆臻，你上车。"

"我？我怎么可能，我不行的，我没有方向感，我不行啊！"

"陆臻，我相信你，上车。"沈括目测着轿车与自己的距离，说道，"油门踩到底，然后在心里默数到十三，踩刹车。"

陆臻不肯上车："还数到十三，你真以为自己是神仙啊！你算命啊你！"

"我让你上车。"

"既然陆臻不肯上车，那沈括，你跟陆臻换换，你来开车呗！"施雅摸着陆嫣的下颌，粲然一笑，"反正我相信沈括这么聪明，肯定是有办法保命的，陆臻就不一定了，你说对吗？"

陆嫣一口咬住了施雅的手，狠狠地咬下去，施雅发出一声惨叫，甚至都听见骨头断裂的声音了。

她满手鲜血，血肉模糊，疼得近乎晕厥。

"你……"施雅愤然转身，冲沈括喊道，"你和陆臻换！你来开车！"

她要让陆嫣眼睁睁地看着最爱的人杀掉自己的亲生父亲，这样的血海深仇，即便两人活下来，也会背负着悔恨过一生，这可比让他们全部送命有意思多了。

陆臻毫不犹豫地朝沈括走去，站在悬崖边："沈括，你来开车。"

沈括没有动，陆臻看到他袖下的手在抖。他伸手按了按沈括的肩膀："从小到大，你一直都比我优秀，我……我信你。"

沈括不敢再看陆嫣，一步一步，很慢很慢地……朝轿车走去。

沈括在轿车门前站定，顿了几秒钟，终于坐进了驾驶位。

另一个戴口罩的男人扯下他的领带，紧紧地蒙住了他的眼睛。

很快，沈括启动了引擎，深呼吸。

陆臻也在深呼吸，很害怕，但是他不能露怯，他在沈括面前丢了一辈子的脸，这最后一次，在闺女面前他想要当一次英雄。

“爸！”

陆嫣的哭喊已经声嘶力竭，腿肚子都软了，直直地往下跪，又被施雅身边的男人拎了起来，按在悬崖边。

“小嫣，告诉你妈……我……我永远爱她，还有你……”

话音未落，沈括启动了引擎，轿车“轰”的一声，朝着陆臻疾驰而来。

“我遗言还没讲完，沈括你……”

他这句话刚喊出来，只听一声长长的刺耳的刹车声，轿车在陆臻面前直直地停了下来。

这一切发生不过转瞬间，众人完全没有反应过来。

陆臻眼睁睁地看着轿车的车牌已经贴到了自己的小腿上，十厘米……不，这连三厘米都没有。可是，他们还活着！

沈括摘下蒙眼的领带，从车里出来，后背已经被冷汗全然湿透了，袖下的手疯狂地抖动着……

陆臻惊喜地奔向陆嫣：“小嫣！你爸福大命大！还活着！”

下一秒，沈括却看见了施雅扬起的诡异笑容。

“福大命大？我看未必。”她说完这句话，欺身上前，一把将陆嫣推下悬崖。

“下去陪我妈吧，这是你欠她的！”

陆嫣脸上如释重负的微笑甚至都还没来得及散去，她单薄的身子便宛如断线的风筝般坠入悬崖深渊。而在她落崖的那一刹那，陆臻面前一道黑影闪过，沈括毫不犹豫地追着陆嫣跳了悬崖。

“不！”

陆臻扑到崖边，满眼血红，伸手想要拉住他们，可是他慢了半拍，只能眼睁睁地看着沈括和陆嫣跌落深渊。“不！”

男人那绝望的喊声回荡在山间……

沈括抱着陆嫣柔弱的身子，将她的脑袋紧紧按入自己的胸膛。

“我不会再让你离开我了。”

他用力地抱着她，如日月在怀，哪怕沉入万劫不复之地，但他永远不会孤独了。

濒临死亡的边缘，陆嫣的脑子里忽然闪过了无数回忆的碎片，陌生的、熟悉的……

那个穿黑 T 恤和粗糙运动鞋的少年跑过绿树成荫的操场，陆嫣小跑着，追逐着他的身影。

他手里的篮球落在了她的脚边。

阳光透过树枝洒下斑驳的光影，落在他的肩上，他忽然对她笑了："小嫣，把它给我。"

陆嫣捡起篮球，用力朝他扔过去。

沈括接过篮球，再度扔到她脚边："小嫣，把它给我。"

"干吗一直让我捡球啊！"陆嫣抱着篮球，不给他了。

"那你想起我是谁了吗？"

"我知道啊，你是沈括。"

"沈括是谁？"

她把篮球扔给他，球又滚落到了她的脚边。

沈括是谁……

舌尖轻触这个名字，熟悉感正在一点点回来。

她皱着眉："沈括是……"

是那个站在铁轨上、指着火车说想要去南方看看的少年；是那个对着天空大声喊要和她一生一世的少年。

忽然，陆嫣脸颊有泪水淌过。

"沈括是……我的宝贝。"

陆嫣忽然睁开了眼睛，白茫茫的天花板映入眼帘，她眼角还有残余的泪痕。她猛地坐起身。

陆臻趴在床边睡觉，忽然被小丫头给惊醒了："哎哟，你悠着点儿，吓我一跳！"

"陆臻！我……我在哪里？"

陆臻按了按她的脑袋："你叫我什么？没大没小……"

"陆臻！"陆嫣攥着他的衣领，使劲儿摇晃，"是我啊！我是陆嫣啊！"

"我知道，你脑子摔坏了吧！"

"我是死了吗？还是在做梦？"

“你和沈括坠崖了，不过我闺女命大，被一截横出来的树枝挂住，没摔下去……”

“我睡了多久了？”

“三天了。”

“医生说没有大碍，也不是昏迷，就是单纯的睡觉……”陆臻揉了揉小丫头凌乱的头发，说道，“你这一觉，睡得太久了吧。”

“是……睡了好久。”

“沈括呢？”

陆臻没好气地说：“死了。”

“啊？”陆嫣傻了。

“你吓她做什么？”简瑶皱着眉头走过来，对陆嫣道，“沈括在隔壁，也刚醒不久，医生在给他做身体检查。”

陆嫣连忙下床，甚至连拖鞋都来不及穿好，匆匆穿上一只拖鞋，另一只脚光着就跑了出去。

隔壁病房的玻璃窗前，她停下了脚步。

病房里，沈括的手臂骨折，被医生装上了支撑架，吊在胸前。

他脸上有被树枝和碎石划伤的口子，但看上去伤情不重，他正扶着病床，尝试着想要站起来。

阳光透入纱窗，照着他轮廓分明的侧脸，他转身的时候，忽然望见了她。

两个人隔着窗户，凝视彼此，不知过了多久，陆嫣已经泪流满面。

沈括那挂着伤口的嘴角却弯了起来。

陆嫣吸吸气，将脸贴在了玻璃窗上。因为她温热的呼吸，窗户渐渐染上了一层白雾。

沈括指了指边上半掩的门：“进来吗？”

陆嫣用力擦掉眼角的泪水：“我就……看看你。”

沈括笑了，坐在病床边，从容不迫地和她对视着：“好，给你看。”

“沈括，你变得好老啊！都有白头发了。”

沈括望着她，呼吸蓦然一窒，脸上的笑容渐渐消失了。

他忽然起身，绊倒了身前的小桌子也全然不顾，踉跄着跑出病房，用力将她揽入怀中：“回来了？”

陆嫣眼角渗出了眼泪，哭得上气不接下气。

沈括按着她的后脑勺，将脸埋进她的发丝间："我一直有好好听你的话，我有健身，希望你不要太失望。"

沈括把人前所有的坚强和伪装全部卸下。在心爱之人面前，他还是当初那个单纯的少年。

"沈括，别来无恙啊。"

沈括出院的那几天，传来了施雅被判刑入狱的消息，但这对如今的沈括和陆嫣来讲，已经不那么重要了。

那几天，陆嫣一直在阁楼收拾整理旧物。她十多年前用过的东西，简瑶一直保留着，全都没有扔，想着若是有朝一日，她能回来，一定也会想要看看这些旧物。

陆嫣找到了很多泛黄的旧照片，这些照片被陆臻藏在阁楼最深处的老木箱子里。

照片虽然落了灰，不过还能见到当时少年们的音容笑貌。

当初陆嫣大学毕业的时候，几位叔叔都过来和她一起拍毕业照，沈括也在，还有陆臻。

陆臻按着她的脑袋，张大嘴笑着，陆嫣被陆臻按着头，一脸不甘心地瞪着他。

站在她身后的沈括，紧紧地攥着她的手，目光温柔得仿佛要融化万物。这是属于他们最美好的青春时光。可是后来，在明明是最美好的时光里，她却丢掉了他。

陆嫣揉了揉微红的眼角，将照片小心翼翼地擦拭干净，然后装进了相框。

箱子角落里还有一枚洁白的小海螺，陆嫣记得，这是沈括第一次竞赛获奖之后，送给她的小礼物。

简瑶跟她说过一个荒诞的传说，对着海螺说话，未来的自己可以听到。

她将海螺放在耳边，听了听，似乎还能听见海风呼啸、浪潮拍岸的声音，但是没有听到当年的自己说的话。

简瑶是骗人的吧。不过这不重要，现在一切都已经不重要了，因为，她回来了。

过去的陆嫣一直在帮她老爸收拾烂摊子，调和他和爷爷、沈括的关系，查找老妈的死因，现在的陆嫣终于有时间做自己喜欢的事情了。

她出专辑、唱歌、拍戏……大学还没毕业，已经小有名气。

陆嫣不像简瑶，一出道便崭露头角，光彩四溢。

她不属于爆红型的选手，而是一步一个脚印，慢慢来，但是每一部作品，都是慢火煨炖，精雕细琢。

大学都快毕业了，陆嫣发现，沈括那家伙好像完全没有动静。她已经二十二岁了，但是沈括似乎并不打算做点儿什么。或者他想要做一些什么，但是还在考虑。

公司的任何事情，沈括都是独断专行。偏偏陆嫣的事情，他没有自信。

步入婚姻并不像谈恋爱，只顾着眼前的快乐和欢喜，婚姻是往后无数个日夜的朝夕相处，是携手漫步人生路，是生同衾，死同穴。

陆嫣当然知道他在犹豫什么，但她不想再等他瞻前顾后、慢慢考虑了。他既然迟迟不做决定，陆臻这个当爹的就替他做了决定。

那天晚上，沈括从电梯里出来，看到陆臻站在自己家门口，有些惊讶，问道："你来这里做什么？"

陆臻开门见山，如实说道："有些事情要跟你说。"

"有什么事不能在公司里说？"

"私事。"

沈括见陆臻这表情，心里多少也猜到一些，这两年陆嫣和他谈恋爱，陆臻没有在明面上阻挠，但这并不代表他已经接受自己了。

"如果是小嫣的事，我的态度，两年前就已经明明白白地跟你说清楚了。"沈括一开口，便堵住了陆臻接下来的话，"过去她没有想起来，我都愿意抛弃一切和她重新开始，现在她想起来了，我更加不可能放她走。"

昏暗的楼道里，陆臻和沈括遥遥对视着，他看到那个男人眼底坚定的光。

"不肯放她走？"陆臻嘴角扬了起来，"怎么，难不成……你还要娶她？"

沈括脸色冷了冷，没有说话。

陆臻知道自己戳到了沈括的痛处，继续说道："沈括，你没有勇气娶她，对吗？”

“她现在还小。”

良久，沈括只说了这几个字。

“你自己心里清楚，不是她小，是你……”

剩下的话，陆臻没有说出来，到了他们这种程度，很多事情不需要说得太清楚。

“沈括，我今天来只是要知会你一声，我准备送小嫣出国了。”

沈括的手蓦然握紧：“送她出国？”

“对，送她出去深造，归期不定，或许三年四年，或许十年八年……”

“她全身心都放在她的演艺事业上，她有自己的梦想，现在是最好的年纪，你送她出去深造？”沈括压着火气，还保持着冷静，但显然怒气值已经上来了。

陆臻从容地说：“我准备送她出去念经管，她现在做的事情，最多也就是兴趣爱好，不能当成正经事业，她是我的独女，未来的陆氏集团自然应该由她来接管。”

陆臻话音未落，沈括一拳挥来，猛地砸在了陆臻的脸上，打得他半张脸都麻木了。

沈括攥着他的衣领，将他重重地抵靠在墙上，冷声说：“陆臻，我现在还记得当年你离开家时说过的话。”

陆臻脑子都被打蒙了：“我说什么了？”

“你说‘谁都别想操控我的人生，我闯自己的天下’，现在你的人生闯出来了，你要毁掉她的人生？”

“毁掉她人生的不是我，是你，沈括。”陆臻戳着沈括的胸口，一字一顿地说，“你敢娶她吗？”

沈括的情绪似乎也有点儿激动，他拿出钥匙打开了房门：“陆臻，你要是真敢这样做，我现在就拿户口本跟她去登记结婚，从今以后，她归我管。”

这几个字刚说出来，忽然，房间里的灯亮了。

“Surprise（惊喜）！”

房间里，简瑶、叶迦淇、梁庭、钟恺，甚至连秦助理都来了……他们聚集在已经装饰过的客厅里，脸上挂着不怀好意的微笑。

陆臻揉着脸从门外进来，不爽地说了声：“你下手也太狠了。”

沈括愣了愣，立刻反应过来，这居然是一个恶作剧！

他环顾四周，看着墙上贴满了粉色气球和玫瑰，嘴角扯了扯：“是谁把我的家搞成这样的？”

梁庭指叶迦淇，叶迦淇指秦助理，秦助理指简瑶，一个推一个。

最后，简瑶把躲在人后的陆嫣给拎了出来：“不是有话要说吗？㞞什么，他还能把你吃了啊！”

陆嫣弱弱地举了举手：“是我布置的，你不喜欢吗？”

沈括眼底锋芒全敛，微笑着说：“当然喜欢。”

众人心想：你这脸色变得也太快了吧！

“今天应该不是我的生日。”沈括横了陆臻一眼，“你们搞什么？”

陆臻没好气地说：“你问问那丫头要干什么，我先表明我的态度，我不支持。”

简瑶一边检查他的脸，一边嫌弃地说：“谁稀罕你支持。”

沈括发现今天的陆嫣打扮得比平日里要更加精致，穿了漂亮的白裙子，头发也精心弄过，发尾卷了起来，垂在肩头，鬓间一小撮掖到耳后，露出她白皙的鹅蛋脸。

沈括望望她，又看看四周，心里忽然有了某种预想，竟有些不知所措。

陆嫣紧张得牙齿都在打颤，哆哆嗦嗦地走到他面前，手背在身后，紧紧地攥着一束盛开得璀璨热烈的玫瑰花。

“沈括，我……我……”她结结巴巴地“我”了老半天，哭丧着脸回头，求助地望向简瑶，“妈——”

“这是你自己的终身大事，叫妈也没用。”

陆嫣定了定心，将手里的花束拿出来，深呼吸，递给他：“沈括，我……我想嫁给你，你愿意娶我吗？”

听到这句话的沈括，心脏都快炸掉了，全身血液回流，脸颊唰的一下，红得透透的。

几十年见惯风云，他何曾这般红过脸啊！

“你说什么？”他似乎不太敢相信自己的耳朵，“你说想干什么？”

“我想嫁给你啊。”

见他这样紧张，陆嫣反而不紧张了，望着他，认真地说："沈括，以后我会努力当好你的妻子，理解你、体贴你、疼你、爱你，所以……你娶我吧，我会用自己的余生对你好。"

就像男孩跟女孩求婚时说的誓词一样，她是真的在跟沈括求婚，特别真挚。

沈括等了她二十多年，每天都偷偷关注她，却战战兢兢地不敢靠近。所以这个婚，应该由她来求，这样才公平。

沈括脑子都蒙了，他怎么可能拒绝，这一刻铺天盖地席卷而来的幸福感，已经快要把他这辈子的伪装都摧毁了。

"陆嫣，你确定想要嫁给我吗，现在的我……"

说到底，他还是没自信。

即便现代社会，许多成功男人会娶比自己年纪小很多的女孩，权势和财富就是他们的筹码和自信。但是沈括做不到，他不可能有自信，就算他已经站在了无人可企及的位置，就算他拥有全世界，但只要他爱她，在意她，就没有自信。

陆臻都快翻白眼了，咋咋呼呼地道："你行不行啊，我闺女话都说到这份上了，娶不娶就是一句话的事儿，你还真以为自己是小公主啊你！"

简瑶捂住了他的嘴："你别破坏气氛。"

陆嫣知道沈括心里的犹豫，微笑着望向他，说道："沈括，我们早就已经约定好了，不是吗？"

她永远不会忘记，那个阳光温暖的下午，沈括对她告白时的情景。

他鼓起勇气，下定决心。

"或许你会遇到比我更好的人……"她将他当初说过的话复述出来，"因为现在的沈括不是最好的沈括。"

那时候，他的眸子里泛着何等笃定而自信的光芒："但未来的沈括，绝不会让你失望。"

她望着他，望着现在的沈括。

他早已经熬过了迷茫与困顿交织的少年时期，但仍然没有忘记努力、真挚与热忱。他还是她记忆里那个意气风发的少年。

陆嫣抱住了沈括的腰，将脸贴在他紧致的胸膛上，柔声说："沈括，我们早就已经约定好了，不是吗？"

沈括呼吸很沉、很缓慢，闭上了眼睛，单膝跪了下去。

站在他对面的简瑶，清楚地看到他眼睛红了。这是沈括第二次跪下去。

第一次是在陆嫣离开以后，江边堤坝，他跪在简瑶面前，抚着她凸起的小腹，腹中有他此生的挚爱，那一刻，情绪崩塌，他很绝望地哭过。

第二次，他跪在她面前，当着所有人，热泪盈眶地向她求婚。

一个男人，如沈括这般从黑暗和苦难的泥沼里爬出来，顶天立地，死亡都不会让他流眼泪，只有爱可以。

“陆嫣，我们结婚。”

陆嫣看到沈括掉眼泪，怎么可能还绷得住，一边哭一边用手胡乱地给他擦眼泪。

沈括很快便控制住了情绪，走进房间，从柜子里取出了一个丝绒盒。他将盒子拿到陆嫣面前，打开，里面有一颗璀璨的硕大钻戒。

陆臻指着他说：“你早就准备好了！还等我闺女先开口啊！”

“嗯，我早就准备好了。”

这枚戒指，沈括二十年前就已经准备好了，可是还没有来得及戴到她的手上，她就离开了。

陆嫣很激动，哭哭啼啼的，拿起戒指就要往自己的手指头上戴。

简瑶拉住了她的手，无奈地道：“傻闺女，哪有自己给自己戴戒指的。”

“哦……”

小丫头又被自己给蠢笑了，连忙将戒指递给了沈括。

沈括嘴角抿了抿，将戒指套入了她左手的无名指，然后用指腹替她擦了擦眼泪，认真地说：“那就定了。”

“嗯，定了！”

求婚之后的第二天，沈括和陆嫣便去民政局登记结婚。

迎着阳光，陆嫣推着自行车走出小花园。

陆臻一边修剪着自家花园的绿植，一边吐槽：“你们要不要这样急？昨天定下的事，今天就去领证？”

陆嫣回头冲他笑道：“那不是怕某人又反悔了嘛！”

简瑶端着咖啡杯走过来，走进清晨的阳光里，手搭在陆臻的肩膀上，笑着说："不存在反悔，你爸从一开始就没同意，不过嘛……反对无效。"

"谁说我反对无效。"陆臻愤愤地说，"信不信我现在就把她关起来，禁足，不准出门了。"

陆嫣闻言，赶紧骑上自行车，拔腿开溜。

陆臻在后面吐槽："结婚这么大的事情，他不开车来接你，让你骑自行车去，这就是你选的男人？"

陆嫣回头辩解道："他说不开车，一起骑自行车，看上去比较青春。"

"呵呵，他就作吧，再作也掩饰不了他是个老男人的事实！"

二十分钟后，陆嫣在民政局门口和沈括见了面，他穿着一件非常休闲的连帽卫衣搭配牛仔裤，看上去还真跟小伙儿差不多。

陆嫣锁好了自行车，小跑到他的面前，上下打量了他一番，笑着说："沈总看上去好嫩啊！"

沈括伸手拍了拍她的脑袋，说道："待会儿人家不问，就不要提年龄。"

"应该……不会问吧。"陆嫣不确定地说，"会问吗？"

"我又没结过婚，怎么知道？"沈括有些不太确信，看上去很忐忑的样子，"没有规定说年龄差距过大，不让结婚，对吧？"

"这个应该没有，二十一世纪，婚姻自由嘛！"

"那就好。"

陆嫣看着沈括这般小心又担忧的模样，低头抿嘴笑了一下。

他注意到小丫头脸上露出狡黠的笑容，问："笑什么？"

"感觉今天的沈总好像变成了小朋友一样，特没自信。"

沈括深呼吸，说道："小嫣，这一天，我等了二十多年。"

任何差错都会让他的神经绷到极致，他昨晚甚至一夜没睡。

在门口，他停住脚步："最后一遍，小嫣，你真的要嫁给我吗？"

因为迈进了这道门，他就永远都不会再放开她了。

陆嫣不笑了，牵起了他的手，正如他过去无数次牵起她的手，带着她往前走那样。

这次，是陆嫣牵着他的手，迈着坚定的步子，走进了民政局。

工作人员审核两个人的个人资料，当他们看到年龄的时候，多看了一眼，又忍不住望望沈括。

沈括的心提了起来："有问题吗？"

他们反复确认了身份证上的照片就是沈括本人，又看了看年龄，觉得有些不可置信。

"当然没问题，就是……"

这看着也太年轻了吧，哪里像四十多岁的男人，跟明星似的，年龄冻住了啊。

这男人，看着也挺眼熟的，别真是明星吧。

沈括脸色有些难看了："如果你们觉得有问题，可以提出来。"

工作人员意识到自己的失职，询问了双方的意思之后，便立刻给他们办了证。

"你们先去照相室拍照吧，如果没有准备衬衣，可以穿我们这边提供的衣服。"

陆嫣老早就准备了情侣白衬衣，这会儿正好能穿。

照相室里，摄影师看了看陆嫣垂肩的发丝，对她说道："你的头发要不要扎起来？看着精神一些，这里有橡皮筋和梳子。"

"哦，好！"

陆嫣站在镜子前整理头发，手边的梳子被沈括拿去，他揪起她的一缕发丝，梳了下来。

"嗯……"

她望向镜子里的男人，他目光下敛，小心翼翼地替她梳理发丝，温柔得简直要把她的心都融化了。

他替她梳了一个蜈蚣小辫儿，垂在脑后，发尾微微上翘，可爱俏皮。

"手艺不错啊！"她惊喜地照着镜子，"你怎么会给女孩梳辫子啊？"

他扯了扯她的小辫儿："我以前在梁庭手机里见过陆臻给你梳头的照片，后来我跟着网上的视频学了一些。"

那时候，他是真的很羡慕陆臻。

陆嫣嘴角露出了小酒窝，将他的脑袋掰过来，凑近他的耳朵，轻轻说："别羡慕他，我也给你生个女儿啊。"

说完这话，她先红了脸。

沈括也笑了，凑近她，小声说："我不羡慕他有女儿，我只羡慕他有你。"

他轻柔湿热的呼吸拍打着她的耳朵，她感觉自己的心都要被甜得融化了。

这男人，好会啊！

她牵着他的袖子，问他："那你不想要女儿吗？"

“你还小，我不想让你这么早当妈妈。”沈括捏了捏她的脸颊，“跟我在一起，我会给你全部的自由，你尽可以去做自己喜欢的事情，好吗？”

陆嫣被感动得都快哭了。

其实结婚之前她也想过，和沈括在一起，他会不会也像老爸一样，总管着她。毕竟这个年纪的男人，总爱管别人。

她甚至都已经做好从一个火坑跳到另一个火坑的准备了。

没想到沈括会说这样的话，在结婚的这天，就告诉她，给她全部的自由。

真正优质的爱情不是让你丧失自我，而是让你成为更好的自己。

那一刻，陆嫣觉得，沈括是值得她付出的人。

走出民政局，陆嫣一直低着头看红本上的那张照片。

照片里的男人，脸上挂着企业家式的招牌微笑，和他无数次参加峰会或者年会照片里的含蓄笑容完全一样。

陆嫣有点儿嫌弃他的职业假笑：“完全不真诚好吗？”

沈括看了看照片：“你以为你的齐齿笑能真诚到哪里去，给牙刷打广告吗？”

“刚结婚你就欺负我是吧！”

沈括将树荫下的自行车推过来，心情愉悦：“我们去兜兜风？”

“沈总好大方，上千万的豪车搁家里，骑这小破烂自行车带老婆兜风。”

“不上来，我走了啊。”沈括说完，踩下了脚踏，骑着自行车驶了出去。

陆嫣连忙追上来，抓着他的腰，坐上了自行车后座。

“你带我去哪儿兜风啊，沈括？”

“嗯？还叫沈括，该叫什么？”

微风吹拂着陆嫣微微发烫的脸颊，她轻轻地叫了声：“老公。”

“没听到。”

“老公！”

沈括嘴角扬了起来，载着她，走遍了北城的大街小巷。

看着周围那些陌生又有些熟悉的街景，时光仿佛倒回了泛黄的2000年。

他又变成了曾经的少年，骑车载着她，带她穿过北城的大街小巷……

无论错过了多少年，无论时光奔流到何方，唯有不相忘，可抵岁月长。

————正文完————

番外

爱情的模样

夏日的蝉鸣仿佛永远没有停止的时候，下课铃声一响，四年级的小朋友们便拥出了教学楼。

沈小橙正在埋头画画，铅笔勾勒着小女孩抱洋娃娃的素描简笔，手边放着橡皮擦和蜡笔盒。

“小橙，你这橡皮擦真好看。”同桌女孩拿起了沈小橙手边的橡皮，仔细打量起来。

橡皮上用很细的卡刀雕了一只蹲坐的卡通小狗，栩栩如生。

“哪里买的呀？”

“爸爸给我刻的。”沈小橙解释道，“你要是喜欢的话，我让爸爸帮你也刻一个。”

“你爸爸好忙的吧，他有时间吗？”

“有的，我爸爸一点儿都不忙。”

就在这时，后排林梦秋等几个女孩开始窃窃私语起来。

“沈小橙的爸爸才不忙呢，她爸爸都好老了。”

“他从不来接沈小橙，就是因为他年纪太大了，跟我爷爷一样。”

“沈小橙的妈妈嫁了个老男人。”

……

沈小橙用力拍下铅笔，愤怒地冲林梦秋大喊道：“你胡说！我爸爸才不老，我爸爸看上去可年轻了！”

“那他为什么从来不来学校接你啊，我听我妈妈说，他比你妈妈大好多好多呢！”

后排那几个同学叽叽喳喳地讨论着：“我听我爸说，她爸就是仗着自己事业有成，才娶到个年轻的老婆。”

孩子的世界特别单纯，因为他们没有辨别是非的能力。因此，难免在父母不良的影响下，变得是非不分。

沈小橙决不能容忍他们说爸爸的坏话，于是冲上前去，和林梦秋厮打起来。

沈意在学校里找到沈小橙的时候，小姑娘背着手，委屈地站在办公室里，眼角微红。

林梦秋头发散乱，哭得很大声，也像是受了天大的委屈一般。

“老师，我来接小橙回家，同学说她在办公室。”

班主任打量了进来的男孩，看他也不过十三四岁的样子，穿着一中的校服，于是问道：“你是？”

“我是她哥哥。”

“沈小橙刚刚和同学打架，我正在批评她们，你到外面等着吧。”

沈意不放心地望了眼沈小橙，没说什么，转身出了办公室，在楼道里耐心等候。

二十分钟之后，沈小橙和林梦秋走出了办公室，俩女孩都是泪眼汪汪。显然，她们都挨了老师的批评。

沈意沉默地接过了沈小橙的书包，牵着她脏兮兮的小手，走出了附小。

“哥，你不问我为什么和林梦秋打架吗？”沈小橙见沈意沉默不言，心里有些忐忑。

沈意低头睨了她一眼：“你肯定有你的理由。”

其实不需要他开口问，小姑娘没心眼，压根儿藏不住话，一路上絮絮叨叨地就开始跟他控诉林梦秋的种种“暴行”。

“她太坏了！”

“她是我们班最坏的女生。”

“我讨厌她！”

沈意知道，以小姑娘这火暴的脾气，要是不让她把这口气出了，晚上回家还得继续说。

“跟哥哥说说，她怎么坏？”

“她说爸爸老，还说爸爸喜欢年轻女孩，老牛吃嫩草！”

沈意淡淡一笑："你爸本来就是。"

沈小橙不高兴地说："我爸难道不是你爸吗？你还这样说他。"

沈意牵着她的手，慢慢地走在种满了香樟树的街边，说道："我小时候听外婆说过一个故事，说爸爸和妈妈刚谈恋爱的时候，其实年龄是一样大的，他们在同一个高中念书，后来又在同一个城市念大学。"

沈小橙瞪大了眼睛，不可思议地说："外婆总喜欢编故事呢！怎么会发生这种事，她肯定在逗你玩。"

"可能是吧，但是她说得好真实，好多故事的细节都让我感觉她不像骗我，有好多年，我都信以为真了。"

沈小橙踮起脚，摸了摸沈意的头："我哥哥真是单纯。"

回到家，沈小橙嗅到了厨房里飘来的香味，把鞋胡乱地一脱，撒欢儿似的冲进了厨房："爸爸在做什么好吃的？"

沈括穿着白色的居家服，系着碎花围裙，用漏勺将一盘油炸酥肉盛进盘子里。

沈小橙伸手就要抓酥肉，被沈括拍了拍手："烫。"

说着，他用筷子夹起一块香香脆脆的瘦肉条，吹凉之后，喂到了沈小橙嘴边。

"好吃好吃。"

"只一块，剩下的等你妈妈回来吃。"

沈小橙嘴里嚼着酥肉，听话地端过盘子，放进了保温箱里。

"爸，你好像都不怎么去上班，整天在家里做各种好吃的。"

沈括摘下了围裙，露出了他修长而挺拔的身形："不然你们回来吃什么？"

"那你的公司不忙吗？"

"忙，不过有你外公看着，我不用太操心。"说着，他来到沙发边，翻开了沈小橙的书包，开始检查她的作业。

"外公这么好啊？帮你照顾公司。"沈小橙难以置信，"他脾气那么坏。"

"因为爸爸在照顾他的女儿。"

"他的女儿……"沈小橙反应了很久，脱口而出，"不就是妈妈吗？"

话音未落，房门打开了，刚刚忙完工作的陆嫣回了家。

沈意走过来，接过了妈妈肩上的包和外套。

有时候，陆嫣觉得沈意这小子跟他爸年轻的时候简直一模一样。

寡言少语，偏偏心思又多，很聪明，学习上不让她操半点儿心，生活中又特别会照顾人。

所以她生沈小橙的时候，沈意几乎已经能够完全独立照顾自己的生活，还能够照顾她。

反观沈小橙这丫头，性格跟她很像，从小就在父母关心、哥哥疼爱的温室里长大，傻乎乎的。

她有些事傻，有些事，又特别聪明。

家里两个孩子，沈小橙严格要求爸妈必须一碗水端平，零花钱要一样，关心和疼爱也必须一样，否则就是偏心。

沈括就偏心得很厉害，对沈意的教育特别严格，规定特别多；反观他对女儿，放纵、溺爱、宠，没有底线。所以这就直接导致陆嫣更偏心沈意，总是背着沈小橙偷偷给他零花钱。

他年龄大一些，上初中花费更多。

很多个深夜，沈小橙进入了甜蜜的梦乡，她还会带着沈意出去吃夜宵，喝点儿小酒，和儿子谈心聊天，把很多青春时期的小秘密告诉沈意。

这个沉默的少年是非常好的倾诉对象，有时候陆嫣能够从他身上找到那些年沈括的影子。

每天晚上，都是由沈括负责哄沈小橙睡觉。

那晚，在沈括给她讲完了睡前故事之后，沈小橙抱着洋娃娃，问了他一个问题："爸爸，我听哥哥说，你和妈妈以前是一样大的。"

她摸着他鬓间斑白的头发，说道："为什么现在你比妈妈大这么多呢？"

沈括沉默了片刻，笑着说："因为爸爸想照顾妈妈，所以就赶在妈妈前面，长大了。"

女儿睡着之后，沈括走出房间，看到露台上，陆嫣已经摆好了小酒和炸酥肉，和沈意小朋友一起欣赏北城璀璨的夜景。

站在他们的房子这个露台上，能够将整个北城的霓虹人间尽收眼底。

跟妈妈相处的时候，沈意才会像个小朋友，依偎在她身边，不像在爸爸面前那样严肃正经。

沈括无声地走到陆嫣身边的椅子上坐下，给陆嫣斟了热酒，也给自己倒了一杯。

沈意非常识趣，说自己要去写作业了，离开了露台，顺带给他们关上了门。

陆嫣坐在躺椅中，眼角带着几分醉意，抱着膝盖，轻轻地靠在沈括的肩膀上。

夫妻至此，其实不需要太多的言语。

就算他们之间差了二十年的光阴岁月，但是在一起的每一分每一秒，都是生命里最好的年华。

多年后，沈小橙如愿以偿，成了一位漫画家。

在父母离开之后，她将这个关于时光和青春的故事画成了漫画，名字叫《深情可抵岁月长》。

这大概是她心目中关于爱情最好的模样了。

——全文完——

图书在版编目（CIP）数据

深情可抵岁月长．完结篇 / 春风榴火著．-- 南京：江苏凤凰文艺出版社，2021.8
ISBN 978-7-5594-5988-6

Ⅰ．①深… Ⅱ．①春… Ⅲ．①长篇小说－中国－当代 Ⅳ．①I247.5

中国版本图书馆 CIP 数据核字 (2021) 第 103512 号

深情可抵岁月长．完结篇

春风榴火 著

责任编辑　王昕宁
特约编辑　薛天舒
营销统筹　夏君仪
装帧设计　吴思龙 @4666 啊
责任印制　刘　巍
出版发行　江苏凤凰文艺出版社
　　　　　南京市中央路 165 号，邮编：210009
网　　址　http://www.jswenyi.com
印　　刷　天津鑫旭阳印刷有限公司
开　　本　880 毫米 ×1230 毫米 1/32
印　　张　13
字　　数　410 千字
版　　次　2021 年 8 月第 1 版
印　　次　2021 年 8 月第 1 次印刷
书　　号　ISBN 978-7-5594-5988-6
定　　价　45.00 元